Julia Karr • The Sign – Die Wahrheit kommt ans Licht

DIE AUTORIN

Autorenfoto: © Jeffey Hammond

Julia Karr wurde in einer Kleinstadt in Indiana geboren. Mit fünfzehn zog sie nach Chicago und war sofort fasziniert von der Großstadt. Seit ihrer frühesten Kindheit verschlang sie Bücher, und nach der Geburt ihrer Töchter begann sie selbst zu schreiben. Mit *The Sign – Die Wahrheit kommt ans Licht* erscheint jetzt die spannende Fortsetzung ihres ersten Romans *The Sign – Nur zu deiner Sicherheit*. Julia Karr lebt heute wieder in Indiana.

Weitere lieferbare Titel der Autorin bei cbt:

The Sign – Nur zu deiner Sicherheit (30772, Band 1)

Julia Karr

The Sign – Die Wahrheit kommt ans Licht

Aus dem Englischen
von Bettina Spangler

cbt

cbt Kinder- und Jugendbuchverlag
in der Verlagsgruppe Random House

MIX
Papier aus verantwortungsvollen Quellen
FSC
www.fsc.org
FSC® C014496

Verlagsgruppe Random House FSC® N001967
Das für dieses Buch verwendete
FSC®-zertifizierte Papier *Holmen Book Cream*
liefert Holmen Paper, Hallstavik, Schweden.

1. Auflage
Deutsche Erstausgabe Januar 2015

Die Originalausgabe erschien 2012 unter dem Titel
»Truth« bei Speak, einem Imprint der Penguin
Group (USA) inc., New York.

Aus dem Englischen von Bettina Spangler
Lektorat: Frauke Heithecker
Umschlaggestaltung: Geviert, Grafik & Typografie
unter Verwendung von Motiven von © shutterstock
(Lia Koltyrina, Subbotina Anna)
jb · Herstellung: kw
Satz: Buch-Werkstatt GmbH, Bad Aibling
Druck und Bindung: GGP Media GmbH, Pößneck
ISBN: 978-3-570-30788-5
Printed in Germany

www.cbt-buecher.de

Dieses Buch ist Amy gewidmet. Sie weiß warum …

I

Ich dachte gerade darüber nach, was wohl geschehen würde, wenn herauskam, dass ich Ed umgebracht hatte, als Mr Haldewicks Stimme mich aus meinen Gedanken riss. »Miss Oberon, bitte!«

»Ja, Sir?« Ich hoffte nur, mein Gesichtsausdruck und mein Verhalten waren reumütig genug, dass ich Mr H.s weichen Kern ansprechen würde, und einen solchen weichen Kern besaß er zweifelsohne – ganz gleich, was die meisten anderen Schüler auch über ihn sagten.

Seine Stirn kräuselte sich, doch er wiederholte die Frage kommentarlos. »Welche Bedeutung hat das XVI-Tattoo? Und Sie sollten es eigentlich wissen, denn wie ich sehe, haben Sie Ihres bereits.«

Ich legte meine rechte Hand um das tätowierte Handgelenk und warf einen verstohlenen Blick auf die andere Seite des Gangs zu meiner besten Freundin Wei. Um ihr Tattoo herum waren tätowierte Disteln zu sehen, die sich von ihrer Hand bis hoch zu den Fingerkuppen rankten. Sie lenkten den Blick komplett von dem von der Regierung vorgeschriebenen XVI-Tattoo ab. Wei war eine Kreative, deshalb war die Erweiterung ihres Tattoos absolut legal. Ich musste mir selbst in Erinnerung rufen, dass ich ja auch seit Kurzem meine Zulassung als Kreative hatte und ich mir somit was Ähnliches machen lassen könnte, wenn ich jemals genügend Kreditpunkte zusammenbekäme, um mir das leisten …

»Vielleicht noch in diesem Jahrhundert, Miss Oberon?«

Wieder zurück in der Realität, machte ich den Mund auf, um die Routineantwort aus dem Lehrbuch abzuspulen, doch was dann rauskam war: »Das XVI-Tattoo ist ein von der Regierung vorgeschriebenes Zeichen, das der schnellen Identifizierung von weiblichen Bürgerinnen dient, die bereits das Alter von sechzehn Jahren erreicht haben und somit alt genug sind, sexuell aktiv zu sein. Obwohl es nach etwa sechs Jahren so gut wie verblichen ist, sind Mädchen, sobald sie es erhalten haben, von diesem Moment an ungewollten sexuellen Übergriffen ausgeliefert, und sie werden schnell zu Opfern von Vergewaltigungen. Verbrechen, die selten, wenn überhaupt, strafrechtlich verfolgt werden, denn …«

Mr H klappte die Kinnlade runter; seine Brille rutschte ihm von der spitzen Nase und baumelte an der Silberkette. Wutentbrannt schleuderte er seinen elektronischen Zeigestab auf den Tisch und brüllte: »Das ist KEINE akzeptable Antwort, Miss Oberon!« Selbst von meinem Platz ganz hinten aus konnte ich erkennen, dass sich winzige Schweißperlen auf seiner Stirn bildeten.

Mist! Ich schlug mir die Hand vor den Mund. Was hatte ich mir nur dabei gedacht? Nach allem, was ich die vergangenen paar Monate erlebt hatte, brachen meine wahren Gefühle sich nun Bahn und wollten sich ausgerechnet jetzt Gehör verschaffen – das war nicht unbedingt gut. Aus dem Augenwinkel sah ich, wie Wei grinste. Überall im Klassenzimmer war Gekicher zu hören.

Kaum hatte ich wieder zu atmen begonnen, weil ich dachte, mein Ausbruch wäre außerhalb des Klassenzimmers unbemerkt geblieben, kam Hal, der Fluraufsichtsroboter, in den Raum marschiert mit der Aufforderung, mich sofort im Büro von Mrs Marchant einzufinden. Erwischt! Mr H scheuchte mich wild gestikulierend aus dem Raum und tupfte sich dann die Stirn mit einem Taschentuch ab. Wei drückte meinen Arm im Vorbeigehen, als ich mich auf den Weg in mein selbst verschuldetes Verderben begab.

Hal begleitete mich ins Büro der Direktorin und zog sich dann in eine Ecke zurück, still wie der Tod selbst, der mir fast noch verlockender erschien als das Unbekannte, das mich nun erwartete. Ich hatte noch nie Ärger bekommen in der Schule, wirklich nie. Ein ungutes Gefühl braute sich in meiner Magengrube zusammen, und ich musste schlucken, um meine Furcht niederzuringen.

Mrs Marchant saß hinter einem glänzenden Schreibtisch aus Acryl. Da er durchsichtig war, hatte man ungehindert Blick auf ihren … Transstuhl und alles. Wie jeder an der Daley High kannte ich ihre Geschichte. Sie und ihr Ehemann waren Collegestudenten von niederem Rang gewesen. Es hatte einen schrecklichen Multitransit-Unfall gegeben. Ihr Mann war auf der Stelle tot gewesen, und sie war von da an zum Teil gelähmt. Selbst umfangreiche Wiederherstellungsoperationen hätten da nicht viel gebracht. Es ging das Gerücht, dass sie es sogar bevorzugte, von der Hüfte abwärts in dieser aluminoiden Vorrichtung zu stecken, obwohl sie es sich inzwischen mit Leichtigkeit hätte leisten können, sich eine künstliche Wirbelsäule sowie bionische Beine anfertigen zu lassen. Ich wandte den Blick ab und konzentrierte mich stattdessen auf ihr Gesicht.

»Sie sind sich doch darüber im Klaren, dass der Unterricht überwacht wird, Miss Oberon?« Damit deutete Mrs Marchant auf eine Reihe von AV-Bildschirmen, die wie Bilder an der Wand hingen, einer für jedes Klassenzimmer.

»Ja, Ma'am.« Mit vor dem Körper verschränkten Händen verlagerte ich mein Gewicht von einem Bein aufs andere, bis ich mir der Tatsache, dass ich stehen konnte und sie nicht, mit einem Schlag mehr als bewusst wurde. Ich war wie erstarrt.

»Diese Aufzeichnungen werden regelmäßig von der Regierung durchgesehen.« Sie hob eine Augenbraue und sah mich durchdringend an. »Verstanden?«

»Ja.« Ein Schauder der Angst schickte mir eine Gänsehaut über den Arm.

»Wenn man nach Ihrem Ausbruch geht, könnte es fast den Anschein haben, als würden Sie ganz ähnlich denken wie Ihr Vater.« Ihre Finger umklammerten den Rand des Schreibtischs, und als sie sich abstieß, bewegte sich der Transstuhl nach hinten. »Ich weiß alles über Alan Oberon.«

Ein leises, aber deutlich vernehmbares Surren war zu hören, als sie über den Boden glitt, dann blieb sie vor mir stehen. Obwohl sie in ihrem Stuhl gut einen Kopf unter mir schwebte, gab mir die Intensität ihres Blicks das Gefühl, als wären wir auf Augenhöhe. »Sollten Sie vorhaben, noch weitere Reden gegen die Regierung zu schwingen«, sagte sie, »dann schließen Sie sich am besten dem Debattierklub an. Das hat er auch getan.«

»Ja, Ma'am.« Sie hatte recht. Mein Vater hatte einige stadtweite Debatten gewonnen. Die Medien hatten ihn sogar zu einem Starsprecher machen wollen, zumindest bis zu dem Zeitpunkt, da er sich offen gegen den Regierungsrat auszusprechen begann, über den sicheren Rahmen sanktionierter Debatten hinaus. Schließlich hatte er seinen eigenen Tod vorgetäuscht. Etwas, das ich erst erfuhr, als meine Mutter nach einem brutalen Überfall sterbend in der Unendlichkeitsmaschine lag. Jetzt wusste ich mit Sicherheit, dass er am Leben war. Wir hatten sogar schon einmal miteinander gesprochen. Nur getroffen hatten wir uns noch nicht.

Mrs Marchant packte mich am Arm, ihre schlanken Finger waren warm und überraschend kräftig. Sie drehte mein Handgelenk herum, sodass man das Tattoo sehen konnte. Unsere Blicke trafen sich. Irgendetwas an ihrem Gesichtsausdruck brachte mich zu der Überzeugung, dass sie das Zeichen der Regierung genauso wenig guthieß wie ich.

»Aus Ihren Akten ist ersichtlich, dass Sie keine Kandidatin für WeLS mehr sind.« Sie ließ mein Handgelenk los.

Eine seltsame Feststellung. »Ich wurde aus dem Vertrag freigekauft.« Meine Mom hatte eine Ewigkeit gespart, um meinen Vertrag von der Regierung zurückkaufen zu können, sodass ich nicht am Programm für Weibliche Liaison-Spezialisten teilnehmen musste. Es heißt immer, WeLS sei so was wie der diplomatische Dienst: eine gute Möglichkeit, vielleicht sogar die einzige, dass Mädchen aus niederen Rängen sich ein paar Ränge hocharbeiten. Doch nur einige wenige kannten die Wahrheit. War Mrs Marchant eine von ihnen? Ich betrachtete eingehend ihr Gesicht.

Nein, sie konnte es nicht wissen. Eigentlich kannte niemand, der nicht im Regierungsrat war, die Wahrheit – niemand wusste etwas von den schrecklichen Dingen, die dort wirklich geschahen. Niemand wusste davon, außer ein paar von meinen Freunden und ich. Doch nun waren die Beweise für die schändlichen Machenschaften der Regierung – die meine Mutter das Leben gekostet hatten – sicher in den Händen meines Vaters und des Widerstands. Ich hatte mein eigenes Leben riskiert, um sie Ed abzunehmen, und Weis Vater hatte sie meinem Vater vor ein paar Wochen überbracht, zusammen mit dem Babyalbum von meiner kleinen Schwester Dee. Er würde wissen, wann und wie er damit an die Öffentlichkeit gehen müsste, um die Welt davon in Kenntnis zu setzen.

»Sie haben erst kürzlich Ihre Zulassung als Kreative erhalten, und Sie haben einen Teilzeitjob im Kunstinstitut angenommen. Stimmt das?«

»Ja, Ma'am.«

Sie lenkte ihren Stuhl im Kreis um mich herum, ehe sie wieder hinter ihren Schreibtisch schwebte. »Ich vermute mal, Sie lassen sich ein ausgefallenes Tattoo machen wie Miss Jenkins. Absolut verständlich. Mir ist zu Ohren gekommen, dass Sie eine recht gute Künstlerin sind.« Sie wedelte mit dem Finger in Richtung Hals. »Begleite Miss Oberon zurück in ihr Klassenzimmer. Miss Oberon, bewahren Sie diesen Vertrag sicher auf. Ich würde es vorziehen, wenn Sie mir als Schülerin hier erhalten blieben. Und ich bin überzeugt, Ihre Großeltern sehen das ähnlich.«

Ich folgte Hal und grübelte über Mrs Marchants verschleierte Warnung, ich solle mich in Acht nehmen. Ich hatte ja nicht vor, mir irgendwie Ärger einzuhandeln, zumindest wollte ich nicht persönlich Unruhe stiften. Wenn mein Vater mit seinen Enthüllungen über WeLS für Aufruhr sorgen wollte … nun, dann wäre das sicher gut. Das konnten sie ja nicht mit mir in Verbindung bringen. Oder etwa doch?

Vielleicht machte sie sich Sorgen, ich könnte von der Schule abgehen, um Vollzeit im Institut zu arbeiten. Viele junge Leute vom selben Rang wie ich schafften es noch nicht mal bis zum Abschluss. Und selbst mit der Waisenrente, die ich kriegte, weil meine Mutter gestorben war, hatten Grandma und Grandpa Probleme, Dee und mich mit ihrer mageren Rente durchzubringen. Das musste es sein. Vielleicht war sie aber auch besorgt, ich könnte noch mal was über den Regierungsrat sagen, und dann würden vermutlich die vom B.O.S.S., dem Büro für Ordnung, Schutz und Sicherheit, kommen und mich von den einzigen Menschen trennen, die von meiner Familie noch übrig waren.

Mir kam die Galle hoch. B.O.S.S. – der Sicherheitsdienst des Regierungsrats – flößte mir Furcht ein, und zwar ganz galaktische Furcht. Leute, die vom B.O.S.S. verhaftet wurden, verschwanden spurlos von der Bildfläche oder sie wurden einer Reassimilierung unterzogen – und dann waren sie nur noch leere Hüllen, bloße Gespenster ihrer früheren Persönlichkeit. Das B.O.S.S. tat, wozu es Lust hatte, und niemand konnte es verhindern. Wirklich niemand.

Ich wurde aus meinen sorgenvollen Gedanken gerissen durch ein leicht stockendes, zischendes Geräusch, das Hal verursachte, jedes Mal wenn er mit dem linken Fuß den Boden berührte. Schritt, Zisch, Schritt, Zisch, Schritt, Zisch ... es wirkte fast schon hypnotisierend. Ein bisschen Schmiermittel im Hüftgelenk würde nicht schaden, dachte ich. Doch meine Gedanken zur Roboterinstandhaltung nahmen ein jähes Ende, als Hal unvermittelt stehen blieb, direkt vor meinem Klassenzimmer. Als ich mich an meinen Platz setzte, warfen einige Schüler mir verstohlene Blicke zu. Vermutlich fragten sie sich, welche Folter ich über mich hatte ergehen lassen müssen.

Den Rest der Stunde ließ Mr H uns in kleineren Gruppen über geschlechterspezifische Rollen in der Gesellschaft und insbesondere in den unterschiedlichen Rängen diskutieren. Ich verhielt mich ruhig und kritzelte ein paar Ideen für mein Tattoo auf ein Blatt Papier.

II

Derek, Mike und ich waren auf dem Weg zum Mittagessen bei Mickeys. In derselben Nanosekunde, da wir zur Schultür raus waren, zückten die anderen ihre PAV-Empfänger, um Nachrichten zu checken und sich die neusten Clips anzusehen. Den halben Block von der Schule bis zum Café wurde man mit Werbespots bombardiert, die für alles warben, von den neusten Hits bis hin zum besten Aknemittel. Der Lärm war ohrenbetäubend, daher stellte ich ebenfalls meinen PAV an, um sie auszublenden. Als wir im Mickeys waren, schafften wir es, uns zu einem Fensterplatz durchzukämpfen.

»Ich hab gehört, du durftest der Marchant einen Besuch abstatten«, meinte Derek.

»Ja, ich hab mich ein wenig gehen lassen und den Mund zu voll genommen mit meinen Ansichten zum Tätowieren und zur Regierung. Ich schätze, ich sollte aufpassen, was ich sage.« Ich schaute mich um. Man konnte nie wissen, wann oder wo das Büro für Ordnung, Schutz und Sicherheit einen abhörte. Es gab zwar ein paar tote Zonen in der Stadt, aber das Mickeys war keine.

»Du und Sal, kommt ihr am Samstag ins Soma?«, wollte Derek wissen. »Riley und ich spielen mal wieder. Wenn wir Glück haben, können wir da regelmäßig auftreten. Wei kommt auch.« Er strahlte.

Ich war echt glücklich darüber, dass zwei meiner besten Freunde sich mochten – und zwar sehr. Genau genommen waren Derek und Wei seit meinem sechzehnten Geburtstag ein Paar, und soviel ich mitbekommen hatte, wurde es langsam ernst. »Wenn es nach mir geht, sind wir dabei.« Ich griff nach dem halben Herz, das an meinem Hals baumelte. Sal hatte mir den Anhänger zum Geburtstag geschenkt. Auf meiner Hälfte stand *Ich lie,* und auf seiner Hälfte stand *be dich*. Abwesend starrte ich aus dem Fenster, als ich plötzlich Wei und Sal mit einem Mädchen vorbeigehen sah, das ich nicht kannte. Meine Schultern versteiften sich. Ich hatte sie schon mal gesehen, wie sie sich Sal im Schulflur an den Hals geworfen hatte. Sie war definitiv aus einem der höheren Ränge, ganz wie Wei, und doch auch wieder anders als Wei, weil sie es sich im Gegensatz zu meiner Freundin durchaus anmerken ließ, wie privilegiert sie war. »Wer ist das denn?«

»Keine Ahnung.« Mike zuckte mit den Schultern und wandte sich wieder seinem Essen zu.

»Oh, ich kenn das Mädchen. Sie ist vor einigen Monaten aus New York hierhergezogen«, erklärte Derek. »Ihr Vater ist ein hohes Tier in den Medien, eine Art Berater. Was die wohl bei Sal und Wei zu suchen hat?«

Das fragte ich mich auch, als ich plötzlich sah, wie sie Sal am Arm packte. Ein Anflug von Eifersucht überkam mich. Ich schüttelte das Gefühl ab. Vielleicht würde ich ihn einfach später nach ihr fragen. Vielleicht auch nicht. Ich liebte Sal, und er behauptete ebenfalls, er würde mich lieben. Er hatte es mich auch echt spüren lassen, indem er die vergangenen Wochen immer für mich da gewesen war. Es waren harte Wochen gewesen. Doch wenn es nach dem gewaltsamen Tod meiner Mutter Ginnie eines gab, worauf ich mich hatte verlassen können, dann war es die Tatsache, dass Sal stets ein echter Lichtblick war.

Nach der Schule wartete Sal schon an der Eingangstreppe auf mich. »Arbeitest du heute Nachmittag?«, erkundigte er sich.

»Nö. Und du?« Er half seinem Bruder gelegentlich bei der Arbeit an Personentransits, die sie mit Sicherheitsvorrichtungen für die Widerstandsbewegung und die NonKons, einer verdeckt agierenden Untergruppierung des Widerstands, ausstatteten, wie beispielsweise Anti-Überwachungsanlagen und andere Gerätschaften. Ich war schon mal in einem solchen aufgemotzten Trannie mitgefahren. Das war echt ultra.

»Nope. John hat eine Verabredung mit dem großen Trannie-Händler in Evanston, daher hab ich den Nachmittag für mich.«

Lächelnd hakte ich mich bei ihm unter. Wenigstens ging er den Rest des Tages keinen NonKon-Geschäften mehr nach. Normalerweise verkleidete Sal sich als Obdachloser und half bei Werbestörungen mit. Immer wieder unterbrachen die NonKons sämtliche Werbespots, um über diesen Kanal kurze Botschaften des Widerstands zu verbreiten. Die NonKons waren so was wie die Fußsoldaten des Widerstands, die ihren Job in der Öffentlichkeit erledigten und sich ständig in Gefahr begaben. Ich musste zugeben, dass ich manchmal, wenn ich nicht wusste, wo er gerade steckte, Angst hatte, er könne erwischt werden. Doch das war vermutlich der Preis, den man bezahlte, wenn man dafür kämpfte, sämtliche Missstände in der Regierung aufzudecken.

Wir zogen los, um uns mit Dee an der Transithaltestelle in der Nähe der Dickens Grundschule zu treffen. Es schneite, daher vergrub ich die Hände tief in den Taschen, weil ich wieder mal meine Handschuhe zu Hause vergessen hatte.

»Du bräuchtest solche Handschuhe zum Festclipsen, wie kleine Kinder sie haben«, meinte Sal. »Die man an die Jacke dranhängt.«

Ich unterdrückte ein Kichern. Eigentlich hatte ich mich wegen des Mädchens aufregen wollen, mit dem ich ihn vorhin gesehen hatte, aber es haute nicht hin.

»Und«, fügte er noch hinzu, »eine Kapuze am Mantel, weil du nämlich nie an deine Mütze denkst.« Damit stülpte er mir seine Pudelmütze über den Kopf und zog sie mir bis über die Augen.

»Hey!« Ich riss mir die Mütze vom Kopf und schleuderte sie zu ihm zurück.

Dann führte eins zum anderen, und nachdem wir uns ordentlich mit Schneebällen beworfen hatten, zog er mich an sich und küsste mich. Danach war mir kein bisschen mehr kalt. Ich schwöre es, wenn seine Lippen auf meinen liegen, dann hab ich jedes Mal den Sommer im Blut.

»Wir beeilen uns jetzt besser. Dee wartet bestimmt schon, und es wird immer kälter.« Wie um meine Feststellung noch zu betonen, strich in diesem Moment ein eisiger Windstoß heulend durch die Straße und fuhr mir bis in die Knochen. Sal legte den Arm um mich.

»Wer war eigentlich dieses Mädchen, mit dem Wei und du in der Mittagpause zusammen wart?«, fragte ich.

»Du meinst Paulette Gold. Warum?«

»Ach, ich hab dich nur schon vor ein paar Wochen mit ihr gesehen, im Flur in der Schule. Erinnerst du dich? Als wir uns gestritten hatten? Da hat sie dir was in die Tasche gesteckt.« Ich verkniff es mir, zu erwähnen, dass sie damals den Eindruck gemacht hatte, als wolle sie am liebsten unter seine Klamotten kriechen. Ich dachte nicht gern an jene Zeit zurück, als wir gerade frisch zusammen waren. Alles war das reinste Chaos gewesen, direkt nachdem meine Mom gestorben war. Ich war völlig durcheinander gewesen. Und dann traf ich Sal, einen NonKon. Er hatte mir Dinge erzählt, die ich eigentlich nicht hören wollte, zum Beispiel, dass die Medien die Kontrolle über unsere Gesellschaft hätten. Oder dass der Regierungsrat das Volk unterdrückte. Dinge über meine Familie – über meine Mom und meinen Dad. Und er hatte mit allem richtig gelegen. Wir hatten uns wieder versöhnt nach unserem Streit, aber es tat immer noch weh, wenn ich daran dachte.

Nach einem längeren Augenblick sagte er endlich: »Oh, klar, das. Das war der Sicherheitscode für den Janji von ihrem Dad. John hatte ihn wegen ein paar kleinerer Reparaturen in seiner Werkstatt.« Er nahm mich an der Schulter und zog mich ganz nah an sich, sodass unsere Nasenspitzen sich fast berührten. »Hey, Nina. Sie ist einfach nur irgendein Mädchen. Aber du, du bist *mein* Mädchen.« Und dann küsste er mich wieder.

Ich glaubte ihm. Was dieses Mädchen betraf, waren meine Nerven zwar immer noch nicht so ganz beruhigt, aber der Kuss half schon ganz gewaltig. Ich hätte jetzt hier stehen bleiben können, bis der Frühling kam und damit das Tauwetter. Nachdem ich die viel zu geringe Dosis Sal ausgiebig genossen hatte, sagte ich schließlich: »Wir gehen jetzt besser. Dee ist bestimmt schon längst zu einem Eiszapfen gefroren.« Wenn es um meine kleine Schwester ging, war ich echt überfürsorglich. Mit gutem Grund, wie ich mir wieder mal selbst in Erinnerung rief.

Als wir bei der Transithaltestelle ankamen, stand Dee tatsächlich im Eingang eines nahe gelegenen Geschäfts, wo sie sich verkrochen hatte.

»Himmel, Nina. Ich hätte erfrieren können. Wo bleibt ihr denn so lang?«

»Warum bist du nicht einfach in eins von den Geschäften hier gegangen?«, fragte ich.

»Weil das ultra schicke Boutiquen sind, da beobachten einen die Verkäufer immer, als wolle man was klauen.« Sie zog die Nase kraus. »Nur weil jemand aus einem niedrigeren Rang stammt, heißt das doch noch lange nicht, dass er ein Dieb ist.«

»Mach dir nichts draus, Dee.« Ich seufzte, weil ich natürlich genau wusste, wie sie sich fühlte. »Manche Leute sind einfach Idioten. Schlicht und einfach Idioten.«

»Hey, wie wär's mit einer heißen Schokolade bei Rosies?«, schlug Sal vor. »Geht auf mich.«

Schon eine Viertelstunde später saßen wir gemütlich in einer Ecke, nippten am dampfend heißen Kakao und mampften Kekse dazu. Es waren nur noch drei weitere Leute in dem Laden, ein älteres Paar und ein Mann, der allein an einem Tisch saß.

Rosie gesellte sich zu uns. Sie hatte angeboten, mir nach den Ferien Unterricht in der Kampftechnik Cliste Galad zu geben. Aber im Moment, nach allem, was ich durchgemacht hatte, vor allem nachdem ich Ed getötet hatte, da war ich mir nicht mehr so sicher, ob ich mich tatsächlich zu einer gut funktionierenden Mordmaschine ausbilden lassen wollte. Andererseits war Wei praktisch ein Profi im Cliste Galad, und trotzdem würde sie keiner Fliege etwas zuleide tun – es sei denn, es gab keine andere Möglichkeit. Ich hatte immer noch zu kämpfen mit dem, was ich Ed angetan hatte. Bei dem Gedanken, ich könne noch weitere Wege lernen, wie man sich jemanden vom Hals schafft, zuckte ich innerlich zusammen.

»Rosie, was dein Angebot betrifft …« Das Rosies war eine tote Zone, selbst der PAV-Empfang funktionierte nur teilweise. Dennoch konnte jeder im Raum zufällig ein Gespräch mithören, daher wählte ich meine Worte mit Bedacht. »Ich würde gern noch damit warten. Ich bin noch nicht bereit.«

»Wenn du so weit bist, wirst du das wissen.« Sie tätschelte meine Wange. »Du bist echt ein kluges Mädchen.«

Aber ich fühlte mich kein bisschen klug. Ich war einfach nur erleichtert.

»Ich hab noch mehr Kekse im Ofen«, meinte Rosie. »Ich geh besser und seh nach ihnen.«

»Kann ich dir helfen?«, fragte Dee, die gerade eine echte Begeisterung fürs Kochen entwickelte. Ich hatte eine ähnliche Phase durchgemacht, aber bei mir war das nur ein kurzes Zwischenspiel gewesen. Ich fand mich zwar ganz gut mit dem Kochcenter zurecht, aber ich war längst kein solches Genie wie meine Grandma.

»Klar. Aber ich spann dich vielleicht wirklich ein.«

»Cool.« Dee folgte Rosie in die Küche.

Sal und ich nippten an unserem Kakao, hielten Händchen und benahmen uns genau so, wie ich es mir nie hätte vorstellen können. Selbst vor ein paar Monaten noch war ich derart entschlossen gewesen, mich nicht wie das typische Sex-Teen zu benehmen und total hinter den Jungs her zu sein und mich für sie hübsch anzuziehen, um sie auf mich aufmerksam zu machen. Ich hatte sogar beschlossen, nie einen Freund haben zu wollen. Und jetzt saß ich hier und genoss den Moment mit dem größten Lichtblick in meinem Leben – Sal.

Das Einzige, weswegen wir uns je stritten, war seine Neigung, es mit der Sorge um mich ein bisschen zu übertreiben. Ich verstand ja, warum er sich so verhielt. Schließlich ist es sicher kein Klacks, zuzusehen, wie die eigene Freundin von einem ehemaligen B.O.S.S.-Angestellten bedroht wird. Beim Gedanken an Ed schüttelte es mich. Ich musste daran denken, wie er mir meine Mutter genommen hatte. Was für eine Macht er über Dee und mich gehabt hatte. Dee, die immer noch dachte, dass Ed ihr Vater war ... Doch Ed war weg. Und mich musste man nicht mehr beschützen.

Viel lieber wollte ich im Widerstand aktiv werden. Wenn schon Jungs im Alter von sechzehn Jahren zu NonKons werden konnten, war für mich nicht nachvollziehbar, warum Mädchen warten mussten, bis sie achtzehn waren. Jungs mussten sich mit sechzehn nicht tätowieren lassen; Mädchen schon. An jedem einzelnen Tag musste man sich als Sechzehnjährige ungewollte sexuelle Avancen gefallen lassen oder Schlimmeres. Und doch hielten die Anführer des Widerstands eine aktive Mitarbeit von Mädchen im Untergrund für zu gefährlich. Echt lächerlich.

Es schien fast so, als würden Jungs generell – selbst NonKons und Widerstandskämpfer, die es eigentlich besser hätten wissen müssen – wenigstens zum Teil etwas Wahres an der Propaganda der Medien finden, Frauen seien nicht so stark und fähig wie Männer. Ich nippte an meinem Kakao und schluckte die negativen Gefühle hinunter.

Während wir so redeten, kam eine Frau herein und setzte sich zu dem Mann, der alleine gewesen war. Ihr kastanienbraunes Haar, das sie an den Schläfen mit Spangen zurückgesteckt hatte, fiel ihr locker über die Schultern, fast wie in einer Shampoo-Werbung. Ihre Klamotten stammten eindeutig nicht aus dem Sale-o-Rama. Sie waren ultra schick und betonten ihre perfekte Figur. Sie war außerdem ziemlich groß, fast schon amazonengleich. Erst dachte ich, sie wäre schön. Doch als ich näher hinsah, bemerkte ich einen harten Ausdruck um den Mund, der nicht ganz so hübsch war.

Auch Sal sah sie an. Ich drückte seine Hand. »Was ist los?«

»Nichts.« Er runzelte leicht die Stirn, ehe er seine Aufmerksamkeit wieder ganz auf mich richtete. »Ich hätte an dich denken sollen.« Damit ließ er seine Lippen sanft über meine Fingerkuppen streifen. Ich vergaß augenblicklich alles, bis auf die Gefühle, die er in mir auslöste.

Nachdem Dee wieder aus der Küche zurück war, packten wir unsere Sachen, um zu gehen. Wir waren schon fast an der Tür, als eine Stimme rief: »Miss Oberon.« Dee und ich drehten uns im selben Moment um. »Das hier brauchst du vielleicht noch.« Die Frau mit dem kastanienbraunen Haar hielt einen von Dees Fäustlingen hoch. »Es ist schrecklich kalt da draußen.«

»Miss Maldovar!« Dee eilte rüber an ihren Tisch. »Vielen Dank! Die hat Mom mir letztes Jahr zum Großen Feiertag geschenkt. Nicht auszudenken, wenn ich einen verloren hätte.« Sie schob ihre Hand in den wertvollen Fäustling.

»Kann ich mir vorstellen. Das mit deiner Mutter tut mir so leid.« Sie legte Dee eine Hand auf die Schulter. »Pass gut auf die Handschuhe auf.« Dann blickte sie auf und musterte mich eingehend. »Du gehst jetzt besser zurück zu deiner Schwester.«

Sal hielt uns die Tür auf und stellte Dee genau die Frage, die auch mich beschäftigte. »Wer war das?«

»Meine neue Lehrerin, Miss Maldovar. Sie ist echt ultra.«

Ich warf einen Blick durchs Fenster, und im selben Moment sah die Frau mir direkt ins Gesicht. Unweigerlich stellten sich mir die Haare im Nacken auf. Ich knöpfte meinen Mantel zu. Es war eiskalt draußen.

III

Als Dee und ich nach Hause kamen, saß Grandpa in seinem Lieblingssessel, die Beinprothese an den Beistelltisch gelehnt, während seine Krücke auf dem Boden daneben lag.

Dee warf sich ihm in die Arme und pflanzte einen dicken Kuss auf seine Wange. »Wir haben haufenweise Hausaufgaben auf, so kurz vor dem Feiertag. Kannst du dir das vorstellen?« Sie richtete sich auf. »Hilfst du mir später bei Mathe?«

»Aber klar doch, Deedee.« Er kitzelte sie unterm Kinn. »Aber versuch es erst mal allein, ja? Ich guck mir dann deine Lösungen an.«

Dee hüpfte davon in ihr Zimmer.

»Und wie steht's mit dir, meine Kleine? War's okay in der Schule heute?«, fragte er.

»Mhm.« Ich würde ihm garantiert nichts von meinem Besuch bei Mrs Marchant erzählen. Er würde sich nur aufregen und total frustriert sein, weil er mir nicht hatte helfen können. In den paar Monaten, seit Dee und ich bei Grandma und Grandpa eingezogen waren, hatte seine Gesundheit sich nicht gerade zum Besseren entwickelt, und er wurde immer vergesslicher. Da ich mich nicht mit deprimierenden Themen aufhalten wollte, fragte ich: »Ist hier irgendwas Aufregendes passiert?«

»Die Kontrollfuzzis waren wieder mal da.«

So viel also zum Themenwechsel. Angst schnürte mir den Magen zu. Dieselbe Angst, die seit der Ermordung meiner Mutter mein ständiger Begleiter war, die sich allerdings seit Eds Tod etwas gelegt hatte. Ich schlang die Arme um meinen Körper und machte mir noch nicht mal die Mühe, ihn zu rügen, dafür, dass er einen so abfälligen Slangbegriff für die Polizei verwendete. »Was wollten sie?« Als hätte ich das nicht längst gewusst.

»Dieses Mal hatten sie ein paar Agenten vom Büro dabei.« Er rieb sich über die Stoppeln am Kinn. »Sie suchen immer noch nach diesem nichtsnutzigen Deckskerl von Ed. Ich hab denen erklärt, dass er Dee nie besucht, sich keinen Deut drum kümmert, dass sie seine Tochter ist, und dass es mich einen feuchten Kehricht interessiert, was mit ihm ist oder wo er steckt. Wahrscheinlich betrügt er irgendwo seine Frau mit einer anderen, jetzt da Ginnie tot ist.«

»Grandpa!« Wenn es um die Regierung ging, konnte man mit ihm nicht vernünftig reden. Ich verstand seine Verachtung ja absolut, aber auch wenn er alt und körperlich beeinträchtigt war, hatte ich doch Angst, dass er sich noch richtig in die Scheiße ritt und nicht mehr rauskam. »Du hättest vielleicht ein bisschen … netter zu ihnen sein sollen?«

»Netter?«, schnaubte er verächtlich. »Als wäre irgendwas von dem, was die Regierung je für mich getan hat, nett gewesen.« Er tätschelte seinen Beinstumpf, ein Andenken daran, wie mies man ihn behandelt hatte, nachdem er bei einem Unfall sein Bein verloren hatte, während er vor vielen Jahren an einem Regierungsprojekt mitgearbeitet hatte.

Ich versuchte es mit Logik. »Die sind vom B.O.S.S. Die können dich, du weißt schon … zu einer Reassimilierung verdonnern.«

»Ich hab keine Angst vor einer Reassimilierung, meine Kleine. Es braucht schon ein bisschen mehr als irgendeine kranke Technologie, um einen alten Kerl wie mich in ein Matschhirn zu verwandeln.«

Ich bezweifelte, dass Grandpa wusste, was für krasse Zombies die Leute nach einer Reassimilierung in Wirklichkeit wurden. So wie dieser Lehrer von mir, der von den vom Regierungsrat vorgeschriebenen Lehrstoff abgewichen war. Er war nie wieder derselbe, nachdem er zurückkam. Doch es gehörten schon mehr als nur vage Drohungen dazu, wenn man Grandpa einschüchtern wollte. »Haben sie irgendwas gesagt?«, fragte ich. »Haben sie irgendwelche Spuren?«

»Im Grunde nichts Neues. Das letzte Signal von seinem PAV wurde in der Nähe Ecke Lincoln und Wells abgesetzt. Sie meinten, es hätte vom ehemaligen Robin's Roost Hotel kommen können.« Seine Augen blitzten, und er richtete sich auf. »Da haben dein Vater und seine Freunde sich früher gern aufgehalten. Das Gebäude steht schon seit Jahren leer. Was hätte Ed wohl da zu suchen gehabt?«

Ich zuckte die Schulter, als hätte ich keine Ahnung davon, dass Ed auf der Suche nach mir dort gewesen war, während ich wiederum nach Beweisen gesucht hatte, die meine Mom dort versteckt hatte. Ich hatte sie gefunden, die Beweise. Und Ed hatte mich gefunden.

Grandpa seufzte und ließ sich zurück in seinen Sessel sinken. »Die Hochzeitsfeier von Alan und Ginnie fand damals dort statt. Der ganze Laden war in Silber und Neptungrün dekoriert. Wie im Märchen. So war das damals. Ein magisches Zauberreich.«

Sein Blick verlor sich im Nirgendwo und war überschattet von einem abwesenden Ausdruck, der in letzter Zeit leider überhandnahm. Ich wollte, dass Grandpa bei mir blieb, anwesend war. Ich setzte mich auf die Lehne seines Sessels. »Haben sie sonst noch was gesagt?«

»Hä?« Er legte den Kopf zur Seite, in seinen Augen ein undurchschaubarer Mix aus längst vergangenen Erinnerungen und aktuellen Ereignissen.

»Das Büro für Ordnung, Schutz und Sicherheit, Grandpa. Was haben die noch gesagt?« Ich blickte ihm fest in die Augen. Er schien wieder klar zu sehen, dann richtete er sich auf.

»Oh, klar, die S.O.B.s. Ist dir das schon mal aufgefallen, meine Kleine? B.O.S.S. ist S.O.B. rückwärts, und das steht für Sadisten ohne Barmherzigkeit.« Kichernd tätschelte er mein Bein.

»Ja, Grandpa.« Ich gab mir alle Mühe, mir meine Ungeduld nicht anmerken zu lassen.

»Nun, Robin's Roost wurde an deinem Geburtstag abgerissen. War mal ein echt tolles altes Gebäude. Und jetzt ist es so platt wie einer von Ediths Pfannkuchen.« Er schüttelte den Kopf. »Sag mal, Nina, wenn Ed in der Stadt war, um Dee zu besuchen, was hatte er dann in einem verlassenen Hotel zu suchen? Das ergibt doch keinen Sinn, oder?« Er wartete gar nicht erst eine Antwort von mir ab. »Ich hab ihnen ja gesagt, dass sie verrückt sind.« Er machte eine Handbewegung, als wolle er das alles aus unserem Leben wischen. »Die kommen nicht wieder.«

»Ich hoffe nur, du liegst damit richtig, Grandpa.« Ich warf ihm die Arme um den Hals und drückte ihn ganz fest, aber doch nicht fest genug, um mich meine Ängste vergessen zu machen. »Ich geh jetzt besser und mach auch meine Hausaufgaben.«

Als ich in mein Zimmer kam, schickte ich Wei eine Nachricht auf dem PAV. Ich durfte es nicht riskieren, dass jemand ein Gespräch zwischen uns über die Überwachungsanlage mitbekam, die mit Sicherheit auf unsere Wohnung ausgerichtet war. Erst recht jetzt, wo die vom B.O.S.S. nach Ed suchten und alle Welt dachte, Dee wäre seine Tochter, da mussten wir ja irgendwie verdächtig sein. Die Tatsache, dass ich ihn wirklich umgebracht hatte und dass Dee gar nicht seine Tochter und Alan Oberon noch am Leben war – verdammt! Es war echt gut, dass sie uns bislang nicht überwacht hatten, denn sonst wäre ich jetzt längst tot.

»Treffen wir uns im Lincoln Park. Du weißt wo«, schrieb Wei zurück.

Es gab einen Sendemast im Park, der Satelliten- und Radiowellen zuverlässig störte. Es handelte sich zwar um keine richtige tote Zone, aber so gut wie.

»Zwanzig Minuten«, lautete meine Antwort.

Ich zog also wieder meine Jacke an, schaute noch kurz in der Küche vorbei und sagte meiner Großmutter, dass ich erst nach dem Abendessen heimkommen würde.

»Wei, was soll ich bloß tun? Die vom B.O.S.S. waren heute bei uns in der Wohnung.« Ich ging nervös auf und ab. »Die kriegen das raus, oder? Und wenn das der Fall ist, dann unterziehen sie mich einer Reassimilierung. Oder sie schicken mich gleich auf den Mars.«

»Hör auf. Du machst mich ja ganz kirre.« Wei hielt abwehrend eine Hand hoch. »Die werden nichts rausfinden. Und auf den Mars schicken die nur Kerle ins Gefängnis.«

Ich blieb stehen. »Was soll ich denn tun?«

»Im Ernst, Nina. Die werden dich nicht verhaften, weil es nämlich keinerlei Beweise gibt. Vertrau mir. Ich weiß ja, was hinterher passiert ist, bei der Aufräumaktion. Du brauchst dir wirklich keine Gedanken zu machen. Überhaupt nicht. Außerdem hab ich Freunde. Die werde ich bitten, rauszufinden, ob irgendwas über dich im Umlauf ist.«

»Wen meinst du damit?«

»Das hier.« Damit deutete sie auf die Disteltätowierung auf ihrem Handrücken. »Es gibt da ein paar von uns ...«

»Kreative? Was können die denn schon ausrichten?«

»Nicht einfach nur Kreative.« Wei zog mich zu sich heran. »Wir sind die Schwesternschaft. So was wie …« Sie sah sich um. »Wie NonKons, nur Mädchen«, flüsterte sie.

Meine Augen wurden ganz groß. »Im Ernst?«

»Mhm.« Sie ließ ihren Blick aufmerksam schweifen, während sie mir zuflüsterte: »Die NonKons, na ja, du weißt ja, dass die Jungs uns nicht viel machen lassen. Aber wir betreiben einen Piratensender und haben die technischen Mittel, um Werbespots und sonstige Übertragungen zu stören. Wir sehen Dinge, wir hören Dinge, und anschließend geben wir unser Wissen an die NonKons weiter, die es wiederum an den Widerstand übermitteln. Das einzige Problem dabei ist, dass wir nichts von den gefährlicheren Sachen machen dürfen, die sie so tun. Wie beispielsweise hochrangige Widerstandsmitglieder zu beschützen, wenn sie in der Stadt sind, WeLS-Mädchen zu retten – nicht einmal bevor deine Mutter die ganze Wahrheit über WeLS herausgefunden hatte – oder einen Gefangenentransport von politischen Häftlingen auf ihrem Weg zum Mars aufzuhalten.«

»Echt jetzt?« Mein Herz fing an zu rasen, und ich klammerte mich an ihren Arm. »Ich will mitmachen. Wie mach ich das? Ich tu alles.«

»Hey, immer schön langsam. Ich muss erst mit den anderen reden, bevor ich noch mehr erzähle. Obwohl, du hast mir ja schließlich das Leben gerettet, und außerdem bist du Alan Oberons Tochter … Wie könnten sie dich nicht …«

»Das darfst du ihnen nicht erzählen. Zumindest nicht das, was ich getan habe – niemand darf erfahren, was mit Ed geschehen ist. Niemand außer dir, Sal, Derek und Mike – und wer auch immer die Aufräumaktion durchgeführt hat –, sonst darf es niemand wissen. Versprich mir das!«

»Ich sag ja nichts. Aber Nina, du darfst Sal auch nichts von der Schwesternschaft erzählen. Ich weiß, dass er nicht wollen würde, dass du irgendetwas machst, das dich wieder in Gefahr bringen könnte. Als Ed ... nun, ich sollte nicht ...« Sie schüttelte den Kopf.

»Solltest *was* nicht? Spuck's schon aus.«

»Ist kein großes Ding. Aber als Ed die ganze Zeit hinter Dee und dir her war, hat er sich regelmäßig Johns Trannie ausgeliehen und damit draußen vor eurem Haus gewartet, um nach Ed Ausschau zu halten. Er hat auf dich und Dee aufgepasst. Er liebt dich so sehr, Nina. Er würde alles tun, um dich zu beschützen.«

»Er hat *was* getan?« Ich hatte kaum mehr mitgekriegt als die Worte »auf dich aufgepasst«. Sal hatte mich also beschützt, ohne mir was davon zu sagen? Bis zu einem gewissen Grad war ich gerührt, aber ein Teil von mir war auch sauer. Obwohl ich es durchaus schätzte, dass er sich so um mich sorgte, hatte ich es bislang doch recht gut geschafft, auf mich selbst aufzupassen – und auf Dee.

»Ich hätte nichts sagen sollen.« Wei biss sich auf die Lippe. »Erzähl ihm nichts davon, okay?«

Ich schluckte den Ärger hinunter, der in mir hochzukochen drohte. Es war nun mal passiert. Da half es nichts, sich zu streiten. Ich seufzte. »Ich liebe ihn ja auch, aber … diese Sache von wegen, was Mädchen tun dürfen und was nicht, das ist etwas, wo wir komplett unterschiedlicher Meinung sind.«

»Ach so, ja, ich streite mich deswegen auch immer mit Sal *und* mit meinem Dad. Sie denken, wir hätten so schon genug um die Ohren, allein aufgrund der Tatsache, dass wir uns jeden Tag Gefahr aussetzen, nur weil wir sechzehn sind. Sie kapieren nicht, dass wir handeln müssen, um uns selbst zu beweisen, wie stark wir in Wirklichkeit sind.«

»Was ist mit deinem Bruder, Chris? Macht der dir das Leben auch so schwer?«

»Nicht wirklich. Wir haben nicht sonderlich viel darüber geredet. Er war schon immer mein Kampfpartner beim Cliste Galad, deshalb weiß er, was ich so draufhab. Ich glaube nicht, dass er dieselben Bedenken hat wie mein Vater.«

»Ich wette, Derek macht sich auch nicht so viele Gedanken deinetwegen.« Ich wusste ja, wie sehr Derek starke Mädchen bewunderte.

Wei wurde tatsächlich rot im Gesicht. »Nee, tut er nicht.« Sie sah mich unter gesenkten Wimpern hervor an. »Um ehrlich zu sein … hab ich ihn schon mal niedergestreckt.«

»Du willst mich wohl verarschen!«

»Nö. Wir haben bloß so rumgealbert. Dann packte er mich, und ich hab reagiert, ohne groß nachzudenken. Zack! Und schon lag er auf dem Rücken.«

»Derek? Echt jetzt?« Vergeblich versuchte ich mir das Lachen zu verkneifen. Wei war total zierlich, und Derek, na ja, der war zwar auch kein Riese, aber er war definitiv kräftiger als Wei.

»Wenigstens gibt es noch Jungs, die Vertrauen haben in uns Mädels. Selbst wenn sie das erst auf die harte Tour herausfinden müssen. Sozusagen.« Sie kicherte. »Klar haben wir uns hinterher geküsst und wieder versöhnt.«

»Und, würden die anderen Mädchen in der Schwesternschaft auch gern ein bisschen aktiver werden?«

»Mhm. Wir warten nur noch auf den richtigen Zeitpunkt, um was zu unternehmen oder jemandem zu helfen, abgesehen von dem, was wir eh schon tun. Etwas, womit wir beweisen können, wozu wir tatsächlich fähig sind.«

Ich musste an Joan denken, Mikes Schwester, die aus dem WeLS-Programm geflohen war. Sie war befreit worden, und man hatte sie von der Trainingsstation zurück auf die Erde gebracht. Dem nach zu schließen, was Wei soeben erzählt hatte, mussten es NonKons gewesen sein, die sie gerettet hatten. Sie lebte jetzt zusammen mit einer Gruppe von obdachlosen Frauen. Ich fragte mich … ob die Schwesternschaft wohl … Nein. Ich wusste noch nicht genug darüber. Und ich war ja noch nicht mal ein Mitglied dieser Schwesternschaft. Über Joan würde ich ein anderes Mal mit Wei reden.

»Hat dein Dad irgendwas gesagt darüber, warum es so lange dauert, mit den Enthüllungen über WeLS an die Öffentlichkeit zu gehen?«

»Nö«, meinte Wei. »Ich weiß, dass er deinem Vater diese Informationen schon vor Wochen überbracht hat. Aber ich bin mir sicher, dass sie nur noch den richtigen Zeitpunkt abwarten.«

»Die müssen endlich damit rausrücken, je früher, desto besser.« Und wenn das mit WeLS erst mal bekannt war, würde man Leuten wie Joan endlich helfen. Obwohl ich im Augenblick nichts für sie tun konnte, würde ich vielleicht auf ganz neue Ideen kommen, wenn ich mich Weis Gruppe anschloss. »Hör mal, gibt es so was wie ein Aufnahmeritual für die Schwesternschaft? Ich tu alles, was die verlangen.«

»Du bist echt die letzte Person im gesamten Universum, die irgendwas beweisen müsste«, meinte Wei. »Ich red heute Abend mit ihnen und sag dir dann morgen, was dabei rausgekommen ist.« Sie lächelte mich an. »Sie werden dich dabeihaben wollen. Ich weiß es einfach.«

»Ich hoffe es. Ich hoffe es wirklich.«

IV

Es war der letzte Schultag vor den Ferien zum Großen Feiertag. Keiner hatte mehr Lust auf Schule, nicht einmal die Lehrer. Mr Haldewick hatte seinen Zeigestab in die Ecke gestellt und ausnahmsweise mal aufgehört, uns Vorträge zu halten. Die ganze Klasse diskutierte stattdessen angeregt über Feiertagstraditionen im Lauf der Jahrhunderte. Ich wartete ungeduldig auf den letzten Gong, damit Wei und ich endlich miteinander reden konnten, doch während meiner vorletzten Unterrichtsstunde tauchte plötzlich Hal auf. Ich wurde wieder einmal ins Büro der Direktorin zitiert. Also schlurfte ich langsam hinter ihm her, während ich mir tausend Dinge ausmalte, die der Grund für meinen Besuch im Direktorat sein könnten. Auf dem Weg sah ich zufällig, wie Sal und Paulette sich gemeinsam durch eine Seitentür rausschlichen. Zum Glück bemerkte Hal sie nicht. Ganz gleich, was Mrs Marchant auch von mir wollte, es konnte kaum schlimmer sein, als die beiden zusammen zu sehen.

»Setzen Sie sich, Miss Oberon.« Mrs Marchant deutete auf den Stuhl ihr gegenüber. »Ihre Großmutter hat mich telefonisch kontaktiert …«

Oh nein. »Grandpa …« Das war es wohl. Ich umklammerte die Armlehne meines Stuhls. »Ist alles in Ordnung mit ihm?«

»Es geht nicht um Ihren Großvater.« Sie neigte den Kopf ein wenig nach rechts.

In dem Moment bemerkte ich die beiden in Schwarz gekleideten Frauen, die wie riesige Krähen auf einer Bank hockten, direkt unter den AV-Bildschirmen.

»Diese Damen sind vom Kinderschutzdienst.« Mrs Marchant kam um den Schreibtisch herumgeschwebt und blieb neben mir stehen. »Sie würden dir gerne ein paar Fragen stellen.«

Ich sah sie an. Irgendwie hatte ich den Eindruck, als würden sich die Fronten gerade verhärten, und ich hatte das Gefühl, Mrs Marchant war auf meiner Seite.

»Ja, Ma'am«, sagte ich.

»Wir werden diese Unterhaltung aufzeichnen«, erklärte eine der beiden Frauen.

Ihre Stimme ließ mich aufhorchen. Sie klang sanft und melodiös, eher nach einem Singvogel, und ganz und gar nicht wie das heisere Krächzen, das ich erwartet hatte.

»Nur eine Sekunde.« Damit zerrte sie ihre Tasche von der Schulter, fingerte am Verschluss herum und holte schließlich einen AV-Rekorder heraus. Sie warf der anderen Frau, die über ihrer Hakennase die Stirn runzelte, einen entschuldigenden Blick zu und sagte: »Ist ein neues Modell, ich komm noch nicht ganz damit klar …«

»Dann hören Sie auf mit Ihren Erklärungen und finden

Sie es lieber raus«, fuhr ihre Kollegin sie an. »Wir haben nicht den ganzen Tag Zeit.« Die Stimme von der Frau passte einfach perfekt zu ihrem Äußeren.

Ich wünschte, das Singvögelchen würde die Fragen stellen, aber mir war klar, dass es Krähengesicht sein würde. Wenn ich nur etwas mehr über Weis Tricks zur Gefühlskontrolle wüsste. Wei hatte mir ein paar einfache Atemübungen gezeigt, mit deren Hilfe man Emotionen kontrollieren kann, und trotzdem kroch mir jetzt wie immer die Röte über das Gesicht. Außerdem zitterten meine Hände.

Mrs Marchant positionierte sich genau zwischen mir und den beiden Frauen. Sie holte ein Taschentuch aus ihrem Stuhl, der sie vollkommen umhüllte. »Halt dich an die Wahrheit, aber sag nur das Nötigste«, flüsterte sie mir zu, während sie mir das Taschentuch reichte. Dann drehte sie sich mit dem Stuhl zu den beiden Frauen um, fast ein bisschen wie eine Mutter, die sich schützend vor ihr Kind stellt. »Das wird hoffentlich nicht lange dauern? Wir sind hier schließlich in einer Schule. Sie hätten das auch bei ihr zu Hause tun können.« Ihre letzte Bemerkung klang fast wie ein offener Vorwurf.

Der Kiefer von Krähengesicht spannte sich an, doch sie erwiderte nichts.

»Ich wäre dann so weit.« Das Singvögelchen hatte den AV-Rekorder auf ein Stativ geschraubt, und das Mikrofon war nun auf mich gerichtet.

Ich drückte das Taschentuch in meiner Hand und gab mir Mühe, das Atmen nicht zu vergessen. Ich meisterte die

Routinefragen ohne größere Probleme. Name, Alter, Verwandtschaftsverhältnisse zu Dee, Grandma und Grandpa, all das wurde bestätigt, als Singvögelchen meine Hand scannte. Kurz flackerte Mitleid in ihrem Gesicht auf.

»Wie alt sind Ihre Großeltern?« Krähengesicht hatte sich vor mir aufgebaut.

»Grandpa ist siebenundachtzig, und Grandma ist, äh …« Wusste ich überhaupt, wie alt sie war? Außerdem war ich mir ziemlich sicher, dass sie die Antwort eh schon kannten. »Ich glaube, sie ist fünfundachtzig.«

»Erzählen Sie mir etwas vom Medikamentenmissbrauch Ihres Großvaters.« Ihre Knopfaugen richteten sich fest auf mich.

Meine Nackenhaare richteten sich auf. »Er nimmt verschreibungspflichtige Medikamente gegen die Schmerzen, wegen seines Beins.« Wie konnte sie es wagen, zu behaupten, Grandpa sei ein Junkie! »Das Bein, das er bei einem Einsatz im Rahmen des Weltraumprojekts des Regierungsrats verloren hat«, fügte ich noch hinzu.

Krähengesicht tippte irgendwas in ihren PAV-Empfänger. »Es wäre besser, wenn Sie sich ein wenig am Riemen reißen würden, Miss Oberon.«

Ich zupfte an dem Taschentuch in meiner Hand herum und riss eine Ecke ab. Mrs Marchant begegnete meinem Blick. Ihr Gesichtsausdruck erinnerte mich sofort wieder daran, dass das hier weder die richtige Zeit noch der richtige Ort waren, um einen Anfall zu kriegen.

»Tut mir leid.« Was natürlich nicht stimmte. Doch auch

wenn ich innerlich ein einziges Nervenbündel war, log ich wie ein Weltmeister, wenn es darauf ankam. Zerknirscht sagte ich: »Der Regierungsrat und die Medien haben mehr getan, als sie hätten tun müssen für meinen Großvater.« Klar war das genaue Gegenteil der Fall. Das absolute Minimum, mehr hatten sie nicht unternommen. Und das auch erst, nachdem die ganze Geschichte an die Öffentlichkeit gelangt war, dass die Regierung nämlich weder die Arztrechnungen noch die Reha für Grandpa und diesen anderen Typen bezahlt hatte, der gleich beide Beine und ein Auge verloren hatte. Diese Wahrheit hatten die Medien ausnahmsweise mal nicht totschweigen können.

»Ihre Großmutter hat eine Freundin namens Harriet Pace?«

»Ja, Ma'am.«

»Ist sie oft bei euch zu Hause?« Ihre schwarzen Augen bohrten sich in mich.

»Ich schätze schon.«

»Sie schätzen schon?« Ihre Augen verengten sich zu zwei schmalen Schlitzen. »Ist sie häufig da oder nicht? Täglich? Stündlich? Wie oft kommt sie vorbei?«

»Normalerweise kommt sie jeden Tag vorbei, und wenn nicht, besucht Grandma sie.« Was konnte es denn mit Harriet für ein Problem geben? »Mrs Pace ist sehr nett«, fügte ich hinzu.

»Kennen Sie denn John Pace?«

Johnny, Harriets Sohn, war vor Wochen verhaftet worden, weil er angeblich ein NonKon war.

Miss Krähengesicht beugte sich ganz nah zu mir; ihr Atem roch nach verrotteten, toten Dingen. Dem Gesetz nach musste sich jeder vegetarisch ernähren, doch war allen klar, dass es einen blühenden Schwarzmarkt für Fleisch gab. Im Geiste sah ich sie die Zähne in eine Kuh schlagen. Ich presste die Lippen aufeinander, schluckte und hatte richtig Mühe, mein Mittagessen bei mir zu behalten.

»Beantworten Sie die Frage, Miss Oberon«, sagte sie. »Kennen Sie nun einen John Pace?«

»Ja.«

Grinsend richtete sie sich auf. »Und kennt Ihre Schwester diesen John Pace?«

»Ja.« Was hatte denn Dee mit all dem zu tun? Ich zupfte wieder an dem Taschentuch in meiner Hand.

»Wurde sie je seiner Obhut anvertraut?«

»Ich denke nicht. Er war vielleicht mal dabei, wenn Mrs Pace auf sie aufgepasst hat.« Ich hatte echt keinen Schimmer, worauf sie mit all dem hier hinauswollten, aber es konnte nichts Gutes sein. Ich sah auf die Taschentuchschnipsel in meiner Hand, dann blickte ich Krähengesicht an. »Warum?«, fragte ich.

»Ich stelle hier die Fragen.« Sie kam mir wieder ganz nahe. »Seit wann ist Ihr Großvater schon ein Subversiver?«

»Wie bitte?« Ich riss die Augen ganz weit auf.

»Sie haben mich schon verstanden. Beantworten Sie die Frage.«

»Grandpa ist kein Subversiver.« Ich spürte, wie sich Schweißperlen auf meiner Stirn bildeten. »Er ist nur, tja ... recht direkt. Ich verstehe nicht, was hier vor sich geht.«

»Es hat Beschwerden gegeben, Miss Oberon. Gegen Ihre Großeltern liegt eine Klage wegen unangemessenen Verhaltens vor.« Sie packte mich am Handgelenk und drehte mir brutaler als nötig den Arm um, damit man das XVI-Tattoo sehen konnte. »Wir wissen, dass Sie volljährig sind – Sie können selbst für sich sorgen.« Sie ließ meinen Arm fallen und drehte mir den Rücken zu.

»Ich bin auch alt genug, um für Dee zu sorgen«, protestierte ich.

Krähengesicht drehte den Kopf hin und her und musterte mich von oben bis unten. Sie verzog die Lippen. »Sie mögen vielleicht schon sechzehn sein, aber Sie sind noch nicht emanzipiert. Sie sind lediglich eine Waise aus Rang zwei.« Bei jedem der folgenden Worte stieß sie den Finger in meine Richtung. »Sie. Sind. Ein. Nichts.«

Nichts. Rang zwei. Waise. Sechzehn. Nichts. Diese Worte schienen bei mir irgendwo einen lebenswichtigen Stecker zu ziehen, und ich spürte, wie die Kraft aus mir entwich. Hatte ich aufgehört zu atmen? Ich spürte noch nicht mal mehr meinen Herzschlag. Ich starrte auf den Recorder und fragte mich, wie er mich aufzeichnen konnte, wenn ich doch ein Nichts war. War da ein Schwarzes Loch, wo ich saß? Eine leere Hülle mitten im Raum?

Ich bekam nur am Rande mit, wie Mrs Marchant mit dem Stuhl vor mich schwebte. Wie durch eine Wasserwand hörte ich sie sagen: »Sind Sie dann fertig?«

Vom selben weit entfernten Ort hörte ich Krähengesicht sagen: »Das sind wir ganz gewiss. Räumen Sie das weg«, trug sie Singvögelchen auf. »Was diesen Fall betrifft … Sie … Oberon!« Mein Blick zuckte zu ihrem Gesicht. »Ihre Großeltern werden inzwischen schon die Vorladung erhalten haben, am dreiundzwanzigsten Dezember vor dem Hohen Gericht zu erscheinen. Wenn Sie wollen, ist Ihnen die Anwesenheit gestattet.« Damit wirbelte sie herum und marschierte davon. Singvögelchen, die immer noch damit beschäftigt war, die AV-Ausrüstung in ihrer Tasche zu verstauen, trippelte schließlich hinter ihr her.

Der dreiundzwanzigste Dezember. Zwei Tage vor dem Großen Feiertag. Ich starrte auf Mrs Marchants Rücken, als der Raum sich plötzlich um mich zu drehen begann. Und ehe ich mich's versah, stand Hal auch schon über mir mit einem Glas Wasser, und ich lag auf der Bank, auf der vorhin noch die beiden Frauen vom Kinderschutzdienst gesessen hatten.

So schnell ich hochfuhr, sank ich auch wieder auf den Rücken.

»Trinken Sie das«, ließ Hal vernehmen. »Sie werden sich besser fühlen.«

Zögernd stützte ich mich auf den Ellbogen. Als ich mir sicher war, dass ich nicht wieder zusammenbrechen würde, nahm ich einen Schluck.

Mrs Marchant kam zu mir herübergeglitten. »Ihnen wird es so gut gehen, wie das in dem Fall möglich ist.« Sie schickte Hal fort. Als sich die Tür hinter ihm schloss, meinte sie: »Ihre Tutorin wird Ihnen bei dieser Sache eine große Hilfe sein.«

»Wer?« Ich richtete mich auf.

»Sie beginnen doch bald Ihren Unterricht in altertümlicher Wissenschaft, nicht wahr?«

Rosie. Meine Cliste-Galad-Stunden. Woher wusste sie davon? »Erst mal nicht. Ich könnte jetzt nicht ...«

»Ich verstehe. Aber es spielt keine Rolle, Sie werden andere Dinge lernen. Sie sind alles andere als allein.«

»Ich muss nach Hause. Grandma und Grandpa müssen sich ja schon zu Tode ängstigen.«

»Ja, Sie sollten wirklich umgehend heimgehen.« Mrs Marchant reichte mir ein weiteres Taschentuch. »Jetzt, da der Fall beim KSD liegt, tun die alles, was sie für nötig halten.« Sie warf einen Blick auf die Uhr an der Wand. »Sie haben Freunde. Bitten Sie sie um Hilfe.« Surrend fuhr sie zurück zu ihrem Schreibtisch.

»Vielen Dank«, sagte ich.

»Die Wahrheit wird ans Licht kommen, Miss Oberon.« Sie sah noch nicht einmal mehr von ihren Unterlagen hoch. »Machen Sie weiter so.«

V

Als ich nach draußen kam, wartete Wei bereits auf mich. »Du siehst ja schrecklich aus. Was ist passiert?«

Ich sah mich erst um, da ich nicht wollte, dass irgendjemand was von unserem Gespräch mitbekam. »Gegen Grandma und Grandpa liegt eine Klage wegen unangemessenen Verhaltens vor. Die vom KSD waren in der Schule und haben mich im Büro von der Marchant befragt. Irgendjemand will uns Dee wegnehmen.« Ich betrachtete jeden einzelnen Schüler, der aus dem Gebäude kam, in der unwahrscheinlichen Hoffnung, ich könnte Sal entdecken. »Wo steckt Sal eigentlich? Ich hab ihn mit Paulette zusammen gesehen, als ich auf dem Weg in Mrs Marchants Büro war.«

»Er … tja, hatte zu tun.« Sie warf mir einen wissenden Blick zu.

»Ja, klar.« Ich brauchte ein Weilchen, bis ich nicht weiter in jedes einzelne Gesicht starrte, das vorüberkam. Ich biss mir auf die Zunge. Sal war ehrlich gewesen zu mir. Ich hatte keinen Grund, an ihm zu zweifeln. Aber Paulette … Pah! Ich wollte keinen Gedanken mehr an sie verschwenden. Ich würde einfach später mit Sal reden.

Dann ertönte der letzte Gong. »Mist! Dee wartet schon auf mich.« Ich rief sie von meinem PAV aus an. Sie war vor der Kälte in einen Designerladen geflüchtet und fragte sich schon, wo ich blieb.

»Wir sind gleich da.« Ich legte auf und bedeutete Wei, sich zu beeilen. »Los, komm. Ich erzähl dir den Rest unterwegs.«

Ich ließ kein Detail aus: »Weißt du, ich könnte Mr Long fragen, ob er mich nicht Vollzeit arbeiten lässt. Wenn Grandma und Grandpa nicht mehr ... Tja, dann muss ich das eben übernehmen. Ich schmeiß die Schule und kümmere mich um Dee. Ich lass nicht zu, dass sie mir weggenommen wird.« Dann überkam mich ein Gedanke. »Wei, was, wenn nicht die vom KSD sie aufnehmen? Was, wenn sie sie Eds Familie übergeben? Das kann ich nicht zulassen! Ich ...«

»Dad weiß bestimmt, was zu tun ist«, unterbrach mich Wei.

Dad. Und was ist mit meinem Dad? Dem Dad von meiner Schwester – soll heißen, ihr echter Vater? Weis Mutter war die Einzige, abgesehen von meinem Vater und mir, die wusste, dass er auch der leibliche Vater von Dee war. Er würde doch sicher etwas unternehmen, wenn sie versuchen würden, sie mir wegzunehmen. Er musste doch etwas tun, oder? Doch dann wurde mir klar, was geschehen würde. Wir konnten nicht riskieren, dass irgendjemand davon erfuhr, dass Dee in Wirklichkeit Alan Oberons Tochter war – nach dem Vorfall mit Ed war ja sowieso schon alles gefährlich genug. Die einzige Möglichkeit, um Dees Sicherheit zu garantieren, war, dass sie sich mit ihm versteckt hielt. Im Untergrund. Dass sie verschwand, für tot gehalten wurde – genau wie er. Ein Schauder überlief mich. Ich hatte meine Mutter verloren. Ich hatte nie einen Vater gehabt. Ich durfte jetzt nicht auch noch meine Schwester verlieren – es musste noch eine andere Lösung geben.

»Hey, Wei, hast du mit deinen Freunden gesprochen?«, fragte ich. Vielleicht, nur vielleicht, konnte die Schwesternschaft mir helfen. Ich hatte nur keinen Schimmer, wie.

»Jep. Wann immer du zu mir nach Hause kommen kannst, darfst du sie kennenlernen. Wir organisieren dann ein Treffen.«

»Ich arbeite erst morgen wieder. Also vielleicht heute Abend?«

Wir dachten immer noch über den Zeitpunkt nach, als Dee aus dem Laden gerannt kam. »Die waren kurz davor, mich rauszuwerfen.« Sie machte eine wegwerfende Handbewegung. »Ach, aber denkt euch nichts. Ratet mal! Miss Maldovar hat mich für den Rest des Schuljahres zu ihrer Assistentin ernannt. Oh Mann! Nina, du siehst ja fürchterlich aus.« Wie eine kleine Krankenschwester fühlte sie mir die Stirn. »Bist du krank oder so?«

Wei drückte kurz meinen Arm. »Wir sehen uns später. Tschüss, Dee.«

Ich holte tief Luft und erklärte Dee alles, wobei ich mich nur kurz unterbrach, als wir in den Transit stiegen.

Als ich meinen Bericht beendet hatte, sagte sie, statt zusammenzubrechen oder loszuheulen, und das, obwohl ihr Kinn kurz gebebt hatte: »Das ist doch lächerlich. Grandpa ist doch kein Drogenabhängiger.« Feuer loderte in ihren Augen. »Ich werde ihr was erzählen, dieser … dieser krähengesichtigen Frau, die so fies zu dir war …« Sie schlug sich mit der geballten Faust in die Hand.

»Deedee, beruhige dich.« Schnell warf ich einen Blick auf die anderen Passagiere, um sicherzugehen, dass keiner uns beobachtete. Ich glaube, ich hatte meine Schwester noch nie derart verärgert gesehen. »Wei spricht mit ihrem Dad. Der wird uns helfen. Aber jetzt müssen wir erst mal nach Hause und herausfinden, was wirklich passiert ist.«

Sie ließ sich in ihren Sitz zurückplumpsen, einen entschlossenen Zug um den Mund. »Niemand wird mich von Grandpa trennen. Niemand.«

Ich hoffte nur, sie würde recht behalten.

Als wir zu Hause ankamen, waren Grandma und Grandpa gerade mitten in einer hitzigen Debatte. Sobald aber Dee und ich eintraten, verstummten sie.

Dee rannte sofort zu Grandpa. »Ich gehe nirgends hin«, meinte sie und schlang ihm einen Arm um die Schultern. »Mir egal, was die vorhaben.«

»Ihr wisst also bereits davon«, stellte Grandma fest.

»Mhm. Die vom KSD waren heute in der Schule und haben mich befragt«, erklärte ich. »Ich hab Dee auf dem Heimweg davon erzählt.«

»Ich rufe meine Freunde an«, knurrte Grandpa. »Wir kümmern uns darum. Holt mir diesen verdammten …«

»Sei still!« Grandma drohte ihm mit dem Finger, ging aber dennoch nach draußen und kam mit dem Störsender zurück, den sie aus seinem Versteck in der Küche geholt hatte.

Dee beobachtete, wie sie den Stecker in die Steckdose steckte und dann das Gerät anschaltete. »Was ist *das?*«

»Dieses Ding verhindert, dass neugierige Ohren alles mitbekommen, was wir sagen«, erklärte Grandma.

»Es stört Funkwellen, so kann man über die Audioüberwachung nicht verstehen, was wir reden«, erläuterte ich. Grandma hatte mir das Gerät vor einigen Wochen gezeigt und mir erklärt, wie man es benutzte. Es hatte mir wertvolle Dienste erwiesen, als Ed noch am Leben war. Doch Dee hatte von seiner Existenz bislang nichts gewusst. Ich glaube noch nicht mal, dass sie gewusst hatte, dass es so etwas überhaupt gab.

»Überwachung? Warum sollte man uns belauschen wollen?« Dee ließ ihren Blick von Grandma zu mir wandern. »Wegen deines Vaters? Der ist doch tot. Wissen die denn nicht, dass wir kein Problem darstellen?«

»Die vom Regierungsrat wollen die Vergangenheit nicht ruhen lassen«, meinte Grandma. »Die werden uns verfolgen bis ins Grab.« Sie wandte sich an Grandpa. »Und du, alter Mann, vergiss bitte nicht, das Ding auszustellen, sobald es zu piepsen beginnt.«

Er tat ihre Warnung mit einer Handbewegung ab und

sagte: »Ich weiß. Ich weiß. Das ist mein Maschinchen, schon vergessen?« Er hantierte unbeholfen an seinem PAV-Empfänger herum, bis er einen von seinen alten Kumpels in der Leitung hatte.

Grandma bedeutete Dee und mir, ihr in die Küche zu folgen. »Wir werden das schon meistern.« Sie setzte sich an den Tisch und rieb sich über die Brust. »Wisst ihr, die Auseinandersetzungen mit eurem Grandpa schlauchen mich ganz schön. Ich bin nicht mehr die Jüngste.«

»Alles in Ordnung mit dir?«, erkundigte ich mich. Sie atmete schwer, und ihr Gesicht war aschfahl.

»Ich bin …« Sie hielt kurz inne und holte keuchend Luft. »Ich bin es nicht mehr gewöhnt, mich aufzuregen.«

Dee warf mir einen verstohlenen Blick zu, wobei sie besorgt die Stirn runzelte. Ich riss mich zusammen und legte so viel Zuversicht wie möglich in ein schwaches Lächeln.

Grandma schob mir ein Dokument über den Tisch zu. »Hier ist die Anklageschrift. Ich kann mir echt nicht vorstellen, wer uns das angetan hat. Warum sollte irgendjemand der Ansicht sein, wir wären nicht fähig, uns um unsere eigenen Enkeltöchter zu kümmern?« Sie nahm einen weiteren zittrigen Atemzug. »Ich frage mich, ob es wegen Dees Vater ist? Vielleicht ist er ja gar nicht nur verschwunden. Vielleicht ist er …« Als sie Dees Gesichtsausdruck bemerkte, wechselte sie rasch das Thema. »Ich hab die Unterlagen von Ginnie, unterschrieben und notariell beglaubigt, und die ernennen uns eindeutig zu euren Vormunden. Es sollte keinerlei Zweifel daran bestehen …«

»Bist du dir sicher, dass es dir gut geht?«, fragte ich. Ich hatte Grandma noch nie so blass gesehen. »Vielleicht solltest du dich ein wenig hinlegen? Oder ich ruf den Arzt von unten.« Das war das Gute daran, in einem Gebäude voller Senioren zu leben: Es gab eine eigene Krankenstation, die vierundzwanzig Stunden besetzt war, und das jeden Tag.

Sie schüttelte den Kopf. »Es ist nur der Schock, wegen dieses Schreibens.« Sie stieß mit dem Finger auf das Papier. »Gebt mir nur einen Augenblick, ich bin gleich wieder auf dem Damm.«

Ich schenkte ein Glas Wasser ein und reichte es Grandma. Ihre Hand zitterte, als sie einen Schluck daraus nahm.

»Grandma, ich sollte das Mr Jenkins zeigen.« Damit griff ich nach dem Dokument. »Wei meinte, er würde uns helfen. Ich mach einen Digiscan mit meinem PAV und schick es ihr gleich rüber. Dann kann sie es ihrem Dad sofort zeigen.«

Grandma seufzte. »Diese Leute haben schon so viel für uns getan. Aber gut. Ich schätze, uns bleibt nichts anderes übrig, als sie erneut um Hilfe zu bitten. Wenn nur euer Großvater ...« Sie verstummte.

»Und was ist mit mir?«, meldete Dee sich zu Wort. »Was kann ich tun? Hier geht es schließlich um mich, und ich fühle mich so« – sie warf die Hände in die Luft – »hilflos.«

Ich fragte mich, ob Grandma wohl ebenso überrascht war wie ich, wie erwachsen Dee mit einem Mal klang, gar nicht mehr wie ein kleines Kind. Natürlich war sie schon fast zwölf. In weniger als einem Monat wäre sie auch schon ein Prä-Teen. Das kam mir schier unvorstellbar vor, meine kleine Schwester, ein Prä. Aber so würden die zuständigen Behörden sie sicherlich ein Wörtchen mitreden lassen bei dieser Sache. Eine schwache Stimme in meinem Kopf, die stark nach meiner Mom klang, teilte mir Folgendes mit: *Die tun, was ihnen beliebt – da steckt weit mehr dahinter, Nina. Finde die Wahrheit heraus.*

»Ich könnte ein bisschen Hilfe beim Aufräumen der Küche gebrauchen«, meinte Grandma. »Es hilft ja nichts, wenn ich hier rumsitze und Trübsal blase. Im Moment können wir eh nichts tun. Also machen wir uns an die Arbeit.« Doch trotz ihrer Worte blieb Grandma sitzen.

Dee hingegen machte sich sofort geschäftig ans Werk. »Ich fang schon mal mit dem Abendessen an. Was wollen wir denn essen?«

Während die beiden sich das Menü überlegten, huschte ich mit dem Dokument zur Tür raus. Ich hatte es gerade an Wei weitergeleitet, als mein PAV ein Piepsen von sich gab.

»Kannst du zu unserem Treffpunkt kommen?«, fragte Sal. »Ich warte hier auf dich.«

Ich raste den Flur runter und zog gerade meine Jacke über, als ich hörte, wie Grandpa immer noch mit seinem Freund redete und schimpfte wie ein Rohrspatz. Die Lampe am Störsender leuchtete grün. Ich ging neben ihm in die Knie und machte ihn auf mich aufmerksam. »Grandpa. Vergiss nicht, was Grandma gesagt hat. Beende das Gespräch, sobald das Licht zu blinken anfängt und das Ding piepst. Okay?«

Er legte die Hand über den PAV-Empfänger. »Ich hab das Ding schon benutzt, da warst du noch nicht mal geboren, meine Kleine. So etwas Wichtiges würde ich doch nie vergessen. Siehst du? Ich hab es immer direkt vor Augen.« Er nickte in Richtung Störsender.

»Grandma und Dee sind in der Küche. Ich bin bald zurück. Ich hab dich lieb.« Damit hauchte ich ihm einen Kuss auf die Stirn, lief noch einmal an der Küche vorbei und rief: »Ich geh noch mal kurz weg, bin bald wieder da.«

»Komm bis zum Abendessen wieder«, meinte Dee. »Ich koche.«

Als ich auf die Straße trat, war der Transit Nummer 33 eben losgefahren. Ich rannte nebenher und hämmerte gegen die Tür. Zum Glück hatte der Fahrer Mitleid und ließ mich noch einsteigen. Mein Magen flatterte wie ein Fisch an Land. Ich konnte es kaum erwarten, Sal zu sehen. Ich musste ihm von der Anklage erzählen, und ich wollte endlich wissen, was er schon wieder mit Paulette zu schaffen hatte. Ich musste mir aber in Erinnerung rufen, nicht eifersüchtig zu sein. Ich war nur neugierig, mehr nicht.

An der Haltestelle in der Mitte des Lincoln Park sprang ich raus und nahm dabei alle vier Stufen auf einmal. Noch bevor meine Füße den Boden berührten, sprintete ich schon los in Richtung unseres Hügels, dem Ort, an dem meine Mom und mein Dad sich immer nach seinem fingierten Tod getroffen hatten. Dem Ort, an dem ich Sal zum ersten Mal begegnet war. Es handelte sich um eine tote Zone. Der perfekte Fleck für zwei verliebte Menschen, um sich zu treffen.

Mir blieb die Luft weg, als ich ihn entdeckte. Er war wieder als Obdachloser verkleidet, so wie das erste Mal, als wir uns begegnet waren. Im Laufe der vergangenen paar Wochen hatte ich herausgefunden, was das zu bedeuten hatte: NonKon-Angelegenheiten. Niemand achtete auf die Obdachlosen, daher war es die perfekte Tarnung für einen NonKon, der mit Sabotagearbeit beschäftigt war, so wie Sal. Mir wurde das Herz schwer. Das hieß, dass er wieder verschwinden würde. Manchmal nur für einen Tag; manchmal verschwand er aber auch gleich eine ganze Woche. Ehe ich die Chance hatte, im Selbstmitleid zu versinken, zog er mich auf die andere Seite des Hügels, damit wir von der Straße nicht zu sehen und vor neugierigen Blicken verborgen waren.

»Nina, es tut mir so leid. Ich weiß, dies ist kein guter Zeitpunkt, um abzuhauen. Wei hat mir schon erzählt, dass die vom KSD versuchen, euch Dee wegzunehmen.« Seine Finger umschlangen die meinen. »Sie meinte, ihr Dad würde euch helfen, also seid ihr in guten Händen.«

Er blickte mir suchend in die Augen, wartete auf eine Antwort. Vielleicht erwartete er jetzt ja von mir, dass ich sauer war, weil er wieder mal untertauchte, doch das war ich nicht. Ich war nur traurig. Ich hatte das Gefühl, dass ich ihn so gut wie gar nicht mehr zu Gesicht bekam. Ich wusste ja, dass seine Arbeit wichtig war, doch das war ich ja wohl auch.

Und so gern ich auch mit ihm geredet hätte, wollte ich ihn ebenso gern küssen. Ganz lange und ausgiebig. Ich wollte so viele Küsse, dass sie mich vergessen ließen, dass mein Leben wieder mal dabei war, völlig aus den Fugen zu geraten. Ich streckte die Hand nach ihm aus und zog ihn an mich heran.

Nach einigen Minuten purer Glückseligkeit löste ich mich wieder von ihm. »Ich werde dich vermissen. Ich weiß ja, dass Weis Dad in der Sache mit Dee alles für uns tun wird, aber was ist, wenn das nicht ausreicht? Ich habe das Gefühl, ich sollte selbst etwas gegen diese Anklage unternehmen. Schließlich bin ich Dees nächste Verwandte. Wenn ich die Schule schmeiße und mich emanzipieren lasse, dann können sie sie mir nicht mehr wegnehmen.«

»Nina, Mr Jenkins wird sich was einfallen lassen. Du darfst nicht von der Schule abgehen. Du bist eine so tolle Künstlerin, dass du bestimmt ein Stipendium kriegst und dann auf die Designschule gehen kannst. Damit steigst du mindestens drei Ränge auf. Du wirst ...« Abrupt verstummte er und streckte die Hand aus, um mir das Haar aus den Augen zu streichen.

»Was werde ich?« Ich hielt seine Hand mitten in der Bewegung auf. »Werde ich dann in deinen Rang aufsteigen?« Ich warf ihm einen fragenden Blick zu. »Schämst du dich denn meinetwegen, weil ich einem niedrigeren Rang angehöre?«

»Natürlich nicht.« Er beugte sich vor und wollte mich küssen, doch ich wich ihm aus.

»Du hast dir Gedanken darüber gemacht. Dass ich niedriger im Rang bin als du.« Wut stieg in mir auf. »Ist das der Grund, warum du neuerdings lieber mit Paulette rumhängst? Die ist wohl näher dran an deinem Rang und deswegen annehmbarer als ich, wie?«

»Sei nicht so kindisch. Das alles hat nichts mit deinem Rang zu tun, Nina. Hat mir das je irgendwas ausgemacht?«

»Ich weiß es nicht. Ist es so?« Ich wartete und beobachtete ihn, während er sich genau überlegte, was er antworten sollte.

»Dir mögen Ränge etwas bedeuten, aber mir sind sie scheißegal. Glaubst du etwa, ich tu das alles hier« – damit deutete er auf seine Obdachlosenaufmachung – »weil mir wichtig ist, welchem Rang ein Mensch angehört? Die Anzahl von Kreditpunkten macht eine Person noch lange nicht zu einem guten Menschen. Es ist das, was in einem steckt, was zählt, nicht, was man auf dem Bankkonto hat.«

Ich wollte ihm das ja glauben. Er und Wei und ihre Freunde hatten mich aufgrund meines Rangs nie irgendwie anders behandelt. Vielleicht bedeutete es ihnen wirklich nichts, nur hieß das noch lange nicht, dass ich mir nichts draus machte. Ihnen konnten die Ränge egal sein, weil sie höheren Rängen angehörten. Bei mir war das etwas anderes. Wenn ich es schaffte, ein Stipendium zu ergattern, zusätzlich zu meiner Zulassung als Kreative, dann konnte ich mich aus meinem niedrigrangigen Status hocharbeiten. Dann wäre ich näher dran, ihnen ebenbürtig zu sein … ach was. Ich schüttelte den Kopf und versuchte, die negativen Gedanken zu vertreiben. Hatte ich denn nichts von alledem behalten, was Ginnie mir beigebracht hatte? Sie hatte sich immer bemüht, mir und Dee einzuschärfen, dass alle Menschen gleich waren. Dass die Ränge nichts weiter als eine aufgezwungene Sache waren.

Vielleicht hatte Sal ja recht. Das Problem lag bei mir, nicht bei ihm. Doch ganz gleich, wer hier ein Problem hatte, es stahl uns beiden wertvolle Zeit.

»Ich weiß, dass du …« Mein PAV meldete sich. »Warte mal, das ist Dee.« Ich ging ran. »Was? Nein! Ich bin sofort da. Dee, ich bin sofort bei dir.«

VI

Auf halbem Weg nach Hause hatte ich das Glück, einen Transit zu erwischen, sodass ich schneller daheim war, als ich das für möglich gehalten hätte. Ich hatte Sal einfach in seinen Obdachlosenklamotten bei unserem Hügel stehen lassen. Er konnte mir nicht folgen, nicht in diesen zerlumpten Sachen.

Ich stürmte aus dem Liftport und raste zu unserer Wohnung. Grandma lag auf dem Sofa, den Arm um Dee gelegt, beide mit tränennassen Gesichtern und schniefend. Harriet saß neben Gran und murmelte ihr tröstende Worte zu. Die Wohnung war auseinandergenommen worden, überall lagen Sachen verstreut, aber einer fehlte unübersehbar.

Meine Stimme zitterte. »Grandpa?«

»Die vom B.O.S.S. haben ihn mitgenommen.« Dees Stimme brach, und neue Tränen rannen ihr übers Gesicht.

»Der Störsender hat den Geist aufgegeben. Dieser alte Narr hat einfach weitergeredet. Es ist alles meine Schuld. Ich hätte bei ihm bleiben sollen. Hätte ein Auge auf ihn haben sollen.« Grandma knetete das Taschentuch in ihrer

Hand, ihre Stimme klang zittrig. »Er ist so schwer krank. Eine Reassimilierung wird er nicht überleben.«

»Ruhig, ruhig, Edith.« Harriet streichelte Grandmas Schulter. »Du weißt ja gar nicht, ob sie das wirklich machen. Sie haben ihn ja nur wegen einer Befragung mitgenommen.«

»Aber sicher werden sie nicht ... Er kann ja nichts Wichtiges gesagt haben. Er hat nur ein bisschen mit seinen alten Freunden geplaudert.« Ich legte den Kopf in den Nacken und starrte an die Decke, um meine wild kreisenden Gedanken zu sammeln. Das konnte alles nicht wahr sein. »Grandpa ist für niemanden eine Bedrohung.«

»Es ist nicht das, was er gesagt hat. Es ist der Sender, Nina ...«, sagte ihre Großmutter. »Dieses Gerät ist das Problem. Sie haben ihn mit einem verbotenen Gegenstand erwischt. Das lässt sich nicht einfach so wegerklären. Wenn er nicht darauf bestanden hätte, dass Dee und ich nicht wissen, was das für ein Ding ist, dann hätten sie uns auch noch mitgenommen.« Sie streckte mir ein Blatt Papier entgegen. »Wir sollen am Montag dort erscheinen.«

»Er hat sein Bein nicht«, heulte Dee. »Nina, sie wollten ihn noch nicht mal sein Bein mitnehmen lassen. Wir müssen etwas unternehmen.«

Ich fing an, auf und ab zu laufen. Es gab nichts, was wir tun konnten, nicht vor Montag. Ich sah Grandma an, wie sie da auf dem Sofa saß. Ihre Haut war aschfahl, und ihr Atem klang noch schlimmer als vorhin, bevor ich gegangen war.

»Grandma, alles in Ordnung mit dir?« Ich beugte mich zu ihr und berührte ihren Arm. Sie legte ihre Hand auf meine und stieß die Luft aus.

»Nina ... ich kann nicht atmen.« Sie packte ihren linken Arm und fiel mit geschlossenen Augen zurück aufs Sofa.

»Grandma!«, schrie Dee.

»Dee, ruf die Sanitäter! Sofort! Nina, kennst du dich aus mit Herz-Lungen-Reanimation?«, fragte Harriet mit unsicherer Stimme.

Dee sprang sofort zur Tür raus und drückte den Notfallknopf an der Schalttafel am Eingang, um den Arzt zu verständigen. Harriet half mir dabei, Grandma von der Couch zu zerren und sie auf den Boden zu legen. Ihre Lider flatterten, doch ihre Augen blieben weiter geschlossen. Sie atmete immer noch, wenn auch nur schwach. Ich lockerte ihren Kragen und fühlte ihren Puls am Hals. Ihre Haut, fast schon durchsichtig aufgrund ihres betagten Alters, hing an den Knochen, fragil, zerbrechlich, wie eine antike Porzellantasse. Rhythmisch presste ich auf ihre Brust. Mit jedem Drücken sagte ich: »Grandma!« Drücken. »Verlass uns nicht.« Drücken. »Bitte.« Drücken. »Grandma ...«

Die Rettungskräfte kamen reingestürmt, schoben Harriet und Dee zur Seite und übernahmen die Herzmassage. Dee schlang ihre Arme um meine Hüfte, und ich tat es ihr gleich, während Harriet ihre Arme um uns beide legte. Sie flüsterte leise Gebete vor sich hin.

Ich wusste, dass Grandma an einen Gott glaubte. Ich hatte nie so recht gewusst, was ich von Gott und Gebeten halten sollte, aber an wen sollte man sich sonst wenden? Im Stillen wiederholte ich also Harriets Worte und flehte Grandmas Gott an, mich zu erhören. Sie nicht sterben zu lassen.

»Ihr Zustand ist stabil«, meinte einer der Notärzte. »Bringen wir sie ins Metro.«

Sekunden später hatten sie Grandma auf eine Bahre gelegt und schoben sie zur Tür hinaus.

»Wer von euch kommt mit uns?«, fragte einer der Männer. »Wir können nur eine Person mitnehmen.«

»Geh du«, sagte Harriet zu mir. »Dee und ich warten hier auf dich.«

Ich drückte meine Schwester an mich. Meine Worte verfingen sich in ihrem Haar. »Sei tapfer.« Ich hoffte nur, mir würde das ebenfalls gelingen.

Der Notfall-Transit fuhr mit jaulenden Sirenen durch die Stadt. Ich drehte mich immer wieder vom Vordersitz aus um, um ein Auge auf Grandma zu haben. Obwohl ich sie nicht richtig sehen konnte, hatte ich doch Sicht auf die Linien auf dem Monitor, an den man sie angeschlossen hatte. Die Linien waren immer noch in Bewegung. Was ein gutes Zeichen war.

Als wir im Metro ankamen, dem Krankenhaus für sämtliche Leute aus den niedrigeren Rängen und die Fürsorgler, hoben die Sanitäter Grandma auf eine Krankenhausliege und verschwanden ohne ein Wort. Ich war hilflos. Das einzige Mal, dass ich in diesem Krankenhaus gewesen war,

war, als Ginnie, meine Mutter, gestorben war, und damals war ich auf dem Weg nach drinnen in Begleitung einer Polizeieskorte und auf dem Weg nach draußen in Begleitung einer Eskorte des B.O.S.S. gewesen. Ich schlang meine Arme um mich und hielt diese schrecklichen Augenblicke unter Verschluss.

Eine Frau in Zivilklamotten scannte Grandmas Daten, während sich mehrere Krankenschwestern und Angestellte um sie versammelten. Das Durcheinander ihrer bunten Krankenhausklamotten erinnerte mich an ein impressionistisches Gemälde, das zum Leben erwacht war. *Halte durch, Grandma.* Ich starrte sie durch das Meer von Farben hindurch an.

Bitte, Grandma. Ich darf dich nicht auch noch verlieren. Die vom B.O.S.S., die zweifelsohne auf Informationen gehofft hatten, hielten meine Mutter so lange am Leben, bis wir miteinander gesprochen und uns voneinander verabschiedet hatten. Aber mir war klar, dass es dieses Mal keine Unendlichkeitsmaschine geben würde, die Grandma am Leben erhielt, wenn … ich blinzelte die Tränen zurück, die sich Bahn brechen wollten. Ich war jetzt erwachsen. Also musste ich mit der Sache wie eine Erwachsene umgehen.

Ein Mädchen, nicht viel älter als ich, führte mich von dem Tumult weg. Auf ihrem Schild stand AUFNAHME. Sie deutete den Flur runter. »Sie müssen dort warten. In dem Raum mit der Aufschrift WARTEZIMMER.« Als ich keine Anstalten machte, mich zu bewegen, meinte sie: »Sie können doch lesen, oder?«

Ich funkelte sie finster an. »Natürlich kann ich lesen.«

»Ihr Fürsorgler seid doch alle gleich.« Sie grinste hämisch. »Trotzdem müssen Sie warten …«

»Ich lebe nicht von der Fürsorge«, presste ich zwischen zusammengebissenen Zähnen hervor. »Auch ehemalige Regierungsangestellte kommen hierher.«

»Klar.« Sie warf einen abschätzigen Blick auf meine Klamotten. »Die aus den niederen Rängen.« Ehe ich eine Chance hatte, etwas zu erwidern, sagte sie noch: »Der Arzt kommt dann zu Ihnen, wenn sie mit ihr fertig sind.« Ein letztes Mal musterte sie mich von oben bis unten, dann kroch sie wieder zurück in das Loch, aus dem sie gekommen war.

Es war ja wohl nicht gerade so, als würde sie mit der Arbeit in der Aufnahme hier im Metro einen Haufen Kreditpunkte verdienen. Sie war nicht viel besser als ich. Sals Worte echoten mir wieder durch den Kopf. Es ist das, was in einem steckt, was zählt. Nun, in dieser Person steckten vor allem endlos viele Gemeinheiten. Ich stapfte auf das Wartezimmer zu.

Es war erfüllt von Angst, Furcht und Trauer. Ich setzte mich auf den Rand eines freien Stuhls in der Nähe der Tür und schämte mich der Gedanken, die mir durch den Kopf gingen über die anderen Anwesenden. Urteilende Gedanken, gemeine Gedanken, dieselben Gedanken, wie sie dieses schreckliche Mädchen angedeutet hatte, als sie mich aus dem Notfallbereich hinauskomplimentiert hatte. Mein PAV riss mich mit einem Piepen aus meiner Selbstverachtung. Es war Sal.

»Nina. Alles in Ordnung?«

»Sie haben Grandpa mitgenommen. Und Grandma hatte – sie hatte einen Anfall. Jetzt ist sie im Metro. Kannst du herkommen? Ich brauche dich.«

Seine Stimme wurde von einer weiteren Stimme unterbrochen – die Stimme eines Mädchens. Paulette.

»Sal. Wir müssen los. Sofort.«

»Ich kann nicht kommen, Nina. Ich muss …«

»Sal«, drängte Paulette ihn.

»Ich ruf dich an, sobald es geht.« Und damit legte er auf.

Sal war also bei Paulette. Wegen NonKon-Geschäften? Es musste so sein. Ich wusste, ich sollte mir keine Gedanken machen, aber ich tat es dennoch. Sal war mein Freund. Ich brauchte ihn jetzt wirklich ganz dringend. War es so für Ginnie gewesen, als mein Dad untergetaucht war? Wie war sie damit klargekommen? Ich kannte die Antwort. Sie musste einfach stark sein. Sie hat sich Eds Gewalttätigkeiten gefallen lassen. Sie hat ihr Leben geopfert. Würde ich es ihr gleichtun? Ich starrte auf den Boden, obwohl ich von ihm keinerlei Antworten zu erwarten hatte.

»Nina!« Dee kam ins Zimmer gestürmt, Harriet direkt hinter ihr. Ich umarmte sie ganz fest und gab ihr Erklärungen, soweit mir das möglich war. Es gab nicht viel Neues, was ich ihnen erzählen konnte, abgesehen von der Tatsache, dass man sich um Grandma kümmerte. Ein Aufruhr auf der anderen Seite des Raums störte unser Gespräch.

»Mein Baby!«, kreischte eine Frau. »Nein! Sie lügen! Sie ist doch gerade erst sechzehn geworden. Sie ist mein Leben!« Damit packte sie den Arzt, der ihr offensichtlich soeben eröffnet hatte, dass ihre Tochter tot war. »Sie haben sie umgebracht! Sie müssen etwas unternehmen!«

Ihre Begleitung hielt sie zurück. »Mona. Schwesterherz.« Während die andere Frau ihre Schwester festhielt und sie streichelte, sagte sie zu dem Mediziner: »Was sollen wir jetzt tun?«

»Wenn Sie darauf beharren, rufen wir die zuständigen Behörden«, meinte er. »Aber es besteht kein medizinischer Verdacht darauf, dass der Sex nicht freiwillig war.« Er zuckte mit der Schulter.

»Freiwillig? Diese Tiere!« Die Mutter befreite sich aus der Umarmung und stürzte sich auf den Mann.

Ich schob Dee hinter mich. Harriet packte mich am Arm, und wir bildeten eine Barriere zwischen der aufgebrachten Frau und meiner kleinen Schwester.

»Fünf von den Kerlen! Haben Sie mich verstanden?«, kreischte die Frau. »Fünf! Das ist Mord! Und das alles wegen dieses verdammten Tattoos. Wie können Sie da behaupten …«

Ihre verängstigte Schimpftirade kam sofort zum Erliegen, als zwei Polizeibeamte ins Wartezimmer platzten. Ein einziger Stoß mit dem Elektroschocker in den Nacken setzte sie sofort außer Gefecht, und sie schleiften sie davon. Ihre Schwester stolperte hinter ihnen her, wobei ihr Tränen über das Gesicht strömten.

Dann war es wieder still im Raum. Keiner sah den anderen an. Ich zog Dee ganz nah an mich heran. »Das hättest du nicht mitkriegen dürfen«, sagte ich. »Harriet, am besten bringst du sie zurück …«

»Nina, ich bleibe hier bei dir.« Dee zitterte am ganzen Leib, doch die Art, wie sie ihr Kinn hochreckte, sprach von purer Entschlossenheit. Einen kurzen Moment erinnerte sie mich an Ginnie. »Ich will hier sein, wenn Grandma aufwacht.«

»Ich besorg uns was zu trinken«, sagte Harriet.

Dee und ich nahmen in der Nähe der Tür Platz. Ich hielt meinen Arm um ihre Schulter gelegt, und sie wehrte sich nicht dagegen. Harriet kam mit Limonade für uns alle zurück. Ich entschuldigte mich kurz und ging zur Toilette, wo ich mir etwas Wasser ins Gesicht spritzte.

Als ich so in den Spiegel sah, wurde ich die schrecklichen Bilder von der Tochter der Frau nicht mehr los, wie sie sich gegen eine Horde von Jungs zur Wehr setzte. Ich erinnerte mich an die Worte meiner Mutter, die mir gesagt hatte, wie wichtig es war, immer auf der Hut zu sein und sich nicht wie ein Sex-Teen zu benehmen – dass man sich dem System widersetzen sollte, wenn auch nicht zu auffällig. Das war riskant. Worte. Zum damaligen Zeitpunkt waren sie nicht viel mehr gewesen als das. Doch seit ihrem Tod und auch dem von Sandy – meiner besten Freundin, die von Ed vergewaltigt und umgebracht worden war –, und mit dem Wissen, das ich jetzt hatte, dem, was Ginnie über WeLS herausgefunden hatte, nämlich dass es sich in Wahrheit um ein Netzwerk für Sexsklaverei im Auftrag hochrangiger Regierungsfunktionäre handelte, da fragte ich mich schon, wie lange ich noch meinen Mund würde halten können. Jemand musste doch mal was sagen. Ich fingerte an dem W an meinem Halskettchen herum. Grandpa hatte mir diesen Anhänger geschenkt, er hatte gemeint, es stehe für das Wort Wahrheit. Grandpa hielt mit der Wahrheit nie hinter dem Berg, mein Dad hatte in seinen Debatten stets die Wahrheit verfochten, und meine Mutter hatte die Wahrheit aufgedeckt ... war ich diejenige aus der Familie der Oberons, die die Wahrheit einfach nur laut aussprechen musste? Die Frage war nur, wie?

Als ich zurück ins Wartezimmer kam, döste Harriet vor sich hin, und Dee war in ihren Armen eingeschlafen. Ich holte einen Rapido und meinen Zeichenblock aus der Tasche. Das gequälte Gesicht der Mutter, wie der Cop ihr den Elektroschock verpasst hatte, ging mir fließend von der Hand. Ich war immer noch am Zeichnen, als eine Krankenschwester den Kopf zur Tür reinstreckte. »Wartet hier jemand auf eine Edith Oberon?«

Sofort sprang ich auf und stopfte meine Zeichenutensilien in die Tasche. »Ja, ich!«

VII

Die Krankenschwester wollte immer nur einen allein in den Raum lassen, daher blieben Harriet und Dee vorerst im Wartezimmer sitzen. Grandma war umgeben von einem Gewirr aus Schläuchen und Drähten, und sie war an einen Monitor angeschlossen, der ständig piepste und leise summte. Ich rückte einen Stuhl zu ihr ans Bett, setzte mich und starrte fasziniert auf die Linien auf dem Monitor, die Auskunft über ihren Herzschlag gaben. Mein eigenes Herz pochte zwei Mal, ehe das schwache Piepsen anzeigte, dass auch ihres es tat. Selbst dann aber war kaum ein Ausschlag der horizontalen grünen Linie zu sehen, die über den Bildschirm pulsierte.

Ein hochgewachsener Mann im weißen Kittel, der eine Art Digi-Pad mit sich herumtrug, betrat den Raum. »Ich bin Dr. Silverman.«

Ich sprang auf und hielt ihm die Hand hin. Als er sie nicht ergriff, zog ich sie wieder zurück.

»Sie sind sechzehn?«, fragte er.

»Ja.«

»Wir bräuchten Ihr Einverständnis, um ein neues Verfahren an der Patientin anzuwenden. Sie ist Ihre Großmutter, korrekt?«

»Ja.« Ich schluckte. Wer war ich denn, dass ich mein Einverständnis zu so etwas geben sollte? Dann dämmerte es mir: Grandpa war ja in Untersuchungshaft. Dee war noch nicht alt genug. Ich war die einzige Verwandte, die infrage kam.

»Mithilfe dieses Verfahrens lässt sich geschädigtes Herzgewebe wiederherstellen, und …« Er warf einen Blick auf das Pad in seiner Hand – offensichtlich zeigte es Grandmas Daten –, ehe er wieder zu mir sah. »In Anbetracht ihres Alters wird sie dadurch drei, vielleicht auch noch fünf Jahre länger zu leben haben. Es sind natürlich auch gewisse Risiken damit verbunden, wie bei jeder medizinischen Neuerung.«

Ich spürte, wie mir das Blut aus dem Gesicht wich. »Risiken? Was, wenn sie sich nicht operieren lässt?«

»Ohne Operation stirbt sie innerhalb der nächsten paar Stunden.« Er klopfte mit dem Rapido gegen den Rahmen des Geräts. »Ich habe nicht den ganzen Abend Zeit, Miss …« Wieder sah er auf das Ding. »Oberon. Die Entscheidung liegt ganz bei Ihnen.«

»Entscheidung?« Fassungslos starrte ich ihn an. »Es gibt da nicht wirklich was zu entscheiden, tun Sie es einfach.«

Er hob eine Braue, als hätte er nichts weiter erwartet als ein schlichtes Ja oder Nein. »Sie könnten sich ja auch dagegen entscheiden, da die Belastung, die die Pflege einer älteren Frau mit sich bringt, deren Leben vom Nutzaspekt her …«

»Sie ist nicht nutzlos.« Ich funkelte ihn finster an. »Und wie können Sie es wagen …«

»Andere Patienten werden da sicher nicht so lange überlegen.« Er marschierte auf den Ausgang zu.

»Warten Sie. Bitte.«

Er drehte sich noch einmal um.

»Ja. Tun Sie es. Bitte.« Ich war jetzt ganz demütig. Grandma war es wert, ich hätte alles getan. »Tut mir leid, wenn ich mich danebenbenommen habe. Ich bin nicht daran gewöhnt, solche Entscheidungen …«

Der Arzt schnippte mit den Fingern, und sofort kamen zwei Krankenpfleger reingehastet. »Bringen Sie die Patientin runter auf die drei. Schnell.« Binnen Sekunden hatten sie Grandma aus dem Raum gerollt. Silverman war mit seinem PAV beschäftigt. »Sorgen Sie dafür, dass sich das Herzteam fünfzig-null auf der drei einfindet. Wir haben eine Lebende.«

Eine Lebende? Meine Augen weiteten sich, und ich musste einen weiteren riesigen Kloß hinunterschlucken. Was, wenn ich Grandma soeben dazu verdammt hatte, wegen irgendeines Regierungsquacksalbers sterben zu müssen, der ein experimentelles Verfahren ausprobieren wollte?

»Sind Sie sich sicher, dass das …«

Dr. Silverman unterbrach mich erneut. »Wir sind Wissenschaftler.«

Ich drängte all meine verfrühten Schuldgefühle tief in mein Unterbewusstsein zurück. Er musste recht haben. Er musste einfach recht haben.

Er verließ das Abteil genauso schnell, wie er hereingekommen war, und ich eilte hinter ihm her. Schreckliche Angst kroch mir die Wirbelsäule hoch.

Dee kam auf mich zugerannt. »Wie geht's Grandma? Kann ich sie jetzt sehen?«

»Noch nicht«, sagte ich. »Sie haben sie in den Operationssaal gebracht.«

Dee klammerte sich an meine Hand. »Sie wird doch wieder gesund, oder?«

»Lass uns hinsetzen.« Ich führte sie zurück ins Wartezimmer, wo Harriet wartete. »Es war eindeutig ihr Herz«, erklärte ich. »Ein ganz toller Arzt operiert sie in diesem Moment. Wenn die fertig sind, geht es ihr besser denn je.«

Dee warf mir die Arme um den Hals und drückte mich ganz fest. »Sie muss wieder gesund werden.«

Ich konnte die Erinnerung an jene schreckliche Nacht nicht abschütteln, als Ginnie starb. »Alles wird gut«, sagte ich mit mehr Überzeugung in der Stimme, als ich tatsächlich empfand. Obwohl da etwas an Dr. Silverman gewesen war … Ich bezweifelte, dass er zulassen würde, dass Grandma starb, einfach aus dem Grund, weil er es nicht ertragen könnte, einen Patienten zu verlieren. Als ich mir Harriet ansah, fiel mir auf, wie erschöpft sie wirkte. Zwar hatte ich keine Lust, alleine zu sein, aber ich wollte auch keine Belastung für sie sein. Und auch Dee war ganz offensichtlich ziemlich erledigt. »Ihr solltet beide nach Hause gehen.

Es wird eine Weile dauern. Ich verspreche, dass ich anrufe, sobald es was Neues gibt.«

»Ich will aber nicht ...«

»Dee, bitte widersprich mir nicht«, fuhr ich sie an, und sofort hatte ich ein schlechtes Gewissen. »Tut mir leid. Aber wenigstens eine von uns sollte ein wenig schlafen. Ich muss hierbleiben, weil ich Dokumente unterzeichnen und meine Einwilligung geben muss. Also bitte geh. Ich ruf dich an, sobald ich etwas Neues weiß.«

»Wir gehen zu mir in die Wohnung«, schlug Harriet vor. »Das wird alles wieder, da bin ich mir sicher. Eure Großmutter ist eine starke Frau.«

»Ruf sofort an. Versprochen?« Dee umarmte mich.

»Ich verspreche es.«

Als sie gegangen waren, rief ich bei Sal an. Keine Antwort. Ich wollte ihn mir nicht mit Paulette zusammen vorstellen oder über das nachdenken, was der Grund war, dass er nicht bei mir war. Schließlich rief ich Wei an.

»Ich komme sofort ins Krankenhaus«, meinte sie.

»Es ist zu spät. Ich wollte nur kurz reden.«

»Unsinn. Ich lass mich von Chris rüberfahren. Bis gleich.«

Wieder rief ich bei Sal an. Selbst wenn er nicht bei mir sein konnte, hätte es mir doch wenigstens geholfen, wenn ich mit ihm hätte reden können. Keiner ging ran. Ich hinterließ auch keine Nachricht. Wie ich so allein in diesem Wartezimmer saß, legte ich all meine Ängste und Sorgen in die Zeichnung, die ich vorhin begonnen hatte.

»Ich hab ewig gebraucht, dich zu finden«, meinte Wei. »Die Leute, die hier arbeiten, waren nicht gerade hilfsbereit. Das Mädchen bei der Aufnahme war sogar so richtig fies.«

Ich schnaubte verächtlich. »Ja, mit der hatte ich auch schon zu tun. Aber so behandeln die Leute niedrigrangige Menschen und Fürsorgler immer. Wir sind hier schließlich im Metro« – ich zuckte mit der Achsel – »deshalb findet man hier normalerweise keine anderen Leute.«

»Im Ernst?« Sie legte den Kopf schief und warf mir einen fragenden Blick zu. »Das ist doch kein Grund, so unhöflich zu sein. Menschen sind Menschen.«

Jetzt war es an mir, überrascht zu sein angesichts Weis Naivität. Mir war nie der Gedanke gekommen, Wei könne keinerlei Erfahrungen mit dem Leben am unteren Ende der Gesellschaft haben. »Es gibt Leute, die betrachten alle, die niedriger sind als Rang drei, noch nicht mal als richtige Menschen. Sie sind in ihren Augen nicht viel wert, es sei denn, sie stehen im Dienste der Allgemeinheit oder testen Medikamente für die Forschung, so wie Mikes Dad.«

»Hm.« Sie lehnte sich zurück, mit einem nachdenklichen Ausdruck im Gesicht. »Darüber hab ich noch nie nachgedacht.« Sie warf einen Blick auf meinen Schoß. »Was ist das denn?«

»Ach, nichts.« Ich klappte den Block zu und versteckte die Zeichnung.

»Kann ich das mal sehen? Sah cool aus.«

Ich zeigte meine Arbeiten normalerweise nicht gern, mit Ausnahme des Kunstunterrichts. Doch Wei vertraute ich.

Ich klappte den Block also wieder auf. »Diese Frau war vorhin hier. Ihre Tochter ist von einer Gang vergewaltigt worden und daran gestorben.« Ich hatte die Seite unterteilt und die Zeichnung als Triptychon gestaltet. Die erste Zeichnung zeigte ein Mädchen, das bewusstlos und verletzt dalag, während man in der Ferne eine Gruppe Jungs davongehen sah. Die mittlere Zeichnung zeigte die Mutter, die den Leichnam ihrer Tochter beweinte. Und auf dem dritten Bild sah man, wie ein Polizist der Mutter einen Elektroschock verpasste.

Wei betrachtete die Bilder sehr lange. »Das ist unglaublich, Nina. Ungefähr so aussagekräftig wie eine der Reden von deinem Vater, und genauso kraftvoll.«

Wei dachte vermutlich über das Bild nach, und ich wünschte mir, noch mehr Menschen könnten es sehen und verstehen, was das Tattoo wirklich bedeutete, als eine Familie den Raum betrat. Die Frau, deren Augen von zahllosen Tränen verquollen waren, hielt ein schlafendes Baby in den Armen. Eine ältere Frau, vermutlich deren Mutter, war bei ihr und hatte einen etwa fünfjährigen Jungen im Schlepptau. Sie setzten sich uns gegenüber und stellten die Audio-Video-Anlage an. Krakeelend erwachte das Baby. Seine Schreie und der Lärm von der AV-Anlage waren so laut, dass Wei und ich uns unbesorgt, wenn auch leise, unterhalten konnten, ohne Angst haben zu müssen, dass jemand was mitbekam oder uns gar belauschte.

»Nina. Nachdem wir heute Nachmittag gesprochen hatten, habe ich einen Anruf getätigt und für morgen ein Treffen mit meinen Freundinnen vereinbart. Aber jetzt, da deine Grandma hier ist, sollten wir das vielleicht ...«

»Nein! Ich schaff das.« Die Schwesternschaft. Ich musste es schaffen – das war meine Chance, und ich musste etwas unternehmen, statt nur in diesem Zimmer zu sitzen und auf schlechte Neuigkeiten zu warten.

Genau in diesem Moment schwang die Tür zum Wartezimmer erneut auf. Aller Augen richteten sich auf den Eingang. Mein Herz klopfte bis zum Hals, als Dr. Silverman eintrat, das Gesicht ausdruckslos wie das einer Sphinx. Es fühlte sich an wie eine Ewigkeit, bis er das Zimmer durchquert hatte und bei mir angelangt war.

Als er schließlich vor mir stand, meinte er: »Ihre Großmutter hat den Eingriff überstanden, so gut es zu erwarten war. Sie wird nun in ein Einzelzimmer verlegt, wo wir sie unter Beobachtung behalten können.«

Ich ergriff seine Hand. »Danke! Darf ich sie sehen? Bitte?«

Er entzog seine Hand meinem Griff und winkte einer der Schwestern, die bei der Tür standen. »Ein Desinfektionstuch. Sofort. Und dann bringen Sie dieses Mädchen hoch in den achten Stock.« Ohne auch nur einen Blick in meine Richtung sagte er: »Fünf Minuten für heute Abend. Mehr nicht.«

Er nahm der Schwester das Reinigungstuch ab und verließ das Zimmer, wobei er sich kräftig die Hand schrubbte, die ich berührt hatte.

»Netter Kerl«, murmelte ich.

»Oh, er ist so viel mehr als das!«, schwärmte die Schwester. »Er wirkt wahre Wunder.« Sie folgte ihm mit einem bewundernden Blick.

Ich biss mir auf die Zunge. Wenn die Operation Grandma das Leben gerettet hatte, dann war es vermutlich egal, wie sehr dieser Mann sich vor Menschen niedrigen Rangs wie mir ekelte.

Auf dem Weg in den achten Stock rief ich Dee an. »Grandma hat die OP hinter sich. Ich darf sie jetzt fünf Minuten lang besuchen. Der Doktor meinte, es gehe ihr gut.« Seine kleine Einschränkung ließ ich unerwähnt. Es bestand kein Grund, weshalb ich Dee unnötig beunruhigen sollte, und genauso wenig wollte ich meinen eigenen Hoffnungsfunken gleich im Keim ersticken. »Ich hol dich dann in etwa einer halben Stunde bei Harriet ab.«

Während ich mit meiner Schwester sprach, rief Wei bei Chris an, damit der uns abholen kam.

»Nina, vielleicht solltet ihr heute Nacht bei uns bleiben?«, schlug Wei vor.

»Uns passiert schon nichts in der Wohnung.« Ich musste an die Unordnung denken, die die Agenten vom B.O.S.S. hinterlassen hatten, und daran, wie leer sich alles ohne Grandma und Grandpa anfühlen würde. »Außerdem ist sie näher am Metro dran«, argumentierte ich. »Ich weiß, dass Dee morgen als Erstes hierherkommen wollen wird.«

Leise öffneten wir die Tür zu Grandmas Zimmer. Ich hätte nicht sagen können, ob es ihr besser ging oder nicht, als ich sie jetzt sah. Sie hatte mehr Farbe im Gesicht, so viel war sicher. Sie schlief und hatte einen Schlauch im Hals stecken, außerdem war sie an eine Maschine angeschlossen, die ihre Atmung zu überwachen schien. Ich stellte mich die erlaubten fünf Minuten neben ihr Bett und dachte zurück an die zehn Minuten, die ich mit Ginnie hatte verbringen dürfen, als sie in der Unendlichkeitsmaschine steckte. Anschließend hatte der Arzt diese abgestellt, und meine Mutter war gestorben. Dieses Mal aber lagen die Dinge anders. Das hypnotische Fiepen des Monitors klang kräftiger und regelmäßiger als noch vorhin – es war ein schwaches Pulsieren voller Hoffnung.

VIII

Draußen war es eisig und stockfinster. Das grelle Gleißen der Lichter über uns blendete mich kurzzeitig.

»Hey, hier drüben bin ich.« Chris war halb aus seinem Multitransit ausgestiegen und winkte uns zu. »Meine Damen, Ihre Kutsche erwartet Sie bereits.«

»Setz du dich nach vorne.« Wei kletterte auf die Rückbank und machte sich dort breit. »Ich bin fix und fertig.« Sie gähnte lautstark, dann herrschte Stille.

Ich ließ mich in den Sitz sinken, zu müde, um mich zu entspannen.

Chris setzte sich wieder auf den Fahrersitz. »Und, wie geht es deiner Großmutter?«

»Besser, glaub ich. Sie war noch unter Narkose, als ich gegangen bin, aber die meinten, ihre Herzfrequenz sei gut, und sie war auch nicht mehr so grau im Gesicht.«

»Das ist gut. Ich bin mir sicher, dass sie wieder auf die Beine kommt. Sie ist eine Oberon. Ich hab gehört, ihr seid echt zähe Brocken.«

Das war es dann. Ich brach in Tränen aus.

»Oje! Ich wollte dich doch nicht zum Weinen bringen.

Obwohl ich es sehr gut verstehen kann.« Er zog ein Taschentuch aus dem Ablagefach seines Wagens und reichte es mir. »Hier.«

Wei beugte sich müde über den Sitz. »Geht's wieder?«

»Ja, schon okay.« Ich schniefte und wischte mir die Tränen von der Wange. »Nur ein kurzzeitiger Kontrollverlust.«

Chris streckte die Hand aus und drückte meinen Arm. »Deine Familie hat so viel durchmachen müssen. Aber ihr kommt immer wieder auf die Beine.« Er legte einen Gang ein, fuhr los und fädelte sich in den Verkehr ein. »Dad und Wei haben mir von der Anklage erzählt, und dann die Sache mit deinem Großvater ... Jetzt auch noch das.« Er schüttelte den Kopf. »Viel los in deinem Leben. Weißt du, ich bin mir sicher, das liegt daran, dass du Alans Tochter bist. Ich frage mich, ob die vom B.O.S.S. den Verdacht hegen, er könnte noch am Leben sein.«

»Ed war schon der Ansicht, aber ...« Ich riss mich gerade noch rechtzeitig am Riemen und deutete in Richtung Himmel. Überwachung.

»Oh, mach dir keine Sorgen. Der Trannie wurde von John und Sal ein bisschen umfunktioniert. Du kannst sagen, was du willst. Keiner kann uns hören.« Sal. Das war echt das Letzte, was ich wollte, an Sal erinnert werden. Sal, der nicht da war, wenn ich ihn am meisten brauchte, der irgendwo mit Paulette unterwegs war. Genau wie mein Dad nicht für meine Mom da gewesen war.

Dieser ganze Abend hatte bislang derart viele Erinnerungen geweckt. Wie Ginnie mit ihrem Leben allein hatte fertigwerden müssen, nachdem mein Vater untergetaucht war. Klar, das war nur zu unserer Sicherheit geschehen, ebenso wie zu seinem eigenen Schutz – aber trotzdem ... Ed, ihr Freund und Dees angeblicher Vater, hatte sie getötet, und das nur, weil sie nicht zugeben wollte, dass mein Vater noch am Leben war. Ich wusste ansatzweise, wie Ginnie sich gefühlt haben musste, weil ich eine ihrer versteckten Botschaften in Dees Babyalbum gelesen hatte. Sie hatte meinen Dad geliebt, bis zum bitteren Ende. Aber was war mit ihm? Wie hatte er sich in all den Jahren gefühlt? Es gab so viele unbeantwortete Fragen.

In den vergangenen Wochen hatte ich mich eigentlich immer auf ein Treffen mit meinem Vater gefreut. Nur manchmal gab es Zeiten, da war ich sauer, richtig sauer auf ihn, dafür, dass er sich für den Widerstand entschieden hatte statt für meine Mutter und mich. Um sämtliche weitere Gedanken in diese Richtung abzuwehren, konzentrierte ich mich nun ganz auf das Gespräch mit Chris. »Ed war sich nicht sicher, ob mein Vater noch am Leben war, bis kurz vor dem Tod meiner Mutter. Die Krankenschwester, die sich um die Unendlichkeitsmaschine kümmerte, die meine Mutter in den letzten Minuten am Leben erhielt, steckte mit Ed unter einer Decke. Sie hat mitgekriegt, wie meine Mutter mir aufgetragen hat, ich solle meinen Vater suchen.«

»Ja, ich weiß«, erklärte Chris. »Um die hat man sich bereits gekümmert.«

Mit einem Ruck richtete ich mich auf. »Was meinst du damit, gekümmert?« Was hatte das zu bedeuten? »Du meinst doch nicht etwa … dass man sie getötet hat …?« War der Widerstand am Ende keinen Deut besser als die Regierung und beseitigte einfach Leute, die nicht mit seinen Ansichten konform gingen?

»Natürlich nicht.« Chris warf mir einen Blick aus dem Augenwinkel zu. »Wir haben ein Sammellager im Himalaya. Die Leute dort haben so viele Freiheiten, wie wir ihnen gewähren können. Die meisten von denen wurden eh dazu gezwungen, für das B.O.S.S. zu arbeiten, aber wir mussten sie dennoch, äh … aus dem Verkehr ziehen, nur für den Fall. Sobald der Regierungsrat gestürzt ist, wird man sie freilassen. Aber egal, zurück zu Ed. Wir haben herausgefunden, dass er regelmäßig in Kontakt stand mit jemandem, der sich schlicht ›A‹ nennt«, erklärte Chris. »Doch soweit wir das sagen können, hatte er keinerlei handfeste Beweise in Bezug auf deinen Dad, die er hätte weitergeben können. Vielleicht liege ich also falsch. Es kann durchaus sein, dass das alles nur Zufall ist.«

»Selbst die Anklage?« Ich war nicht recht überzeugt.

»Nun, dein Großvater war ja kein …« Chris schien über seine nächsten Worte sehr genau nachzudenken. Was echt gut war. Ich war am Ende meiner Nerven, und ich hätte es einfach nicht ertragen, wenn jemand meinem Grandpa Vorwürfe gemacht hätte. »Sagen wir mal, er hatte einen leichten Aussetzer, was seine Urteilskraft betraf.«

Er hatte ja recht. Absolut recht. »Das geschah, nachdem

man Anklage gegen ihn erhoben hatte. Aber du liegst ganz bestimmt richtig, was die Oberons betrifft. Wir haben echt ein Talent dafür, immer genau im falschen Moment unsere Meinung zu sagen.«

»Na ja, aber auch zu den richtigen Zeitpunkten. Du solltest mal die Reden von deinem Vater hören. Er ist ein unglaublicher Redner.«

Ich brachte allenfalls ein lahmes Lächeln zustande. Mein Herz schwoll vor Stolz an, und dennoch durchfuhr es im selben Moment ein stechender Schmerz. Ich hatte die Stimme meines Vaters erst einmal in meinem Leben gehört. Das war vor einigen Wochen gewesen an meinem Geburtstag, als er mich angerufen hatte. Ich wollte gern mehr hören – viel mehr. Zum Beispiel, warum in meinem Leben alles so schiefgelaufen war. Sicher würde er etwas unternehmen, sobald er von der Sache mit Grandma und Grandpa erfuhr. Er musste einfach etwas tun.

Chris parkte seinen Trannie direkt vor unserem Haus. »Ich begleite dich nach oben.«

»Das brauchst du nicht«, wehrte ich ab.

»Wo sind wir?«, murmelte Wei vom Rücksitz aus, wo sie geschlafen hatte.

»Schlaf weiter«, meinte Chris. »Und du, Nina, lass mich mal.« Er hüpfte aus dem Multi, lief um den Wagen herum und riss die Tür auf, ehe ich mein Einverständnis geben konnte. Mit einer tiefen Verbeugung und funkelnden Augen streckte er mir die Hand entgegen. »Madam.«

Als ich meine Hand in seine legte, spürte ich, wie ein wenig von seiner Kraft in mich floss. Ein Lächeln zuckte um meine Mundwinkel, und glücklich spielte ich bei seinem Spielchen mit. »Vielen Dank, Sir.«

»Ist mir ein Vergnügen.«

Als ich die Hand auf den Scanner an der Haustür legte, sagte ich: »Nina Oberon und Gast.« Chris positionierte sein Gesicht neben meinem, damit seine Identität geprüft werden konnte.

»Begeben Sie sich umgehend in Ihre Wohnung«, sagte eine mechanisch klingende Stimme. »Es wurde eine wichtige Mitteilung hinterlassen um elf Uhr dreißig heute Abend.«

»Was soll das denn?« Chris legte den Kopf schief.

»Ich hab keinen Schimmer. Wir gehen besser erst mal hoch, bevor ich Dee bei Harriet abhole.«

Ich marschierte im Liftport hin und her, während Chris versuchte, mich zu beruhigen. »Ich bin überzeugt, das hat nichts zu bedeuten. Vermutlich nur irgendeine Änderung, über die man euch informiert.«

Der Nachrichtenbildschirm vor der Tür blinkte wie blöd. Ich drückte den Knopf, und ein Blatt Papier kam heraus. Ganz oben stand in Großbuchstaben: ZWANGSRÄUMUNGSBESCHLUSS.

»Wie bitte?« Ich sackte gegen die Tür, um mich zu stützen. »Wie kann das denn sein?«

Chris umschloss meine Ellbogen und hielt mich. »Lass uns reingehen.«

Meine Hände zitterten, als ich den Code eingab. »Warum sollten die uns hier rauswerfen? Wir haben doch nichts Falsches getan. Die Miete wird direkt von Grandpas Pension abgezogen und fließt in den Gebäudefonds.«

Als wir drinnen waren, stieß Chris ein leises Pfeifen aus. »Wei hat mir erzählt, dass die vom B.O.S.S. euch einen Besuch abgestattet haben. Ist das also deren Vorstellung einer hübschen Inneneinrichtung?«

»Klar.« Ich entdeckte Grandpas Ingwerdose, die auf dem Boden lag, geöffnet und zerdellt. Stücke von kandiertem Ingwer waren über den Boden verstreut. Ich ging in die Knie und fing an, die Brocken aufzuklauben. Das war das Einzige, was mir in dem Moment einfiel.

Chris ging neben mir in die Hocke. »Wir sollten uns diesen Räumungsbeschluss ansehen«, sagte er ganz sanft.

Er half mir auf die Beine und setzte sich neben mir aufs Sofa. Unsere Beine berührten sich. Seltsamerweise wirkte das beruhigend auf mich.

»›Verehrte Mrs Oberon‹«, las er laut vor. »›Aufgrund der subversiven Aktivitäten von Mr Oberon …‹«

»Mein Dad? Aber sie wissen doch gar nicht, dass er …« Chris schlug mir die Hand vor den Mund und schüttelte vehement den Kopf.

Die Überwachung. Die Verhaftung von Grandpa war zweifelsohne Beweis genug, dass die vom B.O.S.S. uns überwachen und abhören ließen.

»Tot. Er ist tot.«

»Okay.« Chris überflog das Schreiben. »Hier steht, dass

wegen der kürzlich erfolgten Verhaftung deines Großvaters das Gebäudemanagement dir, deiner Großmutter und Dee vierundzwanzig Stunden gibt, um die Wohnung zu räumen.«

Ich starrte auf die Flecken auf dem Papier, unfähig, mich so weit zu konzentrieren, um sie als Worte auszumachen. »Vierundzwanzig Stunden? Wo sollen wir denn hin?« Ein Schauder rieselte mir über den Rücken. Ich stellte mir Dee und mich als Obdachlose vor, so wie Joan, wie wir uns aus Mülltonnen ernährten, Lumpen trugen und ständig froren. Und Grandma. Wo sollte sie denn hin, sobald sie aus dem Krankenhaus entlassen wurde? Ich war derart verzweifelt, dass ich kaum mitbekam, wie Chris auf seinem PAV einen Anruf tätigte.

Er legte auf. »Ist alles arrangiert. Mom meinte, ihr könnt alle bei uns wohnen. Wenigstens so lange, bis diese Sache mit deinem Großvater sich geklärt hat und deine Großmutter wieder bei Kräften ist. Also, wo ist dein Zimmer? Wir sollten gleich alles mitnehmen, was du für die kommende Nacht benötigst. Und Dees Sachen sollten wir wohl auch gleich packen. Anschließend gehen wir dann zu eurer Nachbarin und holen sie ab.«

Ich riss mich am Riemen. Jetzt war nicht der richtige Zeitpunkt, um einen Zusammenbruch zu haben, selbst wenn ich total fertig war, emotional und physisch. So vieles war geschehen in den vergangenen vierundzwanzig Stunden. Grandpa, Grandma, und jetzt auch noch das. Aber – ich war nicht hilflos. Ich war nicht allein. Ich hatte Freunde, Freunde, die mich unterstützten.

Und jetzt musste ich mich konzentrieren. »Wie wäre es, wenn du Dee holst, während ich ein paar Sachen packe? Harriet Pace wohnt in der D14. Ich ruf sie an und sag ihr, dass du vorbeikommst.« Chris marschierte los, während ich bei Harriet anrief und ihr erklärte, dass man uns rausschmiss. Dann informierte ich sie über die weiteren Pläne und gab mir alle Mühe, mich nicht von meinem Kummer überwältigen zu lassen. »Ja, Dee kennt Chris. Er ist ein guter Freund. Wir kommen schon klar. Ich ruf dich auf jeden Fall morgen aus dem Krankenhaus an und sag dir, wie es Grandma geht.«

Ich fing an, verschiedene Sachen aus dem Chaos im Wohnzimmer aufzuklauben – ein Digi von Ginnie und meinem Dad und die Ingwerdose von Grandpa.

Die Tür ging auf, und Chris und Dee kamen rein. »Ich hab Dee schon erzählt, was los ist«, erklärte Chris. »Ich hoffe, das war okay?«

»Klar.« Ich umarmte Dee. »Deedee. Alles in Ordnung?«

»Ich bin müde.« Sie drängte sich an meinen Körper. »Grandma wird doch wieder gesund, oder?«

»Mhm.« Als würde ich das so genau wissen.

»Und Grandpa. Am Montag holst du Grandpa da raus, nicht wahr?« Sie blickte zu mir auf.

Ich warf Chris einen verzweifelten Blick zu. Die Anhörung wegen Grandpa. »Ich werde mein Bestes geben.«

»Wisst ihr«, meinte er, »im Moment können wir nicht viel tun, außer zu schlafen. Packen wir eure Sachen, und morgen reden wir dann darüber, was wir als Nächstes unternehmen. Willst du, dass ich dir dabei helfe, ein paar Sachen zu packen, Dee?«

Nach Ginnies Tod waren uns sechs Tage geblieben, um das Wohnmodul zu räumen, in dem wir gelebt hatten. Weil Dee und ich nicht viel besaßen, war das relativ einfach gewesen. Grandma und Grandpa waren gekommen und hatten uns beim Umzug geholfen. Dieses Mal wäre das nicht viel anders. Während Chris und Dee in ihrem Zimmer waren, stopfte ich die Fundstücke aus dem Wohnzimmer in meine Tasche, packte meine Zeichenutensilien ein und den Großteil meiner Klamotten. Am Schluss trafen wir uns wieder im Wohnzimmer.

»Was machen wir hiermit?« Mit einer ausholenden Handbewegung deutete ich auf das Chaos. »Wir können nicht alles mitnehmen. Und die großen Sachen …«

»Nina, lass mich den Zwangsräumungsbeschluss bitte noch mal sehen.« Chris nahm mir das Dokument ab und überflog es rasch. »Verdammt. Alles muss bis sechs Uhr verschwunden sein. Morgen Abend.« Er rieb sich übers Kinn. »Okay. Ich komm morgen früh mit ein paar Freunden hierher. Wir packen alles ein und lassen die Sachen fortschaffen. Mom gibt euch die Wohnung unten, die, die meine Schwester Angie und ihr Mann nicht haben wollten. Die ist zwar möbliert, aber wir können ja die Sachen, die ihr nicht braucht, in den Lagerraum schaffen, damit Platz für euer Zeug ist.«

»Das ist eh nicht viel«, meinte ich. »Die ganzen Möbel gehören sowieso zur Wohnung. Abgesehen von Grandpas Sessel und meinem Bett besitzen wir ja so gut wie nichts.«

»Mach dir keine Sorgen. Ich kümmere mich um alles. Wir holen alles ab, und wenn deine Großmutter sich wieder fit fühlt, dann kann sie immer noch sehen, was sie behalten will und was nicht.« Er nahm Dee die Tasche ab. »Bereit?«

Sie nickte.

»Dann lasst uns gehen.«

IX

Für mich war Weis Haus der schönste Ort, an dem ich je war. Es handelte sich um eine alte dreistöckige Stadtvilla. Auch wenn Dee völlig erschöpft war, wurden ihre Augen ganz groß vor Staunen, als wir auf die Haustür zugingen. Unter dem Vordach mit den steinernen Säulen begrüßten uns helle Lampen. »Das ist ja ultra«, flüsterte sie mir zu.

Chris aktivierte den Retinascanner, der hinter dem Messingschild mit der Hausnummer versteckt war. »Ich programmiere euch morgen ein.«

Mrs Jenkins musste gehört haben, dass wir gekommen waren, denn sie lief gerade die Marmortreppe herunter, als wir ins Foyer traten. Sie überschüttete Dee und mich mit mütterlichen Umarmungen und flüsterte uns Ermutigungen zu und meinte: »Betrachtet dies als euer Zuhause, Mädchen. Ich hab ein paar Sachen in den Kühler getan in eurer Wohnung, falls ihr Hunger kriegt. Über alles andere unterhalten wir uns morgen.«

Im Erdgeschoss gab es zwei Wohnungen. Die eine diente Mr Jenkins als Büro. Und die andere gehörte jetzt uns.

»Ich hoffe, ihr fühlt euch hier wohl.« Mrs Jenkins öffnete

die Tür zu unserem neuen Zuhause. Obwohl wir unendlich müde waren, kamen wir nicht umhin, beeindruckt zu sein.

Das Wohnzimmer war mit einem plüschigen Sofa und zwei Sesseln möbliert, die so riesig waren, dass ich überzeugt war, ich würde darin versinken und auf immer verschwinden, wenn ich mich hineinsetzte. Ein AV-Bildschirm hing an der Wand dem Sofa gegenüber. Rechts und links davon standen Regale, bis oben hin gefüllt mit Büchern – echten Büchern, nicht nur Chips, wie wir sie in der Schule verwendeten. Es machte mich wirklich sprachlos, von so vielen historischen Dingen umgeben zu sein. Wir hatten ein paar echte Bücher besessen, als meine Mutter noch am Leben war, doch die hatte das B.O.S.S. allesamt nach ihrem Tod konfisziert.

»Es ist unheimlich gemütlich«, sagte ich. »Ich weiß gar nicht, wie wir euch das je zurückzahlen können …«

»Unsinn.« Mrs Jenkins winkte ab, als ich jetzt davon anfing, in ihrer Schuld zu stehen. »Es ist mir eine Ehre, der Familie meiner lieben Freunde helfen zu können.« Ich erinnerte mich, wie sie mir erzählt hatte, wie nahe sie und meine Mutter sich gewesen waren. »Komm, ich zeig euch eure Schlafzimmer. Ihr müsst ja todmüde sein.«

»Nina, du solltest heute Nacht nicht alleine sein«, meinte Wei. »Ich geh hoch und hol meinen Pyjama, dann komm ich wieder.«

Als Wei zurückkam, verabschiedete sich Mrs Jenkins und erinnerte uns daran, dass am Morgen im oberen Stockwerk ein Frühstück auf uns warten würde.

»Wir sollten jetzt schlafen«, sagte ich. »Ich bin echt am Ende.«

»Ich auch.« Wei unterdrückte ein Gähnen.

»Ich glaub, ich auch.« Dee sah aus, als wäre sie reif fürs Bett, dennoch blieb sie zögernd an der Tür zu ihrem Zimmer stehen. Offensichtlich wollte sie nicht gern alleine sein.

»Wisst ihr was, das Bett in meinem Zimmer ist echt riesig«, sagte ich. »Da ist doch Platz genug für uns drei.«

Wie sich herausstellte, hätte sogar noch eine vierte Person reingepasst, so groß war es. Doch obwohl so viel Platz war, schlief Dee in meine Arme gekuschelt ein.

Ein warmer Sonnenstrahl, der auf mein Gesicht traf, weckte mich. Ich schoss in die Höhe. »Wo bin ich?«

»Häh?«, kam die gedämpfte Antwort.

»Wei?«

Sie warf die Decke zurück und streckte die Arme über ihrem Kopf. »Du bist wach.«

»Ja. Ich hab eine Minute gebraucht, bis mir wieder einfiel, was alles geschehen ist.« Ich klopfte auf die zusammengeknüllte Decke neben mir. »Wo steckt Dee?«

»Sie ist kurz nach mir aufgewacht. Ich hab sie hochgeschickt zum Frühstücken.«

Allein die Erwähnung von Essen weckte meinen Magen, und er knurrte wie ein hungriger Löwe. Doch hatte ich mich um ganz andere Dinge zu kümmern als um meinen Hunger. »Wo ist meine Tasche? Ich muss im Metro anrufen und nachfragen, wie es Grandma geht. Funktioniert mein

PAV hier?« Angesichts der ganzen Anti-Überwachungs-Gerätschaften, die bei Wei im Haus installiert waren, konnte ich mir nicht sicher sein, was funktionierte und was nicht.

Wei brachte meine Tasche zum Vorschein, die neben dem Bett lag. »PAVs funktionieren problemlos hier. Wenn du aber wissen willst, wie, dann musst du Chris fragen. Dieses ganze Technikzeug ist ein Buch mit sieben Siegeln für mich.« Sie rollte sich aus dem Bett. »Komm nach oben, sobald du fertig bist.«

Ich klopfte ganz leise an die Tür. Weis Mutter begrüßte mich und legte mir den Arm um die Schulter, so wie Mom das immer getan hatte. Es machte mich traurig, fühlte sich aber auch gut an. Wie sehr ich mir wünschte ... aber es hatte keinen Sinn. Ich musste mir über zu vieles Gedanken machen. Da blieb mir keine Zeit für das, was Grandma das »Bauen von Luftschlössern« nannte.

»Das ist so nett von Ihnen.« Ich fühlte, dass ich wieder den Tränen nahe war. »Ich weiß nicht ...«

»Es ist das Mindeste, was wir für euch tun können«, meinte sie. »Wir sind glücklich, Freunden helfen zu können. Dein Vater war so froh, dich und Dee bei uns zu wissen, auch wenn er sich Sorgen um seine Eltern macht.«

Sie hatten mit ihm gesprochen – mit meinem Vater. Ich hatte nur dieses eine Mal mit ihm geredet, vor Wochen. Doch sie hatten ihm bereits alles erzählt. Wie viele Gefühle und Fragen allein das Wort *Vater* bei mir aufwarf. Schnell verdrängte ich sie alle wieder ins Unterbewusstsein.

»Dee weiß nichts von ihm – ich meine, dass er am Leben ist«, sagte ich.

»Das dachte ich mir schon. Sie weiß auch nicht, dass er ihr richtiger Vater ist, nicht wahr?«

Ich schüttelte den Kopf. »Nur Sie und ich, na ja, und mein Vater – wir sind die Einzigen, die es wissen.«

»Und so soll es auch bleiben, bis er beschließt, es ihr zu sagen. Wir werden in Gegenwart von Dee nicht offen über Alan sprechen. Ich werde dafür sorgen, dass auch Chris und Wei sich dessen bewusst sind.«

»Es ist so schwer, Dinge geheim zu halten. Wie die Informationen über WeLS. Wegen ihnen musste Ginnie sterben.«

»Ja, deshalb und aus so vielen weiteren Gründen.« Mrs Jenkins umarmte mich ganz fest. »Eines Tages wird die Wahrheit über alles ans Licht kommen.«

»Wissen Sie, wann mein Vater vorhat, die Welt über WeLS und das, was wirklich dahintersteckt, in Kenntnis zu setzen?« Es war naiv von mir zu glauben, dass ein einziger Treffer gegen den Panzer des Regierungsrats ihn gleich zu Fall bringen würde. Doch zumindest würde die Wahrheit über die Sexsklaverei hinter dem WeLS-Programm Mädchen aus den niedrigen Rängen davon abhalten, sich auf diese Weise ausbeuten zu lassen.

»Ich habe gehört, es wird schon bald eine öffentliche Ankündigung geben. Aber wollen wir uns heute auf etwas anderes konzentrieren. Wenn du zu deiner Großmutter fährst, solltest du glücklich sein, positiv. Nimm dir ein paar Stunden und genieße das Leben, statt dir ständig nur Sorgen zu machen.« Sie nahm mein Kinn in ihre Hand. »Ich hoffe, es macht dich ein bisschen glücklich, dass du hier sein kannst, Nina. Du hast dir ein wenig Glück so sehr verdient.«

Ich sehnte mich auch danach, glücklich zu sein. Doch ob ich es auch wirklich verdiente, da war ich mir nicht so sicher.

Wir gingen in die Küche. Chris stand am Kochcenter, welches er im manuellen Modus benutzte, so wie Grandma das immer tat. Wei und Dee machten sich bereits über Teller voller Essen her.

Dee legte ihre Gabel beiseite. »Wie geht's Grandma? Können wir sie jetzt sehen?«

»Der Arzt meldet sich bei mir, sobald er im Krankenhaus ist. Die Schwester meinte, Grandma ginge es ›den Umständen entsprechend‹, aber wir dürfen sie erst besuchen, wenn der Arzt sein Einverständnis gegeben hat.«

»Setz dich.« Wei deutete auf den Stuhl neben sich. »Ich komm mit euch, wenn du möchtest.«

»Du kannst mitkommen, sobald du Klavier geübt hast.« Mrs Jenkins warf Wei einen strengen Blick zu.

Wei verdrehte die Augen. »Okay.«

»Hier, bitte schön.« Chris brachte mir einen Teller French Toast, dick mit Puderzucker bestäubt. Ein Klecks Butter schmolz in der Mitte zu einem kleinen See. »Erdbeeren. Blaubeeren.« Er schob mir ein Tablett mit zwei Schalen voll Beilagen hin.

Ich löffelte also Erdbeeren auf die eine Hälfte meines

Toasts und die Blaubeeren auf die andere. Während ich aß, fiel mir auf, dass Mr Jenkins gar nicht da war. »Wo ist denn dein Dad?«

»Er kümmert sich um einen Lagerraum für eure Sachen«, erklärte Wei.

»Nach dem Frühstück, wenn du bis dahin nichts von dem Arzt gehört hast«, sagte Mrs Jenkins, »kannst du mit Chris zu euch in die Wohnung fahren und dich um den Rest eurer Sachen kümmern.«

Mit einem Schlag fiel es mir wieder ein. »Oh nein! Fast hätte ich es vergessen. Ich muss ja ins Kunstinstitut. Ich soll heute arbeiten.«

»Dee kann ja mit mir in die Wohnung gehen«, meinte Chris. »Meine Freunde und ich übernehmen dann das Packen, und sie kann aufpassen, dass wir nichts vergessen. Wir sind vielleicht sogar noch dort, wenn du mit Arbeiten fertig bist.«

Der Gedanke an die Arbeit, bei der ich in einem abgeschiedenen Lagerraum sitzen würde, der voller Kunstwerke war, schien mir verlockend. Es bedeutete ein wenig Ruhe, die ich bitter nötig hatte. Aber es gab so viel zu tun, und Grandma …

»Warum gehst du nicht einfach hin und siehst, was passiert?«, schlug Wei vor. »Ist doch allemal besser, als hier rumzusitzen und sich Sorgen zu machen. Sobald der Arzt sich meldet, kannst du dich mit Chris in Verbindung setzen, und der bringt Dee dann ins Krankenhaus. Also keinen Stress.«

Aber ich stresste mich dennoch. Die ganze Fahrt zum Kunstinstitut lang versuchte ich, die Gedanken an WeLS aus dem Kopf zu kriegen. Gedanken wie zum Beispiel der, was mein Vater wohl mit den Informationen anstellen würde, die ich ihm zu dem angeblichen diplomatischen Korps überlassen hatte, bei dem es allein um die Haltung von sechzehnjährigen Mädchen aus niedrigen Rängen als Sexsklavinnen ging. Gedanken daran, wie Ed als Auswähler gearbeitet hatte – und wie er in dieser Funktion Schulen besucht hatte, um zu entscheiden, welche Sechzehnjährigen aus niedrigen Rängen sich für das WeLS-Programm bewerben sollten. Treffender wäre es gewesen, zu sagen, welche in die Ausbildungslager verfrachtet werden sollten. Zum Glück hatten wir meinen Vertrag freikaufen können, daher hatte ich das gar nicht erst durchmachen müssen. Doch so viele andere Mädchen hatten keine Wahl. Ich dachte an Joan, die aus dem »Einführungstraining« des WeLS-Programms als Wrack hervorgegangen war. Als ich sie das erste Mal zusammen mit einer Gruppe von obdachlosen Frauen sah, die in der Nähe des Chicago Rivers rumhingen, da hatte ich ihr helfen wollen. Ein Gedanke ging mir durch den Kopf, nicht zum ersten Mal: Vielleicht konnte die Schwesternschaft etwas bewirken.

Die Schwesternschaft. Wei hatte gemeint, wir würden sie später an diesem Tag treffen. Das war gut – es gab mir Hoffnung. Wenigstens eine positive Sache, an die ich mich klammern konnte.

X

Ich sprang aus dem Transit und blickte über die Michigan Avenue auf das Gebäude, in dem das Kunstinstitut untergebracht war. Zwei riesige Bronzelöwen flankierten den Eingang schon seit dem Jahr 1893. Der südliche Löwe stand in abwehrender Haltung da, während der auf der Nordseite sich angriffslustig gebärdete. Heute fühlte ich mich irgendwie beiden gleichermaßen verbunden.

Ich stieg im zweiten Stock aus dem Liftport und ging den Flur entlang. Eine Wand bestand komplett aus raumhohen Fenstern. Durch sie fiel das Licht auf eine riesige gehämmerte Silberscheibe, die an der Wand gegenüber hing. Ich liebte diesen Weg. In den drei Wochen, die ich jetzt für Martin arbeitete, hatte ich herausgefunden, dass es eine beruhigende Wirkung auf mich hatte, wenn ich durch diesen Flur ging. Eigentlich war das komplette Institut für mich so was wie ein Ort der Ruhe und des Trostes.

Ich klopfte an Martins Tür. Er musste erfahren, was mit Grandma los war, und alles andere auch. Er war einer der Hauptkuratoren, daher war er verantwortlich für einige besondere Ausstellungsstücke sowie für einen Großteil der restlichen Sammlung. Er wusste mehr über Kunst als irgendein anderer, den ich je getroffen hatte. Es war umwerfend, hier zu sein, hier arbeiten zu dürfen. Ich hatte mich oft gefragt, ob wohl mehr als nur Glück dahintersteckte, dass Martin mich dabei beobachtet hatte, wie ich eines Tages in der Postmoderne-Abteilung gezeichnet hatte. Wir hatten uns kurz unterhalten, und er hatte mir einen Job angeboten, sobald ich meine Zulassung als Kreative erhalten hatte.

»Hereinspaziert«, rief er.

Ich stemmte die hohe weiße Tür auf. Martin saß an seinem schwebenden Schreibtisch. Zumindest nannte ich so die glänzende schwarze Steinplatte, die durch zwei unsichtbare Energiestrahle gehalten wurde. Eine Erfindung von Martins Lebensgefährten Percy.

»Oh, da ist ja meine Lebensretterin! Komm rein, komm rein.« Er bedeutete mir, zu ihm zu kommen, sodass ich die Projektion, die sein PAV aussandte, sehen konnte. »Sag hallo zu Percy.«

»Hi, Percy«, sagte ich zu der Projektion.

»Nina, meine Liebe. Du siehst bezaubernd aus, wie immer.«

Ich lächelte. »Danke. Sie sehen auch hinreißend aus.«

»Schmeichlerin.« Percy grinste. »Aber ich find's toll! Tja, Marty, schätze, das bedeutet dann wohl, dass du zurück an die Arbeit musst. Vergiss nicht die Winnackers heute Abend. Wir entscheiden uns besser für Weißwein, sonst macht sich Iona die ganze Zeit Sorgen wegen ihres weißen Sofas und des Teppichs.« Er wandte sich mir zu. »Diese Frau hat überhaupt kein Gefühl, weder für Inneneinrichtung noch für sonst irgendwas. Kein bisschen!« Damit warf er resignierend die Hände in die Luft und verabschiedete sich.

»Oh, mein lieber kleiner Percy. Er ist einfach viel netter als meine Wenigkeit.« Martin beugte sich verschwörerisch nach vorne. »Ich glaube, ich bringe trotzdem Rotwein mit und pflanze mich mitten auf ihr scheußliches Walross von einem Sofa, und dann wedle ich mit dem Glas wie mit einer Flagge am Gedenktag zum Ende aller Kriege.«

»Im Ernst?« Ich konnte immer noch nicht unterscheiden, wann Martin einen Witz machte und wann er es ernst meinte.

»Nein, natürlich nicht. Die Winnackers gehören zu den wichtigsten Sponsoren des Antiquitäten-Erwerbs-Komitees des Instituts. Ich werde mich vorbildlich benehmen wie immer. Aber dennoch werde ich mir wünschen, es wäre Rotwein.« Er stand auf. »Wolltest du was von mir?«

Ich erzählte ihm von Grandpa, Grandma, der Klage und dem Zwangsräumungsbeschluss.

»Ach, du gütiger Gott.« Sein Lächeln wurde abgelöst von einem betroffenen Stirnrunzeln. »Soll ich dir heute freigeben? Mach dir nicht eine Nanosekunde lang Sorgen, wenn das dein Wunsch ist. Ich bin so lange ohne eine Assistentin ausgekommen … und ich will, dass du dich um die Dinge kümmerst, die wichtig sind.« Sein Gesicht war voller Sorge.

»Oh nein«, sagte ich. »Ich würde verrückt werden, wenn ich vor Grandmas Zimmer rumsitzen müsste. Außerdem wurde mir erklärt, niemand dürfe sie sehen, ehe Dr. Silverman nicht sein Einverständnis gegeben hat. Und was den Umzug betrifft …« Ein winziges Lächeln kräuselte meine Mundwinkel leicht nach oben. »Es macht mir wirklich nichts aus, wenn mir die Arbeit jemand anderes abnimmt.«

»Im Ernst? Wunderbar. Dann komm mit mir.«

Ich folgte Martin den weißen Korridor entlang in die Abteilung mit den postmodernen Werken des einundzwanzigsten Jahrhunderts. Er öffnete den Deckel an der Überwachungsvorrichtung und gab einen Code ein; eine versteckte Tür in der Wandverkleidung glitt auf, und wir traten ein. Leise schloss sich die Tür hinter uns wieder. Mein Arbeitsplatz war ein riesiger Raum, der vom Boden bis zur Decke vollgestopft war mit Kisten, Schachteln und Rollen aller Größen und Formen. Im ganzen Raum gab es schmale, hohe Fenster, sodass das Licht in Streifen auf den Boden fiel. Während meine Augen sich an die Lichtverhältnisse gewöhnten, musterte ich die unglaubliche Fülle von Kunstschätzen, die hier gelagert wurden. Mein Job war es, Martin darin zu unterstützen, alles von den primitiven Werkzeugen von Höhlenbewohnern bis hin zur gegenwärtigen pseudomodernen Vandalenkunst zu katalogisieren. Ich liebte es, mit Kunstwerken aus den verschiedensten Jahrhunderten allein zu sein, das Ergebnis des menschlichen Bedürfnisses, seine tiefsten Emotionen auf nonverbale Weise zum Ausdruck zu bringen. Diese Art von Sprache verstand ich sehr gut. Die nackte Wahrheit. Wenn es um die Seele ging, waren keine Lügen möglich.

Plötzlich fiel es mir ein. Martin hatte mir an meinem ersten Tag so manch Kurioses über das Kunstinstitut erzählt. Bestimmte Bereiche, insbesondere die Hinterzimmer und Lagerräume, waren tote Zonen. Und aufgrund der Fragilität einiger Kunstwerke gab es in den Lagern auch keine Überwachung und keinen Empfang. Verdammt.

»Martin. Da dieser Raum hier geschützt ist, wie kriege ich mit, ob das Krankenhaus anruft?« Ich wollte wirklich hierbleiben und arbeiten, aber ich konnte es nicht riskieren, einen Anruf zu verpassen, der Grandma betraf.

»Meine Liebe, ich habe an fast alles gedacht, was dazu dient, die Kunst zu schützen. Und Percy, gepriesen sei er, hat an alles gedacht, was zu meinem Schutze dient. Weißt du es denn nicht? Er liebt mich. Ich weiß, wir sprechen hier von dringlicheren Dingen. Obwohl« – er beugte sich zu mir und setzte ein ernstes Gesicht auf – »Liebe ist zweifelsohne eine Notwendigkeit.«

Ich schürzte die Lippen. »Dessen bin ich mir nicht so sicher.«

»Oh, oh. Du bist zu jung, um eine zynische Sicht auf die Liebe zu pflegen. Aber wir sollten uns dieses Gespräch für einen anderen Tag aufheben. Widmen wir uns jetzt dem eigentlichen Problem. Überwachungsschutzschilde – aktiviert.« Er bewegte einen Hebel neben der Lampe auf meinem Schreibtisch. »Hebel nach oben, keine Überwachung.« Er bewegte ihn erneut. »Hebel nach unten, Überwachung aktiv.«

»Was passiert da?«

»So schaltet man den Sicherheitsschild aus und an. Percy hatte immer schon Angst, ich könnte mal hier eingeschlossen werden, von Gott weiß was. Einem Erdbeben? Einer Flut? Einer Horde von Flussratten? Und dann würde ich nicht nach Hilfe rufen können. Aber egal, da die vom B.O.S.S. ja alles abhören …« Er überprüfte den Hebel. »Nach oben. Wir sind auf der sicheren Seite. Weil sie die komplette Innenstadt mit ihrem elektromagnetischen Quatsch bombardieren, sind sämtliche Ausstellungsräume und Lagerbereiche im Institut durch solche Schutzschilde geschützt. Nur das Sicherheitspersonal kann sie aus- und einschalten, abgesehen von denen hier in diesem Zimmer.« Er hob die Augenbrauen. »Percy ist ein Schatz, weißt du?«

»Aber kriegt das B.O.S.S. oder das Sicherheitspersonal das denn nicht mit?«

»Nicht, wenn du dich leise verhältst hier drinnen. Sobald das Krankenhaus anruft, geh raus in den Flur. Da bist du sicher. Vergiss nur hinterher nicht, den Schutzschild wieder zu aktivieren. Und erzähl niemandem davon. Das ist unser Geheimnis.«

»Ich sag kein Wort.« Ich würde also bleiben können und trotzdem den Anruf vom Krankenhaus mitkriegen. Lief doch alles wunderbar.

»Wenn du dir absolut sicher bist, dass du heute arbeiten willst …«, meinte er.

»Ja, ich brauche ernsthaft Beschäftigung.«

»Solange du dazu keine Kisten packen musst, richtig?« Er ließ die Augenbrauen hüpfen. »Nun, du brauchst heute nichts zu packen, obwohl man dich vielleicht bittet, ein paar Kunstobjekte zu verpacken, die in ein anderes Museum kommen sollen.«

»Ich glaub, damit komm ich klar.«

»Wenn das der Fall ist, dann lass uns jetzt in den Raum mit den chinesischen Artefakten gehen. Ich brauche eine Kleinigkeit, die ich den Winnackers mitbringen kann. Muss die Sponsoren ja bei Laune halten. Tja, und nichts macht Iona glücklicher als ein … sauberes Sofa« – er kicherte – »und die Leihgabe eines antiken und einzigartigen Stücks. Ein bisschen wie ich – mit dem Alter gereift und ein wenig eigenwillig.« Er zog eine Grimasse.

Martin war eine absolut interessante Mischung aus bodenständig, leicht eingebildet und total witzig, man musste ihn einfach lieben.

»Komm jetzt. Begeben wir uns auf den Weg durch das geheime Labyrinth des Museums. In diesen Fluren ist die Überwachung aktiv.« Damit ließ er seinen Blick hin und her huschen wie ein Detektiv aus einem Comic, ehe er mich zu einer Tür führte, die mir noch nie zuvor aufgefallen war. Vermutlich weil sie hinter einem dicken Wandteppich verborgen war. Auf der anderen Seite der Tür wanden sich Tunnel in verschiedene Richtungen. »Wir befinden uns jetzt hinter den Wänden«, erklärte Martin. »Von hier aus hat man Zugang zu jeder einzelnen Ausstellungshalle, zu den

Gewölben im Keller und sogar zum Hubschrauberlandeplatz auf dem Dach. Falls du jemals schnell fliehen müssen solltest.«

»Genau was ich brauche«, witzelte ich. »Ich lasse es meinen Hubschrauberpiloten wissen, dass er das nächste Mal dort landen soll.«

Während wir durch die schwach beleuchteten Gänge schlichen, sagte ich: »Bin ich froh, dass Sie hier bei mir sind. Ich würde mich echt verirren, wenn ich alleine wäre.«

»Das ist genau der Grund, weshalb ich eine neue Assistentin brauchte. Von meiner letzten hab ich nichts mehr gehört oder gesehen, seit ich sie vor einigen Monaten zu den ägyptischen Antiquitäten geschickt habe.«

Ich konnte nicht verhindern, dass mir die Kinnlade runterklappte. »Sie …« Dann bemerkte ich das Funkeln in seinen Augen.

»Erwischt! Nicht wahr? Du hast das geglaubt.«

»Ja!« Mir war nun schon so lange schwer ums Herz, dass es richtig guttat, mal wieder so richtig laut zu lachen. »Ich bin manchmal ziemlich leichtgläubig.«

»Sind wir doch alle mal. Es ist schön, dich lachen zu sehen, Nina. Du bist viel zu ernst für einen Teenager. Das ist die Zeit deines Lebens, da du Spaß haben, was über das Leben lernen und Neues ausprobieren solltest.«

»Ich habe in letzter Zeit so einiges Neue ausprobiert«, sagte ich in bedauerndem Ton. »Aber das meiste davon hat nicht wirklich Spaß gemacht.«

»Das wird sich noch ändern, meine Liebe. Das wird sich

ändern.« Er schob mich in ein kleines Zimmer. Mehrere hölzerne Lagergestelle standen an die Wand gelehnt, und in der Mitte des Raums befand sich ein riesiger Schaukasten mit Glasdeckel. Dieses Zimmer unterschied sich erheblich von meinem üblichen Arbeitsplatz.

»Wie im Hauptlager«, sagte Martin, »gibt es auch hier keine Möglichkeit einer Überwachung und keinen Empfang.« Er ließ seinen Blick über die Decke wandern, ehe er fortfuhr. »Nur dass es hier keine Schalter zum An- und Ausstellen gibt.«

»Dann lass ich mich wohl hier drinnen besser nicht von einem Erdbeben überraschen.«

Martin warf den Kopf in den Nacken und lachte. »Weißt du, Nina, du erinnerst mich wirklich sehr an deinen Vater.«

An meinen Vater? Ich war ein wenig verblüfft. Zwar wusste ich, dass Martin mit den Jenkins befreundet war, daher musste er zumindest mit dem Widerstand sympathisieren, aber das hatte ich nicht erwartet! Seit ich hier arbeitete, hatte er noch nicht einmal angedeutet, dass er meinen Vater kannte. So viele Geheimnisse … mir drehte sich der Kopf. »Sie kannten meinen Vater?«

»Ob ich Alan kannte? Natürlich kenne ich ihn.« Seine Augen blitzten. »Und mehr als das. Gewisse Freunde von deinem Vater, wie ich, tun alles, um dafür zu sorgen, dass du in Sicherheit bist. Schließlich kann er selbst ja nicht überall gleichzeitig sein.« Während er sprach, betrachtete er den Inhalt des Glaskastens.

»Sie sind ein NonKon?« Mir klappte die Kinnlade runter. Martin schien mir kaum der Typ Mensch, der sich auf Widerstandsarbeit einlässt.

»Oh, wie ich dieses Wort hasse.« Er verdrehte die Augen. »Ich persönlich bevorzuge ja den Ausdruck *Dissident*. Aber ich habe mich nie an die Regeln der Mehrheit anpassen können. Nur dass nicht alle meine Vorliebe für klassische lateinische Wortbildungen teilen. Eigentlich schade, findest du nicht?« Er schenkte mir ein kurzes Lächeln. »Nun, das hier muss reichen.« Er holte einen kleinen Flakon aus dem Kasten und hielt ihn ins Licht, um ihn zu begutachten. »Iona wird mit dieser kleinen Schönheit nur zu gern prahlen, und dem Ding kann kaum einer einen Schaden zufügen.« Er ließ den Flakon in einen Samtbeutel gleiten. »Wir sehen ihn uns genauer an, wenn wir wieder an deinem Schreibtisch sind. Komm mit.«

Kaum waren wir zurück im Tunnel, gab mein PAV ein Piepen von sich. »Das ist das Krankenhaus.« Nach einem kurzen Gespräch mit einer Krankenschwester legte ich wieder auf. »Grandma ist aufgewacht. Sie wollen, dass ich vorbeikomme. Ich muss leider gehen.«

»Natürlich musst du das. Die Arbeit kann warten.« Er eilte mit mir durch das Labyrinth von Fluren zurück ins Hauptlager. »Ich erwarte dich nicht vor Montag zurück«, meinte er. »Richte deiner Großmutter meine besten Genesungswünsche aus.«

Ich rief Chris an, damit er mich mit Dee im Krankenhaus traf. Als der Transit vor dem Metro hielt, kam es mir so vor, als würde jeder einzelne Fahrgast hier aussteigen. Ich drängte mich durch die Menge auf der Suche nach ihnen, hin und her gerissen zwischen dem Wunsch, sofort zu Grandma zu eilen, und meinem Gewissen, das mir sagte, ich solle auf meine Schwester warten. Mir war klar, dass Chris sie nicht aussteigen lassen würde, wenn ich nicht hier auf sie wartete. Zum Glück musste ich nicht lange warten.

Als wir drinnen waren, nahmen Dee und ich den erstbesten Liftport, der nach oben fuhr. Als die Türen aufglitten, stand Dr. Silverman direkt vor uns.

Da ich seine arrogante Art kannte und Angst hatte, Dee würde sein Verhalten schockieren, flüsterte ich: »Das ist Grandmas Arzt. Er ist ein wenig, na ja … sagen wir mal, er ist nicht gerade freundlich.«

Fast als hätte er geahnt, dass ich über ihn sprach, blickte er auf und bedeutete mir, zu ihm zu kommen.

»Ihr seid zu zweit.« Stirnrunzelnd sah er Dee an. »Wie alt ist sie hier?«

»Ich bin Delisa Oberon. Im nächsten Monat werde ich zwölf.« Sie hielt ihm die Hand hin. »Danke, dass Sie meiner Großmutter das Leben gerettet haben.«

Er starrte auf sie hinunter. Widerwillig, zumindest machte es den Eindruck, schüttelte er ihre ausgestreckte Hand. »Das ist mein Job.« Er zog seine Hand zurück. »Schwester, ein Desinfektions…« Er unterbrach sich.

Ich bin mir nicht sicher, was ihn davon abhielt, um ein Reinigungstuch zu bitten. Vielleicht lag es an Dees freundlichem und offenem Lächeln. Was auch immer der Grund war, jedenfalls überspielte ich meine Verwunderung, indem ich fragte: »Wie geht es unserer Großmutter?«

Wieder ganz der Alte und überheblich wie immer, nach dem Motto ich bin von höherem Rang und ihr seid nichts als niedrigrangiger Abschaum, sagte er: »Selbstverständlich war die Operation ein voller Erfolg. Wenn man davon ausgeht, dass Mrs Oberon sich weiterhin so gut erholt, dann erwarte ich, dass wir sie bereits am Dienstag in die Edgewater-Rehabilitationsklinik entlassen können.«

»Rehabilitationsklinik?« Das Metro war das eine. Jeder wurde hier kostenlos behandelt. Doch eine Rehabilitation – die kostete einiges an Kreditpunkten. Kreditpunkte, die wir nicht hatten. »Darf sie denn nicht nach Hause? Ich kann mich doch um sie kümmern.«

»Immer geht es um die Kosten, wie?« Er blähte die Nasenflügel, als würde er einen üblen Geruch wahrnehmen. »Da die Operation Forschungszwecken diente, sind auch die Kosten für die Nachsorge gedeckt. Ihr werdet niemandem etwas schulden.«

»Dürfen wir sie jetzt sehen?«, fragte Dee.

»Ja. Geht. Zehn Minuten«, lautete seine knappe Antwort.

Vor Grandmas Zimmer blieben wir kurz stehen. Ich holte tief Luft und machte meinem Ärger Luft. Grandma musste ja nicht mitkriegen, wie mich ein Idiot wie Dr. Silverman aufbrachte. Ich musste mir wieder in Erinnerung rufen, dass er ihr immerhin das Leben gerettet hatte, und zu Dee war er ja geradezu nett gewesen. Nur dass er damit bei mir nicht weit kam.

»Grandma?« Ich spitzte um die Tür herum ins Zimmer.

»Mädchen.« Grandma lag auf dem Bett. Lächelnd, wenn auch schwach, sagte sie: »Ich schaff es leider nicht, euch beide zu umarmen.« Ein Schlauch baumelte von ihrem Arm und führte zu einem Beutel voll klarer Flüssigkeit, der an einem Ständer hing.

Ich ergriff die eine Hand, und Dee nahm die andere. Grandma fühlte sich warm an, lebendig. Sie hatte wieder Farbe im Gesicht, statt des kränklichen Graus vom Vortag. »Du siehst gut aus.« Ich küsste sie auf die Wange. »Wie fühlst du dich?«

»Wie neugeboren«, meinte sie. »Müde, aber am Leben.«

Dee streichelte ihre Hand. »Ich hab mir solche Sorgen gemacht.«

»Kein Grund, sich länger zu grämen, meine Liebe.«

»Ich weiß.« Eine Träne rann über Dees Gesicht. »Es ist nur, weil Grandpa auch noch weg ist …«

»Euer Großvater, ja. Und die Anklage.« Grandmas Miene verdüsterte sich. »Nina, Liebes, du wirst dich allein um diese Sache kümmern müssen. Schaffst du das? Ich bin überzeugt, Mr und Mrs Jenkins werden dir helfen.«

»Vor allem jetzt, da wir bei ihnen wohnen«, meinte Dee.

»Wie bitte?« Grandma runzelte die Stirn. »Wieso wohnt ihr denn bei den Jenkins?«

»Wir wurden rausgeworfen.« Ich hatte es ihr nicht sagen wollen, noch nicht. »Aber alles ist gut. Wir haben alles im Griff.«

»Oh, nein, Nina. Und was ist mit unseren Sachen? Wie

sollen wir …« Sie rieb sich über die Stirn, und das Piepen auf dem Monitor beschleunigte sich.

Dr. Silverman kam ins Zimmer gerauscht, eine Schwester eilte hinter ihm her. »Keine Aufregung. Raus.«

»Wir wollten sie nicht aufregen«, meinte Dee. »Es ist doch nur, weil …«

»Raus hier!«

Während wir betreten zur Tür rausschlichen, sah ich, wie er von der Schwester eine Spritze entgegennahm und etwas in Grandmas Schläuche injizierte. Sofort verlangsamte sich die Anzeige auf dem Monitor, und wieder war ein regelmäßiges, hypnotisches *Piep, Piep, Piep* zu hören.

Silverman trat hinaus auf den Flur. »Sie darf mit nichts konfrontiert werden, das sie aufregt. Wenn ihr das nicht hinbekommt, dann dürft ihr nicht wiederkommen.«

»Tut mir leid.« Tränen glitzerten in Dees Augen. »Ich würde nie etwas tun, das ihr schaden könnte.«

»Dann seht zu, dass das nicht noch einmal vorkommt«, meinte Silverman, wobei fast schon ein weicher Zug über sein Gesicht huschte. »Ich lass mir meine Arbeit nicht ruinieren. Für heute war es das mit dem Besuchen. Ruft morgen an, dann erfahrt ihr, ob ihr wiederkommen dürft.«

»Ja, Sir.« Ich nahm Dee an der Hand, und schweigend gingen wir in Richtung Liftport. Keiner von uns sagte ein Wort, bis wir draußen vor dem Krankenhaus standen.

»Er ist doch gar nicht so übel«, meinte Dee. »Der macht sich nur Sorgen um Grandma.«

»Mhm.« Ich ließ sie gern in dem Glauben. Doch ich für meinen Teil war der Ansicht, dass er sich weit mehr Sorgen um seinen wertvollen Ruf als Arzt machte als um irgendetwas anderes.

XI

Bis wir zurück in unserer alten Wohnung waren, hatten Chris und seine Freunde schon den Großteil unserer Sachen verpackt und in ein Lager verfrachtet.

»Ich hab die Jungs heimgeschickt«, meinte er. »Alles ist erledigt, bis auf die Küche und die Sachen hier aus dem Badezimmer eurer Großeltern.« Damit deutete er auf eine Ansammlung von Flaschen auf dem Esszimmertisch.

»Grandpas Medikamente!«, rief Dee. »Er hat seine Pillen schon seit gestern nicht mehr genommen, Nina!« Sie krallte sich an meinem Ärmel fest. »Er muss Schmerzen haben, total schlimm. Wir müssen etwas unternehmen.«

Chris meinte: »Vielleicht könnt ihr ihm die bringen, obwohl …« Er warf einen Blick auf Dee, so als wäre er sich nicht sicher, wie viel er noch sagen sollte.

»Obwohl was?« Sie wartete darauf, dass er seinen Satz beendete.

»Möglicherweise lassen sie euch nicht rein. Und wenn ihr es doch schafft, kann es sein, dass sie sie ihm nicht geben.«

»Aber das müssen sie«, protestierte ich. Ich hatte echt genug. Grandpa brauchte seine Medikamente, und ich war es leid, ständig gesagt zu kriegen, was ich zu tun hatte. »Im Regierungskundeunterricht haben wir gelernt, dass es gegen das Gesetz verstößt, Gefangenen eine medizinische Behandlung zu verweigern, sofern sie von einem Arzt verordnet wurde.« Ich schob die Fläschchen vom Tisch in meine Tasche. Dann scrollte ich durch die Dateien auf meinem PAV auf der Suche nach dem Digi, das ich an Wei geschickt hatte, das mit den Anweisungen, die die Cops meiner Grandma gegeben hatten. Da stand, man würde Grandpa in die Innenstadt bringen, in das Internierungscenter im Hauptsitz des B.O.S.S. an der Ecke LaSalle und Jackson. »Ich bring ihm die jetzt. Chris, nimm du Dee mit, sobald ihr hier fertig seid. Wir sehen uns dann wieder bei euch zu Hause.« Damit schnappte ich mir meine Jacke und eilte zur Tür raus.

»Nina!« Dee rannte mir bis zum Liftport hinterher. »Das kannst du nicht machen. Was, wenn sie dich auch festnehmen?«

»Dee. Die werden mich nicht festnehmen. Geh zurück und mach dich wieder ans Packen.«

Chris kam hinter Dee aus der Wohnung. »Ich fahr dich. Du kannst sicher ein wenig Unterstützung brauchen.«

»Ich komm schon allein klar. Dee braucht deine Hilfe dringender. Die vierundzwanzig Stunden laufen um sechs ab, schon vergessen?« Die Türen zum Liftport glitten auf. Ich trat ein und drückte auf den Knopf nach unten, bevor einer von den beiden mich aufhalten konnte.

»Wo finde ich die Internierungsabteilung?«, fragte ich den Rezeptionsbot.

»Bereiten Sie sich vor auf die Waffeninspektion«, sagte das Ding. Ein grelles Licht überflutete mich. »Keine Waffen gefunden. Legen Sie nun Ihre Hand auf den Scanner zur Identifikation.«

Ich tat, wie mir geheißen.

»Nina Oberon, wen wünschen Sie zu sehen?«

»Herbert Oberon, meinen Großvater. Er benötigt seine Medikamente.« Ich legte die Tasche mit den Fläschchen vor dem Roboter auf den Tisch. Offensichtlich war das genau das Falsche.

Sofort heulten Sirenen los, und eine donnernde Stimme erklang: »Code blau an Rezeption. Verbotene Ware. Code blau an Rezeption. Verbotene Ware.«

Beim dritten Alarm war ich kurz davor, wegzulaufen. Doch konnte ich nirgends hin, wo sie mich nicht gefunden hätten.

»Darf ich fragen, was Sie hier tun?«, fragte eine weibliche Stimme hinter mir.

Ich wirbelte herum und fand mich einer Frau in Uniform gegenüber, die einen fragenden Ausdruck im Gesicht hatte und mit einem Elektroschocker auf meinen Nacken zielte.

»Ich bin auf der Suche nach meinem Großvater.« Meine Stimme strahlte ein Selbstvertrauen aus, das dem flauen Gefühl in meinem Magen widersprach. »Er muss diese Medikamente hier einnehmen.« Ich griff nach der Tasche.

»Hände hoch«, befahl sie.

Ich warf die Hände über den Kopf, doch ich würde nicht klein beigeben. »Das sind seine Medikamente. Es verstößt gegen das Gesetz, sie ihm zu verweigern. Es ist illegal, jemandem medizinische Notwendigkeiten vorzuenthalten.«

»Sie scheinen sich gut auszukennen mit dem Gesetz des Regierungsrats.«

»Ich gehe zur Schule. Dort lehrt man uns das alles im Regierungskundeunterricht.« Mir wurden die Arme müde, und ich war mehr als nur ein bisschen verängstigt.

Die Frau öffnete die Tasche mit ihrer freien Hand und sah sich den Inhalt an. Während sie mit ihrem Elektroschocker herumfuchtelte, sagte sie: »Nehmen Sie die, und folgen Sie mir.« Während sie die Waffe auf mich gerichtet hielt, führte sie mich durch eine Vorhalle, von wo aus wir ein kleines Büro betraten. Die Tür fiel klickend hinter uns ins Schloss. »Stellen Sie die Medikamente dort ab.« Sie wies auf eine Stelle auf dem Schreibtisch. »Sie dürfen sich setzen, wenn Sie möchten.«

»Lieber nicht.« Mich zu setzen wäre in meinen Augen einer Kapitulation gleichgekommen. Ich ließ meinen Blick durch das Zimmer schweifen. Abgesehen von dem Schreibtisch waren da noch zwei Stühle und ein Regal, das an der Wand montiert war. Das war alles.

»Wie Sie möchten.« Sie ließ den Elektroschocker in einer Tasche an ihrem Gürtel verschwinden, nahm einen Identifikations-Scanner vom Regal und scannte meine Daten. »Hmm, Nina Oberon.« Sie scrollte durch die Daten auf einem Digi-Pad und hielt schließlich inne. »Ah, hier haben wir es ja. Herbert Oberon.« Nachdem sie eine gefühlte Ewigkeit die Informationen studiert hatte, drückte sie auf einen Knopf an ihrem Schreibtisch. »Schicken Sie einen Boten von der Internierungsabteilung ins Sicherheitsbüro im violetten Korridor.«

Ein Bote von der Internierungsabteilung? Würden die mich jetzt doch festnehmen? Mein Herz hämmerte in meiner Brust. Grandma war im Krankenhaus, und wenn die mich jetzt einsperrten, wären Grandpa und ich in Gefangenschaft und Dee ganz allein. Während ich mir schon überlegte, ob ich einfach abhauen sollte, kam ein nicht-humanoider Roboter surrend durch die Tür hereingefahren.

Die Frau nahm Grandpas Medizinfläschchen und scannte jedes einzelne von ihnen. »Wissen Sie, Sie hätten gar nicht solch eine Szene zu machen brauchen«, meinte sie. »Selbstverständlich erhalten alle Gefangenen ihre persönlichen Medikamente, sobald sie vom Arzt der Internierungsabteilung bewilligt wurden. Diese Bestätigung werde ich jeden Moment erhalten.«

Eine Szene machen? Woher hätte ich denn wissen sollen, dass der Rezeptionsbot denken würde, ich wollte verbotene Substanzen zu Grandpa schmuggeln? Da der Adrenalinschub allmählich wieder nachließ, hatte ich das Bedürfnis, mich zu bewegen, sonst würde ich garantiert gleich auf dem Boden zusammenbrechen, ein Haufen zitternder Körperteile. Doch der Raum war klein, und jede Bewegung meinerseits konnte als Abwehrhaltung oder Angriff ausgelegt werden. Daher blieb ich so reglos wie möglich stehen, auch wenn die Sensoren des Roboters jede meiner Zuckungen und jedes Seufzen wahrnahmen.

»Sämtliche Medikamente sind genehmigt«, erklärte die Frau. »Sie werden ihm zu den angegebenen Zeiten verabreicht werden.« Damit öffnete sie ein Fach vorne am Roboter, steckte Grandpas Medikamente hinein, schloss das Fach wieder und gab einen Code an der Tastatur ein. Sofort drehte sich der Bot um und huschte zur Tür raus.

Die Frau betrachtete mich eingehend. »Aufgrund Ihrer Jugend, dem Tod Ihrer Mutter und der plötzlichen Erkrankung Ihrer Großmutter habe ich meine Vorgesetzten gebeten, über Ihre unverhohlene Respektlosigkeit und Missachtung der Verhaltensregeln hinwegzusehen. Sollte dies allerdings noch einmal vorkommen, so werden Sie in Haft genommen und der versuchten Ruhestörung in den Räumen des B.O.S.S. angeklagt. Haben wir uns verstanden?«

»Ja, Ma'am.« Mein Alter fand sich unter meinen persönlichen Daten, aber mir war schleierhaft, woher sie so viele Details über mich und meine Familie wusste.

»Gut.«

Dass sie das mit Grandpas Festnahme wussten, war klar. Doch dass sie auch über Ginnies Tod und Grandmas Herzanfall im Bilde waren? Für mich bestand kein Zweifel mehr daran, dass die vom B.O.S.S. mich überwachten.

Sie begleitete mich zum Ausgang. »Es wird nicht noch einen derartigen Auftritt geben. Okay?«

»Mhm.«

Damit schloss sich die Tür hinter mir.

Ich war schon auf dem Weg zur Transithaltestelle, als plötzlich Chris' Trannie vor mir hielt. Dee sprang raus und warf sich mir in die Arme. »Nina! Alles in Ordnung? Tu so etwas nie wieder«, meinte sie. »Du hast mich zu Tode geängstigt.«

»Ich musste es tun, Deedee. Grandpa braucht doch seine Medizin.«

Chris beugte sich aus dem Fenster. »Würde es euch was ausmachen, einzusteigen? Ich würde lieber keinen Strafzettel kassieren.«

Dee setzte sich auf den Vordersitz, und ich ließ mich auf die Rückbank gleiten.

»Wir haben alles gepackt, und ich hab Chris gezwungen, dass wir erst hierher fahren. Wir warten schon eine halbe Ewigkeit«, erklärte Dee. »Chris wollte schon da reinmarschieren und nachsehen, ob auch alles in Ordnung ist.«

»Im Ernst?« Ich sah ihn an. »Alles lief gut.« Was für eine Lüge.

Chris zuckte mit der Schulter. »Wei würde mich umbringen, wenn ich zulasse, dass einer ihrer besten Freundinnen was passiert.« Dann wechselte er das Thema und meinte: »Sie haben dich ihm also die Medikamente geben lassen?«

»Du hast Grandpa gesehen?« Dee wirbelte herum.

»Sie haben mich nicht zu ihm gelassen. Sie haben seine Medikamente gescannt, und dann kam ein Roboterbote und hat sie dorthin gebracht, wo auch immer sie ihn festhalten.«

»Hattest du Angst?«, wollte sie wissen.
»Nicht so richtig.«
Chris warf einen Blick in den Rückspiegel und hob die Augenbrauen.
Ich sah schnell weg, da ich nicht vorhatte, jemals zuzugeben, wie viel Angst ich in Wirklichkeit ausgestanden hatte.

XII

Als wir zurück in unserem neuen Zuhause waren, brachte ich die Sachen von Grandpa und Grandma in das Zimmer, das sie sich teilen würden. Ich gab mich so zuversichtlich wie möglich, was Grandpas baldige Entlassung betraf. Dee war damit beschäftigt, ihre Klamotten in den riesigen Schrank in ihrem Zimmer zu räumen. Eigentlich hätte alles – ihre, meine und die Sachen von meinen Großeltern – da reingepasst bei den vielen Fächern und Schubläden, und am Ende wäre immer noch Platz gewesen.

Mein Zimmer war wunderschön. Wie fast alles in der Wohnung war auch das Bett eine Antiquität. Solide, warm und gemütlich. Ich liebte es. Ich räumte gerade meine Klamotten weg, als ich ein leises Klopfen an der Tür vernahm.

»Ich hoffe, es macht dir nichts aus, dass ich einfach so reinkomme«, meinte Wei. »Ich tu das nicht mehr, wenn deine Großmutter erst mal hier ist.«

»Ich bin mir sicher, ihr würde es auch nichts ausmachen«, erwiderte ich. »Außerdem ist das hier *euer* Haus.«

»Jetzt mach dich nicht lächerlich! Das hier« – und damit riss sie die Arme weit auseinander – »ist jetzt auch euer Zuhause.«

Mein Zimmer war der pure Luxus. »Weißt du, es wird ein Weilchen dauern, bis ich mich daran gewöhnt habe. Und in gewisser Hinsicht will ich mich gar nicht erst an all die schönen Dinge hier gewöhnen.« Sobald ich diese Worte ausgesprochen hatte, wurde mir klar, dass Wei das nicht verstehen würde, und ihr fragender Blick bestätigte meinen Verdacht. »Ich will damit nicht sagen, dass ich nicht gern das Gefühl hätte, als wären das … nun ja, meine Sachen, aber, du weißt schon …« Mir war klar, dass sie es nicht begriff. »Sieh mal. Das hier – alles in diesem Haus – kann mir in einer Nanosekunde wieder genommen werden. Alles. Ich meine, immerhin kann man mir offensichtlich sogar meine Familie wegnehmen. All dieses Zeug hier, das gehört nicht mir. Es gehört deiner Familie. Ich bin ein Mädchen aus dem zweiten Rang, und vielleicht steige ich eines Tages auf, aber nur, wenn ich wirklich hart schufte und viel Glück habe. Ich werde nie deine Sphären erreichen.«

»Weißt du …« Wei griff nach einem meiner T-Shirts auf dem Bett und fing an, es zusammenzufalten. »Du musst diesen Quatsch mit den Rängen endlich mal vergessen. Du denkst viel zu viel darüber nach. Ich hab dir das schon mal erklärt, mir bedeutet das alles rein gar nichts. Punkt. Verstanden?« Sie legte das Oberteil auf den T-Shirt-Stapel in der Schublade.

Ich seufzte. Ihr mochte es nichts bedeuten, doch das hieß

nicht, dass sich auch sonst niemand auf der Welt etwas daraus machte. Ich fand mich also mit der Tatsache ab, dass sie vermutlich genau wie Sal nie verstehen würde, was ich meinte. »Klar.«

»Hör zu, ich bin eigentlich runtergekommen, weil Dad wissen wollte, ob du vielleicht jetzt mit ihm reden möchtest? Er muss alles erfahren, was du über deinen Großvater und die Sache mit der Anklage weißt. Er meinte, du solltest alle Unterlagen mitbringen.«

Ich holte die Anordnung zu Grandpas Inhaftierung aus dem Ordner. Als wir an Dees Zimmer vorbeikamen, informierte ich sie, dass ich in der anderen Wohnung wäre. Sie hatte ihren PAV ans Ohr gepresst und plauderte mit ihren Freundinnen.

Auf der anderen Seite der Eingangshalle standen Wei und ich vor Mr Jenkins' Schreibtisch, während er die Papiere durchsah. »Ich hab gehört, dass du heute einen kleinen Ausflug zum Hauptquartier des B.O.S.S. gemacht hast. Haben sie dich zu deinem Großvater gelassen?«

»Nein.« Ich konnte nicht verhindern, dass ich rot wurde. Anhand des Tons in seiner Stimme entging mir sein Missfallen nicht. Wei warf mir einen bewundernden Blick zu, sodass ich mich wegen meiner Leichtsinnigkeit nicht mehr ganz so schuldig fühlte. »Aber sie haben die Medikamente eingebucht. Ich gehe also davon aus, dass sie sie ihm auch gebracht haben.«

Mr Jenkins machte sich Notizen auf einem Digi-Pad.

Seine Stimme wurde etwas weicher. »Wie geht es deiner Großmutter?«

»Sie war in Sorge wegen der Zwangsräumung. Der Arzt musste ihr ein Beruhigungsmittel verabreichen. Doch vor diesem Zwischenfall sah sie schon viel besser aus.«

»Ihr Arzt ist Dr. Silverman, nicht wahr?«

»Genau. Er scheint keinen allzu großen Respekt vor Leuten aus niedrigen Rängen zu haben.«

Mr Jenkins tippte mit seinem Rapido auf den Tisch. »Ich glaube, er hat vor niemandem Respekt. Es lässt sich nicht leugnen, dass er ein ausgezeichneter Arzt ist, aber ... ich bin mir nicht sicher, was für ein Mensch er ist.« Er projizierte eine Seite von seinem PAV auf den Schreibtisch. Es sah aus wie eine von diesen Abstammungstafeln, wie wir sie in Personengeschichte durchgenommen hatten, als ich in der fünften Klasse war.

»Was ist das?«, erkundigte sich Wei.

»Dr. Silvermans Karrierestationen. Er steht schon seit einiger Zeit auf der Beobachtungsliste des Widerstands.« Mr Jenkins studierte die Grafik. »Seht ihr hier?« Er deutete auf eine Linie in der Projektion. »Er war Vorsitzender der Forschungs- und Entwicklungsabteilung von Utar Seriosus, ehe er nach Chicago ging als Chefchirurg am Metro.«

Das klang fast so, als müsse ich die Bedeutung dieser Informationen verstehen, was ich natürlich nicht annähernd tat. »Was hat das zu bedeuten? Worum handelt es sich bei Utar Seriosus?«

»Als Topmann eines angesehenen Forschungs- und Entwicklungslabors hat er einen Job an einem städtischen Krankenhaus angenommen, das sich vor allem um niedrigrangige Bürger und um Fürsorgler kümmert. Bei Utar Seriosus hat man die Unendlichkeitsmaschine erfunden. Es ging auch das Gerücht, dass man dort an einem Heilmittel gegen das Ocri-Virus arbeitete.«

»Würde das nicht bedeuten, dass die Minenarbeiter auf dem Mars zur Erde zurückkehren könnten, sobald ihre Zeit abgelaufen ist?«, erkundigte sich Wei. Wenn man in die Gefangenenminen auf den Mars geschickt wurde, dann kam das einem Todesurteil gleich, da so gut wie keiner, der je dort war, einer Infektion durch das Ocri-Virus entkam. Wenn man sich einmal angesteckt hatte, konnte man nicht mehr zur Erde zurückkehren.

»Ja«, pflichtete ihr Vater ihr bei. »Doch gibt es Leute, die sähen es lieber, wenn es nie so weit käme.«

»Warum?«, wollte ich wissen.

»Es sind nicht genügend Gelder für die Forschung vorhanden. Als mögliche Konsumenten des Medikaments kommen lediglich Ocribundan-Minenarbeiter infrage. Das sind Männer, die noch nicht mal dem untersten Rang angehören, sondern noch viel, viel tiefer stehen. Der Großteil von ihnen sind Kriminelle, die zum Arbeitsdienst auf dem Mars beziehungsweise zum Tode verurteilt wurden.«

»Ich dachte, manche von denen sind einfach nur Niedrigrangige, die freiwillig dort arbeiten und Geld für ihre Familien nach Hause schicken.« Mein Magen krampfte sich zusammen, als ich an Joan denken musste. Ginnies Informationen deckten zum Teil auch auf, dass Mädchen wie Joan, die im Rahmen des WeLS-Programms während ihrer Sexausbildung einen Zusammenbruch erlitten, auf den Mars geschickt wurden als »Ehefrauen« für die Minenarbeiter. »Sind sie denn alle … Mörder?«

Mr Jenkins presste die Fingerkuppen aufeinander und schürzte die Lippen. »Viele von ihnen sind Schwerverbrecher, die man aus diversen Gründen lieber fern der amerikanischen Gesellschaft hält. Einige von ihnen sind Menschen, die sich bei der Reassimilation nicht gut gemacht haben. Und mehr als nur ein paar sind NonKons oder Sympathisanten des Widerstands.« Er senkte den Blick.

Mir wurde flau im Magen. »Leute, die Sie kannten?«

»Ja.« Er beendete die Projektion und räusperte sich.

»Aber ich verstehe das nicht. Weshalb schickt man die Verbrecher nicht einfach auf eine Gefangenenstation?«, fragte Wei.

»Irgendjemand muss das Ocribundan ja abbauen, sonst hätten wir keinen Treibstoff. Ohne ein Heilmittel würde kein normaler Mensch das übernehmen. Die Symptome, die das Ocri-Virus verursacht, sind nicht zuletzt lähmende Schmerzen und der allmähliche Verlust der motorischen Fähigkeiten, gefolgt von einem grausamen Dahinsiechen.«

»Aber wenn man ein Heilmittel finden würde, dann könnte jeder da arbeiten«, schloss ich.

»Ich weiß, dass es nach der einfachsten und humansten Lösung klingt«, sagte er. »Doch das gegenwärtige System ist viel bequemer und eine gute Dauerlösung für den Regierungsrat.«

»Denken Sie, Dr. Silverman hat ein Heilmittel gefunden?«, fragte ich.

»Ich bezweifle es«, erwiderte Mr Jenkins. »Aber der Gedanke ist schon vielen Mitgliedern der Widerstandsbewegung gekommen, dass er wohl kurz davor gewesen sein muss, dass man ihn bei Utar abgezogen und stattdessen ans Metro versetzt hat. Für ihn muss das zweifelsohne eine harte Strafe gewesen sein.«

Ich konnte nicht anders, ich war dankbar, dass jemand so Begabtes wie Dr. Silverman am Metro arbeitete und Grandma hoffentlich das Leben gerettet hatte. Obwohl ich jetzt auch über die Tragödie der Minenarbeiter im Bilde war, die zum Großteil das Exil nicht verdienten und schon gar keine Infektion mit Ocri. Das würde ich nie wieder aus dem Kopf kriegen.

Mr Jenkins nahm die Unterlagen zur Hand, die ich ihm gegeben hatte. »Nina, leider werden weder Mrs Jenkins noch ich dich zu dem Termin beim B.O.S.S. begleiten können. Da es sich dabei nur um eine Anhörung handelt, bin ich mir sicher, dass du das auch allein schaffst. Aller Wahrscheinlichkeit nach werden sie dir lediglich weitere Informationen geben, was die Vorwürfe gegen deinen Großvater und das zu erwartende Datum des Urteils anbelangt. Doch in Bezug auf die Anhörung zu dem angeblichen unangemessenen Verhalten«, meinte er, »dorthin wird meine Frau dich begleiten können.«

»Kann ich nicht am Montag mit ihr gehen, Dad?«, schlug Wei vor.

Mr Jenkins schüttelte den Kopf. »Sie werden jeden registrieren, der bei ihnen aufkreuzt und ein Interesse an Mr Oberons Fall zeigt. Je weniger Leute da involviert sind, desto sicherer ist das für uns alle.«

»Ich komm schon klar.« *Genau,* dachte ich. *Ich war ja schon mal da gewesen – und wäre beinahe verhaftet worden.* Da konnte es doch auch nicht viel schlimmer sein, ein zweites Mal da hinzugehen. Eben. Ich würde auf jeden Fall schreckliche Angst haben. Aber es war ja noch zwei ganze Tage hin. So wie im Moment alles lief in meinem Leben, konnte in diesen zwei Tagen noch so einiges passieren.

»Dad«, sagte Wei. »Hast du irgendwas in Bezug auf die Informationen zu WeLS gehört, die du an Ninas Dad weitergegeben hast?«

»Tatsächlich soll es schon bald eine Kundgebung geben. Ich denke, die Sache ist wichtig genug, dass es in Form einer Sondermeldung geschehen wird.«

»Très cool! Du bist der Beste.«

Mr Jenkins lächelte. »Ich geb mir alle Mühe. Und jetzt, Mädchen, geht ihr mal. Ich hab hier noch einiges an Arbeit zu erledigen.«

Wir gingen zurück in die andere Wohnung. Unsere Wohnung.

»Willst du noch ein bisschen hierbleiben?«, fragte ich Wei.

»Klar. Entweder bleib ich hier bei dir, oder ich muss weiter Klavier üben. Ich hab mir heut schon die Finger wund gespielt, da gucken schon die Knochen raus.«

Dee steckte den Kopf in mein Zimmer. »Rate mal, mit wem ich gerade geredet habe.«

»Maddie?«

»Neeee.« Sie strahlte. »Miss Maldovar!«

»Echt? Wir haben doch erst wieder nach Neujahr Schule. Was wollte sie denn?«

»Ich bin doch ihre Assistentin, schon vergessen?«

»Ja, aber trotzdem ...« Das war wirklich das erste Mal, dass ich davon hörte, dass eine Lehrerin während der Ferien bei einer Schülerin anrief. »Und?«

»Sie wollte wissen, ob ich während der Ferien Zeit hätte, um mit ihr ins Wissenschafts- und Industriemuseum zu gehen. Sie will im Januar vielleicht einen Klassenausflug dorthin organisieren.«

»Das klingt nach Spaß«, meinte Wei.

Ich runzelte die Stirn. Das war auch das erste Mal, dass ich davon hörte, dass Klassenassistenten etwas außerhalb des Klassenzimmers machen sollten. Und Miss Maldovar hatte etwas an sich ... auch wenn ich sie erst einmal gesehen hatte. Vielleicht war es ihr Gesichtsausdruck gewesen? Nein, es war die Art, wie sie mich angesehen hatte, als ich aus dem Rosies raus bin – so als wüsste sie Dinge über mich, die sie eigentlich nicht wissen sollte. Aber egal. Das breite Grinsen in Dees Gesicht ließ mich das, was ich am liebsten gesagt hätte, runterschlucken.

»Sei jetzt bitte nicht sauer.« Dee biss sich auf die Lippe

und scharrte nervös mit den Füßen, so wie sie es immer getan hatte, wenn sie Ginnie etwas zu beichten hatte, von dem sie genau wusste, dass es falsch gewesen war.

»Was hast du angestellt?« Ich gab mir Mühe, die Verärgerung in meiner Stimme zu unterdrücken, allerdings ohne Erfolg.

»Ich hab ihr, also Miss Maldovar, von der Anklageschrift erzählt.« Ihr Kinn bebte.

»Dee! Wie konntest du einfach so unsere privaten Probleme ausplaudern, und das bei jemandem, den du kaum kennst?« Ich konnte echt nicht fassen, wie dämlich meine kleine Schwester sein konnte. Wir standen die ganze Zeit unter Beobachtung, und sie plauderte Fremden gegenüber freiwillig alles aus.

»Ich kenne sie echt gut. Sie ist jetzt schon seit über einem Monat meine Lehrerin.« Das Feuer kehrte in ihre Augen zurück. »Sie fand das ganz schrecklich, Nina. Sie meinte, wenn sie irgendwas für uns tun könne, würde sie gern helfen.«

Ein ungutes Gefühl machte sich in meinem Nacken breit. Dass Miss Maldovar jetzt etwas von uns wusste, das indirekt auch mit meinem Vater zu tun hatte, mit Dees Vater, bereitete mir echtes Unbehagen. »Du kannst dich bei ihr bedanken, aber Mrs Jenkins begleitet uns zur Anhörung. Wir kommen auch gut ohne die Hilfe deiner Lehrerin klar.«

»Sie wollte doch nur nett sein«, meinte Dee. »Ich hab echt keinen Schimmer, warum du sie nicht ausstehen kannst.«

»Es ist ja nicht so, dass ich sie nicht ausstehen könnte. Ich bin bloß der Meinung, dass nicht jeder über unsere Angelegenheiten im Bilde sein muss, das ist alles.«

»Ja, okay.« Sie wollte schon auf ihr Zimmer gehen, drehte sich aber noch einmal um. »Hey, Maddie hat auch vorhin angerufen. Kann ich heute bei ihr übernachten?«

»Dee, haben wir denn nicht schon genug um die Ohren? Da will ich nicht auch noch, dass du nachts allein mit dem Transit fährst, es ist eh schon fast dunkel draußen.« Schon während die Worte noch aus meinem Mund kamen, war mir klar, dass ich klingen musste wie meine Mom.

Wei, die während unseres gesamten Gesprächs schweigend danebengestanden hatte, meinte jetzt: »Hey, Nina, ich schätze mal, wir brauchen alle ein wenig Ablenkung. Warum gehen wir nicht ins Soma heute Abend? Wir wollten doch eh hin, bevor das alles passiert ist. Ich hab Derek zwar gesagt, dass ich heute hier bei dir bleibe, aber vielleicht sollten wir ja doch hin. Könnte doch lustig werden. Wir können ihn überraschen; ich wette, Chris fährt uns, und auf dem Weg dahin können wir Dee bei Maddie absetzen.«

Ich wollte schon protestieren, aber ein Abend mit Freunden schien mir dann doch das beste Mittel, damit ich nicht vollständig den Verstand verlor. »Klingt gut.« Wenn Sal auch da gewesen wäre, hätte es das Ganze perfekt gemacht. Nachdem ich aber seit unserem viel zu kurzen Gespräch im Krankenhaus nichts mehr von ihm gehört hatte, konnte ich mir gut vorstellen, dass die Chance, dass das geschah, echt molekular klein war. Ich wusste ja, dass er im Auftrag der NonKons unterwegs war, genau wie mein Vater.

Dee ging in ihr Zimmer, um ein paar Sachen für die Nacht bei Maddie zu packen. Als ich sicher war, dass sie außer Hörweite war, sagte ich zu Wei: »Ich würde nicht gerade eine gute Mutter abgeben, wie?«

»Ich finde, du machst das großartig«, erwiderte sie. Dann piepte der Alarm an ihrem PAV. »Fast hätte ich's vergessen! Wir sollen uns ja mit der Schwesternschaft kurzschließen. Fühlst du dich bereit dafür? Wenn nicht, rufe ich an und verschiebe das Ganze.«

»Nein. Nein. Ich will es.« Das war wenigstens etwas, worauf ich mich konzentrieren konnte, abgesehen von meinen bevorstehenden Terminen beim B.O.S.S. und vor Gericht.

»Dann gehen wir hoch in mein Zimmer, wir rufen sie von dort aus an.«

Dee war gerade wieder in ein angeregtes Telefonat mit Maddie vertieft und beachtete mich gerade mal so weit, dass sie mir auf meinem Weg nach oben kurz zuwinkte.

XIII

»Ehe ich uns alle vernetze«, meinte Wei, »muss ich dich warnen ... Paulette Gold ist auch Mitglied der Schwesternschaft.«

»Paulette?« Ich hätte wetten wollen, dass sie mindestens genauso gern mit mir in einer Gruppe war wie ich mit ihr.

»Klar. Mir ist aufgefallen, als ich sie kürzlich erwähnte, dass du, na ja ... dass du sie nicht sonderlich zu mögen scheinst.«

»Ich mag sie nur nicht, weil ich glaube, dass sie was von Sal will«, sagte ich schroff. »Die sind die ganze Zeit zusammen, weißt du. Ich meine, ich weiß ja, dass er wegen Non-Kon-Angelegenheiten unterwegs ist, aber sie ist fast immer bei ihm. Oder war es zumindest. Jedenfalls hab ich sie im Hintergrund gehört, als ich ihn vom Krankenhaus aus angerufen habe. Ich traue ihr nicht, weil ich glaube, dass sie insgeheim noch andere Motive verfolgt.«

»Da liegst du gar nicht so falsch. Ich weiß, dass sie was für ihn übrig hat. Aber ich weiß auch, dass er in ihr nichts anderes sieht als eine Person, die ihm hilft. Sie ist nützlich – bei den Kontakten, die ihre Familie hat, kommt sie überall hin, wo der Rest von uns nicht hinkommt. Und da Sal ein Trannie-Genie ist, hat ihr Dad ihn als Fahrer oder Mechaniker eingesetzt. Das ist die perfekte Tarnung.«

»Und, was hat sie gesagt, als du mit der Schwesternschaft über mich gesprochen hast?«

»Äh … nicht viel. Na gut, ich will ehrlich sein, sie war ungefähr so glücklich, wie du es jetzt bist. Aber die anderen Mädchen sind begeistert. Warte mal, bis du denen erzählt hast, was du heute getan hast, wie du diese Medikamente zum B.O.S.S. gebracht hast! Nina, mit deinem Mut treibst du sogar mich in den Wahnsinn. Und mich schockiert ja bekanntlich so leicht nichts.«

Ich holte tief Luft, ehe ich alles herausließ. Manchmal bekam ich ja schon Angst vor mir selbst. »Okay«, sagte ich. »Lass es uns tun.«

Sie stellte den Empfänger an, und an der Wand leuchteten drei Monitore auf. Auf dem einen Paulette. Zwei Mädchen auf dem zweiten. Und ein weiteres Mädchen auf dem dritten.

»Hallo zusammen. Das hier ist Nina Oberon.«

»Hi!« Das Mädchen winkte uns zu. »Ich bin Magrit. Aber meine Freunde nennen mich Mag.«

Ich winkte zurück.

»Das hier sind Brie und Dorrie.« Ein zierliches Mädchen mit blonden Locken winkte. Sie hatte den Arm um die Hüfte eines hochgewachsenen, gertenschlanken Mädchens gelegt, dessen dunkelbraune Haut einen wunderschönen Kontrast bildete zu der Blässe der anderen. Sie lehnten sich zurück, offensichtlich waren sie ein Paar.

»Hey«, sagte ich.

»Ich bin Paulette.« Ihre Stimme klang schneidend wie eine Klinge. Und eine solche hätte sie vermutlich liebend gern tief in mir versenkt, dem Blick nach zu schließen, den sie mir zuwarf. Wut kochte in mir hoch, aber ich hielt mich zurück.

Sie wusste ganz offensichtlich genau, wer ich war, aber ich wusste nicht, ob ihr klar war, dass ich auch wusste, wer sie war. Wenn ich Mitglied der Schwesternschaft werden wollte, würde ich mich irgendwie mit diesem Mädchen arrangieren müssen. Da wurde mir klar, dass sie wenigstens nicht bei Sal sein konnte, wenn sie jetzt hier an diesem Telefonat teilnahm, wo auch immer er gerade stecken mochte. Also hatte Wei möglicherweise recht. Vielleicht war sie lediglich ein notwendiges Übel, das ich akzeptieren musste, wie Grandpa das ausdrücken würde. Als ich das Ganze jetzt aus diesem Blickwinkel betrachtete, klang mein »Hi, Paulette« schon viel netter, als es das sonst getan hätte.

»Also«, meinte Wei. »Bei unserem Gespräch hab ich allen erzählt, wie ich dich kennengelernt habe, und ich hab ihnen ein paar Hintergrundinfos zu dir gegeben. Wie du rausgefunden hast, wo deine Mutter die Informationen zu WeLS versteckt hatte, und dass du mir das Leben gerettet hast.« Keine Details, bedeutete sie mir lautlos. »Außerdem wissen sie, dass du Alan Oberons Tochter bist.«

Paulette murmelte etwas. »Ich bin immer noch der Ansicht, dass das …«

Da fuhr Brie dazwischen. »Paulette, wir haben das schon

bis zum Erbrechen diskutiert. Und Nina, du solltest wissen, dass es nicht daran liegt, dass du Alan Oberons Tochter bist, weshalb wir dich einladen, dich der Schwesternschaft anzuschließen. Wei hat dich vorgeschlagen als Mitglied. Wir haben abgestimmt. Deshalb bist du dabei.«

Brie, Dorrie und Mag nickten.

»Wenn du das willst«, meinte Paulette.

»Hört zu«, sagte ich, »wenn euch das große Probleme bereitet, dann muss ich nicht …«

»Du bist dabei, Nina«, sagte Wei entschlossen. »Nicht wahr, Paulette?«

»Klar. Wie ihr meint.«

Ich ließ mich von Paulettes Verhalten nicht einschüchtern. Und als ich in die Gesichter der anderen Mädchen blickte, sah ich da nur Zustimmung und freundlich lächelnde Mienen.

»Erzähl ihnen von heute«, meinte Wei. »Chris hat mir nur die nackten Fakten berichtet, Nina. Ich weiß, dass da noch mehr dahintersteckt.« Die altbekannte Glut der Scham zog sich über meine Wangen. Dass ich so impulsiv handelte und einfach mit Grandpas Medikamenten loszog und ins B.O.S.S. marschierte, war eine Sache, aber darüber zu reden, war etwas ganz anderes. Ich holte also tief Luft und erzählte ihnen die komplette Geschichte von meinem Besuch beim B.O.S.S. Als ich fertig war, klatschte Mag.

»Ich kann echt nicht glauben, dass du da reinspaziert bist ganz ohne Termin, und dann auch noch mit einer Tasche voll unautorisierter Medikamente. Du hattest Glück, dass diese Frau dir nur gedroht hat – normalerweise verpassen sie einem erst einen Elektroschock, und hinterher befragen sie einen«, erklärte Mag.

»Wow!«, stieß Dorrie hervor. »Hattest du denn keine Angst?«

»Ich hab ehrlich gesagt gar nicht darüber nachgedacht, erst hinterher, als ich wieder draußen war. Und dann war ich total schockiert über das, was ich getan hatte«, gab ich zu.

»Du hast echt ganz schön Mut«, meinte Brie.

»Ich hab mich aber nicht sonderlich mutig gefühlt«, entgegnete ich.

»Na ja, Mut bedeutet doch einfach, dass man etwas tut, obwohl man sich insgeheim zu Tode ängstigt.«

»Das nennt man dann wohl eher Leichtsinn«, murmelte Paulette.

»Du würdest wohl kein Risiko eingehen, um jemanden aus deiner Familie zu retten, wie?«, fragte Brie.

»Die Leute in meiner Familie, Brie, würden sich von vornherein gar nicht erst in so eine …«

»Paulette. Brie.« Weis Stimme klang so schneidend, wie ich es bei ihr noch nie gehört hatte. »Beruhigt euch. Und haltet mal die Klappe.«

»Seht mal«, erklärte ich. »Grandpa brauchte seine Medikamente. Ich musste es also tun. Das war alles. Ihr tut Dinge, um der Widerstandsbewegung zu helfen, Dinge, die erledigt werden müssen. Und nichts anderes habe ich getan.«

»Das hast du gut gesagt.« Brie schien sich zu beruhigen. »Willkommen in der Schwesternschaft, Nina.«

»Ja, willkommen«, meinte Dorrie.

»Genau. Wir sind froh, dass du dabei bist«, stimmte Mag mit ein.

»Gut.« Paulette starrte stur geradeaus.

Das würde wahrlich kein Zuckerschlecken werden, nicht solange Paulette mit in der Gruppe war. Aber immerhin war ich jetzt dabei. Das war gut.

»Könnten wir jetzt vielleicht über, du weißt schon … Joan reden?«, fragte ich an Wei gewandt.

»Klar. Sie wissen einen Teil der Wahrheit über WeLS, aber ich hab ihnen noch nicht von der Sache mit Joan erzählt. Das können wir genauso gut auch jetzt tun.«

»WeLS? Steckt da noch mehr dahinter als die verdammte Sache mit der Sexsklaverei?« Dorrie richtete sich auf. »Das ist echt so widerlich … Zum Glück bin ich aus Rang drei und bleibe deshalb davon verschont. Ha! Hätte nie gedacht, dass ich so was je sagen würde.«

Brie hakte sich bei Dorrie unter. »Eines Tages wird es keine Rangunterschiede mehr geben. Dann werden die Leute tun können, was sie wollen, ohne dass man sie zwingt, jemand anderer zu sein, oder dass man ihnen etwas verbietet.«

Ohne den Eindruck vermitteln zu wollen, ich würde sie unter die Lupe nehmen, warf ich einen verstohlenen Blick auf Dorrie. Ganz klar. Anders als Brie in ihren ultraschicken Klamotten trug Dorrie nur Jeans aus dem Sale-o-rama, genau wie ich. Ich war irgendwie davon ausgegangen, dass die Mitglieder der Schwesternschaft alle aus den höheren Rängen stammten, so wie Wei und offensichtlich auch Paulette. Doch bei genauerem Hinsehen trug auch Mag Sachen, die allenfalls auf einen mittleren Rang schließen ließen. Das Zeug war nicht aus dem Mars 9, aber auch nicht aus dem Sale. Wir waren schon ein bunter Haufen.

»Also, was gibt es noch für Infos?«, fragte Paulette.

»Ihr wisst alle, dass Ninas Mutter ermordet wurde. Sie war als Spionin tätig, hat Informationen über WeLS gesammelt, Details darüber, wie sie Mädchen aus Rang eins und zwei gezwungen haben – Verzeihung, ›ausgewählt‹ haben –, sich zu Sexsklaven ausbilden zu lassen, und dass diejenigen, die das sogenannte Training nicht geschafft haben, auf den Mars verfrachtet wurden, um den Minenarbeitern ›zu Diensten zu sein‹. Und sie wurde ermordet, weil jemand die Beweise wollte, die sie über WeLS gesammelt hatte.«

Mitleidiges Gemurmel war zu hören von allen Seiten, selbst von Paulette. Ich gab mir alle Mühe, mich dadurch nicht aus der Fassung bringen zu lassen. Ich hatte die letzten paar Monate damit verbracht, mich gegen sämtliche Gefühle, die Moms Tod betrafen, abzuhärten. Ich drängte meine Trauer tief in meine Eingeweide zurück; ich würde jetzt auf gar keinen Fall schwach werden.

»Ihr Mörder hat die Beweise aber nicht entdeckt. Ninas Mom hatte sie versteckt, und Nina hat sie gefunden.«

Ich dachte zurück an die letzte Begegnung mit Ed in dem verlassenen Gebäude. Und ich dachte daran, wie ich das

Paket mit den Informationen gefunden hatte, für die meine Mutter ihr Leben riskiert hatte, um sie von ihm zu bekommen …

Weis Stimme durchdrang meine nebulösen Gedanken. »Nina und ich haben die Informationen an den Widerstand weitergeleitet, an ihren Vater, erst vor ein paar Wochen. Dad meint, wir werden schon bald eine Störmeldung in den Medien zu hören bekommen.« Sie zuckte mit der Schulter. »Wird bestimmt interessant sein zu sehen, wie sie die Tatsache rüberbringen werden, dass nur ein paar von den Mädchen, die beim WeLS-Programm mitmachen, tatsächlich dazu ausgebildet werden, um als Liaison-Spezialistinnen in den diplomatischen Dienst zu gehen. Und dass der Rest von ihnen als Sexspielzeug für irgendwelche hochrangigen Regierungsfunktionäre dient. Kein Mensch, ganz gleich ob aus Rang eins oder Rang zwei, sollte jemals so behandelt werden. Ich frage mich wirklich, was passieren wird, wenn die Wahrheit erst mal ans Licht kommt?«

Phrasen wie »klar, im Ernst«, »wurde aber auch Zeit« und »das wird ein herber Rückschlag sein für den Regierungsrat« echoten durch den Raum.

»Also«, meinte Paulette. »Du hast uns immer noch nichts über diese Joan erzählt.«

»Joan ist die Schwester eines meiner besten Freunde«, erklärte ich. »Sie wurde für das WeLS-Programm ausgewählt. Für die Sexausbildung. Sie hat es nicht ausgehalten, und als sie einen Zusammenbruch erlitt, hat man sie auf den Mars verfrachtet. Ich weiß nicht wie, aber sie wurde befreit. Von NonKons, denke ich. Jetzt lebt sie mit einer Gruppe obdachloser Frauen zusammen unten am Fluss. Ich hab sie eines Tages erkannt und mich auch ein paarmal mit ihr unterhalten. Sie muss von der Straße weg, damit man sich um sie kümmern kann, aber sie darf nirgends hin, wo der Regierungsrat seine Finger im Spiel hat. Denn für die existiert sie längst nicht mehr.«

»Warum geht sie nicht heim zu ihrer Familie? Und was unterscheidet sie von den Hunderten von anderen Mädchen, denen es ergangen ist wie ihr?«, erkundigte sich Paulette.

Ich versteifte mich. »Ihre Familie weiß nicht, was mit ihr geschehen ist – die denken, sie wäre immer noch im WeLS-Programm. Denkst du denn, sie kann es riskieren, vom Regierungsrat erwischt zu werden, indem sie ihrer Familie mitteilt, wo sie sich befindet? Oder was mit ihr geschehen ist? Außerdem ist sie eine Freundin von mir. Und ich kenne diese ›Hunderte von Mädchen‹ nicht und habe sie auch nie gesehen, Joan aber *habe* ich gesehen. Ich weiß, wo sie sich aufhält, und ich weiß, dass sie Hilfe benötigt. Ob die Schwesternschaft sich daran beteiligen will oder nicht … tja, ich *werde* jedenfalls etwas tun, selbst wenn ich es alleine tun muss.« Ich reckte entschlossen mein Kinn vor. Das war es. Egal wie, Joan würde Hilfe kriegen.

»Nina, lass mich da was überprüfen«, meinte Mag. »Mein älterer Bruder weiß vielleicht, wo sie hinkönnte. Es gibt da ein paar sichere Unterkünfte.«

»So wie bei Rita?« Sals Tante hatte ein Haus draußen in

den Easley Woods; wir waren mal gemeinsam dort, um einen Trannie abzuliefern, den Sal und sein Bruder John für Rita ein wenig modifiziert hatten.

»Mhm. Nur dass es solche Einrichtungen speziell auch für Frauen gibt. Deine Freundin ist nicht die Einzige, die auf der Flucht und ein völliges Wrack ist, und zwar nicht nur wegen WeLS. Es gibt derart viel Gewalt gegen Frauen …«

»Ich rede auch mit meinem Onkel«, meinte Brie. »Er weiß, wie man Widerstandsmitglieder oder Opfer des Regierungsrats an Orte außerhalb Amerikas schafft, wo man sie nicht aufspüren kann.«

»Mach dir keine Sorgen«, meinte Dorrie. »Wir helfen dir. Stimmt doch, oder, Mädels?«

Sie alle sahen Paulette an.

»Klar. Ich muss jetzt los. Ich helfe Mom bei den Vorbereitungen für die große Silvesterparty.« Sie klinkte sich aus dem Telefonat aus.

Ein kollektiver Seufzer der Erleichterung folgte unmittelbar auf ihren Abgang. »Paulette kann manchmal echt ganz schön schwierig sein«, meinte Dorrie. »Versteh mich nicht falsch. Die Schwesternschaft braucht sie, und wir wollen sie auch als Mitglied haben. Sie schleust NonKons an Orten ein, an denen der Rest von uns keinen Zutritt hat, aber trotzdem … sie kann so was von widerspenstig sein.«

»Klar«, entgegnete Wei. »Aber das sind wir alle mal. Hey, Nina und ich wollen heute Abend ins Soma. Wollt ihr uns dort vielleicht treffen?«, fragte Wei.

Dorrie verzog das Gesicht. »Ich kann nicht. Familiäre Verpflichtungen, wegen des Großen Feiertags.«

»Ich komme«, sagte Brie.

»Ich auch.« Mag nickte. »Oh, ehe wir uns verabschieden. Vergesst nicht, wir haben für Ende der Woche eine Ausstrahlung vom Piratensender angesetzt.«

»Und ich hab den Jungs einen Plan für die Werbestörungen auf der Michigan Avenue am Tag nach dem Großen Feiertag hochgeladen«, berichtete Dorrie. »Danke für die Karte, Mag.«

»Kein Problem.« Mag lächelte. »Du kennst mich doch, ich fertige gerne Karten an.«

»Bis später, Leute«, meinte Wei. »Viel Spaß, Dorrie.«

»Klar.« Sie streckte ihr die Zunge raus, ehe sie auflegte.

»Mag stellt Karten her?«

»Ja. Sie hat sämtliche AV-Stationen kartografiert und beliefert die NonKons mit diesen Infos. Die kümmern sich dann um die Störungen. Der Piratensender gehört aber ganz allein uns. Und das ist auch schon das Einzige. Es macht mich echt rasend, dass wir nicht aktiver sein können, aber wenigstens haben wir ihn.«

»Und wer macht was?«, fragte ich.

»Brie und ich liefern hauptsächlich Informationen. Paulette, tja, sie bietet uns den Schutz des hochrangigen Medienstatus ihrer Familie.«

»Das ist mir aufgefallen.« Ich presste die Lippen aufeinander, da ich nicht riskieren wollte, noch mehr zu sagen.

»Weil ihr Dad der Chef der Abteilung für Medienkontakte ist, kommt sie oft mit Leuten vom Regierungsrat zusammen. Deren Frauen und Freundinnen sind meist recht mitteilsam, und Paulette ist echt geschickt darin, den Leuten Dinge zu entlocken.«

»Das glaub ich.« Ich wollte gar nicht erst darüber nachdenken, wie geschickt sie darin war, wo sie doch dauernd mit Sal rumhing.

XIV

Auf dem Weg ins Soma schwirrte mein Kopf von den Gedanken an meinen Grandpa, Grandma und die Anklage. Und angesichts der vielen Ängste, die mich quälten, geschah dann das Beste, was passieren konnte. Sal rief an.

»Ich bin gerade in dieser Sekunde nach Hause gekommen«, meinte er. »Was treibst du? Wie geht es allen? Wo steckst du?«

»Ich bin auf dem Weg ins Soma mit Wei. Verdammt, Sal, ich hatte echt einen schlimmen Tag. Ich würde dich so gerne sehen.«

»Gib mir eine halbe Stunde, um zu duschen. Ich komme.«

»Okay.« Mein Herz fing an zu rasen. Nur noch eine halbe Stunde trennte mich von Sal. Fast glaubte ich schon seine Hand zu spüren, die die meine hielt, unsere Finger ineinander verschränkt. Auch wenn mein Leben zum größten Teil ein Scherbenhaufen war, war es doch erstaunlich, dass mich allein der Gedanke, mit Sal zusammen zu sein, ganz flatterig machte.

»Sal?«, erkundigte sich Wei.

»Mhm. Er kommt vorbei.«

Chris ließ uns vor dem Soma raus, und mit einem »Bis später, Mädels« raste er davon.

»Ein heißes Date, möchte ich wetten«, sagte Wei.

Derek und sein Bruder, Riley, spielten bereits. Sie waren unglaubliche Musiker, und sie konzentrierten sich vor allem auf ältere Songs aus dem zwanzigsten Jahrhundert. Die Lichter waren gedimmt, doch Wei und ich schafften es, Mag und Brie an einem Tisch ganz vorne zu erspähen. Paulette war auch da. Toll. Aber nein, ich wollte mich gar nicht erst auf irgendwelche negativen Gedanken einlassen. Auf keinen Fall würde ich mir von diesem hochrangigen Snob die Laune vermiesen lassen. Ich ließ mich auf dem Stuhl neben Mag nieder.

Man konnte unmöglich übersehen, dass Paulette mir einen raschen Seitenblick zuwarf und blöd grinste, vermutlich weil ich meine Allwetterjeans und ein T-Shirt trug. Sie war natürlich total schick angezogen. Ich achtete nicht weiter auf sie und widmete stattdessen meine ganze Aufmerksamkeit Brie und Mag. »Hey, ich hab mich gefragt, ob ihr wohl auch Kreative seid so wie Wei? Ich überlege nämlich gerade, was ich mir für ein Tattoo machen lasse.« Der Regierungsrat ließ nicht zu, dass irgendjemand etwas an dem XVI-Tattoo am Handgelenk änderte, aber Kreative hatten zumindest die Erlaubnis, es außenherum beliebig zu erweitern.

»Ich bin eine, willst du meins mal sehen?« Brie zog den Ärmel hoch und zeigte mir einen Drachen, der sich vom

Ellbogen bis zur Hand um ihren Arm wand. Die XVI befand sich im Maul des Drachen, umgeben von Flammen.

»Wow!« Sie sah ultraweiblich aus, aber das bedeutete ganz offensichtlich nicht, dass sie nicht zugleich auch total wild sein konnte. Wei hatte mir erzählt, dass Brie sogar noch besser im Cliste Galad war als sie selbst.

Brie kicherte. Vermutlich, weil ich so verblüfft war. »Die meisten Leute sind überrascht, wenn sie es sehen – an mir, meine ich.« Ihre Miene verfinsterte sich. »Weißt du, Drachen stehen für das Chaos und das Böse. Aber für mich symbolisieren sie das Chaos, das erzeugt wird, um das Böse aufzuscheuchen und den Leuten die Augen für eine bessere Weltsicht zu öffnen.«

»Daran ist nichts Falsches«, meinte Paulette. »Die meisten Leute bräuchten ganz dringend jemanden, der ihnen die Augen öffnet.«

»Genau.« Ich hätte wegen Paulettes Kommentar nicht schockiert sein dürfen. Schließlich war sie ja in der Schwesternschaft. Aber trotzdem kam es mir sonderbar vor, diese Art von NonKon-Gerede ausgerechnet aus ihrem snobistischen, hochrangigen Mund zu hören. Ich konnte mich des Eindrucks nicht erwehren, dass ihr Status eine tiefe Kluft zwischen uns trieb.

Meine Gedanken wurden unterbrochen, als die Musik plötzlich aussetzte, gefolgt von frenetischem Applaus an den beiden Tischen, an denen offensichtlich die Freunde von Dereks Bruder Riley saßen. Riley studierte Frühgeschichte der Musik am College; es sah so aus, als wären diese Jungs ebenfalls Studenten, da sie alle Klamotten trugen, die zu der Zeit in waren, als diese Musik aktuell war. Riley gesellte sich zu ihnen, und Derek kam zu uns an den Tisch gehüpft, wo er sich zwischen Wei und mich stellte.

»Du bist ja hier.« Er griff nach Weis Hand. »Ich dachte, du wolltest zu Hause bleiben.«

»Wir haben es uns anders überlegt. Ihr seid echt ultra heute Abend.« Wei stupste mich mit ihrer freien Hand an und deutete mit dem Kopf in Richtung Tür. »Er ist da.«

Schneller als ein Velojet war ich von meinem Stuhl gesprungen und raste quer durch das Café direkt in Sals Arme. War doch egal, wenn alle in dem Laden uns anstarrten.

Wir hätten wohl ewig geknutscht, wenn sich nicht plötzlich jemand hinter uns geräuspert hätte, und das gleich zwei Mal.

»Verdammt.« Sals Atem an meinem Ohr schickte ein Zittern durch meinen ganzen Körper.

Gleichzeitig blickten wir auf, um zu sehen, wer uns da unterbrochen hatte.

»Hey, Mann. Schön dich zu sehen.« Chris hielt ihm die Hand hin.

Sal löste einen Arm von mir und schüttelte Chris die Hand. »Ja, ich freu mich auch.«

»Du kommst echt keine Sekunde zu früh«, meinte Chris. »Nina sieht so hübsch aus, du passt besser gut auf sie auf.« Er zuckte vielsagend mit den Brauen.

Ich hätte nicht sagen können, was mich mehr überraschte, solch ein Kompliment ausgerechnet von Chris zu hören – denn ich konnte mir nicht vorstellen, dass er in mir etwas anderes sah als eine Freundin von Wei – oder Sals Reaktion darauf. Der nämlich packte mich jetzt ein wenig fester um die Hüften.

»Ich soll besser auf sie aufpassen?«, meinte Sal. »Ich kann ja kaum den Blick von ihr lösen.«

Lag da etwa ein Anflug von Eifersucht in seiner Stimme?

»Wer ist denn deine Freundin?«, fragte Sal.

»Das ist Martinique.« Chris legte den Arm um das umwerfend hübsche Mädchen neben ihm. »Nique, das sind Nina und Sal.«

Das Mädchen meinte: »Echt schön, euch kennenzulernen. Chris hat mir gerade von dir erzählt, Nina. Ich hoffe echt, deiner Großmutter geht es bald wieder besser.«

»Danke.«

Chris nahm Nique bei der Hand. »Dann lassen wir euch mal wieder weitermachen.« Er zwinkerte Sal zu, der keine Zeit verlor und sofort wieder beide Arme um mich schlang. Das gefiel mir wirklich außerordentlich gut.

Doch statt mich weiter zu küssen, zog er mich raus auf den Flur, wo sich die Toiletten befanden.

»Was hab ich da gehört, du warst beim B.O.S.S.?« Sorgenfalten durchfurchten seine Stirn.

»Ach, das war nichts.« Ich gab mir alle Mühe, es nach einem kurzen Spaziergang zum Laden um die Ecke klingen zu lassen. »Grandpa brauchte seine Medikamente. Das war alles.«

»Und da marschierst du einfach ins Hauptquartier des B.O.S.S. mit einer Tasche voller Medikamente? Die hätten dich verhaften können. Und wie soll ich denn dann auf dich aufpassen? Du musst vorsichtiger sein.«

»Vorsichtiger? Auf mich aufpassen?« Ich wollte mich schon zurückziehen, aber genauso gern wollte ich ihm auch sagen, was genau ich davon hielt, wenn man auf mich »aufpassen« wollte. Doch ehe ich ein Wort rausbrachte, rempelte uns jemand an.

»Entschuldigung.« Es war Paulette.

»Paulie.« Sals Stimme nahm einen unbeschwerteren Ton an. Er zog mich noch enger an sich. »Hat lange gedauert.«

»Nicht wirklich. Du bist früher zurück, als ich erwartet hatte.«

»Jep.«

»Wolltest du was von uns?«, fragte ich, vielleicht nicht ganz so höflich, wie ich es beabsichtigt hatte.

»Nur zur Toilette.« Damit spazierte sie den Gang hinunter zur Damentoilette, vollkommen unbeeindruckt von meiner feindseligen Haltung.

»Wie kommt es eigentlich, dass sie alles weiß, was du tust?« Ich versuchte, nicht allzu eingeschnappt zu klingen, war mir aber nicht ganz sicher, ob mir das gelang.

»Das erzähl ich dir später. Keine große Sache. Ist einfach so.« Er tippte mir auf die Nasenspitze. »Du bist doch nicht etwa eifersüchtig, oder?«

»Auf sie?« Ich schnaubte verächtlich. »Natürlich nicht.« Aber alles in mir schrie ganz laut *Lügnerin*.

»Gut. Weil sie mir nämlich rein gar nichts bedeutet.« Er nahm meine Hand, und gemeinsam kämpften wir uns durch die Menge.

Derek und sein Bruder waren jetzt zurück auf der Bühne und stimmten ihre Instrumente für die nächsten Stücke.

Martinique saß mir am Tisch genau gegenüber. Sie beugte sich vor, um zu verstehen, was Chris sagte, und die silbernen Strähnen in ihrem Haar warfen glänzende Lichtreflexe auf den Tisch. Sie fuhr ihm mit einem perfekt manikürten Finger über die Wange und lachte. Der Klang passte zu ihren glitzernden Strähnen. Ich ließ meine gewöhnlichen, unmanikürten Hände unter dem Tisch verschwinden.

»Über was denkst du nach?«, flüsterte Sal mir ins Ohr.

»Dass ich mich vielleicht hin und wieder ein bisschen netter anziehen sollte.« Sobald ich diese Worte ausgesprochen hatte, wollte ich sie am liebsten gleich wieder zurücknehmen.

»Das ist doch Unsinn.« Sal küsste mich hinter dem Ohr, sodass sich ein Schauder an genau den richtigen Stellen an meinem Körper breitmachte. »Du siehst genau aus wie das Mädchen, das ich liebe.«

Da ich von Ohnmachtsanfällen bislang nur in Altertümlicher Literatur gelesen hatte, wusste ich jetzt endlich, was das genau bedeutete. Mein Körper schien in Sals Gegenwart zu zerfließen, und ich hätte den ganzen Abend hier sitzen und Derek und seinem Bruder dabei zuhören können, wie sie Musik von vor hundert Jahren spielten. Doch dann gaben mein PAV und auch die Geräte von allen anderen ganz unvermittelt einen Alarm-Ton von sich. Das war meine erste Sondermeldung überhaupt, da nur Erwachsene – ab dem Alter von sechzehn – solche Ausstrahlungen empfingen. Und selbst dann geschah es nicht oft.

»Mitbürger, bitte richten Sie Ihre Aufmerksamkeit auf die nächstgelegene Projektion für eine wichtige Sondermeldung.«

Derek und Riley räumten das Feld, als sich direkt hinter ihnen an der Wand plötzlich ein Bildschirm senkte. Auf diesem Bildschirm sah man die Projektion von Kasimir Lessig, dem Topsprecher der Medien. Meine Mutter hatte ihn gehasst. Sie meinte immer, er könne besser als jeder Verbrecher mit Lügen um sich schmeißen und giftige Reden schwingen.

»Erst kürzlich wurden dem Büro für Ordnung, Schutz und Sicherheit Informationen zugespielt, die beweisen, dass das Programm für Weibliche Liaison-Spezialisten, initiiert vom Regierungsrat, allgemein bekannt als WeLS, in Wirklichkeit …« An diesem Punkt legte Lessig eine dramatische Pause ein, während der ich Blickkontakt mit Wei herstellte. Da war sie also. Die Ankündigung. Endlich wurden die Machenschaften des Regierungsrats aufgedeckt.

Sie nickte mir lächelnd zu.

Aller Augen waren wieder auf den Bildschirm gerichtet. »… als Deckmantel dient für organisierte Sexsklaverei.«

Hinter Lessig erschien nun das Erkennungszeichen von WeLS. »Angeblich umfassen diese Informationen Namen, genaue Datumsangaben, AV-Material und andere belastende Beweisstücke.« Kasimir warf einen langen, bedeutungsvollen Blick in die Kamera. Seine Augen drangen zu jedem einzelnen Zuschauer durch. Nachdem er ungläubig den Kopf geschüttelt hatte, fuhr er fort. »Natürlich sind Anschuldigungen, die auf ein derart verwerfliches Fehlverhalten ... nein ... auf ein derart ruchloses Vorgehen hindeuten, schier unfassbar ...« Sein ungläubiger Ausdruck wurde nun mit einem Mal streng. »Dennoch untersucht man diese Vorwürfe bereits mit Hochdruck und äußerster Gewissenhaftigkeit.

Wie die meisten von Ihnen wissen, wurde das WeLS-Programm ursprünglich ins Leben gerufen, um Sechzehnjährigen aus niedrigen Rängen einen Weg in ein besseres Leben durch sozialen Aufstieg zu ermöglichen. Unzählige Mädchen bewerben sich für dieses Programm, und ein paar wenige Glückliche werden dazu auserwählt, an einem Training in der hochmodernen WeLS-Ausbildungsstation teilzunehmen.« Ein Foto der Raumstation, in der die Trainingseinrichtung untergebracht war, wurde nun hinter Lessig eingeblendet. »Nach intensiver Einweisung in die Rolle einer weiblichen Liaison-Spezialistin werden die Mädchen in bestimmte Länder auf dem Kontinent und auch in diverse außerterrestrische Stationen entsandt. Anschließend konzentriert sich die Ausbildung auf die spezifischen Sitten und Gebräuche dieses Kontinents oder des Weltraumterritoriums. Aufgrund der diplomatischen Informationen, zu denen sie Zugang haben könnten, dürfen diese Mädchen während der gesamten Zeit ihres Arbeitseinsatzes selbstverständlich keinerlei Kontakt zu ihren Familien oder Freunden unterhalten.«

Er wechselte die Position, und an die Stelle des Bildes eben trat nun eine überlebensgroße Projektion von Ed. Völlig überrascht, packte ich Sals Hand und drückte sie ganz fest.

»Schon gut«, murmelte er und drückte meine Hand ebenfalls.

»Dieser Mann hier, Edward Chamus, ist ein ehemaliger Agent des Büros für Ordnung, Schutz und Sicherheit.« Kasimir Lessig schien sich wirklich zu amüsieren. »Er wurde aus dem aktiven Dienst abgezogen und anschließend als Auswähler eingesetzt. Man geht davon aus, dass er in seiner Position als Auswähler unzählige, vermutlich Hunderte von Mädchen in den Nachbau einer Raumstation gelockt hat, die man in der Wüste außerhalb von New Vegas City entdeckt hat.« Eds Digi wich nun der Außenaufnahme eines Gebäudes, das von Gestrüpp umgeben war, in der Ferne waren Berge zu sehen. »Das Büro ist in diesem Augenblick vor Ort, um Daten im Inneren dieser Anlage zu sammeln, die möglicherweise als Gefängnis für diese unseligen Mädchen diente.«

Wenn Lessig tatsächlich irgendwelches Mitleid empfand, dann verbarg er das recht gut, jedenfalls merkte ich nichts davon. Ich konnte mir aber sehr gut die schreckliche Angst ausmalen, die Joan und andere Mädchen wie sie verspürt haben mussten, als sie in dieser sogenannten Ausbildungsstation gefangen gehalten wurden. Allerdings war mir klar, dass das nicht die Einrichtung gewesen sein konnte, die Lessig da zeigte. Die Beweise, die meine Mom gesammelt hatte, hatten mit keinem Wort einen solchen Nachbau einer Raumstation auf der Erde erwähnt, lediglich eine echte Station im Weltraum. Was also war das für ein Ort?

»Das Büro vermutet, dass Mr Chamus der Anführer dieser abscheulichen Organisation war. Dennoch konnte noch nicht vollends verifiziert werden«, fuhr er fort, »ob Chamus ein Einzeltäter war. Angesichts des immensen Zeitraums, über den sich diese angeblichen Aktivitäten erstreckt haben sollen, ist es keineswegs von der Hand zu weisen, dass er einen Komplizen hatte. Mr Chamus konnte bislang noch nicht gefasst werden. Sein gegenwärtiger Aufenthaltsort ist unbekannt. Sollten Sie Informationen irgendwelcher Art liefern können, so melden Sie sich bitte telefonisch beim B.O.S.S. unter der gezeigten Nummer.« Das Bild von Ed tauchte jetzt wieder neben Lessig auf, während am unteren Bildschirmrand die Nummer eingeblendet wurde. »Wir setzen Sie über die neusten Entwicklungen in Kenntnis, sobald wir neue Informationen haben. Seien Sie versichert, das Büro wird die Wahrheit ans Licht bringen.«

Dann wurde der Bildschirm schwarz.

Ich fuhr herum und starrte Wei an. »Was zur Hölle war das?«

»Ich hab keinen Schimmer«, meinte sie.

Der AV-Bildschirm wurde wieder hochgefahren, und die

Scheinwerfer richteten sich erneut auf Derek und Riley, die jetzt eher aussahen wie Flussratten, die in der Falle saßen, statt wie Musiker.

»Gebt uns eine Minute, Leute.« Riley bedeutete dem Beleuchter, den Scheinwerfer abzustellen.

Dann gingen die Lichter an, und sofort war das Soma erfüllt von lautstarken und wilden Spekulationen. Die einzigen Leute, die nicht redeten, waren die an unserem Tisch. Ich wusste ja nicht, was die anderen dachten, aber ich war dankbar, dass lediglich Erwachsene diese Störmeldungen empfingen. Dee dürfte von alldem nichts mitbekommen haben. Da sie immer noch dachte, Ed sei ihr Vater, wäre sie bestimmt am Boden zerstört gewesen.

Martinique brach als Erste bei uns am Tisch das Schweigen. »Wer hätte gedacht, dass so etwas in der heutigen Zeit möglich ist? Was für eine schreckliche Vorstellung, diese armen Mädchen … Die wollten doch nur ihrem elenden niedrigrangigen Leben entfliehen.«

Ich legte den Kopf schief, und der süße Duft ihres Parfums widerte mich mit einem Mal an. »Elend?«

»Ja.« Sie lächelte mich an, als wäre ich ein ahnungsloses Kind. »Wie könnte es etwas anderes sein als das pure Elend, wenn man arm ist? Einige von diesen Mädchen haben ihr Schicksal möglicherweise sogar als Verbesserung empfunden.«

Ich sah mich am Tisch um. Wei schüttelte den Kopf; Brie hatte die Augen vor Fassungslosigkeit weit aufgerissen. Und Paulette wirkte cool, absolut undurchschaubar.

Sal legte mir beruhigend die Hand auf den Arm, doch ich schüttelte sie sofort wieder ab.

»Eine Verbesserung?«, sagte ich. »Im Ernst?«

Martinique hob die Hand und schob ein paar glänzende Haarsträhnen nach hinten. »Natürlich. Wie könnten Leute aus Rang eins oder zwei etwas anderes als dankbar dafür sein, die Chance zu erhalten, ihren armseligen Behausungen und ihren erbärmlichen Leben im Schmutz zu entkommen.«

Das gab mir den Rest. Ich schob meinen Stuhl vom Tisch zurück und beugte mich zu ihr vor. »Leute wie du sind doch der Grund dafür, dass solche Sachen« – und damit deutete ich mit dem Daumen in Richtung Bildschirm – »überhaupt erst passieren. Das sind immer noch Menschen, und kein Abschaum. Die Menschen zählen, nicht ihre Kreditpunkte oder Ränge.« Ich stand auf, wütend und kaum mehr fähig, meinen Ärger zu zügeln. »Und nur zu deiner Information, ich würde alles geben, um wieder zurück in meine ›armselige Behausung‹ zu können, und wenn meine Mutter und meine beste Freundin noch am Leben wären. Das einzig Armselige hier bist doch du.«

Damit riss ich meine Jacke von meinem Stuhl, der sofort umkippte und zu Boden fiel. Ich achtete nicht darauf und stürmte einfach davon. Was zu viel war, war zu viel.

XV

Sal und Wei folgten mir nach draußen. In ihren Gesichtern stand Besorgnis, aber ich war mir nicht sicher, ob auch nur einer von ihnen wirklich verstand, wie verletzt ich war.

»Wie kann Chris nur mit dieser … dieser … hach!«, zeterte ich los. »Was für eine hirnlose … So was hätte ich vielleicht von Paulette erwartet, aber nicht von der Freundin deines Bruders.«

Wei machte den Mund auf, doch ehe sie etwas rausbrachte, sagte eine Stimme in meinem Rücken: »Erlaube dir kein Urteil, wenn du keine Ahnung hast.«

Ich wirbelte herum und fand mich von Angesicht zu Angesicht mit Paulette.

Adrenalin schoss durch meinen Körper, und selbst wenn ich es gewollt hätte, hätte ich jetzt keinen Rückzieher mehr machen können. »Ich kenn dich und deinesgleichen.«

»Glaub mir«, meinte sie. »Ich wäre nicht das, was ich bin, wenn ich tatsächlich zu *dieser* Sorte Mensch gehören würde.« Ein Stretch-Trannie hielt vor uns. Der Fahrer stieg aus, umrundete den Wagen und öffnete die Tür für Paulette. Sie ließ sich auf die ausladende Rückbank gleiten. »Bis bald.«

Zu dritt sahen wir ihr hinterher, bis der Trannie um die Ecke gebogen und nicht mehr zu sehen war. Ein kalter Windstoß fegte den letzten Rest von Wut in mir fort. Ich zerrte an meiner Jacke. »Ich schätze, ich hab jetzt allen den Abend ruiniert. Ich geh besser nach Hause.«

»Ich auch«, pflichtete Wei mir bei. »Ich hol nur meine Jacke.«

»Nein, bleib du«, beharrte ich. »Du und Derek, ihr solltet ein wenig Spaß haben. Sag ihm, dass es mir leidtut.«

Sal packte mich am Arm. »Ich bring dich zu Wei nach Hause, Nina.«

»Das ist jetzt auch ihr Zuhause.« Wei stopfte die Hände tief in ihre Taschen und sah mich an. »Dir ist doch klar, dass Chris nicht dasselbe für Martinique empfindet wie sie für ihn, oder? Sie ist bloß so ein Mädchen. Er hat unzählige Freundinnen. Ich glaube nicht, dass er die immer nach ihrer Einstellung befragt, ehe er mit ihnen ausgeht.«

»Vielleicht sollte er das besser tun«, meinte ich.

»Tja, ich werd's ihm vorschlagen.« Sie umarmte mich rasch. »Ich geh besser wieder rein. Ich hab Martinique da drinnen mit den Mädels allein gelassen. Im Moment ist da nur Mag, die ein Auge auf Brie hat. Sie kann ganz schön sauer werden, da Dorrie ja aus Rang drei ist. Wir sehen uns daheim.« Damit huschte sie wieder nach drinnen, und ich und Sal spazierten los.

»Du wirst allmählich richtig gut darin, eine Szene hinzulegen.« Sal hakte sich bei mir unter. »Weißt du, ich bin morgen wieder unterwegs, wichtige Angelegenheiten. Aber mein Bruder ist heute Abend mit seiner Frau ausgegangen. Sollen wir erst zu mir nach Hause, bevor ich dich heimbringe?«

Ich war noch nie bei Sal zu Hause gewesen, und es schien Lichtjahre her, seit wir Zeit zu zweit verbracht hatten. »Ja, cool.« Ich beschloss, meine Verärgerung von vorhin über seine beschützerische Art zu ignorieren. Darüber konnten wir uns auch ein andermal unterhalten.

Sal hielt vor einem hohen, schmalen dreistöckigen Gebäude, das zwischen zwei Wohnblöcken eingezwängt war. »Hier ist es. Hier bin ich aufgewachsen. Mom, Dad und ich sind in eine Wohnung gezogen, nachdem John und Maeve geheiratet haben. Dad hat unser Haus an John überschrieben … nur für den Fall.«

»Was meinst du damit, nur für den Fall? Hat dein Dad etwa geahnt, dass ihm was zustoßen würde?«

»Komm erst mal rein.« Der Eingangsbereich hier ähnelte dem bei den Jenkins, mit einem Retinascanner statt des üblichen Monitors für automatische Identitätsprüfung. Sal schloss die Tür hinter uns. »Wir sind hier in einer absoluten toten Zone – wie bei den Jenkins. Chris hat das alles als Gegenleistung für den Trannie installiert. Du weißt, wie mein Dad und meine Mom gestorben sind, oder? Bei einer Geschäftsreise für die *Global Times* nach Schottland?«

»Mhm.« Ich drückte seinen Arm.

»Der Regierungsrat steckte hinter dieser Reise, und Dad hatte schon den Verdacht, dass die irgendwas vorhatten.

Mom bestand darauf, ihn zu begleiten. Sie meinte, sie wäre ja noch nie im Vereinigten Großen Inselreich gewesen, aber ich glaube, dass sie eine Vorahnung hatte und unbedingt bei meinem Vater sein wollte, falls was passierte.«

Trotz des schwachen Lichts der Eingangshalle sah ich, dass Sals Augen glitzerten.

»Sie müssen sich sehr geliebt haben.«

Sein Ja klang ziemlich gepresst. Ich wusste genau, wie er sich fühlen musste. Wir beide hatten unsere Eltern verloren, und schuld daran war der Regierungsrat. Nun, zugegeben, mein Dad war noch am Leben, aber ich hatte ihn immer noch nicht getroffen, und er war nie Teil meines Lebens gewesen. Außerdem hatte ich Grandma und Grandpa, nur war das nicht das Gleiche wie echte Eltern. Sal und ich teilten diesen Verlust. Ich legte ihm die Arme um den Hals und küsste ihn. Wir standen da, eng umschlungen, bis wir keine Luft mehr bekamen.

»Komm jetzt.« Er nahm mich bei der Hand und führte mich durchs Haus zur Treppe. »Mein Zimmer ist ganz oben. Willst du eine Limonade oder ein Wasser, bevor wir uns an den Aufstieg machen?«

»Nein«, sagte ich. »Nur noch einen Kuss, bitte.«

Er gehorchte mir aufs Wort.

Ich war mir nicht sicher, ob wir es überhaupt bis zur Treppe schaffen würden. Das nächste Mal, dass wir wieder Luft holen mussten, hob er mich auf die erste Stufe. »Bis ganz nach oben. Bleib nicht stehen, ehe da keine Stufen mehr sind.«

Die Treppe war relativ eng, daher mussten wir hintereinander gehen. »Ich bin direkt hinter dir, um dich aufzufangen, wenn du hinfällst«, meinte er und tätschelte meinen Hintern.

Spielerisch schlug ich seine Hand weg. »Ich glaub, das schaff ich schon.«

Es war seltsam, hier bei Sal zu Hause zu sein, ganz allein mit ihm. Vor ein paar Wochen noch wäre ich schon allein bei der Vorstellung total ausgeflippt. Aber jetzt ... die Medien beharren ja ständig darauf, dass sechzehnjährige Mädchen sexbesessene Sex-Teens sind, aber ich weiß, dass das nicht stimmt. Zumindest trifft es nicht auf mich zu, und ehrlich, die meisten Mädchen werden doch dazu gedrängt, zu glauben, dass sie so sein müssten, von Magazinen wie der *XVI Ways* oder durch die ganzen Werbespots, in denen man Mädchen sieht, die in knappen Klamotten Jungs verführen. Dank Sal weiß ich jetzt, dass es ganz anders ist, einen Freund zu haben, als einem immer weisgemacht wird. Ich konnte Spaß haben, herumalbern, ein Teenager sein. Nur weil wir uns küssten und wir uns in den Armen hielten, hieß das noch lange nicht, dass wir Sex haben würden. Obwohl ich schon zugeben muss, dass ich durchaus darüber nachdachte. Gerade in Augenblicken wie – still jetzt, ermahnte ich meine wild umherrasenden Gedanken.

»Mein Zimmer.« Sal öffnete die Tür am Ende der Treppe zu einem spärlich möblierten, aber unglaublich ordentlichen Zimmer. An der Wand standen ein Schreibtisch und ein Stuhl. Ein älterer AV-Bildschirm hing in einer Ecke, und gleich beim Fenster befand sich ein riesiges Bett. Auf dem Schreibtisch sah ich ein Digi, das seine Eltern zeigte, wie ich annahm, daneben lagen ein paar elektronische Bücherchips. An der Wand war eine Projektion von einem 260 G Persides Transporter zu sehen. Hier sah es in meinen Augen nicht anders aus als in den Zimmern von Mike und Derek – typisch Jungszimmer eben.

»Du kannst deine Jacke ablegen.« Er warf die seine auf den Stuhl. Ehe ich meine aufgeknöpft hatte, stand er auch schon vor mir.

Ein Lächeln kroch über mein Gesicht, als er das mit dem Aufknöpfen übernahm, und als er fertig war, warf er meine Jacke zu seiner.

Seine Hand glitt auf meine Hüfte und berührte ein kleines bisschen Haut. Ein Zittern durchfuhr mich bis runter zu den Zehen. »Tut mir leid, dass ich nicht mit dir reden konnte, solange ich unterwegs war. Wir waren ... na ja, ich kann dir das nicht sagen, aber ich konnte es einfach nicht riskieren, dass das Signal aufgeschnappt wurde. Und je weniger du weißt ...«

Ich legte ihm die Arme um die Schultern. »Ich weiß.« Meine Lippen senkten sich auf seine, weich und warm. Sanft suchten und umschlangen sich unsere Zungen, und ich hatte das Gefühl, die Welt um uns herum würde verschwinden. Wir mussten hinaufgeschwebt sein zu den Sternen.

Seine Hände tasteten sich an meinem Körper aufwärts, unter meinem Oberteil. Mit einer Hand streichelte er meinen Bauch, während die andere meine Brust umfasste. Niemand sonst hatte mich je zuvor so berührt, doch es war herrlich. Mein ganzer Körper pochte von den Gefühlen, die mich durchfluteten. Wir begaben uns rüber zum Bett, wo er mich hochhob und auf die Decke legte. Die kühlen Laken sandten einen Schauder über meine nackte Haut. Doch im Nu waren sie warm, denn mein Körper stand inzwischen in Flammen.

Sal zog mir das Oberteil über den Kopf, sodass ich nur noch meinen BH trug. Er legte sich neben mich, seine Hand immer noch an der Brust, dann beugte er sich darüber und küsste die andere. Das halbe Herz, das er mir geschenkt hatte, rutschte genau zwischen meine Brüste.

Das war ganz und gar nicht das, was sie uns im Sexualkundeunterricht beigebracht hatten. Und es war auch nicht das, worüber meine Mom und ich uns unterhalten hatten. Ganz besonders unterschied sich das hier aber von den widerlichen Sexvideos, die Ed bei uns im Haus vergessen hatte. Es fühlte sich alles so gut an und so natürlich. Ich berührte Sals Gesicht, und er schaute mich an. Er befreite sich aus seinem Hemd, drängte seinen Körper an meinen und küsste mich leidenschaftlich. Mein Körper übernahm nun anstelle des Gehirns die Kontrolle, er schien genau zu wissen, was er wollte. Sals Muskeln regten sich unter meinen Fingern, als ich ihm mit den Händen über den Rücken streifte. Er senkte den Kopf erneut auf meine Brüste, und ich konnte es nicht verhindern, dass mir ein leises Seufzen entfuhr. Seine Hand glitt tiefer und knöpfte meine

Jeans auf. Da machte es in meinem Kopf plötzlich irgendwo Klick, und sofort zog ich seine Hand weg.

»Nein?«

»Ich kann das nicht.« Ich biss mir auf die Lippe. Er rollte von mir runter und legte sich auf die Seite. Ich drehte mich zu ihm und schlang ein Bein um seines. »Sal, ich will nicht aufhören damit, dich zu küssen, mich von dir berühren zu lassen. Aber ich bin noch nicht bereit für Sex. Noch nicht.«

Sein Atem ging schnell und heftig. Er sprach nicht, ehe er sich beruhigt hatte. »Ich bin ja auch kein Sexverrückter. Und ich würde mich dir niemals aufdrängen, auf keinen Fall. Ich liebe dich, Nina.«

»Ich liebe dich auch.« Ich barg mein Gesicht an seinem Hals, bis der Geruch nach Seife und Aftershave meine Sinne überflutete.

»Hey!« Jemand rief die Treppe hoch. »Bist du zu Hause?«

»Verdammt! John!« Sal sprang vom Bett auf.

»Meine Klamotten!« Ich schnappte mir die Sachen, die Sal mir zuwarf.

Schnell zog er sein Hemd über. »Ja, bin hier oben«, rief er zurück.

War mir eben noch heiß gewesen vor Leidenschaft, glühte ich jetzt vor Scham. Was, wenn John nicht erst gerufen hätte? Was, wenn er und seine Frau einfach hochgekommen wären und uns erwischt hätten? Wie sich etwas, das sich im einen Moment so richtig angefühlt hatte, im nächsten Moment nur so falsch anfühlen konnte, war mir echt ein Rätsel. Da war so vieles, was ich immer noch nicht wusste über Liebe und Sex und wie das alles zusammenhing. Mein Herz brannte vor Sehnsucht nach meiner Mom. Wenn wir uns nur über solche Dinge unterhalten hätten …

Ich hob die Hand, um mein Haar glatt zu streichen, und spürte, dass es vollkommen wirr war. »Hast du eine Haarbürste für mich?«, fragte ich, während ich in meine Klamotten schlüpfte.

»Im Bad«, meinte er. »Am Ende des Flurs. Ich warte auf dich.« Er berührte meine Lippen sanft mit seinen. »Obwohl ich finde, dass du wunderschön aussiehst so.«

Ich wurde rot und eilte den Gang entlang. Er fand mich also schön, so zerzaust und mit verrutschten Klamotten. Er schien nichts von der Schuld oder der Schande zu verspüren, die ich empfand – gern hätte ich das alles auch so entspannt gesehen. Aber es war echt schwer. Wie viel leichter war doch alles gewesen, als ich auf die ewige Leier der Medien, Sechzehnjährige wären besessen von Sex, mit dem Entschluss reagiert hatte, mich den Themen Jungs, Sex und Liebe vollständig zu verweigern. Ich war der Ansicht gewesen, Sex sei etwas Böses, etwas, das Jungs in Monster wie Ed verwandelte. Doch Sal hatte mich meine Meinung ändern lassen, und er konnte nicht ahnen, wie viel mir das bedeutete. Dass seine Gefühle für mich immer noch dieselben waren wie in dem Moment, da wir dieses Zimmer betreten hatten. Dass er jetzt nicht schlecht von mir dachte. Gern hätte ich das auch so gesehen. Ich wusste nur nicht, wie ich das anstellen sollte.

XVI

»Bist du wach?« Wei streckte den Kopf zur Tür herein.

»Mhm.« Ich war am Abend zuvor auf dem Sofa eingeschlafen.

Wei setzte sich neben mich und zog die Beine unter ihren Körper. »Um wie viel Uhr bist du nach Hause gekommen?«

»Keine Ahnung. Vielleicht halb zwölf? Ich bin mit zu Sal nach Hause.« Die Röte schoss mir ins Gesicht.

»Im Ernst?« Wei grinste mich verschmitzt an. »War jemand daheim?«

»Nein.« Jetzt wurden meine Wangen dunkelrot.

»Du Glückspilz.« Sie ließ sich zurück aufs Kissen plumpsen. »Dereks Mom ist ständig zu Hause. Wir sind nie lange allein.«

»John und seine Frau kamen zurück, kurz nachdem wir dort waren.« Ich grinste schief.

»Dann hast du also vor, Sex zu haben mit Sal?« Auch wenn sie diese Frage ziemlich offen stellte, zupfte Wei dabei doch nervös an den Fransen des Überwurfs herum. »Muss schon schwer sein, bei allem, was so passiert ist in der Vergangenheit, mit deiner Mom und mit Sandy.«

»Stimmt schon«, gab ich zu. »Ich denke viel über Sal und mich nach. Aber da sind auch noch so viele andere Dinge in meinem Kopf, wenn ich an Sex denke. Nicht nur Eds bescheuerte Pornofilme.« Ich schauderte bei der Erinnerung an seine widerliche Sammlung. »Vor allem daran, wie er Sandy vergewaltigt hat und sie dann umbrachte. Und dasselbe hatte er eigentlich mit mir vor. Ich wünschte, man könnte Erinnerungen irgendwie auslöschen, damit ich all das vergessen und von vorne anfangen könnte.«

Wei berührte mich am Arm. »Ist schon schwer genug, sich darüber klar zu werden, wie man zu Sex stehen soll, bei dem ganzen Mist, den die Medien über Sex-Teens verbreiten ... Ich kann mir echt vorstellen, wie hart es da erst sein muss, bei allem, was du durchgemacht hast. Ehrlich, ich bin in gewisser Weise überrascht, dass du überhaupt an Sex denken kannst.«

»Ich auch. Es ist nur ... wenn Sal mich küsst, mich berührt, dann entwickelt mein Körper ein Eigenleben. Dann vergesse ich alles, nur nicht, dass ich ihm gern so nahe wie möglich sein möchte. Weißt du, was ich meine?«

»Mhm.« Sie warf mir einen Blick zu. »Ich weiß genau, was du meinst. Aber ich möchte nicht, dass Derek mich für ein Sex-Teen hält.«

»Dich?« Ich lachte laut auf. »Von allen Mädchen, die ich kenne, bist du wohl die Letzte, die man für ein Sex-Teen halten würde. Außerdem weißt du genau, dass Derek nie so etwas von dir denken würde. Er ist nicht die Sorte Kerl.«

»Ich weiß. Wenn wir zusammen sind, dann scheint es

mir immer, als befänden wir uns in unserer eigenen kleinen Welt, alles um uns herum existiert dann nicht mehr. Ich bin mir ziemlich sicher, dass das so sein muss in einer Beziehung. Nicht so, wie die Medien behaupten, was man von einem Mädchen erwartet, dass sie bereit sein soll für jeden Kerl, der, na ja, du weißt schon, bereit*steht.*« Sie lachte. »Tut mir leid, ich konnte nicht anders.«

»Witzig, Wei. Ein schönes Wortspiel.« Ein schiefes Grinsen umspielte meine Lippen.

»Komm mit hoch frühstücken«, sagte sie schließlich.

»Ich muss erst im Krankenhaus anrufen und nachfragen, wie es Grandma geht und ob wir sie heute besuchen dürfen.«

»Na, dann komm einfach anschließend hoch. Ich glaub, Chris plant für heute Schlittenfahren. Vergangene Nacht hat es heftig geschneit.«

Nachdem Wei gegangen war, trat ich ans Fenster. Der Schnee war wunderschön und bedeckte alles wie mit einem weißen Laken. Ich dachte über den Schnee nach und über Chris' Freundin Martinique. Beide wunderschön – aber nur oberflächlich.

Der Duft nach frisch aufgebrühtem Kaffee begrüßte mich, als ich die Küche der Jenkins betrat. Weis Dad saß schon am Tisch und nippte an seinem Kaffee, wobei er die neusten Nachrichten las.

»Guten Morgen, Nina. Hast du die Sondermeldung gestern Abend gehört?«, erkundigte sich Mr Jenkins.

»Ja, aber woher kam denn die Sache mit Ed und der Pseudo-Weltraumstation? Dazu fanden sich keine Informationen in dem Packen Unterlagen und Sachen, den Mom versteckt hatte.«

»Nein, das ist richtig. Lessig hat ganz offensichtlich seine eigenen Vorstellungen. Ich wurde versetzt, kurz nachdem ich dem Untersuchungsteam Informationen gegeben hatte, denen sie nachgehen sollten.«

Weis Dad war Medien-Sonderermittler. Er war Kasimir Lessig direkt unterstellt, dem Mann, von dem viele dachten, er würde den Regierungsrat kontrollieren, aufgrund seiner Position als Chef der Medien. Lessigs Version der Wahrheit war das, was die Medien bestimmte – zumindest hatte meine Mutter das immer behauptet. Niemand stellte seine Ansichten in Zweifel – na ja, bis auf den Widerstand.

»Er hat doch nicht die Originalchips, oder?« Langsam wurde ich nervös. Auf den echten Chips fand sich die Wahrheit, und wenn Lessig die jetzt hatte, tja, dann wäre wohl die einzige Version der Wahrheit, die wir je zu hören bekämen, die seine.

»Nur Kopien. Die Originale und die dazugehörigen Beweise befinden sich an einem sicheren Ort. Wenn es gar nicht anders geht, wird man sie heranziehen.«

»Aber sie haben ja bereits sämtliche Informationen. Da können sie doch jetzt jederzeit weiterforschen und die ganze Wahrheit herausfinden.« Meine Hand griff nach dem Anhänger um meinen Hals, und ich hielt das W, das mein Großvater mir geschenkt hatte, fest.

Mr Jenkins seufzte und blickte mich unverwandt an. »Nina, es besteht der begründete Verdacht, dass Kasimir Lessig in den Genuss von mehr als nur einem von diesen WeLS-Mädchen gekommen ist. Sie wurden dazu missbraucht, um Vereinbarungen zu besiegeln, die Gunst von Leuten zu erwerben und sich das Schweigen von diversen Personen zu erkaufen. Ich erwarte, dass Lessig seine eigene Version der Wahrheit kundtut, wie auch immer die aussehen mag.«

Langsam durchfuhr es mich ganz heiß. Es war einfach nicht fair. Die Wahrheit war die Wahrheit; sie musste publik gemacht werden. Die Leute mussten erfahren, dass sie dem Regierungsrat erlaubten, ihre Töchter sexuell zu missbrauchen und sie für seine Zwecke zu verwenden. Dass dies mitnichten eine Chance auf gesellschaftlichen Aufstieg und einen Ausweg aus den niedrigen Rängen darstellte. Wieder einmal blitzte Joans gequältes Gesicht in meiner Erinnerung auf. Für Mädchen wie sie war der Traum von einem besseren Leben zu einem einzigen Albtraum geworden.

»Da kommt doch noch mehr zu der Sache, oder? Die werden es doch jetzt nicht dabei bewenden lassen? Das können sie doch nicht, oder, Dad?«, fragte Wei.

Mr Jenkins nickte. »Das Schwierigste war ja, sie so weit zu bringen, es auszustrahlen. Wir haben dafür gekämpft, und jetzt, da es geschehen ist, müssen sie die Story weiterverfolgen. Vergiss nicht, den Medien bedeutet Image alles. Aber du solltest darauf vorbereitet sein, dass wir nicht unbedingt das Ergebnis erzielen, das wir uns vorgestellt und erhofft hatten.« Mr Jenkins stellte die Nachrichtenprojektion ab und entschuldigte sich.

Da piepte mein PAV. Es war eine automatische Ankündigung vom Krankenhaus.

»Nina Oberon. Ja oder Nein.«

»Ja.«

»Mrs Edith Oberon ist ein Besuch gewährt worden, fünfzehn Minuten lang. Es dürfen maximal zwei Familienmitglieder zu ihr ins Zimmer. Keine Besuche zwischen elf Uhr vormittags und ein Uhr nachmittags. Soll diese Nachricht wiederholt werden, sagen Sie bitte ›Wiederholen‹.«

Ich legte auf. »Ich muss mit Dee reden. Wir können vor elf zu Grandma, aber nur für fünfzehn Minuten. Ich hoffe, sie ist schon wach.«

»Willst du nicht erst was essen?«, fragte Wei.

»Nee. Ich ess unten schnell was«, meinte ich.

»Sehn wir uns dann später zum Schlittenfahren?«

»Klar. Ich schick dir eine Nachricht.« Schnell nahm ich meinen PAV zur Hand und wählte Dees Nummer.

Grandma sah schon so viel besser aus als noch am Tag zuvor. Sie saß aufrecht im Bett und lächelte. Dee warf ihr die Arme um den Hals.

»Pass auf die Drähte auf.« Grandma lachte. »Keine Ahnung, was passiert, wenn du mich aussteckst.« Ihre Augen funkelten.

»Wie geht es dir?«, erkundigte ich mich.

»Ich fühle mich zehn, nein, zwanzig Jahre jünger«, meinte sie. »Ich hab keinen Schimmer, was dieser Arzt mit mir gemacht hat, aber er hat ein Wunder vollbracht.«

Alle schienen sich in Bezug auf Dr. Silverman einig zu sein, alle mit Ausnahme von mir.

Als wir wieder nach Hause kamen, kam Weis Dad aus seinem Büro. »Nina, kann ich dich kurz sprechen?«

»Klar.«

Dee verschwand in unserer Wohnung, und ich folgte Mr Jenkins in das Büro. Er holte seinen PAV-Empfänger raus und wählte eine Nummer. »Alan? Hier ist sie.« Und damit reichte er mir den PAV und verließ das Zimmer.

»Nina?«

»Dad!«

»Ich hab es endlich geschafft, das Buch komplett durchzulesen.« Die Trauer in seiner Stimme schlug mir durch den Hörer entgegen. Er meinte Dees Babyalbum. Meine Mom hatte Botschaften an meinen Dad in Geheimschrift in dieses Buch geschrieben.

»Mom hat dich so geliebt.« Das war natürlich arg rührselig, doch etwas anderes fiel mir im Moment nicht ein.

»Ich weiß.« Er seufzte. »Ich habe nie aufgehört, sie zu lieben. Zu erfahren ... all die Opfer, die sie gebracht hat. Dass Delisa, deine Schwester, dass sie meine Tochter ist ...« Seine Stimme brach. Ich wartete. »Weiß sie es?«

»Nein. Sie denkt immer noch, dass Ed ihr Vater ist. Du weißt schon, Moms Freund. Von ihm stammen die Infos über WeLS. Und er ist ihr Mörder.«

»Delisa darf es nicht erfahren«, meinte er. »Noch nicht. Es ist viel zu gefährlich.«

Mir wurde das Herz schwer. Dee endlich die Wahrheit sagen zu können war eine Sache, die ich mir erhofft hatte.

»Mr Jenkins hat mir erzählt, dass du im Kunstinstitut arbeitest.«

»Ja, für Mr Long, er ist toll.«

»Ah, Martin Long.« Dad lachte. »Ein wahrer Freund. Lass dich nicht von seinen Eigenheiten täuschen, Nina. Er kann ganz schön gefährlich werden, wenn es sein muss.«

Jetzt war es an mir, zu lachen. Ich konnte mir niemanden vorstellen, auf den das Wort »gefährlich« weniger zugetroffen hätte als auf Martin.

»Hast du die Sondermeldung gesehen gestern Abend?«, erkundigte er sich.

»Klar. Aber Dad, das war es nicht, was auf diesen Chips war, die Ginnie versteckt hatte. Da steckt nicht allein Ed dahinter. Die Sache ist viel größer, und das geht schon so, seit WeLS existiert.«

»Ja, ich weiß. Da sind Mitglieder des Regierungsrats involviert, Agenten des B.O.S.S., Leute aus sämtlichen Regierungsbereichen. Und die Medien, die womöglich sogar die treibende Kraft dahinter sind. Lessig vermittelt die Story, wie es ihm gefällt, doch du musst dir keine Sorgen machen. Man wird sich darum kümmern. Aber ich hab dich nicht angerufen, um mich mit dir über ihn zu unterhalten, Nina. Ich hab gehört, dass meine Mutter im Krankenhaus ist – dass sie einen Anfall hatte. Kommt sie wieder auf die Beine?«

»Grandma geht es schon viel besser, ich komme gerade mit Dee aus dem Krankenhaus, sie sieht gut aus.« Wenigstens hatte ich gute Neuigkeiten für ihn. »Dr. Silverman meint, sie muss eine Weile zur Reha, aber dann darf sie wieder nach Hause.«

»Was Silverman betrifft«, meinte Dad, »auf den müssen wir ein Auge haben. Irgendetwas stimmt mit ihm nicht.«

»Der Ansicht ist auch Mr Jenkins.« Ich wollte die Sprache nicht auf Grandpa bringen, doch ich musste. »Dad, Grandpa wurde vom B.O.S.S. verhaftet. Er hat mit seinen Freunden gesprochen, doch leider hat der Störsender versagt. Ich muss morgen früh dort antanzen. Aber ich weiß nicht, ob ...« Meine Stimme versagte. Ich wollte mir gar nicht ausmalen, was passierte, wenn Grandpa zur Reassimilation geschickt wurde. »Ich weiß nicht, was geschehen wird. Wir wohnen im Moment bei den Jenkins.«

»Ja, ich weiß.« Er seufzte. »Wir tun alles, um ihn da rauszuholen. Mir ist auch zu Ohren gekommen, was du mit seinen Medikamenten angestellt hast.« Er räusperte sich. »Nina, du darfst keine solchen Risiken eingehen. Das ist viel zu gefährlich.«

»Gefährlich? Dad, wie kannst du so was zu mir sagen? Nach allem, was Ginnie – meine *Mutter* – für dich und den Widerstand auf sich genommen hat, und nach allem, was du schon dein ganzes Leben lang auf dich nimmst! Ob was gefährlich ist oder nicht, zählt doch in unserer Familie nicht. Außerdem, wenn man sechzehn ist, begibt man sich sowieso tagtäglich in Gefahr, meinst du nicht auch?« Ich wartete die Antwort gar nicht erst ab. »Ich hätte eigentlich gedacht, du wärst froh, dass ich kein verweichlichtes Sex-Teen bin, das alles schluckt, was die Medien ihm erzählen.« Verdammt! Ich konnte selbst kaum glauben, was ich da alles von mir gab. Gerade mal drei Minuten, bei dem zweiten Gespräch, das ich je mit meinem Vater geführt hatte, den ich nie getroffen hatte, und schon war ich wütend und frustriert, weil er mich aufforderte, nichts zu riskieren.

Es folgte ein langes Schweigen. Fast zu lang für meinen Geschmack.

»Nina, die Vergangenheit kann ich nicht ungeschehen machen.« Es klang fast so, als würde er seine Worte so sorgfältig wählen wie ein Bomben-Entschärfer, der sich für einen Draht entscheiden muss. »Ich wünschte, die Dinge wären anders gelaufen. Ganz anders. Aber die Entscheidungen, die getroffen wurden, waren nicht allein die meinen. Auch deine Mutter hatte bei alldem ein Wörtchen mitzureden.«

»Ach, hatte sie das?« Das lief alles gar nicht so, wie ich mir das vorgestellt hatte. Ganz und gar nicht. »Mir kam es aber nicht so vor, als hätte sie groß eine Wahl gehabt, nachdem du untergetaucht warst. Nachdem du uns verlassen hattest.« Ich ballte meine Hände zur Faust. »Und ganz sicher hat sie es sich nicht ausgesucht, umgebracht zu werden.«

»Du hast jedes Recht darauf, wütend zu sein …« Sein Ton klang besänftigend, viel zu ruhig. Ich hatte genug.

»Und ob ich das habe, verdammt noch mal.« Und damit

legte ich auf. Verdammt richtig. Tränen der Enttäuschung wallten in mir auf, doch da kam Mr Jenkins zurück ins Zimmer.

»Alles okay?«

»Ja.« Ich rang mir ein Lächeln ab. »Alles okay.«

XVII

Ein paar Stunden später spitzte Dee zur Tür meines Zimmers herein. »Darf ich dich stören?«

Ich schob schnell ein leeres Blatt Papier über die Zeichnung, an der ich gerade arbeitete. Ich hatte die Entwürfe aus dem Krankenhaus noch einmal überarbeitet. Die brauchte Dee nicht unbedingt zu sehen, um nur wieder daran erinnert zu werden, was im Metro geschehen war. »Komm rein.«

»Das Schlittenfahren war echt ultra! Du hättest mitkommen sollen.« Sie legte meine Allwetterjeans, die sie sich geborgt hatte, sauber gefaltet auf die Kommode. »Ich hab sie durch die Laundry Queen laufen lassen. Danke, dass ich sie mir leihen durfte. Ich wäre sonst erfroren.« Sie warf einen neugierigen Blick über meine Schulter. »Woran arbeitest du gerade?«

»Nichts Besonderes.«

»Weißt du, Nina, ich hab genau das Gleiche durchgemacht wie du. Wir haben beide Mom verloren. Wir hätten beide auch fast noch Grandma verloren, und Grandpa ist in Untersuchungshaft.« Sie ging um den Stuhl herum, um mir direkt ins Gesicht zu sehen. »Was auch immer du vor mir verbirgst, ich wünschte, du würdest es mit mir teilen. Wir sind so ziemlich alles, was wir beide noch haben. Bitte behandle mich nicht wie ein kleines Kind.«

Sie wirkte so erwachsen. Und sie hatte recht. Dennoch wollte ich sie nicht mit der Wahrheit belasten. Mom hatte uns beide gewisse Dinge beigebracht, dass wir beispielsweise eigenständig denken, uns nicht von irgendwelchen Medienhypes anstecken lassen, unseren Körper respektieren und unsere eigenen Entscheidungen treffen sollten. Sie war genauso in der Lage zu denken wie ich. Und es war einfach nicht realistisch, zu glauben, dass sie die schmutzige Seite des Lebens nicht auch irgendwann entdecken würde.

Das Triptychon aus dem Krankenhaus. Meine Hand zitterte, als ich es Dee jetzt zeigte.

Dee starrte eine gefühlte Ewigkeit darauf.

Mein Magen krampfte sich zusammen. Ich hätte es ihr nicht zeigen sollen. Es war einfach zu explizit, zu realistisch.

Sie kaute an ihrem Daumennagel herum. »Genau so war es.«

»Ja.« Ich biss die Zähne zusammen.

»Warum sprechen die Medien nicht über solche Dinge?«

»Ich weiß es nicht. Vielleicht weil sie aufhören müssten, den Mädchen einzutrichtern, das Wichtigste im ganzen Universum sei es, sexy zu sein und Jungs zu verführen, wenn sie es täten.«

»Hast du mehr von dieser Sorte Zeichnungen angefertigt?«

»Ja. Aber ich hab sie nicht behalten. Ich hatte Angst, ich könnte Ärger kriegen, falls jemand sie entdeckte. Mit diesen Zeichnungen kann ich das ausdrücken, wofür ich keine Worte finde.«

»Könnte man für so etwas verhaftet werden?« Sie hielt das Bild hoch und betrachtete es genauer. »Schätze, das lässt die Cops ganz schön schlecht dastehen.«

»Sie *sind* schlecht, Dee.« Ich nahm es ihr wieder ab. »Na ja, vielleicht nicht unbedingt schlecht. Sie können nur wie die meisten Leute die Wahrheit nicht ertragen – die echte, nackte, unverfälschte Wahrheit darüber, was um uns herum vorgeht. Deshalb gehen sie gegen jeden vor, der zu viel Aufhebens darum macht. Sie hätten die Jungs ausfindig machen sollen, die die Tochter dieser Frau vergewaltigt haben – statt sie zum Schweigen zu bringen. Aber keiner will es als Vergewaltigung sehen, sobald es um ein Sex-Teen geht. Und wenn keiner etwas hört oder sieht, dann stellt auch keiner die Gesetze infrage, die solche Dinge erst möglich machen.«

»Sei bitte vorsichtig, Nina. Wenn die dich erwischen ...« Ihr Gesicht wurde kreidebleich. »Sie würden dich mitnehmen, genau wie Grandpa. Das kannst du nicht zulassen. Versprich mir das.«

»Ich kann dir höchstens versprechen, dass ich nichts Dummes tun werde.« Ich steckte das Bild zurück in meinen Zeichenblock. »Und jetzt lass uns mal das Abendessen vorbereiten.«

Keiner von uns beiden war nach Kochen zumute, deshalb stellten wir das Kochcenter auf Automodus und ließen das Ding Seitan-Burger und Tofu-Fritten ausspucken.

Nach dem Essen kam Mr Jenkins zu uns runter. »Nina, wir sollten uns über deinen Termin beim B.O.S.S. morgen unterhalten.«

»Der findet um neun statt«, sagte ich. »In demselben Gebäude, in das ich Grandpas Medikamente gebracht habe.«

»Ich weiß. Ich wünschte, Mrs Jenkins oder ich könnten dich begleiten. Aber ich könnte zur Not jemand anderen auftreiben, der mit dir geht.«

»Nein, ich schaff das schon.«

»Ich weiß, dass du das schaffst. Aber trotzdem ...« Er legte mir eine Hand auf die Schulter. »Das alles sollte nicht viel mehr sein als eine förmliche Darstellung der Fakten und Anklagepunkte. Gib ihnen nicht mehr Informationen, als sie verlangen. Am besten antworte nur mit Ja oder Nein. Du musst zu keinem Punkt mehr sagen als nötig. Und vor allem musst du beharrlich leugnen, dass irgendjemand sonst in deiner Familie wusste, wozu dieser Störsender diente.«

Mir stellten sich die Nackenhaare auf. »Das werde ich.«

Er drückte meine Schulter kurz zur Ermutigung. »Du machst das bestimmt prima.«

Aber ich fühlte mich ganz und gar nicht wohl dabei.

Nach einer überwiegend schlaflosen Nacht stand ich schließlich auf und sah die Kleidungsstücke in meinem

Schrank durch. Dem B.O.S.S. entging rein gar nichts; ich ging davon aus, dass es nicht schaden würde, ein wenig älter, seriöser zu wirken. Mit meinen Klamotten aus dem Sale-o-rama konnte ich das allerdings vergessen. Ich schloss die Tür hinter mir und ging den Flur hinunter in das Zimmer, in das wir Grandmas und Grandpas Sachen geräumt hatten. Auch wenn ich mir nicht recht sicher war, wonach ich eigentlich suchte, wühlte ich in den Kisten, bis ich schließlich eine fand, auf der GINNIES KLEIDER stand.

Das Erste, was mir auffiel, war der Geruch von Mom, der mir entgegenschlug, als ich den Deckel öffnete. Wir hatten die Sachen in die Kiste gesteckt gleich am Tag, nachdem sie gestorben war. In all der Eile, in der wir das Wohnmodul räumen mussten, war keine Zeit mehr geblieben, die Sachen zu waschen. Der Duft ihres Parfums vermischt mit ihrem ganz eigenen Körpergeruch erweckte bei mir den Eindruck, sie müsse gleich hier neben mir stehen. Ich vergrub mein Gesicht in der Schachtel, während mir Tränen über die Wangen rannen. Ich vermisste sie so sehr.

Es war ein harter Kampf, doch ich riss mich zusammen. Rasch schob ich die tränennassen Kleidungsstücke zur Seite und zog dann ein Kleid und einen Pullover heraus, von denen ich wusste, dass sie mir passen würden. Mom und ich hatten fast dieselbe Größe gehabt, genau diese Klamotten hatte ich mir schon einmal für einen Schulausflug geborgt. Als ich fertig angezogen war, betrachtete ich mich im Spiegel. Das würde genügen müssen. Ich sah zwar nicht gerade nach dem höchsten Rang aus, und die Sachen waren echt schon unglaublich altmodisch, aber sie stammten noch aus der Zeit, als Ginnie eine Assistentin von Rang fünf gewesen war. In jedem Fall besser als meine Rang-zwei-Klamotten. Mir war ja klar, dass der Rang keine Rolle spielen sollte, aber in diesem Fall konnte jedes Detail von entscheidender Bedeutung sein.

Dee schlief immer noch, als ich zur Haustür raushuschte. Wenn sie mich umarmt und eine Ladung von Moms Duft abbekommen hätte, wäre das einer Katastrophe gleichgekommen.

Vom Transit aus rief ich Wei an und bat sie, später mal nach Dee zu sehen.

»Kein Problem. Ich könnte aber auch immer noch in die Stadt kommen und mich mit dir treffen … ich muss es Dad ja nicht auf die Nase binden. Chris fährt mich bestimmt. Er macht sich Sorgen um dich.«

»Ich find es ja echt toll, dass alle sich um mich sorgen, aber mal ehrlich, Wei, ich muss lernen, auf mich selbst aufzupassen. Würde man als Schwester denn nicht wollen, dass die anderen stark sind und mutig?« Mehr wagte ich nicht zu sagen, ohne die Schwesternschaft zu verraten.

»Du hast recht«, meinte sie. »Absolut. Bis später.«

Ich überlegte, ob ich Sal anrufen sollte, doch er hatte mir nicht gesagt, wie lange diese NonKon-Angelegenheit dauern würde. Da ich noch nichts von ihm gehört hatte, war mir klar, dass er aller Wahrscheinlichkeit nach immer noch damit beschäftigt war. Außerdem würde er nicht wollen, dass ich schon wieder alleine zum B.O.S.S. gehe. Ich hatte das, was ich zu Wei gesagt hatte, allerdings absolut ernst gemeint. Ich musste da alleine durch.

Mein PAV piepte und riss mich aus meinen Gedanken.

»Hey, Nina, ich bin's, Chris. Du warst so schnell weg, dass ich gar keine Chance mehr hatte, dir zu sagen, dass du sie umhauen sollst.« Er kicherte. »Aber nimm das bitte nicht wörtlich.«

»Du bist echt so albern. Danke, Chris.«

»Im Ernst, ich wünsche dir viel Glück. Wenn du möchtest, dass ich dich hinterher abholen komme ...«

»Nein.« Meine Ablehnung kam viel zu schnell. Chris' überraschendes Kompliment im Soma und noch ein paar weitere Dinge, die er getan hatte – wie zum Beispiel seine Bemühungen um mich, nachdem Martinique ihre dämlichen Kommentare abgelassen hatte –, da fragte ich mich schon allmählich, ob er wohl mit mir flirtete. Sei nicht albern, ermahnte ich mich selbst. Ich war ganz bestimmt nicht sein Typ. »Ich meine, ich hab im Anschluss noch so einiges zu erledigen. Wir sehen uns später. Und ... danke, dass du angerufen hast.«

»Gern geschehen.«

Ich legte auf. Dabei rutschte ich mit dem Finger ab, und sofort dröhnten um mich herum lautstark Werbespots. *»Verpassen Sie nicht unser Feiertags-Special!« – »Kaufen Sie im Sale-o-Rama, wo jeder Kauf ein Schnäppchen ist!« – »Allwetterjeans ...«* Rasch stellte ich meinen PAV wieder ab.

Warum hatte dieser Anruf nicht von Sal kommen können? Und warum hatte mein Herz bei Chris' Anruf ein bisschen schneller geschlagen?

Der Transit hielt vor dem Hauptquartier des B.O.S.S. Ich holte tief Luft und stieg schließlich aus.

XVIII

Als ich drinnen war, musste ich wieder die obligatorische Identitätsprüfung und die Durchsuchung nach Waffen über mich ergehen lassen. Sie wurde von demselben Rezeptionsbot durchgeführt wie schon das letzte Mal. Wenigstens war ich dieses Mal drauf vorbereitet. Und sie wussten, dass ich kommen würde. Keine Überraschungen.

Anschließend schickte der Roboter mich ins Wartezimmer auf dem gelben Flur. Der Raum war kaum größer als ein Kleiderschrank, die Wände waren in einem Kotzgelb gestrichen, und an einem Ende befand sich ein Milchglasfenster. In der Mitte standen zwei Stühle aus Metall, die am Boden festgenietet waren, mit den Rückenlehnen zur Tür. Ich fühlte mich viel zu unsicher, um mich da draufzusetzen, deshalb blieb ich lieber stehen. Mit Ausnahme einer großen Wanduhr und ein paar Spinnweben, die die Spinnen klugerweise verlassen hatten, war der Raum völlig schmucklos. Von der Decke baumelte eine alte Lampenfassung, die gnadenlos vor sich hin surrte.

Fünfundvierzig Minuten nach dem vereinbarten Termin ging die Tür auf. »Folgen Sie mir«, wies mich eine Frau an.

Entschlossen klapperten ihre Absätze durch den Flur, vorbei an mehreren Türen. In jede von ihnen war ein kleines Milchglasfenster eingelassen mit einer Nummer darüber. Wir blieben vor der Tür mit der Nummer fünfzehn stehen.

»Hier ist es.« Sie zog die Tür auf und bedeutete mir, einzutreten. Dann schloss sie sie mit einem lauten Klicken wieder.

Drinnen saß ein dürrer, glatzköpfiger Mann hinter einem Schreibtisch, der mit Ausnahme einer Ecke über und über mit elektronischen Notizpads übersät war. Auf dieser einen Stelle stand ein Namensschild – LIONEL EFFINGHAM – sowie eine verwelkte Pflanze unbekannter Sorte, die wohl nicht mehr lange auf dieser Welt weilen würde.

»Name«, blaffte er.

»Nina Oberon.«

Er durchsuchte die Notizpads auf dem Schreibtisch, bis er nach einem griff. Nachdem er ein paarmal mit seinem Stylus über den Bildschirm gefahren war, sah er mich schließlich an.

»Setzen Sie sich.« Er deutete auf einen der Stühle vor seinem Schreibtisch, die identisch waren mit denen im Wartebereich.

Ich nahm also Platz. Er hielt den Blick weiterhin auf das Notizpad gerichtet, während ich mich im Raum umsah. Da war nichts Interessantes zu sehen, außer dem Mann, dem überladenen Schreibtisch und der Pflanze. Keine Emo-Detektoren, keine Scanner, und noch nicht einmal der Luxus eines Fensters war ihm vergönnt.

»Wo befindet sich Edith Oberon?«

»Sie ist im Krankenhaus. Sie hatte einen Herzanfall.« Viel zu viele Informationen.

Die Augen des Mannes zuckten hoch zu mir, dann schaute er wieder auf das Pad. »Sie müssen die ältere Enkeltochter sein.«

»Ja.«

Schweißperlen traten ihm auf die Stirn. »Sie haben uns hier einen unautorisierten Besuch abgestattet?« Er tupfte sich das Gesicht mit einem schmuddeligen Taschentuch ab. »Höchst unpassend. Wirklich höchst unangemessen.« Seine Hand zitterte, als er nun nach seinem PAV-Empfänger griff. »Anfrage ... Ja ... Oberon ...« Dann folgte längeres Schweigen.

Meine Hände wurden feucht, und meine Schultern begannen zu beben. Vielleicht hatten ja diese »Vorgesetzten«, von denen die weibliche Angestellte kürzlich gesprochen hatte, ihre Meinung doch geändert. Wenn ich mich vorhin noch so gefasst gefühlt hatte, so schwand dies nun ziemlich schnell dahin. Ich zwang mich, mich auf meine Atmung zu konzentrieren statt auf Mr Effinghams sporadische, überaus einsilbige Beiträge zu dem Telefonat.

Genau in dem Moment, da ich mir sicher war, dass meine Angst sich jetzt jeden Moment auf absolut unpassende Weise Luft machen würde, sagte er: »Oh, ich verstehe. Gewiss.« Er legte auf und griff unverzüglich wieder nach dem Pad, für das er sich vorhin so sehr interessiert hatte. »Nun, wo war ich? Ach ja. Wo ist die andere? Hier steht, es gibt noch ein Kind, ein Mädchen. Wo steckt sie?«

»Zu Hause.«

Er tupfte sich erneut die Stirn ab. »Ich verstehe … nun denn.« Er fuhr mit dem Stylus über das Pad. »Herbert Oberon wird des Verrats beschuldigt, da er bei dem Versuch erwischt wurde, andere gegen den Regierungsrat aufzuhetzen. Er wird des Besitzes eines verbotenen Abwehrgeräts beschuldigt, und er hat sich seiner Verhaftung widersetzt. Nun, Miss Oberon« – damit richtete er seine wässrigen Augen auf mich – »waren Sie anwesend, als der eben erwähnte Herbert Oberon all diese Taten beging?«

»Nein.«

»Wussten Sie von dem VAG?«

»Dem was?« Ich wusste, dass er den Störsender meinen musste, doch ich würde es ihm nicht allzu leicht machen.

»Dem verbotenen Abwehrgerät.« Er seufzte.

»Nein.«

»Wussten Mrs Edith Oberon und/oder Miss, äh …« Er griff nach einem anderen Pad, auf das er rasch einen Blick warf. »… Delisa Oberon von diesem VA… diesem verbotenen Abwehrgerät?« Noch einmal wischte er sich über die Stirn.

»Nein.« Nur mit Ja oder Nein antworten.

Im Stillen dankte ich Mr Jenkins, als Effingham fragte: »Möchten Sie noch etwas sagen?«

»Äh, darf ich meinen Großvater jetzt sehen?«

Heftig ließ Effingham den Stylus auf das Pad niederfahren. »Nein.« Dann drückte er auf einen Knopf am Schreibtisch und blaffte: »Emalia.«

Ich lauschte, als das Geräusch klappernder Absätze lauter wurde, dann plötzlich verstummte. Die Tür ging auf.

»Hier lang«, sagte Emalia im Befehlston.

Draußen auf dem Bürgersteig wagte ich endlich wieder, zu atmen. »Na, das war ja vielleicht lustig.«

XIX

Ich war so sehr damit beschäftigt, mich selbst dafür zu beglückwünschen, dass ich nicht alles vermasselt hatte, dass ich aus Versehen in den Lokal- statt in den Express-Transit einstieg. Der hielt auf der anderen Seite der Brücke nahe unserer früheren Wohnung, und ich bemerkte eine Gruppe obdachloser Frauen, die soeben durch eine der grünen Oasen am Fluss schlurften. Eine warf einen Blick zurück zur Straße, und ich war mir sicher, dass es Joan war. Sobald wir die Brücke überquert hatten, sprang ich aus dem Transit. Ich eilte den Gehsteig entlang und holte die Frauen allmählich ein.

Fast war ich da, als sie mich bemerkten. Sofort zerstreuten sie sich wie ein Schwarm aufgescheuchter Tauben in sämtliche Richtungen. Joan jedoch folgte ihren Freundinnen nicht, sondern wartete stattdessen auf mich.

»Joan?« Ich erinnerte mich daran, wie fragil ihr Verstand war, daher wollte ich sie nicht erschrecken oder irgendwie das Trauma in ihr wieder wecken.

»Nina. Ich habe nach dir gesucht.«

»Hast du?«

»Mhm. Ich bin jetzt bei einem Arzt in Behandlung. Er hilft mir.«

»Ernsthaft?« Wie, so fragte ich mich, konnte ihr hier jemand helfen? Ich sah mich um. Der Weg am Fluss entlang war so gut wie menschenleer, wie im Winter üblich. Ich wusste, dass ganz in der Nähe eine tote Zone war, eine, die Sal mir vor Monaten gezeigt hatte. »Kannst du mit hier rüberkommen? Da können wir reden.« Ich deutete zu der Oase in der toten Zone.

»Ich kann nicht lange bleiben.« Ihr Blick zuckte immer wieder zu ihren Begleiterinnen, die sich halb im Schatten verborgen hielten.

»Lässt du dich im Metro behandeln?«, fragte ich. »Ist dieser Arzt dort?«

»Ich kann nicht ins Krankenhaus gehen. Da würden sie mich erwischen und fortschicken.« Sie zog den Kragen ihres zerlumpten Mantels zur Seite, sodass ich das WeLS-Symbol sehen konnte, das man in ihren Hals eintätowiert hatte. Ein schwarzer Schnitt zog sich mitten hindurch.

»Was ist das?«

»Wenn ein Mädchen zusammenbricht, dann tun sie ihr das an. Wenn sie flieht, ist sie so leichter aufzuspüren.«

»Joan, warst du in einer Weltraumstation?« Meine Gedanken rasten. Lessigs Sondermeldung und die Sache mit der falschen Station mussten ein Schwindel sein. Joan könnte helfen, das zu beweisen. »Die Medien berichten, man habe eine falsche WeLS-Station gefunden, draußen in der Wüste in der Nähe von New Vegas City. Warst du dort?«

»Ich weiß nicht, wo ich war.« Joan zitterte. »Auf dem Weg zum Mars hatten sie mich betäubt, und ich stand immer noch unter Drogen, als man mich von dort befreit hat.«

Ich wollte nicht weiter nachbohren und sie allzu sehr drängen. Kurz entschlossen nahm ich meinen Schal ab und wickelte ihn ihr um den Hals, nicht nur, damit sie es schön warm hatte, sondern auch, um das schändliche Mal zu verbergen. »Ein Arzt hilft dir also?«

Sie nickte. »Er kommt nach Einbruch der Dunkelheit mit Medikamenten hierher, und er hört mir zu. Er ... berührt mich nicht.«

»Hast du ihm von WeLS erzählt?«

»Ich glaube, er weiß es.« Sie packte meinen Jackenärmel. »Er muss es wissen. Er hat meinen Hals gesehen. Aber er verrät mich nicht. Er hat es versprochen.«

Ich hörte Stimmen, die sich näherten. »Hier, setz dich näher zu mir.« Ich bedeutete ihr, heranzurücken. Als ich ihr einen Arm um die Schulter legte, versteifte sie sich. »Ich tu dir nicht weh, Joan. Ich bin deine Freundin. Das weißt du doch.«

»Es ist nur« – ihre Stimme erstarb zu einem fast unverständlichen Flüstern – »auch Frauen haben mich verletzt.«

»Das wird nie wieder geschehen«, flüsterte ich.

Die Stimmen entfernten sich nun wieder.

»Ich geh jetzt besser«, meinte Joan. »Vielleicht könntest du ... ich ...« Sie ließ den Kopf hängen. »Wenn ich dich sehe, muss ich immer an meine Familie denken. Ich vermisse sie …« Sie wischte sich mit dem Ärmel über die Augen und warf einen Blick hinter sich. »Ich muss los.«

»Ich werde wiederkommen.« Dann beobachtete ich, wie sie und ihre Freundinnen mit der Dunkelheit zwischen den Gebäuden verschmolzen. Ein Schwall eiskalter Luft traf stechend auf meinen nackten Hals. Ich zerrte den Kragen hoch, kauerte mich zusammen und starrte auf das grüne, rasch dahinfließende Wasser des Chicago River. »Niemand wird ihr je wieder wehtun. Nie wieder. Nicht wenn ich es verhindern kann«, schwor ich mir flüsternd.

Es war viel zu kalt, um lange am Fluss zu sitzen. Die Erinnerung an Joans Tätowierung ließ mich an mein eigenes Tattoo denken. Ich musste mir unbedingt etwas überlegen, wie ich es erweitern lassen konnte. Ich war eine Kreative. Ich konnte tun und lassen, was ich wollte. Und jetzt hatte ich eine Idee.

»Hey, da bist du ja.« Wei stand oben an der Treppe. »Komm doch hoch und erzähl mir, wie es gelaufen ist.«

»In einer Nano. Ich muss Dee erst sagen, dass ich zurück bin, und außerdem muss ich vorher was zeichnen.«

»Dee ist bei Chris hier oben. Bring doch deine Kunstsachen mit. Ich muss eh üben, und du kannst zeichnen, während ich spiele.«

Ich nickte zustimmend. »Gut, dann hol ich schnell die Sachen.« Ich lief eilig in die Wohnung, schnappte mir meinen Zeichenblock und den Rapido und lief dann nach oben zu Wei.

»Du weißt schon, dass ihr den Feiertag mit uns verbringt«, meinte Wei. »Mom würde keinen Widerspruch dulden. Und mit meiner Mutter legt man sich besser nicht an.«

Als hätte sie das gehört, rief Mrs Jenkins in diesem Moment aus einem anderen Zimmer: »Ich höre keinen Chopin.«

»Siehst du, was ich meine?«

Wei holte ihre Noten hervor, und ich machte es mir mit meinem Zeichenpapier gemütlich.

»Ich hab genau gemacht, was dein Dad gesagt hat, ich habe nur mit Ja und Nein geantwortet. Sie wollten mich nicht zu Grandpa lassen. Und auf dem Weg zurück« – ich fummelte an meinem Rapido herum – »da hab ich Joan gesehen. Sie meinte, ein Arzt würde heimlich kommen und sie behandeln. Er gibt ihr Medikamente und unterhält sich mit ihr.«

»Hm, ich frage mich, ob das wohl jemand ist, über den Dad Bescheid weiß?« Wei spielte nun eine allem Anschein nach ziemlich anspruchsvolle Tonfolge.

»Was ist das?«

»Chopins Nocturne Nummer acht.«

»Das klingt unglaublich. Und es sieht ganz so aus, als wäre das schwer zu spielen. Ich hab nie verstanden, wie jemand all diese Zeilen und Punkte entziffern kann.«

»Wenn du willst, erklär ich dir das mal. Aber das ist wahrscheinlich ein bisschen so wie mit deinen Zeichnungen«, meinte sie. »Bei dir sieht das total einfach aus, aber ich kann überhaupt nicht zeichnen. Ich hab meine Approbation als Kreative ja auch für die Musik bekommen und nicht für die Kunst. Ich musste Chris bitten, mir das Tattoo zu entwerfen.«

Als sie mit Üben fertig war, hatte ich ein paar grobe Skizzen von Joan und ihren obdachlosen Begleiterinnen angefertigt. Sie waren mir praktisch direkt aus den Fingern aufs Papier geflossen. Das waren echte Menschen, nicht gesichtsloser, wertloser Abschaum.

Außerdem hatte ich eine ganz passable Skizze von meinem Tattoo angefertigt, wie es einmal aussehen sollte. Zugegeben, ich hatte natürlich nicht die Kreditpunkte, es mir jetzt leisten zu können, aber wenn ich jede Woche von meinem Verdienst was sparte, dann würde ich vielleicht bis zum Frühling schon genug beisammen haben.

»Was denkst du?« Ich reichte Wei den Entwurf.

Sie griff nach meiner linken Hand und ließ ihren Blick dann mehrere Male zwischen Zeichnung und Handgelenk hin- und herwandern, um sich in etwa vorzustellen, wie es aussehen würde. »Das ist ja der Hammer. Lass uns gleich einen Termin vereinbaren. Ich rufe …«

»Nein, ich kann mir das nicht leisten, noch nicht.«

»Okay. Gib mir einfach Bescheid, sobald du so weit bist. Dann arrangiere ich das alles.«

Ich kämpfte gegen einen Anflug von Neid an. Ich würde monatelang sparen müssen, bis ich das Geld für das Tattoo zusammen hatte. Wei hatte auf ihres vermutlich überhaupt nicht erst warten müssen. Sie hatte wahrscheinlich noch nie warten müssen, bis sie etwas kaufen konnte. Ich schüttelte den Kopf, um ihn wieder frei zu kriegen. Es half ja nichts, sich mies zu fühlen, die Dinge waren nun mal so, wie sie waren. Wenn ich meine Arbeit im Institut gut machte und ein wenig Glück hatte, dann würde ich über kurz oder lang vielleicht sogar ein paar Ränge aufsteigen.

Unsere PAVs piepten beide im selben Moment. Wieder eine Sondermeldung. »Seit diesem Meteoriteneinschlag in der Sahara hat es nicht mehr so viele Sondermeldungen gegeben wie jetzt«, meinte Wei.

Sie projizierte die Meldung an die Wand.

Die Stimme eines Nachrichtensprechers erklang: »Bleiben Sie dran für eine aktuelle Sondermeldung zum WeLS-Skandal.«

Dann erschien mit einem Mal das Gesicht von Kasimir Lessig, der hinter einem Schreibtisch saß: Im Hintergrund waren deutlich die Symbole der Medien und des Regierungsrats zu sehen.

»Agenten des Büros für Ordnung, Schutz und Sicherheit haben mit der Unterstützung von örtlichen Vollzugsbeamten die erste Phase ihrer Untersuchung zu Ende gebracht, die die Behauptungen über einen Missbrauch von WeLS-Ausbildungsstätten als eine Art Trainingslager für, wenn Sie so wollen, Sexsklavinnen betreffen.« Er drehte sich mit seinem Stuhl herum und blickte nun in eine andere Kamera. Hinter ihm war wieder die falsche Weltraumstation zu sehen. »Hierher hat der angebliche Drahtzieher, Ed Chamus« – ein kleines Bild von Ed wurde in der unteren Ecke eingeblendet – »ahnungslose Auserwählte verfrachtet, um sie zu Sexsklavinnen für hochrangige ausländische Würdenträger und Firmenmogule auszubilden. Außerdem« – wieder wirbelte er mit seinem Stuhl herum – »hat Chamus nicht allein gehandelt. Dem Büro sind AV-Chips in die Hände gefallen mit der Aufschrift ›Ausbildung‹, und auf diesen sind mindestens drei verschiedene Männer und eine Frau zu sehen …«

Eine Nahaufnahme von einem von diesen Chips wurde eingeblendet. Dann richtete die Kamera sich wieder auf Lessigs Gesicht. Seine Augen blitzten vor, so wie ich das interpretierte, Freude darüber, dass er über eine solch schreckliche Story berichten durfte. »Ich muss sagen … in den vielen Jahren, die ich nun schon im Nachrichtendienst tätig bin, habe ich nie« – und damit weiteten sich seine Augen – »nie etwas Widerlicheres gesehen als das, was diesen jungen Frauen angetan wurde.« Seine Lippen öffneten sich leicht, und man konnte hören, wie er leise die Luft ausstieß. »Ich habe mich heute im Laufe des Tages mit Regierungsratspräsident Xander Critchfield unterhalten.«

Nun zeigte man Lessig und Critchfield, die vor dem Justizgebäude auf der Dearborn standen.

»Bürger«, sagte Critchfield. »Seien Sie versichert, dass wir die Schuldigen an diesem schändlichen Verbrechen ausfindig machen und vor Gericht bringen werden. Entgegen der allgemein anerkannten Sitten unserer Gesellschaft haben diese bedauernswerten Mädchen ihre gewöhnlichen und natürlichen Leben als Sex-Teens verlassen, um die Möglichkeit zu erhalten, sich aus dem Elend ihrer niedrigrangigen Existenz zu erheben. So wurden sie dafür entlohnt.« Er schüttelte den Kopf und schnalzte missbilligend mit der Zunge. »Diese Angelegenheit wird vollständig aufgeklärt werden. Darauf gebe ich Ihnen mein Wort.«

»Danke, Herr Präsident.« Lessig wandte sich der Kamera zu. »Während weitere neue Erkenntnisse ans Licht dringen, werden wir Sie hier regelmäßig auf dem Laufenden halten.«

Das war übel. Sie gaben also Ed die Schuld an allem, was nicht gerechtfertigt war, wie ich wusste. Ed, von dem Dee immer noch dachte, er sei ihr Vater.

»Wei, wo steckt Dee?«

»Ich glaube, sie ist mit Chris in der Küche. Warum?« Da dämmerte mir, dass man diese Sondermeldungen ja nur erhielt, sofern man volljährig war. Wenn Dee aber bei jemandem gewesen war, der eine solche Meldung empfing, dann konnte sie das alles mitbekommen haben. Ich sprang auf und rannte in die Küche, Wei mir dicht auf den Fersen.

Chris und Dee saßen am Tisch.

»Nina, mein Vater würde so etwas doch nie tun.« Ihr Gesicht wirkte angespannt, das Kinn stur vorgereckt. »Ich weiß, dass er das nie tun würde. Das muss alles ein Missverständnis sein.«

»Sie hat darauf bestanden, sich das mit mir anzusehen«, meinte Chris. »Ich hab doch nicht gedacht ...«

Mit einem einzigen Blick brachte ich ihn zum Schweigen – er hätte es besser wissen müssen. Während er und Wei leise rausschlichen, setzte ich mich neben Dee.

Nach Dees Reaktion auf das Triptychon wusste ich, dass es nichts half, in Bezug auf Ed irgendwas beschönigen zu wollen. Sie hatte sowieso schon bewiesen, dass sie stärker war, als ich gedacht hatte.

»Dee, Ed war nicht gerade der netteste Kerl.« Ich spürte, wie ihr Körper sich versteifte. »Du hast das nicht gewusst, weil Mom vieles vor dir verborgen hat. Ich hab dir auch Dinge verschwiegen. Dinge, die ich selbst miterlebt habe. Weißt du noch, wie oft ich dich zu Sandy mitgenommen habe? Ed hat Mom geschlagen. So hat sie sich auch den Arm gebrochen. Daher hatte sie all diese Schnittwunden und blauen Flecken.«

»Er hat immer behauptet, sie sei ein Tollpatsch. Er hat behauptet, dass sie sich selbst wehgetan habe.« Sie wandte mir ihr tränenüberströmtes Gesicht zu und sagte: »Ich hab ihm das geglaubt, Nina.« Dann senkte sie den Blick und murmelte: »Er ist mein Dad.«

Oh, wie gern ich Dee erzählt hätte, dass er es nicht war. Doch ihre Sicherheit hing davon ab, dass sie die Wahrheit nicht kannte.

Dee betrachtete eine halbe Ewigkeit ihre Hände. »Heißt das, dass ich auch gewalttätig bin, so wie er?«

»Wie bitte?« Mir klappte die Kinnlade runter. »Wie kommst du denn auf die Idee?«

»Wir nehmen gerade Genetik und Charakterzüge durch«,

erklärte sie. »Vielleicht hab ich diesen grausamen Zug ja von meinem Vater geerbt.«

Schon witzig, wie die eine Wahrheit der anderen den Weg bereitete. Dennoch waren da so einige Dinge, die ich ihr nicht sagen konnte.

»Charakterzüge, und ein solcher ist auch die Gewalttätigkeit, werden nicht durch Gene vererbt«, erklärte ich. »Augen- und Haarfarbe, wie groß man ist, die Größe der Ohren ... all das wird von den Genen bestimmt. Wer du bist, wie du dich verhältst, die Dinge, die du tust ... diese Entscheidungen triffst nur du allein. Und all das lernt man von den Leuten, die einen großziehen. Mom, Grandma, Grandpa – keiner von ihnen ist gewalttätig. Also kannst du es unmöglich auch sein.«

Dee sah mich mit Tränen in den Augen an. »Ich vermisse Mom so sehr. Und Grandpa ... und ich wünschte, Grandma wäre hier.«

Ihre Anstrengungen, nicht zu weinen, ließen meine eigene Kehle schmerzen von den ungeweinten Tränen. »Mir geht es genauso, Deedee. Mir geht es genauso.« Ich ging um den Tisch herum und legte meine Arme um sie.

Sie ließ zu, dass ich sie eine Weile tröstete, dann löste sie sich aus meiner Umarmung und stand auf.

»Chris und ich haben Grandmas Grüne-Tomaten-Hackfleisch-Pastete gemacht. Die sollten wir probieren, solange sie noch warm ist, so wie Grandpa sie am liebsten mag. Hol du die anderen, während ich sie zerschneide.«

Dee trat an das Kochcenter, die Schultern zurückgenommen, den Kopf hoch erhoben, sodass sie mich stark an Ginnie erinnerte. Das waren die Gene und die Charakterzüge, die Dee geerbt hatte – die einer unheimlich starken Frau.

XX

Später bat Mrs Jenkins Dee und mich in ihr Zimmer. »Wir müssen uns über die Anhörung am Mittwoch unterhalten.«

»Miss Maldovar wird dort sein«, sagte Dee. »Sie hat Freunde beim Kinderschutzdienst und dachte, sie könne vielleicht helfen.«

»Wer ist denn Miss Maldovar?«, erkundigte sich Mrs Jenkins stirnrunzelnd.

»Meine Lehrerin«, erklärte Dee.

»Ich verstehe. Nun denn, dann freue ich mich, sie kennenzulernen. Vielleicht kann sie uns *wirklich* helfen.« Mrs Jenkins warf einen fragenden Blick in meine Richtung, dann fuhr sie fort. »Ich wollte mit euch beiden über die Einzelheiten sprechen, wie so eine Anhörung wegen unangemessenen Verhaltens abläuft. Das Kind, die Eltern oder ein Vormund und jedes andere Familienmitglied oder jeder, für den die Sache von Interesse ist, darf dort erscheinen. Außerdem wird der Kläger oder einer seiner Vertreter, normalerweise der Kinderschutzdienst, anwesend sein. Wir werden vor einen Richter gerufen, und der wird uns

Fragen zu dem Fall stellen. Im Anschluss fällt der Richter eine Entscheidung.«

»Werden sie uns die Möglichkeit geben, die Sache zu kommentieren?«, fragte ich.

»Darauf sollten wir nicht unbedingt zählen. Zum Glück hat mein Mann ein recht hohes Ansehen in den Medien und ist auch in Gerichtskreisen bekannt, da er schon über viele Prozesse gegen prominente Verbrecher berichtet hat. Es ist von Vorteil, dass ihr jetzt bei uns lebt. So wird der Richter vielleicht eher geneigt sein, zu euren Gunsten zu entscheiden. Wenn wir allerdings an einen Richter geraten, der nicht mit meinem Mann bekannt ist, dann weiß ich auch nicht.«

Ich warf einen kurzen Blick zu meiner Schwester. »Sie können uns Dee doch nicht einfach so wegnehmen, oder?«

»Die Möglichkeit besteht leider«, meinte Mrs Jenkins.

Vor ein paar Tagen noch wäre ich wohl ziemlich überrascht gewesen angesichts Dees besonnener Reaktion. »Werde ich dann noch mal herkommen und meine Sachen holen dürfen? Wo werden sie mich hinbringen?«

Falls Mrs Jenkins ebenso verwundert war über die Gefasstheit meiner kleinen Schwester wie ich, dann ließ sie sich das nicht anmerken. »Ich bezweifle stark, dass es so weit kommen wird, Dee. Es sprechen doch eine ganze Reihe von Punkten für uns. Abgesehen davon, dass du jetzt bei uns wohnst, ist Nina ja auch schon sechzehn und hat einen Job. Ihre Zulassung als Kreative ist ein weiterer Bonus, da sie es gerne sehen, wenn Leute ambitioniert sind und die Bestrebung haben, im Rang aufzusteigen. Außerdem wäre da noch die Tatsache, dass eure Mutter ganz explizit die Oberons zu euren gesetzlichen Vormunden bestimmt hat; das können die nicht einfach so ignorieren.«

»Ich hoffe es«, seufzte Dee. »Aber wenn sie mich wegschicken, dann werdet ihr doch versuchen, mich wieder zurückzuholen, nicht wahr?« Sie sah mich an.

»Aber natürlich, Dee! Du bist meine Schwester!«

»Gut. Und nun entschuldigt mich bitte, ich habe noch was zu erledigen.«

Nachdem sie gegangen war, sagte ich: »Wenn ich an Dees Stelle wäre, wäre ich bestimmt nicht halb so cool. Ich sollte mir überlegen, Dee aus der Stadt rauszuschaffen. Mein Vater, nun ja, er ist auch ihr Vater, der könnte sie doch bei sich verstecken. Dann wäre sie in Sicherheit.«

»Nein.« Mrs Jenkins schüttelte den Kopf. »Das wurde bereits ausführlich diskutiert. Wenn sie verschwindet, solange die Anklage läuft, würde das B.O.S.S. nach ihr suchen. Auch wenn Ed angeblich ihr Vater ist, trägt sie den Namen Oberon. Allein diese Tatsache würde bei den Behörden Verdacht erregen. Und dann würden sie dich mit ziemlicher Sicherheit festnehmen und befragen. Es ist das Beste, wenn wir vor Gericht erscheinen und hoffen, dass die Dinge sich zu unseren Gunsten entwickeln. Du solltest Dr. Silverman bitten, dir eine Bestätigung zu geben, dass deine Großmutter auf dem Weg der Besserung ist und sich auf jeden Fall wieder um Dee kümmern können wird. Was deinen Großvater betrifft, wird das Gericht bereits im Bilde sein. Aber das können wir nicht ändern.«

»Und was, wenn …«, fing ich an.

»Nina, quäl dich doch nicht selbst, indem du dir das Schlimmste ausmalst. Stell dir stattdessen die Zukunft so vor, wie du sie dir erhoffst. Es ist immer besser, positiv zu denken anstatt negativ.«

»Aber ich kann mir das Ganze doch nicht schöndenken.«

»Nein, aber du kannst dir bewusst machen, was sein könnte, und dich auf das konzentrieren, was du dir *wünschst.*« Sie legte ihre Hand auf meine. »Wie wir denken, so sind wir auch.« Sie strich mir das Haar zurück und sah mir in die Augen. »Und jetzt erzähl mir mal von dieser Miss Maldovar. Woher weiß sie, was hier vor sich geht?«

»Dees ursprüngliche Lehrerin hatte wohl irgendeinen Unfall, deshalb ist Miss Maldovar für sie eingesprungen. Sie hat Dee zu ihrer Assistentin gemacht, und Dee hat ihr alles über die Klage erzählt. Ich habe sie nur ein Mal gesehen.«

»Und wie war dein Eindruck?«

»Tja, ich hab sie ja nicht offiziell kennengelernt. Wir haben sie nur zufällig getroffen im Rosies. Ich muss aber sagen, dass da irgendwas nicht ganz stimmt mit ihr. Sie macht mir irgendwie Angst.«

»Du solltest auf deine Intuition vertrauen. Aber trotzdem könnte es vorerst tatsächlich hilfreich sein, sie bei der Anhörung dabeizuhaben, dann kann sie erzählen, wie Dee sich in der Schule so macht. Sehr hilfreich.«

XXI

Es war schön, sich eine Weile keine Gedanken über die Schule machen zu müssen. So konnte ich öfter im Institut arbeiten. Auf dem Weg zur Arbeit nahm ich einen kleinen Umweg auf mich, in der Hoffnung, Joan zu sehen. Aber da waren kaum Menschen auf der Straße, abgesehen von ein paar Leuten, die früh shoppen gingen und die Michigan Avenue hocheilten. Als ich im Institut ankam, erwartete Martin mich bereits. »Mein einziges Zugeständnis an den Feiertag«, sagte er und reichte mir eine dampfende Tasse heißen Kakao mit einem Pfefferminzstäbchen zum Umrühren, das in dem Getränk steckte.

Diese Geste erinnerte mich an die Feiertage mit Ginnie. Heißer Kakao hatte zur Familientradition gehört. Ich hätte am liebsten gleichzeitig gelacht und geweint. Stattdessen aber dankte ich ihm und ging mit der Tasse in den Lagerraum. Als ich dort auf der Stuhlkante hockte, fing ich an, Kunstwerke mit Katalognummern und Beschreibungen abzugleichen. Es war zwar nicht die spaßigste aller Beschäftigungen im Universum, aber ich liebte es, inmitten all dieser unglaublichen Kunstwerke zu sitzen. Und ich lernte viel darüber, wie Künstler ihre eigenen Arbeiten beschrieben. Einige von diesen Texten klangen so geheimnisvoll und unverständlich – mit Absicht, wie ich annahm –, dass sie für mich nur total versnobt und affektiert klangen. Wie zum Beispiel Lars Estagean, ultraberühmt und an der Universität ausgebildet, dessen Künstlerstatement derart verschroben klang, dass es mir absolut unverständlich war. Während Stefan B, ein erst kürzlich entdeckter »Straßenkünstler«, mir ehrlich und bescheiden erschien. Sein einfaches Statement lautete: »Es ist einfach phänomenal, meine Gefühle über das, was ich sehe, in ein unverfälschtes Abbild dessen, was da ist, zu verwandeln.« Genau dasselbe empfand ich angesichts meiner eigenen Kunst; nichts Außergewöhnliches, aber sie war ehrlich.

Ich hatte noch nicht allzu lange gearbeitet, als Martin und Percy zu mir reinkamen. Ich hatte Percy noch nie in echt getroffen, sondern kannte ihn nur von Videoanrufen.

»Percy, darf ich dir die fabelhafte Miss Nina Oberon vorstellen. Ist sie in echt nicht noch zauberhafter?«, schwärmte Martin.

Percy gab mir die Hand. »Wunderschön, Marty. Absolut bezaubernd. Der Apfel fällt tatsächlich nicht weit vom Stamm. Deine Mutter war die absolute Perfektion.«

Meine Wangen glühten. »Danke.« Mir war nicht klar gewesen, dass sie Ginnie gekannt hatten.

»Du kommst doch zu der Feier, oder?«, fragte Percy. Mein verwunderter Gesichtsausdruck entging ihm nicht. »Sie kommt doch, oder?« Sein Blick zuckte rüber zu Martin, dann zurück zu mir. »Du musst kommen, keine Frage.« Und zu Martin sagte er: »Sie *muss* einfach kommen.«

»Welche Feier denn?«, fragte ich.

»Na, die Silvesterparty bei den Golds«, meinte Percy. »Jeder Mensch im Universum geht da hin. Und das bedeutet, dass du *auch* hingehen musst, denn das Universum will dich endlich *kennenlernen.*«

»Gold, wie Paulette Gold?« Meine Augenbrauen zuckten nach oben.

»Das ist die Tochter. Richtig, Marty?« Percy redete weiter und unterband so jede Antwort, die Martin vielleicht gern gegeben hätte. »Sie ist ein bisschen eingebildet, aber kein schlechtes Mädchen. Kennst du sie? Natürlich kennst du sie, sonst hättest du ja nicht gefragt.«

»Percy.« Martin ergriff seinen Arm. »Wir nehmen Nina auf die Party mit. Aber erst mal wollte ich sie dir persönlich vorstellen und Nina sagen, dass sie nach Hause gehen kann.« Er lächelte mich an. »Jetzt wird nicht mehr gearbeitet, erst wieder nach dem Feiertag. Oh.« Er wühlte in seiner Tasche. »Hier hast du einen Gutschein für eine Freifahrt in einem Miet-Trannie. So kommst du mal mit Stil nach Hause.« Er umarmte mich. »Ich hoffe, deiner Großmutter geht es besser, und ich hoffe auch, zu deinem Großvater gibt es bald gute Neuigkeiten. Einen schönen Feiertag, Nina.«

»Ja, meine Liebe.« Auch Percy umarmte mich. »Schönen Feiertag. Gott weiß, dass du es dir verdient hast.« Er kniff mich spielerisch in die Wange.

Der Duft nach würzigem Aftershave hing noch lange,

nachdem die Tür sich hinter ihnen geschlossen hatte, in der Luft. Ich starrte auf den Gutschein. Ich war erst einmal mit einem Miet-Trannie gefahren, und das auch nur, weil ich auf der Flucht war. Dieses Mal aber würde ich nicht vor Ed davonlaufen. Ich werde einfach so tun, als gehörte ich einem höheren Rang an, dachte ich. Das wird ein Spaß, wenn auch nur ein recht kurzer.

Inmitten des dichten Verkehrs starrte ich aus dem Fenster und betrachtete die ganze Festtagsbeleuchtung auf der Galaxy Mile, dem Teil der Michigan Avenue, auf dem sich die ganzen ultraschicken, hochrangigen Läden befanden. Eine Artillerie von Feiertagswerbespots prasselte auf mich ein, sie alle konkurrierten um die Gunst der Käufer.

»Ihre Augen werden strahlen wie die Diamanten in diesem Zwanzig-Karat-Halsband von Urban-Retro.« – »Machen Sie Ihr Prä-Teen am Feiertag glücklich mit einem Day-Spa-Geschenkgutschein der XVI Ways *für einen ersten Einblick in das ultra Leben der Sechzehnjährigen.« – »Überraschen Sie Dad an diesem Feiertag mit einer Allwetter-Chronos von Verolux.«*

Wir standen gerade vor dem Mars 9, dem ultra Laden für Teens. Das Schaufenster zeigte eine Partyszene. Ich stellte meinen PAV ab, um die Werbespots auszublenden, und presste meine Nase an die Scheibe. Ein Mädchen-Modelbot bewegte sich in einem glitzernden, trägerlosen Kleid durch die Menge. Die Szene fesselte mich. Ich hätte auch gern so schön ausgesehen, nur einmal. Das Ganze löste ein Gefühl in mir aus, das sich tief in mich fraß und ein Loch in meiner Brust zurückließ.

Ich würde *nie* so sein wie dieses Mädchen.

Ich schloss die Augen und schlug sie nicht wieder auf, ehe ich fühlte, wie der Wagen mit einem Ruck anfuhr. Paulettes Party für Hochrangige. Mein Sale-o-rama-Leben. Es war unwahrscheinlich, dass ich zu dieser Party gehen würde, ganz gleich, was Martin und Percy auch sagten.

Ich dachte an Sal. An uns. Ich hatte schon eine ganze Weile nicht mehr mit ihm geredet. Ich wusste ja, dass er im Auftrag der NonKons unterwegs war. Trotzdem, ich hatte nicht eine einzige Nachricht von ihm erhalten. Aber ich sollte nicht überrascht sein, redete ich mir ein. Dennoch.

Endlich hielt der Trannie vor Weis Haus an.

Chris war gerade auf dem Weg nach draußen, als ich reinkam. »Alles okay?«

»Klar. Sicher.« Ich versuchte noch nicht mal zu verbergen, wie niedergeschlagen ich war.

Er berührte mich am Arm. »Willst du reden?«

Wir sahen uns in die Augen, und auf einmal wollte ich wirklich reden – mit ihm. »Ich, äh … nein. Ist Wei zu Hause?« Was hatte ich nur für Ideen? Sal war derjenige, mit dem ich meine Gedanken teilen sollte, nicht Chris.

»Sie ist oben.« Er drückte meinen Arm. »Was auch immer es ist, Nina, es wird schon wieder gut.«

Damit ging er, und verwirrt schloss ich die Tür hinter ihm. Je öfter ich Chris sah, desto mehr wuchs er mir ans Herz. Und in letzter Zeit kam es mir so vor, als würde er mich auch mögen – immer mehr. Manchmal hatte ich den Eindruck, als flirtete er mit mir, und manchmal widmete er mir all seine Aufmerksamkeit und schien sich um mich zu sorgen. Klar, war ja ganz normal, dass man seine Sorgen mit jemandem teilen wollte, der sich um einen kümmerte, sagte ich mir. Es war nur so, dass dieser Jemand eigentlich Sal hätte sein sollen.

»Hey, da bist du ja!« Wei kam die Treppe runtergehüpft. »Ich hab dich durchs Fenster gesehen. Wieso kommst du denn in einem Miet-Trannie?«

Ich erzählte ihr alles – abgesehen von der Sache mit meinem Beinahe-Zusammenbruch vor dem Mars 9.

»Paulettes Party? Du Glückliche! Mom und Dad haben anderweitige Verpflichtungen, deshalb gehen sie nicht hin, aber … ja. Du solltest auf jeden Fall da hin.«

»Vielleicht«, sagte ich, obwohl ich genau wusste, dass es das Letzte wäre, was ich jemals tun würde.

XXII

Am nächsten Morgen wachte ich auf und war überrascht, dass ich so tief und fest geschlafen hatte, vor allem wenn man bedachte, was mir heute bevorstand. Dee war schon vor dem Klingeln des Weckers aufgewacht und stand aufgeregt in meinem Zimmer. Zappelnd saß sie bei mir auf der Bettkante. »Was soll ich denn anziehen?«

»Das Schönste, was du hast«, meinte ich. »Deine schwarze Hose und den roten Pullover vielleicht?«

»Der Pullover ist zu klein.« Sie sah sich in meinem Zimmer um. »Was ziehst du denn an?«

»Das Gleiche, was ich anhatte, als ich wegen Grandpa im Hauptquartier des B.O.S.S. war.«

»Und was war das? Du bist aus dem Haus, bevor ich wach war.«

»Welche von Moms Klamotten. So hab ich mich ihr nahe gefühlt, als würde sie auf mich aufpassen.«

»Denkst du, mir könnte auch was von ihr passen?«

»Sehen wir doch mal nach. Die Sachen sind in Grandmas Zimmer.«

Fünf Minuten später hatten wir den perfekten Pullover

für sie gefunden in Asteroidenblau. Er war ihr ein kleines bisschen zu groß, aber das kriegte man mit ein paar Nadelstichen hin.

»Er riecht nach Mom.« Ihr Blick trübte sich.

»Sei nicht traurig, Dee. Stell dir einfach vor, sie wäre hier bei dir.«

Als wir Mrs Jenkins auf der Treppe trafen, sahen wir beide wenn nicht nach Rang fünf, so doch mindestens nach Rang vier aus. Und keine von uns hatte geweint, zumindest nicht nach außen hin.

Der erste Halt war das Metro-Krankenhaus. Dr. Silverman hatte ein notariell beglaubigtes Schreiben zu Grandmas Genesung und ihrem allgemeinen guten Gesundheitszustand für uns hinterlassen. Zumindest hatten wir diesen Trumpf im Ärmel.

Als wir beim Justizgebäude ankamen, ließ Dee ihre Hand in meine gleiten.

»Wird schon alles gut gehen«, flüsterte ich.

Allein der Anblick des Gebäudes wirkte einschüchternd. Anders als die glatten, modernen Fronten der umstehenden Gebäude war es schon alt. Die Wände bestanden aus Reihen von Glasfenstern, die sich mindestens über dreißig Stockwerke erstreckten. Auf der Seite der Dearborn Street war auf die gesamte Gebäudefläche eine Waage projiziert.

Waage. Gleichgewicht. Klar. Das Gleichgewicht neigt sich dann wohl eher zu ihrer Seite, dachte ich. Ganz gleich, wie oft sie uns noch weismachen wollten, dass wir alle frei seien. Es war ihre Version der Freiheit; ich ging davon aus, dass sich diese Version in nichts mit der meines Vaters deckte, und ganz sicher auch nicht mit meiner.

»Wir sind in Gerichtssaal Nummer 7B.« Mrs Jenkins trieb uns an, nach drinnen zu gehen. »Wir wollen doch nicht zu spät kommen.«

Mit der freien Hand holte ich mein Halskettchen hervor und berührte den Anhänger mit der Ziffer 7, den Grandma mir geschenkt hatte – »der Vollständigkeit halber«. Sicher war es kein Zufall, dass wir in Gerichtssaal sieben waren. Es war meine Glückszahl. Ich drückte den Anhänger.

Problemlos passierten wir die Scanner an der Tür. Mrs Jenkins' Absätze klapperten entschlossen über den Boden, als wir durch die riesige Eingangshalle auf den Informationsschalter zugingen. Ich war überrascht, wie viele echte Menschen hier arbeiteten anstatt der üblichen Roboter, obwohl der Mann, der uns den Weg wies, so teilnahmslos wirkte wie die vielen Flurroboter in der Schule.

Draußen vor dem Gerichtssaal bewachte ein uniformierter Beamter die Tür. Der schickte uns in den Raum gegenüber. »Warten Sie bitte dort, bis man Sie ruft.«

Ehe wir das Zimmer betraten, hörte ich ein vertrautes Surren.

»Mrs Marchant!«

»Ja, Miss Oberon. Die bin ich.« Sie glitt zu uns herüber. »Das hier muss Ihre Schwester sein, Delisa. Guten Morgen.« Sie hielt ihr die Hand hin. »Ich bin Mrs Marchant, die Direktorin an Ninas Schule.«

»Hallo.« Dees Augen huschten über den Transstuhl, doch sie sagte nichts dazu.

»Das ist Mrs Jenkins«, erklärte ich. »Sie ist …«

»Ja, ich kenne Mrs Jenkins recht gut.« Sie stieß ein kehliges Lachen aus. »Wir haben uns mehr als nur einmal wegen Wei unterhalten.«

Ups. Am ersten Tag, als ich Wei kennengelernt hatte, hatte Mr Haldewick gedroht, Wei zu Mrs Marchant zu schicken. Sie sorgte gerne mal für eine Szene.

»Schön, Sie wiederzusehen«, meinte Mrs Jenkins mit einem Funkeln in den Augen.

»Ich hab von Ninas Problemen gehört«, erklärte Mrs Marchant. »Da dachte ich mir, eine Leumundszeugin wäre vielleicht von Vorteil. Mir hat es nicht gefallen, wie der KSD eine meiner Schülerinnen behandelt hat, an meiner Schule, in meinem Büro.« In ihren Augen brannte ein Feuer.

Hinter uns quietschte eine Tür.

»Miss Maldovar!« Dee lächelte. »Sie sind wirklich gekommen.«

»Ich hab dir doch gesagt, dass ich kommen würde.« Sie nahm Dees Kinn in ihre Hand. »Du siehst besorgt aus. Mach dir keine Gedanken. Alles wird gut. Warum stellst du mich nicht deiner Schwester vor und …« Sie warf einen Blick auf uns drei.

»Oh, das ist Mrs Jenkins. Bei ihr zu Hause wohnen wir jetzt.«

Miss Maldovar näherte sich lächelnd. »Mrs Jenkins.« Sie

hielt ihr eine behandschuhte Hand hin. »Wie wundervoll von Ihnen und Ihrer Familie, Dee und ihre Schwester bei sich aufzunehmen.« Sie schüttelten sich die Hand, dann wandte Miss Maldovar sich mir zu. »Sie sind bestimmt Nina. Ich habe so viel von Ihnen gehört. Ihre Schwester bewundert Sie sehr.«

»Danke. War wirklich nett von Ihnen, zu kommen«, sagte ich. »Aber das wäre doch nicht nötig gewesen, nicht so kurz vor dem Großen Feiertag. Wir kommen schon klar.«

Miss Maldovars Lächeln wich einem Blick voll aufrichtigen Bedauerns. »Ich bin mir sicher, dass alles gut wird. Aber wie ich Dee schon erklärt habe, habe ich viele Jahre Erfahrung mit dem Kinderschutzdienst und kenne sogar einige der Richter, die bei derlei Fällen den Vorsitz haben. Vielleicht kann ich ja irgendwie von Nutzen sein. Ich hoffe, es macht Ihnen nichts aus, wenn ich wenigstens zuhöre.«

Mrs Marchant räusperte sich.

»Verzeihen Sie.« Ich trat einen Schritt zurück. »Das ist Mrs Marchant, die Direktorin an meiner Schule.«

Miss Maldovar streckte ihre Hand aus. »Ist mir eine Freude, eine Kollegin zu treffen.«

Mrs Marchant nickte. »Macht fast den Eindruck, als würde das Schulsystem sich um seine Schüler sorgen. Das würde doch eine gute Schlagzeile abgeben, nicht wahr?« Ihr Stuhl schwebte nach hinten, und sie richtete ihren Blick auf Miss Maldovar. »Sie sind noch nicht lang an der Dickens. Wo waren Sie davor?«

»In Übersee an einer privaten Einrichtung. Ich springe als

Vertretung ein, bis ich entschieden habe, ob ich in Amerika bleibe oder zurück in die Europäischen Staaten gehe.«

Der Beamte streckte seinen Kopf zur Tür rein. »Oberon?«

»Ja.« Ich verkrampfte mich.

»Man ist nun bereit für Ihren Fall. Bitte begeben Sie sich im Gerichtssaal bis ganz nach vorne.«

Reihen von abgewetzten Holzstühlen mit geraden Lehnen standen zu beiden Seiten des Mittelgangs. Bei der Einrichtung dieses Saales hatte man garantiert nicht auf Bequemlichkeit geachtet. Miss Maldovar nahm ungefähr in der Mitte Platz, während Mrs Marchant rüber zur Wand fuhr. Wir setzten uns an einen der beiden Tische vor der Richterbank – an den, auf dem ANGEKLAGTER stand.

Wieder gingen die Türen auf, und hereinmarschiert kamen Krähengesicht und Singvögelchen. Begleitet wurden sie von einem hochgewachsenen, schlanken Mann, der ein übergroßes Digi-Pad in den knochigen Händen hielt.

Ihnen blieb kaum Zeit, um sich an den Tisch der Kläger zu setzen, ehe der Gerichtsdiener sagte: »Bitte erheben Sie sich. Der ehrenwerte Richter Gordon Hughes übernimmt in diesem Fall den Vorsitz.«

Ein kleiner Mann mit dunklen Locken war durch eine Tür hinter der Richterbank eingetreten und setzte sich nun.

»Bitte nehmen Sie Platz«, verkündete der Gerichtsdiener. »Die Verhandlung ist eröffnet.«

Richter Hughes beschäftigte sich zunächst damit, etwas durchzulesen. Hinter mir waren Stimmen zu hören. Ich bemühte mich, zu verstehen, was da gesagt wurde. Doch alles, was ich hörte, war, wie Miss Maldovar einen der Beamten fragte: »Wo ist denn Richter Patton?« Und das Einzige, was ich von der Antwort des Mannes verstehen konnte, war »Notfall«. Hatte Miss Maldovar etwa einen ganz anderen Richter hier erwartet?

Der Richter vorne hob nun seinen Kopf. »Ich möchte die involvierten Parteien bitten, sich vorzustellen. Wir fangen hier an.« Damit deutete er direkt auf mich.

»Ich bin Nina Oberon. Das hier ist meine Schwester, Delisa, und unsere Freundin, Mrs Jenkins.«

»Wo sind Edith und Herbert Oberon?«

»Grandpa – ich meine natürlich Herbert – ist, äh … er ist im Gefängnis, und Edith liegt derzeit im Krankenhaus. Ich habe hier ein Dokument, das bezeugt, dass sie wieder gesund werden wird.« Ich hielt dem Richter das ärztliche Attest hin.

»Gerichtsdiener.« Richter Hughes bedeutete dem Beamten, ihm Dr. Silvermans Schreiben zu bringen. Während er es durchsah, sagte er: »Mrs Jenkins, welches Interesse verfolgen Sie in diesem Fall?«

»Als Freunde der Familie haben mein Mann und ich den Oberons ein neues Zuhause angeboten. Sie leben jetzt in einer Wohnung in unserem Haus.«

»Und Ihr Ehemann ist …?«

»Jonathan Jenkins.«

»Jonathan Jenkins, der Medienkorrespondent?«

»Ja, Euer Ehren.«

»Interessant.« Er legte das Papier weg und sah mir direkt ins Gesicht. »Nina Oberon, sind Sie schon volljährig?«

»Ja, Euer Ehren.« Ich hielt mein Handgelenk hoch, damit er das Tattoo sehen konnte.

»Euer Ehren, wenn ich vielleicht etwas sagen dürfte.« Krähengesicht erhob sich.

Der Richter kniff die Augen zusammen. »Wenn ich so weit bin, dann werde ich Sie schon um Ihren Beitrag bitten, Miss ...?«

»Griswold«, erwiderte Krähengesicht.

»Und Sie sind ...?«

»Vom Kinderschutzdienst. Sehen Sie, Euer Ehren ...«

»Beantworten Sie bitte nur die Fragen, die ich Ihnen stelle. Wenn ich mehr von Ihnen hören will, dann lasse ich Sie das wissen.« Damit wandte er sich Singvögelchen zu. »Und Sie?«

»Angie Page, Kinderschutzdienst, Juniorbeamtin.«

»Danke, Miss Page. Sir?«

»KSD, Officer Bolton, Euer Ehren.«

Der Richter nickte, während er den Blick durch den Gerichtssaal schweifen ließ. Bis seine Augen auf Mrs Marchant trafen. »Caroline? Caroline Marchant? Sind Sie das?«

Mrs Marchant nickte, wobei ihre Augen blitzten. »Ja, Euer Ehren.«

»Verdammt will ich sein. Ich habe Sie ja nicht mehr gesehen, seit ... tja ...« Er verstummte. »Aber das ist hier nicht die richtige Zeit oder der richtige Ort. Was verschafft mir die Ehre, Sie in meinem Gerichtssaal begrüßen zu dürfen?«

»Ich bin hier wegen der beiden Oberon-Mädchen«, meinte sie. »Ich wollte nur sichergehen, dass der Gerechtigkeit Genüge getan wird. Doch da Sie den Vorsitz führen, bin ich mir dessen sicher.«

Mir entging nicht, dass in dem Moment ihr Blick in Miss Maldovars Richtung zuckte.

»Danke für Ihr Vertrauen.« Er kritzelte etwas auf ein Blatt Papier, dann blickte er hinter uns. »Und Sie, Ma'am?«

Miss Maldovar erhob sich. »Ich bin Delisas Lehrerin, Adana Maldovar. Wie Mrs Marchant auch bin ich wegen der Mädchen hier.«

»Vielen Dank. Sie dürfen sich wieder setzen.« Er wandte sich an den Tisch der Kläger. »Und nun, Miss Griswold, bitte ich Sie, die Einzelheiten in diesem Fall darzulegen.«

»Herbert Oberon wurde wegen subversiven Verhaltens festgenommen. Er ist der Vater des berühmt-berüchtigten, verstorbenen Alan Oberon. Dieser Nichtsnutz, der mit seiner Gefolgschaft von Nonkonformisten den Widerstand vorangetrieben hat. Das Gesetz legt fest, dass kein Kind in der Obhut und unter dem Einfluss eines …«

»Ich weiß sehr gut über die Gesetze Bescheid und muss mich wohl kaum von Ihnen an sie erinnern lassen.«

»Ja, Euer Ehren.« Krähengesicht war zumindest schlau genug, sich reumütig zu zeigen, was sicher nur reine Schau war, wie ich meinte.

»Wer hat dies dem KSD gemeldet?«

»Es war ein anonymer Hinweis.«

»Natürlich.« Er wandte sich von Krähengesicht ab. »Miss Maldovar, bitte treten Sie näher.«

Sie kam den Mittelgang nach vorne zur Richterbank.

»Wie macht sich das Kind in der Schule? Gibt es Probleme? Schlechte Leistungen?«

»Ganz im Gegenteil«, versicherte Miss Maldovar ihm. »Sie verhält sich tadellos, wenn man die schrecklichen Umstände, die ihr Leben in letzter Zeit getrübt haben, berücksichtigt – der Tod ihrer Mutter.« Mitleidig schnalzte sie mit der Zunge. »Und sie ist unter den besten Schülern. Sehr klug. Ich habe sie zu meiner Klassenassistentin ernannt.« Sie senkte die Stimme. »Sie ist ein nettes Kind. Ich denke, die Sache mit der Klage ist lächerlich. Vermutlich kam sie von irgendeinem Wichtigtuer, der etwas gegen die Oberons hat? Alan Oberon, was auch immer er für ein Mensch gewesen sein mag, hatte keinerlei Einfluss auf Delisas Leben. Sie ist ja noch nicht mal seine leibliche Tochter.«

Mir wich das Blut aus dem Gesicht. Ich hatte nicht erwartet, dass das zur Sprache kommen würde. Wenn sie jetzt bei Dee einen DNS-Scan durchführten, dann würden sie die Wahrheit erfahren.

»Natürlich«, fuhr Miss Maldovar fort, »kann Herbert Oberon, solange er beim B.O.S.S. in Gewahrsam ist, sich weder um das Kind kümmern noch Einfluss nehmen. Und Edith Oberon wird nichts zur Last gelegt, soviel ich weiß.«

»Aber sie ist …«, platzte es aus Krähengesicht heraus.

Der Richter hielt die Hand hoch, um sie zum Schweigen zu bringen. »Wird Mrs Oberon irgendetwas angelastet?«

»Nein.« Krähengesicht wirkte aufrichtig enttäuscht.

Wenn das alles hier nicht so ernst gewesen wäre, dann hätte ich angesichts ihres Unbehagens vermutlich lauthals gelacht. Ich fand es echt gut, zu sehen, dass sie jetzt so behandelt wurde, wie sie mich behandelt hatte.

»Danke, Miss Maldovar. Mrs Marchant, wären Sie so freundlich?« Der Richter deutete auf die Stelle vor seinem Tisch.

Mrs Marchants Transstuhl glitt in die Mitte des Raums.

»Wie sieht es mit Nina Oberon aus?«

»Nina ist eine gute Schülerin. Eine Kreative mit einem Teilzeitjob im Kunstinstitut, wodurch ihre schulischen Leistungen nicht im Geringsten beeinträchtigt werden. Ich kann für ihre Integrität und ihr Verantwortungsbewusstsein bürgen.«

»Vielen Dank.« Ein Blick, der fast schon von schmerzhafter Zuneigung sprach, huschte über das Gesicht des Richters. »Gerichtsdiener.«

Der Beamte trat vor die Richterbank. Der Richter flüsterte ihm etwas zu und reichte ihm ein Blatt Papier. Der Gerichtsdiener reichte dieses Papier an Mrs Marchant weiter, die wieder an ihren ursprünglichen Platz an der Wand zurückkehrte. Ich versuchte, ihren Gesichtsausdruck zu beobachten, doch der Richter klopfte mit seinem Hammer auf den Tisch, sodass aller Augen sich wieder auf ihn richteten.

»Das Gericht befindet die Klage zu diesem Zeitpunkt in sämtlichen Anschuldigungspunkten für unhaltbar. Delisa Oberon wird daher auch weiterhin in der Obhut ihrer

Großmutter, Edith Oberon, und ihrer volljährigen Schwester Nina Oberon verbleiben. Sollte Herbert Oberon aus dem Gefängnis entlassen werden, so wird das Gericht überprüfen, ob er zu diesem Zeitpunkt offiziell als Subversiver gelten muss. Ist dies der Fall, so wird die Untersuchung erneut aufgenommen. Bis dahin allerdings ist die Verhandlung geschlossen.« Damit ließ er seinen Hammer niedersausen.

»Man möge sich erheben«, verkündete der Gerichtsdiener, und der Richter verließ den Gerichtssaal.

Ich zog Dee an mich und umarmte sie ganz fest. Mrs Jenkins legte uns beiden die Arme um die Schultern. Mit geschlossenen Augen und dem Duft von Mom an Dees Kleidung in der Nase konnte ich mir gut ausmalen, Mrs Jenkins wäre Ginnie. Familie. Zusammen.

Der Bann brach, als Miss Maldovar und Mrs Marchant sich zu uns an den Tisch gesellten.

»Ich bin so froh, dass es zu Ihren Gunsten ausgegangen ist«, verkündete Miss Maldovar. »Ich hoffe, ich war eine Hilfe.«

»Das waren Sie«, bestätigte Dee. »Und Mrs Marchant, ich danke auch Ihnen, dass Sie all diese Dinge über Nina gesagt haben.«

»Es war nur die Wahrheit«, meinte Mrs Marchant. »Sie ist ein ausgezeichnetes Vorbild für dich. Und wenn Sie mich jetzt bitte entschuldigen würden.« Sie glitt an uns vorüber und verließ den Saal durch die Tür, die auch der Richter benutzt hatte.

Krähengesicht schob lärmend ihren Stuhl zurück und stampfte schnaubend aus dem Gerichtssaal. Singvögelchen zog ihr Köpfchen ein und lächelte mir ganz zaghaft zu. Der undurchschaubare Kerl folgte den beiden.

Wir hatten gewonnen, Dee konnte bei uns bleiben, bei ihrer Familie. Dennoch fragte ich mich, wer die Klage ursprünglich eingereicht hatte und wie dieser Jemand sich jetzt wohl fühlte.

XXIII

Auf dem Weg nach Hause fuhren wir noch kurz im Metro vorbei. Grandma freute sich sehr über die Neuigkeit, dass die Klage abgelehnt worden war. Dr. Silverman wollte sie nach dem Feiertag ins Edgewater Rehacenter verlegen, und anschließend würde sie hoffentlich bald nach Hause dürfen. Grandpa war der Einzige, den sie nicht zur Sprache brachte. Was vermutlich das Beste war. Wenn sie sich wieder aufregte, würde Silverman sie womöglich länger im Krankenhaus behalten, und das wollte ja keiner von uns.

Als wir uns verabschiedeten, sagte Grandma noch: »Ruf Harriet an und bring sie auf den neusten Stand. Ich durfte nur zwei Mal mit ihr telefonieren. Und seht zu, dass sie am Feiertag nicht allein ist, ihr Sohn Johnny wurde doch vom B.O.S.S. festgenommen.«

Als wir nach Hause kamen, warteten Chris und Wei bereits auf uns. Nachdem sie uns zum Ergebnis der Anhörung gratuliert hatten, überredete Chris Dee, mit ihm für den Feiertag Lebensmittel einzukaufen. Mit seiner Unterstützung wurde sie allmählich zu einer richtig guten Köchin. Ich begleitete Wei zu einer PAV-Konferenz mit der Schwesternschaft auf ihr Zimmer. Alle nahmen an dem Gespräch teil, bis auf Dorrie.

»Wie lief die Anhörung?«, erkundigte sich Brie.

»Der Richter hat die Klage abgelehnt.«

»Klasse. Haben die denn je herausgefunden, wer sie ursprünglich eingereicht hat?«, fragte Brie. »Das war nämlich echt ultragrausam. Deine arme Großmutter.«

»Die Klage wurde anonym eingereicht«, erklärte ich. »Das hat bei Grandma auch den Herzanfall ausgelöst, zusammen mit der Verhaftung von Grandpa durch das B.O.S.S..«

»Der Arzt von meinen Großeltern kommt einmal im Monat zu ihnen nach Hause, um eine Routineuntersuchung vorzunehmen. Das sollte man bei allen älteren Menschen tun«, meinte Paulette.

»Klar, tja, aber nicht jeder hat einen privaten Arzt oder kann es sich leisten, einen zu bezahlen. Und wenn man nur eine Wahl hat, was die medizinische Versorgung anbelangt, dann geht das eh nicht. Können wir uns jetzt vielleicht über was anderes unterhalten als über meine Familie?«

»Klar«, meinte Wei. »Also, was gibt's Neues? Und wo steckt Dorrie?«

»Heute ist der große Tag«, meinte Brie.

»Der Piratensender?«, fragte Mag.

»Mhm. Dorrie macht in diesem Moment die Aufnahmen. Wird heute Abend um sechs ausgestrahlt.«

»Moment mal, wie funktioniert das mit dem Piratensender denn eigentlich?«, erkundigte ich mich.

»Jede von uns ist mal dran und stellt eine Sendung zusammen. Wenn die aufgezeichnet ist, hackt Dorrie sich in die Sendefrequenzen von drei nicht mehr benutzten Satelliten ein und programmiert sie so, dass sie die Sendung zu einer bestimmten Zeit auf einer bestimmten Frequenz übertragen. Wir haben auch schon Videoübertragungen gemacht.«

»Wartet mal eine Nanosekunde! Wart ihr das mit der Kundgebung der Fems, mit der die Modenschau der *XVI Ways* unterbrochen wurde?«, fragte ich. »Das war ja ultra!«

»Und wie«, meinte Brie. »Dorrie liebt diese Störunterbrechungen. Sie hat ihren PAV so programmiert, dass sie die Satelliten von überall und zu jeder Zeit steuern kann.«

»Ich muss zugeben, ich hab das Piratenradio bislang nur zufällig gehört«, sagte ich.

»Chris kann dir den Sender auf deinem PAV einstellen«, erklärte Wei.

»Heute Nachmittag gibt es eine spontane Werbestörung«, berichtete Paulette. »Gerade rechtzeitig, um die Käufer zu erreichen, die noch in letzter Minute für den Feiertag einkaufen. Wenn du gern ein bisschen kostenlose Unterhaltung möchtest, dann geh heut auf die State oder die Michigan. Wird sicher spaßig.«

»Würde ich ja, aber ich hab meine Einkäufe schon erledigt«, entgegnete Brie. »Und ich will mich ganz sicher nicht in das Gedränge mischen, wenn die alle im letzten Moment shoppen.«

Mag und Wei nickten. Ich tat das auch, obwohl ich natürlich in Wahrheit kein einziges Geschenk gekauft hatte. Von mir bekamen alle etwas, was ich entweder selbst gemacht oder gezeichnet hatte. Manchmal war es echt übel, aus einem niedrigen Rang zu sein. Ernsthaft.

»Tut mir leid, dass deine Eltern nicht zu der Silvesterparty kommen können, Wei. Es werden so viele Leute aus den höchsten Rängen da sein«, meinte Paulette. »Mom hat sogar Anspielungen gemacht, Kasimir Lessig persönlich könnte vielleicht aufkreuzen.«

»Dieser Idiot?«, fragte Brie. »Wer wäre denn wohl scharf drauf, mit dem in einem Raum zu sein?«

Wei reichte mir eine Notiz. *Wirst du ihr von deiner Einladung erzählen?*

Ich schüttelte den Kopf.

»Habt ihr euch die Sondermeldungen angehört?«, fragte Mag. »Glaubt ihr, dass es draußen im Westen so eine falsche Weltraumstation gibt?«

»Ich glaub es nicht«, erklärte ich. »Obwohl Ed schon sehr viel unterwegs war. Ich kann mir durchaus vorstellen, dass er etwas in der Art gemacht hat.«

»Ed? Ed Chamus?« Mag riss ungläubig die Augen auf. »Du kennst diesen Kerl?«

Verdammt! Ich hatte ganz vergessen, dass sie von meiner Verbindung zu Ed nichts wussten. Davon, dass ich ihn umgebracht hatte. Sie hatten keine Ahnung.

»Was ist los, Nina?« Paulettes stählerner Blick durchbohrte mich.

»Ja, okay, ich kannte ... kenne ihn. Er ist der Vater meiner Schwester.« Fast hätte ich mich bei diesen Worten verschluckt.

Nach einer gefühlten Ewigkeit des Schweigens sagte Paulette: »Nun, wenn er wirklich getan hat, wofür das B.O.S.S. hinter ihm her ist, dann ist er so gut wie tot. Ich schätze, er wird bei der Verhaftung versehentlich getötet. Der Regierungsrat kann es sich nicht leisten, dass er verrät, von wem er seine Anweisungen erhalten hat. Ich bezweifle, dass er schlau genug ist, so etwas ganz allein auszuhecken.«

Ich konnte gar nicht glauben, dass sie gar nicht auf mich losgegangen war, dafür, dass Ed Dees Dad war – auch wenn er das in Wirklichkeit gar nicht war, was ich selbstverständlich nicht zugeben konnte. Zur Sicherheit wechselte ich das Thema. »Am Montag habe ich meine Freundin Joan wiedergesehen. Irgendein Arzt behandelt sie heimlich. Ihr schien es schon viel besser zu gehen. Habt ihr euch überlegt, wie wir ihr noch helfen könnten?«

»Wir denken uns schon noch was aus«, versicherte mir Mag. »Ist schwer, so kurz vor dem Feiertag was zu planen, weil so viele Leute familiäre Verpflichtungen haben. Aber wir kommen schon noch drauf, was wir am besten machen. Und ich möchte wetten, dass wir sie selbst aus der Stadt rausschaffen können. Was denkt ihr?«

Weis Augen leuchteten auf. Brie nickte zustimmend. Dann sahen wir alle Paulette an.

»Und, bist du auch bereit, eine Befreiungsaktion zu wagen, Paulette?«, erkundigte sich Wei neckisch.

»Nur, wenn wir das erst nach Silvester tun. Ich kann meine Mutter unmöglich mit dem ganzen Stress wegen der Party allein lassen.« Sie machte ein entschlossenes Gesicht. »Aber danach bin ich dabei. Es gibt keinen Grund, warum die Jungs immer den ganzen Spaß haben sollen.«

Meine Augenbrauen schossen nach oben. Paulette war wirklich voller Überraschungen. Jetzt wollte sie sich sogar für ein obdachloses Mädchen einsetzen? Es lag ja nahe, dass sie dieselben Vorstellungen teilte wie wir anderen, schließlich war sie ja Mitglied der Schwesternschaft. Aber das?

XXIV

Ich ließ Dee, die in ihre neue Leidenschaft, das Kochen, vertieft war, in der Küche zurück und machte mich auf den Weg zu Harriet. Ich dachte, ein Besuch wäre vielleicht besser als ein Anruf.

Auf dem Weg zu ihr rief ich im Hauptquartier des B.O.S.S. an, um zu sehen, ob ich vielleicht irgendwelche Infos über Grandpa kriegen oder ob ich ihm wenigstens eine Nachricht hinterlassen konnte. Schließlich stand der Große Feiertag kurz bevor. Die einzigen zwei Dinge, die man mir dort bestätigte, waren, dass er erstens da war und zweitens keine Besucher empfangen durfte.

Als ich zu unserem alten Wohnhaus kam, legte ich meine Hand ganz selbstverständlich auf das Feld für die automatische Identitätsprüfung. Als nichts geschah, fiel mir erst wieder ein, dass ich ja gar nicht mehr hier wohnte.

Ich drückte auf die D14 und sagte: »Nina Oberon für Harriet Pace.«

Binnen Sekunden tauchte ihr Gesicht auf dem Monitor auf.

»Gütiger Himmel! Nina? Komm rein.«

Als ich aus dem Liftport stieg, stand Harriet schon draußen vor ihrer Tür. »Wie geht es Edith? Ich habe mir solche Sorgen um sie gemacht. Die im Krankenhaus wollen mir nichts sagen, und wegen dieses verdammten Ischias kann ich nicht weg hier.« Sie nahm mich am Arm und führte mich in die Wohnung. »Ich hab mir wirklich solche Sorgen gemacht.«

Es war richtig nett, eine Weile mit Harriet zusammenzusitzen und zu plaudern. Fast wie in alten Zeiten. Zwei Tassen Tee und ein paar Kekse später verabschiedete ich mich wieder. Aber ich ging erst, nachdem Harriet mir versichert hatte, sie würde den Feiertag zusammen mit dem Ehepaar in D17 verbringen. Ich war echt froh, dass sie nicht alleine sein würde.

Ich verließ das Gebäude und ging am Fluss entlang, in Richtung Michigan Avenue. Ich hoffte natürlich, Joan zu sehen, aber keine Spur von ihr oder den obdachlosen Frauen, mit denen sie immer zusammen war. Ich ging die Illinois Street hoch und bog dann in östliche Richtung ab. An der Rush Street sah ich an einer Ampel ein ultraschickes Single-Trannie stehen. Der Fahrer war Dr. Silverman. Ehe ich mir überlegen konnte, ob ich winken sollte oder nicht, sprang die Ampel um, und er fuhr los. Nach dem, was Mr Jenkins mir über Silvermans Versetzung ins Metro-Krankenhaus erzählt hatte, fragte ich mich schon, wie er sich ein solches Trannie leisten konnte. Vielleicht hatte er ja enorm viele Kreditpunkte angehäuft, als er noch in der Forschung arbeitete.

Doch jeder Gedanke an den Arzt war vergessen, als ich auf die Michigan Avenue abbog. Hier war ein virtuelles Märchenreich aus blinkenden Lichtern und festlicher Musik – wenn man die Werbespots mal ausblendete. Ich stellte meinen PAV auf Musik und spazierte die Straße entlang. Die Dekorationen und die Musik waren atemberaubend schön. Doch es dauerte nicht lang, ehe mir die missmutigen Gesichter der Leute auffielen, die an mir vorbeidrängten, beladen mit Taschen und Schachteln. Die waren nicht glücklich; sie waren gestresst. Die einzigen lächelnden Gesichter gehörten den Leuten, die wie ich keine Einkäufe zu schleppen hatten – sondern die stattdessen langsam über die Bürgersteige schlenderten und das, was sie sahen, genossen.

Ich stand gerade vor Yums Süßwarenladen und sah zu, wie ein paar Marzipan-Ballerinen sich zur Nussknacker-Melodie drehten, als es plötzlich eine Werbeunterbrechung gab.

Kreischend kamen Trannies zum Stehen. Einkäufe fielen zu Boden, da die Leute sich gegenseitig anrempelten, irritiert von der plötzlichen Stille. Es wäre bestimmt witzig gewesen, wären da nicht die verängstigten Gesichter der kleinen Kinder gewesen, die sich an den Händen ihrer Eltern festklammerten.

»Es gab einmal eine Zeit, da steckte hinter dem Feiertag mehr als ein einziger Shoppingwahn. Es war eine Zeit für die Familie und Freunde und für Mitleid für diejenigen, die weniger Glück hatten im Leben. Der Geist der Selbst-

losigkeit, der Großzügigkeit und der Wohltätigkeit stand in den Herzen der Menschen an vorderster Stelle. Erforschen Sie Ihre eigenen Herzen, liebe Leute. Hat es der Obdachlose, der im harten Winter frieren muss, denn weniger verdient …«

Es war die Stimme meines Dads. Wie ich ihn jetzt hörte, musste ich an unser letztes Gespräch denken, als ich einfach aufgelegt hatte. Ganz unvermittelt drang ein hohes, elektronisches Fiepen durch die Lautsprecher. Jeder, mich eingeschlossen, hielt sich die Ohren mit beiden Händen zu. Binnen Sekunden kam ein Reparatur-Trannie vorbeigerast auf dem Weg zur Medienzentrale an der Ecke Michigan und Erie. Schon wenige Augenblicke nach seiner Ankunft drangen wieder Feiertagsmusik und Werbespots aus den Lautsprechern. Ich stellte meinen PAV ab, um etwas von den Gesprächen um mich herum mitzukriegen.

Ein älterer Herr sagte soeben zu seiner Begleitung: »Ich weiß noch gut, als ich ein Kind war, da haben wir immer freiwillig in der Obdachlosenunterkunft und Essensausgabe im Rogers Park mitgeholfen. War ein ziemlich gutes Gefühl.«

»Sei still«, erwiderte die Frau. »Jemand könnte dich hören und denken, du würdest mit dieser … dieser … subversiven Propaganda sympathisieren.« Sie sah sich nervös um.

»Vielleicht sollte ich das wirklich«, meinte er.

Sie zerrte ihn davon. »Wir müssen an unsere Enkelkinder denken …«

Ich ging weiter die Michigan entlang, machte absichtlich

einen Bogen um das Mars 9 und bog am Wasserturm links ab. Ein Trannie kam aus einer Gasse geschossen und hätte mich um ein Haar umgefahren. Ich warf einen vorsichtigen Blick um die Ecke, um zu sehen, ob da noch jemand angerast kommen und mich gleich plattmachen würde, da entdeckte ich das Plakat, das da an der Wand hing. Es war die grobe Skizze eines Obdachlosen, der von einem Cop einen Elektroschock verpasst bekam. Subversive Kunst. Absolut illegal … und ziemlich cool. Hatte es der Typ in dem davonrasenden Trannie aufgehängt? Wie lange würde es da hängen, ehe die Behörden es runterrissen? In meinem Kopf begann eine Idee Gestalt anzunehmen. Und bis ich wieder daheim war, hatte ich einen ausgewachsenen Plan ausgeheckt.

»Also«, sagte ich zu Wei, »wir könnten meine Zeichnungen doch reproduzieren und sie in der ganzen Stadt aufhängen.«

»Oder«, meinte sie, »wir starten eine Videounterbrechung und strahlen deine Bilder aus. Das wäre der Ultrahammer! Wir rufen die anderen an und gucken mal, was sie davon halten. Übrigens, Derek kommt heut Abend vorbei und hört sich mit uns den Piratensender an. Ich hab mitgekriegt, dass Sal auch wieder zurück von seiner Mission ist. Wir könnten doch ihn und Mike fragen, ob sie auch vorbeikommen möchten?«

»Gute Idee!« Ich hatte noch nichts von Sal gehört, doch Wei wusste, dass er wieder da war. Zweifel stiegen in mir auf, doch ich drängte sie zurück. »Ach, übrigens, die Werbeunterbrechung war großartig. War schon seltsam, meinen Dad da reden zu hören.«

»Das stammte aus einem alten Debattenbeitrag von ihm. Er hat eine so einnehmende Stimme«, meinte Wei. »Die Leute hören ihm gerne zu.«

»Nur dass es nicht genügend von ihnen tun«, erklärte ich bedauernd. Natürlich hatte ich nicht so genau hingehört, als er gesprochen hatte. Er mag die Massen ja zu überzeugen wissen, doch für mich als seine Tochter, die er im Stich gelassen hatte, bedurfte es ein wenig mehr Überredungskunst, bis ich ihm glaubte.

Ich schickte Sal und Mike eine Nachricht, und beide antworteten, dass sie kommen würden. Jetzt musste ich mir noch überlegen, wie ich Dee das mit dem Piratensender erzählen sollte, ohne ihr zu viel von unseren anderen Aktivitäten zu verraten.

»Heute Abend kommen alle rüber zu uns«, erklärte ich, als ich ihr Zimmer betrat. Sie sah sich gerade ein Video auf ihrem PAV an.

»Echt? Wieso das denn?«

»Wir hören uns den Piratensender an.« Ich wappnete mich gegen den erwarteten Ansturm von Fragen.

»Cool. Chris hat mir schon davon erzählt. Er meinte, die Musik sei um Längen besser als alles, was die Medien so produzieren. Kommt er auch?«

»Ich hab ihn nicht gefragt. Vermutlich hat er eine Verabredung oder so.« Ich war echt überrascht, dass Dee dem Piratensender gegenüber so positiv eingestellt zu sein schien, doch ich ging davon aus, dass das zum Teil daran lag, dass sie es von Chris erfahren hatte.

»Nee. Er hat mir erklärt, er würde sich nie wieder mit einem Mädchen verabreden. Und dass seine letzte Freundin so bescheuert war, dass er mir lieber das Kochen beibringt, als noch mal mit einer wie ihr zusammen zu sein. Er ist echt total nett. Und voll süß, findest du nicht?«

»Ja, schätze schon.« Meine kleine Schwester schien ja langsam richtig für Chris zu schwärmen. Doch der würde schon damit klarkommen, dachte ich mir, weil er nämlich *wirklich* ein netter Mensch war. Und auch echt süß. Warum nur hatte ich jetzt solche Gedanken? »Dann frag du ihn doch, wenn du möchtest«, sagte ich.

Während sie oben war, verpasste ich den Bildern, die ich für Wei und ihre Familie zum Feiertag gemalt hatte, noch den letzten Feinschliff. Doch ich wäre echt froh gewesen, wenn ich ein paar Kreditpunkte gehabt hätte, um ihnen etwas Richtiges zu kaufen. Doch die Bilder, so redete ich mir ein, kamen wenigstens von Herzen. Wie es in der Werbestörung geheißen hatte – am Feiertag sollte es um mehr gehen als nur um teure Geschenke.

Ich saß eingezwängt zwischen Sal und Chris auf dem Sofa, während Derek und Wei sich Grandpas Sessel teilten. Dee hatte sich auf dem Boden auf einem Haufen Kissen ausgebreitet.

»Riecht nach Ingwer«, meinte Derek, als er an der Lehne des Sessels roch.

»Das ist Grandpas Sessel. Er ist süchtig nach kandiertem Ingwer«, erklärte Dee. Und zu Wei sagte sie: »Weißt du überhaupt, dass er diese Sucht deiner Mutter zu verdanken hat? Sie hat ihm das erste Mal welchen geschenkt, als sie an der Highschool war. Sie und dein Dad waren mit unserer Mom und Ninas Dad befreundet. Sie waren sogar zusammen an der Schule.«

»Dann gehören wir ja praktisch alle zu einer Familie«, meinte Chris.

Sein Schenkel war an meinen gepresst, und das fand ich weit mehr als nur ein bisschen verstörend. Vor allem, wenn er mir wieder mal sein Killerlächeln schenkte. Ich drängte mich näher an Sal und drückte seinen Arm.

»Ich hab dich auch vermisst«, flüsterte er.

»Psst«, machte Wei. »Es fängt an.«

Nun war laut und deutlich Dorries Stimme zu hören. »Heute machen wir eine Zeitreise zurück in die Sechzigerjahre – die Sechzigerjahre des *zwanzigsten* Jahrhunderts, wohlgemerkt. Wir werden Stücke hören von ultracoolen Leuten wie Bob Dylan, Neil Young und Joan Baez. Nach einem kurzen Trip durch dieses Jahrzehnt machen wir einen Sprung nach vorn in die Zweitausender und hören Ansley Garnett, Claudette Lucier und Little Joe Andersen. Den krönenden Abschluss der heutigen Sendung bildet schließlich der neuste Song von Beppo Wills aus Chicago. Aber ihr habt sicher nicht eingeschaltet, um euch mein Gelaber anzuhören, daher wollen wir gleich mal losstarten mit Buffalo Springfields ›For What It's Worth‹.«

Zum Schluss der Sendung meinte Dorrie: »Das wäre es, Jungs und Fems – eine kleine Auswahl an Musik, die die Welt verändert hat. Denn Musik ist dazu fähig, müsst ihr wissen. Bis zum nächsten Mal, haltet eure Empfänger bereit. Wenn man es am wenigsten erwartet, dann kehrt der Piratensender zurück.«

»Verdammt. Ich liebe dieses alte Zeug«, meinte Derek. »Dylan war ein Genie, genau wie Neil Young. Mann, ich wünschte, ich hätte meine Gitarre dabei, die Sendung hat mich auf ein paar großartige Songideen gebracht.«

»Du könntest es mit dem Klavier oben versuchen«, schlug Wei vor.

»Ausgezeichnet, gehen wir.«

»Es macht dir doch nichts aus, Nina, oder?«

»Natürlich nicht.« Vielleicht könnte ich so ja ein bisschen Zeit mit Sal allein verbringen. Obwohl ich mir da noch nicht so ganz sicher war, da Dee und Chris sitzen blieben und keine Anstalten machten, aufzustehen.

»Hey, Dee«, meinte Chris da. »Sollen wir uns über das Feiertagsmenü unterhalten?«

»Klar!«

Sie verschwanden in die Küche.

Sofort zog Sal mich in seine Arme. »Das wollte ich schon den ganzen Abend tun.« Seine Lippen fühlten sich weich und warm an auf meinen.

»Dee und Chris kommen bestimmt gleich wieder und überraschen uns«, sagte ich, als wir uns voneinander lösten.

»Wie schade.« Er küsste mich noch einmal. »Ich hab dich vermisst, Nina Oberon.«

Ich beugte mich zu ihm vor und küsste ihn ebenfalls. »Ich dich auch, Sal.«

XXV

»Nina!« Wei kam zur Tür rein. »Was treibt ihr denn da?«

»Wir dekorieren«, meinte Dee, während sie einen Schritt zurücktrat und die Hände in die Hüften stemmte. »Wie findest du es?«

Wei betrachtete die Festtagsdeko, die Dee unbedingt hatte aufhängen wollen. »Ich finde, es sieht ultra aus. Mir gefallen vor allem die alten Santas um den Weihnachtsstern herum. Ist das Seide?«

»Mhm«, bestätigte Dee. »Den hatte Grandma schon, bevor ich geboren wurde.«

»Und die Sternenlichterkette um den Türstock herum – ultracool.« Wei nickte zustimmend. »Hör zu, würde es dir was ausmachen, nach oben zu gehen und meiner Mom zu helfen? Sie backt gerade irgendwas und könnte Hilfe gebrauchen – am besten nicht von mir.« Wei begleitete Dee zur Küchentür und flüsterte ihr etwas ins Ohr.

Der Zeitmesser am Kochcenter ertönte. »Kekse sind fertig«, sagte ich. »Geh du nur, Dee. Ich hol sie schon raus. Worum ging es da eben?«, fragte ich Wei.

»Nichts. Du weißt doch, dass man vor dem Feiertag keine Fragen stellt.« Ihr Blick huschte zu den Keksen. »Mmm, die riechen ja köstlich.«

Wir konnten nicht widerstehen und aßen jede mindestens einen, okay, zwei Kekse. Wei und ich spülten soeben den letzten Bissen mit ein wenig Nussmilch hinunter, als Chris hereinkam. »Lasst uns gehen.«

»Los, komm, Nina.« Wei packte mich am Arm. »Wir haben eine Überraschung für dich. Hol deine Jacke.«

Wir begaben uns in den Süden von Chicago, in eine Gegend, die mich an die erinnerte, wo ich mich vor Ed versteckt hatte, als er mich entführen wollte. Da ich lieber nicht daran erinnert werden wollte, fragte ich: »Wo fahren wir denn hin?«

»Genau hierher, wir sind schon da.« Chris hielt vor einem heruntergekommenen, verbarrikadierten Laden an. An der Seite des Gebäudes hing ein Schild mit der Aufschrift LITTLE BLUES TATTOOS und einem Pfeil, der in eine Seitengasse zeigte.

Meine Schultern bebten, aber nicht wegen der Kälte. »Ihr habt doch nicht ... habt ihr?«

»Es war Chris' Idee«, meinte Wei. »Er möchte so gerne, dass du dein Tattoo bekommst.«

Chris lächelte. »Du hast es verdient.«

»Aber ... das ist doch viel zu teuer. Ich kann euch doch nicht ...«

»Versuch gar nicht erst, uns umzustimmen«, unterbrach Wei mich. »Jetzt komm. Du willst doch nicht zu spät zu deinem Termin erscheinen, oder?«

Chris gab an einer Tür oben an der Treppe einen Code ein und hielt sie für Wei und mich auf.

Ein Typ tauchte auf, von den Fingerspitzen bis hoch zum Kopf tätowiert, und den Mustern nach zu schließen, die unter seinem Oberteil verschwanden, auch noch an so manch anderer Stelle.

»Chris. Ist lange her!«

»Colin. Wie geht's?«

»Gut. Richtig gut. Ist das hier das Mädchen, von dem du mir erzählt hast? Nina, nicht wahr?« Colin schüttelte mir die Hand. »Ich muss erst mal deine Zulassung einscannen, bevor ich irgendwas an deinem Tattoo mache.« Er grinste. »So ist nun mal das Gesetz.« Er scannte meine Daten. »Eine Kreative der bildenden Künste. Cool. Wei meinte, du hättest deinen Entwurf selbst gestaltet.«

Da zog Wei meine Zeichnung aus der Jackentasche. »Dee hat sie Chris gegeben«, meinte sie, als ich sie mit offenem Mund anstarrte. »Wie findest du es, Colin?« Sie breitete das Blatt auf dem Tresen aus.

Ich hatte Schmetterlinge im Bauch, während ich auf seine Einschätzung wartete. Immerhin war er professioneller Künstler. Ich war es ganz gewiss nicht.

»Du bist gut«, meinte er. »Sehr beeindruckend.«

»Danke!« Ich entspannte mich ein klein wenig. »Ich wollte, dass es mehr ist als nur eine Ablenkung von der XVI.«

»Das hast du geschafft. Da steckt Vollständigkeit drin, Liebe und Wahrheit. Vor allem Wahrheit. Sehr schön.«

Ich wurde rot. »Wird es sehr wehtun?« Die Tätowiererin der Regierung war mir schon fast wie eine Sadistin vorgekommen, als sie mir das Tattoo am Handgelenk gestochen hatte.

»Nee«, meinte er. »Ich hab da ein paar Betäubungschips. Du schaffst das schon.«

»Mom hat auch ganz gute Salben für hinterher, wenn es heilt«, meinte Wei.

»Nun, dann lasst uns mal anfangen.« Colin zog den Vorhang hinter sich auf und bat mich in das Hinterzimmer.

Ich warf Wei und Chris über die Schulter einen letzten Blick zu. »Wir warten auf dich.« Wei lächelte mich aufmunternd an.

Also folgte ich Colin.

Eine Stunde später lehnte er sich zurück. »Nun, wie findest du es?«, fragte er.

Ich drehte die Hand abwechselnd hin und her zum Handgelenk und dann wieder zum Handrücken. Der Schriftzug »Wahrheit« zog sich drei Mal in Schreibschrift um die XVI, und die Worte waren wie Schlangen miteinander verbunden. Davon ausgehend zogen sich feine Schnörkel zum Handrücken, wo sie sich zu einem angedeuteten Teich vereinten, auf dem sechs kleine Lotusblüten um eine siebte herumschwammen, die in voller Blüte an einem langen Stängel emporragte. In altertümlichen Buchstaben stand dort »LOVE«, auf jedem Finger ein Buchstabe direkt oberhalb des Knöchels.

Ich warf Colin die Arme um den Hals. »Es ist perfekt! Einfach perfekt!«

»Lass mich noch mal sehen.« Wei saß neben mir auf dem Rücksitz des Trannies und bewunderte mein Tattoo. »Das ist echt oberultra. Es ist einfach zauberhaft. Und wie! Die anderen Mädchen werden begeistert sein!«

»Ich weiß gar nicht, wie ich euch danken soll.«

»Das ist doch nicht nötig.« Chris begegnete meinem Blick im Rückspiegel. »Ich wollte, dass du es bekommst. Es passt perfekt zu dir.«

Ich spürte, wie ich rot anlief. »Trotzdem danke«, sagte ich leise zu Wei.

Später fuhr Chris Dee und mich für einen kurzen Besuch bei Grandma in die Stadt.

»Ich bin so froh, dass ihr hier seid.« Grandma saß aufrecht im Bett, immer noch an den Monitor angeschlossen, doch sie klang kein bisschen schwach. »Was ist denn das?« Sie griff nach meiner Hand. »Oh! Nina! Das ist ja wunderschön.« Ihr Blick verschleierte sich. »Das hast du selbst entworfen, nicht wahr?«

»Ja, hab ich.« Meine Brust schwoll vor Stolz an. Auch Dee lächelte mir zu.

»Ginnie hatte recht, dass sie dich in den Kunstunterricht geschickt hat. Du hast wirklich Talent.«

Ich wagte es nicht, ihr zu erzählen, was für Ideen ich vorhatte, mit diesem Talent umzusetzen.

»Ach, Mädchen, ich bin ja so glücklich. Mit allem …« Ihre Stimme versagte, und ihre Augen wurden feucht.

»Ich weiß, Grandma. Wenigstens läuft es in der Hinsicht

gut«, meinte ich und umarmte sie ganz fest. »Ich wünschte, wir könnten länger bleiben, aber die lassen uns keine Sekunde überziehen. Obwohl morgen der Große Feiertag ist. Ich hab dich lieb.«

»Ich hab dich auch lieb, Grandma«, sagte Dee.

»Und ich liebe euch beide, Mädchen, mehr als ihr ahnt.« Sie drückte Dees Hand ganz fest.

Ich beugte mich hinunter und küsste Grandma auf die Stirn. »Ich hab dich so lieb. Ich kann es gar nicht erwarten, bis du wieder zu Hause bist. Frohen Feiertag.«

Ich hoffte, dass sich der gestrige Abend wiederholen würde, mit all meinen Freunden um mich, nur dass wir dieses Mal Feiertagsfilme gucken würden, statt den Piratensender zu hören. Chris war mit ein paar Freunden ausgegangen. Und Sal war wieder einmal wegen NonKon-Verpflichtungen unterwegs. Er wusste nicht, wie lange er wegbleiben würde. Wieder einmal. Es war nicht fair. Die letzten paar Tage hatte ich meinen Freund gerade mal eine Nanosekunde lang zu Gesicht bekommen.

Wenigstens waren alle anderen da. Mir kam es fast vor wie in den guten alten Zeiten, als wir mit Derek und Mike rumhingen. Und Dee und Wei waren auch da.

Der warme Apfelkuchen in der Küche war das Ergebnis von Dees jüngsten Bemühungen. Ich war wirklich beeindruckt von ihren Kochkünsten. Sie wurde langsam gut – richtig gut. Aber sie war von der Arbeit auch ganz schön geschafft und schlief während des zweiten Videos ein. Derek und Wei, die sich auf der Couch aneinandergekuschelt hatten, kriegten von den anderen nichts mehr mit. Also blieben noch Mike und ich übrig, und gemeinsam mampften wir den Kuchen und sahen uns den Film an.

»Der war gut«, sagte ich, als er zu Ende war. »Ich such uns noch einen anderen.«

Völlig unvermittelt meinte Mike: »Ich wollte dich schon die ganze Zeit was zu diesem WeLS-Skandal fragen.«

Ich versteifte mich. So eine Frage hätte ich von Mike nicht erwartet. Aber ich hätte wohl darauf vorbereitet sein müssen. Joan war schließlich seine Schwester.

»Denkst du, dass Joan da irgendwas mit zu tun hatte? Ich meine, ihre zwei Jahre sind schon seit einer ganzen Weile vorbei. Und trotzdem haben wir nie was von ihr gehört.«

»Ich hab keine Ahnung«, umging ich die Frage. »Vielleicht hat sie ja in einem der Länder, in die sie geschickt wurde, einen Job bekommen. Es kommt vor, dass die Mädchen …« Bei allem, was ich wusste, war es schwer, sich auf die Schnelle eine Ausrede auszudenken.

»Joan ist aber nicht so. Das letzte Mal, dass Mom was von ihr gehört hat, war eine Woche, nachdem sie von uns weg ist. Das quält sie. Vor allem in der Zeit um den Feiertag.« Er hantierte nervös mit der Gabel auf dem leeren Teller. »Ich vermisse sie auch.«

Ich fühlte mich schrecklich, weil ich das alles vor Mike geheim hielt. Es war ja nicht so, als hätte er wahnsinnig viel gehabt im Leben. Und er und Joan hatten sich wirklich nahe gestanden, bevor sie wegging. Wie ich es bei Mom getan hatte, wenn Ed sie verprügelt hatte, hatte Joan sich immer um Mike gekümmert, wenn er von seinem Vater geschlagen wurde. Ich wollte ihm so gern von ihr erzählen, doch wenn er die Wahrheit wüsste, würde das Joan in Gefahr bringen, und Mike ebenfalls. Erst recht, wenn er gesehen hätte, unter welchen Bedingungen sie gezwungen war zu leben. Ich kannte Mike, mir war klar, was er tun würde – erst würde er handeln, und hinterher würde er nachdenken. Vermutlich würde er sogar eine Verhaftung riskieren oder Schlimmeres.

»Ich bin mir sicher, dass sie sich melden wird, wenn sie von der Untersuchung gehört hat. Ich wette, ein ganzer Haufen Mädchen, die keinen Kontakt zu ihren Familien hatten, werden sich jetzt bei ihren Lieben melden.«

»Ich will es hoffen.«

»Ich auch«, sagte ich. Obwohl ich genau wusste, dass Joan niemanden kontaktieren würde. Zumindest vorerst nicht.

XXVI

Ich hatte eigentlich erwartet, dass Dee diejenige sein würde, die schon um fünf Uhr früh aus dem Bett hüpfte, und nicht ich. Obwohl ich genau genommen gar nicht hüpfte. Aber da ich nicht mal mehr schlafen konnte, nachdem ich mich extra tief unter der Decke vergraben hatte, stand ich auf, ging in die Küche und begann mit der üblichen Festtagsroutine – frische Zimtbrötchen, Kaffee und Orangensaft.

Dee kam in die Küche gepatscht, während ich die Brötchen aus dem Kochcenter holte. »Riecht ganz nach Feiertag.« Sie seufzte. »Ich wünschte, Mom könnte hier sein.«

»Ich auch.« Ich goss Kaffee in eine Tasse und rührte zwei Löffel Zucker hinein. Dass ich die Zimtbrötchen gemacht hatte, war vermutlich nicht die beste Idee gewesen. Doch Ginnie hatte immer welche gemacht. Ich wollte nicht, dass es ein trauriger Tag wurde, aber vielleicht war das reines Wunschdenken gewesen. Wie konnte er nicht traurig werden ohne sie. Und ohne Grandma und Grandpa.

»Was tust du da?«, fragte Dee. »Du hasst Kaffee doch.«

»Ich gewöhn mich langsam dran.« Ich nahm einen

Schluck von der schwarzen Brühe und spuckte das Zeug prompt ins Spülbecken.

Dee lachte. Das war schon gleich ein viel besserer Start in den Morgen.

»Wollen wir doch mal sehen, ob da auf wundersame Weise irgendwelche Geschenke aufgetaucht sind«, meinte Dee.

Ich wusste, dass da zumindest eins war, von mir für Dee.

»Guck mal hier.« Sie klang genau wie Grandpa. »Ein Geschenk für meine Kleine.« Sie reichte mir eine rechteckige Schachtel, die in silbernes Papier gewickelt und mit einer goldenen Schleife verziert war.

»Und guck mal hier.« Ich hatte ihr Geschenk hinter Grandmas Weihnachtsstern versteckt. »Da ist auch was für unser Deedeelein.«

Sie brachte eine lose Rolle Papier zum Vorschein, die nur mit einem Band zusammengehalten wurde. »Ich hoffe, Grandpa geht es gut. Hast du angerufen?«

»Ja. Aber sie lassen ihn keine Besucher empfangen.« Ich wollte nicht, dass Dee zu weinen anfing, und genau genommen wollte ich auch nicht, dass ich es tat. »Was das hier wohl sein mag?« Ich hielt das Geschenk hoch, das sie mir gegeben hatte. »Es ist definitiv nichts Lebendiges.« Dann schüttelte ich die Schachtel und meinte: »Keine Kleinteile. Hmm …« Ich betrachtete es. »Ich frage mich, was da …«

»Mach endlich auf!«

»Meinst du?« Langsam öffnete ich die Schleife und wickelte das Papier ab. In dem Karton steckte ein animierter

Digi von Grandma und mir. »Oh, Dee! Das ist ja ultra! Wie um alles in der Welt hast du das hingekriegt?«

»Chris hat mir geholfen. Er ist echt toll.«

Klar, dachte ich, er ist echt toll. Erst mein Tattoo, na ja, als Allererstes der Umzug, und alles, was er seitdem für uns getan hatte … und dann war er auch noch so lieb.

»Also, was ist das? Ein Teleskop?« Sie hielt sich die Rolle ans Auge. »Nee. Ein Strohhalm?« Sie versuchte, sich das Ding in den Mund zu stecken. »Nein, bestimmt nicht.«

»Dee!«

»Ja, Ma'am!« Sie löste das Band und rollte das Blatt auseinander. Zum Vorschein kam eine Zeichnung von ihr im Alter von fünf Jahren, wie sie bei Mom auf dem Schoß sitzt. Sie lesen zusammen in einem echten Buch. Erstaunt holte sie Luft. »Das ist das Schönste, was ich je gesehen habe.« Ihre Wangen leuchteten. »Das ist echt das beste Geschenk aller Zeiten.«

Wir frühstückten zu Ende und hatten es uns gerade vor der AV-Anlage gemütlich gemacht, um uns den Film anzusehen, den Dee gestern Abend verschlafen hatte und den ich mir noch x-mal ansehen könnte, als Dees PAV ein Piepsen von sich gab.

Nach einem kurzen Gespräch legte sie wieder auf und sagte: »Das war Miss Maldovar. Sie bringt mir um zehn mein Geschenk vorbei.«

»Ach, echt?«

Dee stand auf. »Jep. Denkst du, sie würde sich freuen, wenn ich ihr ein paar Kekse backe?«

»Ich bin mir sicher, sie würde alles gut finden, was du machst.« Ich verstand echt nicht, wieso diese Frau sich so sehr für Dee interessierte. Hatte sie einfach nur ein Herz für ein Mädchen, das seine Mutter verloren hatte? Ich würde es auch in den nächsten Stunden wohl kaum herausfinden, daher widmete ich mich wieder der AV-Anlage und ließ mich von meinem Lieblingsfilm ablenken.

Trotzdem hielt ich die Augen offen nach Miss Maldovar, da ich nicht wollte, dass ihre Ankunft die Jenkins störte. Als ein Miet-Trannie vor dem Haus anhielt, war Dee gerade in der Küche, daher rannte ich rasch zur Haustür. Miss Maldovar trat ein, gefolgt von dem Fahrer, der voll beladen war mit Taschen und Schachteln. Er legte die Sachen drinnen ab, und mir entging nicht das Gesicht, das er machte, als sie ihm sein Trinkgeld gab. Sein Feiertag war gerettet.

»Riecht wundervoll hier drinnen«, meinte sie. »Wer ist denn hier die Bäckerin?«

»Dee. Sie bäckt gerade ein paar von Grandmas Feiertagsrezepten nach.«

»Das überrascht mich nicht. Sie ist so ein kluges Kind.« Damit schälte sie sich aus ihrem Mantel und warf ihn über die Lehne von Grandpas Sessel. »Ich hoffe, es macht dir nichts aus, dass ich ein paar Geschenke besorgt habe für Dee. Ich kann mir vorstellen, wie schwer es für euch beide ist, bei all den Problemen, die ihr in der Familie habt. Ich schätze, da stand es nicht ganz oben auf Ihrer Prioritätenliste, die nötigen Kreditpunkte für Geschenke zu sammeln.«

»Das ist sehr nett von Ihnen.« Irgendwas an der Art, wie sie mit mir redete, sorgte dafür, dass sich bei mir die Nackenhaare aufstellten. Die Frau aktivierte bei mir zweifelsohne den Gefahrenradar – erst recht angesichts der absurden Zahl von Geschenken, die sie gekauft hatte. Eines oder zwei wären ja noch normal gewesen; aber das hier war absolut übertrieben. »Sie hätten das doch nicht zu tun brauchen.«

»Ich weiß. Trotzdem, ich wollte es. Dee war mir eine so große Hilfe. Und ich bin mir sicher, dass sie im Laufe des Halbjahres noch oft als meine Assistentin glänzen wird.« Sie betrachtete den Berg Geschenke. »Ich hab es vielleicht ein klein wenig übertrieben, aber es hat mir solchen Spaß gemacht, für ein Prä-Teen einzukaufen.«

Dee kam aus der Küche ins Zimmer. »Miss Maldovar!« Sie wischte sich die mehligen Hände an der Schürze ab, ehe sie die Geschenke bemerkte. »Sind die alle für mich?«

»Fast alle«, bestätigte Miss Maldovar. »Ein paar Sachen hab ich auch für deine Schwester gekauft.« Sie schenkte mir ein breites Lächeln, bei dem sie viele Zähne zeigte, aber ihre Augen strahlten nicht. »Ich wollte nicht, dass Sie sich übergangen fühlen.«

»Danke.« Ich hätte neugierig sein sollen, und vielleicht war ich es sogar ein klein wenig, aber in erster Linie wollte ich gern wissen, was hinter ihrer Großzügigkeit steckte. »Möchten Sie einen Kaffee? Und vielleicht ein paar Kekse?«

»Kekse, sicher!«

Dee brachte einen Teller mit Keksen und stellte ihn auf den Tisch. Miss Maldovar sah zu, wie Dee fast einen kompletten Schrank voll neuer Klamotten und Accessoires aus dem Mars 9 auspackte. Die mussten Miss Maldovar ein Vermögen gekostet haben.

Mir hatte sie einen wunderschönen, ultraschicken Pullover besorgt, Allwetterjeans von TT sowie einen Geschenkgutschein über zweihundert Kreditpunkte für das Mars 9. Das war mehr, als ich mir je erträumen hätte können.

Dee führte gerade stolz ihre neuen Sachen vor, als Wei nach unten kam. Sie begegnete Miss Maldovar zum ersten Mal, und die benahm sich Wei gegenüber so aalglatt, wie sie es bei mir auch tat.

»Mom schickt mich runter, um euch zu sagen, dass das Essen in einer Stunde fertig ist«, meinte Wei. »Und Chris wollte wissen, ob Dee ihm vielleicht beim Kuchenrezept eurer Grandma helfen könnte.«

»Ich zieh mich bloß kurz um.« Dee schnappte sich ein paar von ihren neuen Outfits. »Ich bin sofort zurück.«

»Verbringen Sie den Feiertag mit Ihrer Familie?«, erkundigte Wei sich bei Miss Maldovar.

»Nein«, entgegnete sie. »Meine Eltern weilen nicht mehr unter uns, und mein Bruder ist außer Landes.«

»Oh, das ist aber schade.« Sie runzelte die Stirn. »Sag Dee doch bitte, sie soll einfach nach oben kommen.« Als sie die Tür öffnete, bedeutete sie mir, zu ihr zu kommen, und flüsterte mir zu: »Macht es dir was aus, wenn ich Mom frage, ob sie zum Essen bleiben kann? Wir haben mehr als genug zu essen, und irgendwie ist es doch traurig, dass sie alleine ist.«

»Schätze nicht.« Ich warf einen Blick rüber zu Miss Maldovar, die gerade mit ihrem PAV-Empfänger beschäftigt war. »Ich traue ihr nicht, aber sie war mehr als nett zu Dee und mir. Es kann ja nichts schaden, oder?«

»Ich ruf dich gleich an.« Damit eilte Wei die Treppe hoch, zwei Stufen auf einmal nehmend. Und ehe ich mich wieder hinsetzen konnte, piepte auch schon mein PAV. »Mom meint, du sollst sie fragen.«

»Würden Sie vielleicht gern mit den Jenkins und uns zusammen essen?«, fragte ich also. »Mrs Jenkins wäre sehr erfreut, wenn Sie bleiben könnten.«

»Wie bitte?« Dee kam gerade ins Zimmer. »Werden Sie mit uns essen? Das wäre ja echt ultra!«

»Nun, dann schätze ich, ist die Sache geklärt«, meinte Miss Maldovar. »Bitte, sag Mrs Jenkins doch, dass ich mich sehr freuen würde, mich euch anzuschließen.«

»Wir kommen gleich nach«, sagte ich zu Dee. »Ich will euch beim Kochen nicht im Weg sein.« Und so unwohl ich mich auch in der Gegenwart von Miss Maldovar fühlte, dachte ich doch, dass ein bisschen Zeit zu zweit mir vielleicht helfen würde, herauszufinden, warum das so war.

Nachdem Dee gegangen war, meinte Miss Maldovar: »Früher hab ich den Feiertag geliebt. Bis ich ein Prä-Teen war, haben unsere Eltern für meinen Bruder und mich immer die gleichen Pullover gekauft. Doch wenn man erst mal zwölf ist, will man nicht mehr genauso aussehen wie der Zwillingsbruder.« Sie stieß ein wehmütiges Lachen aus. »Teddy und ich waren uns aber ziemlich nahe.«

»Sie haben einen Zwillingsbruder?«, fragte ich. »Ich hab noch nie Zwillinge getroffen. Sehen Sie sich ähnlich?«

»Nein. Wir sind zweieiige Zwillinge.«

»Lebt er in Chicago?«

»Nein. Er wohnt in einem Vorort.«

Ich hasste derartigen Small Talk, aber ich unterhielt mich weiter mit ihr. Irgendetwas sagte mir, dass hinter Miss Maldovars Geschichte noch mehr steckte. Ich war mir nicht sicher, was das sein könnte, aber ich wollte es herausfinden. »Sehen Sie ihn oft?«

»Früher schon, aber ich habe ihn jetzt eine ganze Weile nicht mehr gesehen.« Kurz huschte ein seltsamer Ausdruck über ihr Gesicht, und ich hätte es vermutlich gar nicht bemerkt, wenn ich sie nicht so genau beobachtet hätte.

»Ich wette, Sie vermissen ihn. Ich wäre verloren ohne Dee.«

Sie warf mir einen sonderbaren Blick zu. »Ich vermisse ihn, ja. Obwohl Geschwister sich oft nicht mehr so nahestehen, wenn sie älter werden.«

Mir fiel nichts mehr ein, was ich hätte sagen können. »Danke noch mal, dass Sie zu der Anhörung gekommen sind und uns geholfen haben.«

»Ich war froh, zu tun, was ich konnte, um Dee zu unterstützen. Familien sollten nie auseinandergerissen werden.«

Die folgende Stille dauerte eine gefühlte Ewigkeit an, bis Dee hereinmarschiert kam. »Ich will eins meiner neuen Outfits zum Essen tragen.« Sie strahlte Miss Maldovar an. »Und fast hätte ich das Festtagsbrot vergessen, das ich gestern gebacken habe. Das ist mein Geschenk für die Jenkins.«

Ich tat es ihr gleich und zog meinen neuen Pullover und die TT-Jeans an, und dann gingen wir alle gemeinsam nach oben.

Dees und Chris' Essen war einfach köstlich. Es gab Seitan-Braten gefüllt mit einer Mischung aus Gemüse und Nüssen, dazu Kartoffelbrei und die leckerste Soße (ich würde Grandma natürlich nie sagen, dass sie besser war als ihre, aber das war sie tatsächlich!), Fruchtkompott und einen ganzen Tisch voll exotischer Früchte, von denen ich noch nie gehört hatte. Und zur Krönung hatte Chris noch einen leckeren Kirschkuchen gebacken.

Es war das erste Mal, dass ich Weis älterer Schwester Angie und ihrem Ehemann Leo begegnete. Angie und Leo hätten ursprünglich unsere Wohnung bekommen sollen, aber sie hatten das Angebot abgelehnt. Jetzt, da ich sie kennengelernt hatte, wunderte ich mich darüber gar nicht mehr. Sie unterschieden sich so sehr vom Rest der Familie Jenkins. Es war nicht zu übersehen, dass Angie überhaupt nicht in diese Familie passte.

»Wir fahren um vier weiter zu Leos Eltern.« Lustlos stocherte Angie in ihrem Essen herum.

Während Miss Maldovar Leo in ein wenig Small Talk verwickelte, meinte Angie, die neben mir saß: »Hübscher Pullover.«

»Danke.«

»Und deine Schwester« – sie deutete mit einem Kopfnicken in Dees Richtung – »hat einen guten Geschmack. Sie sieht ja aus wie aus einer Werbung für die *XVI Ways*.«

Angie hatte recht. Dee sah wirklich genau so aus, wie ein Prä-Teen auszusehen hatte, und das fand ich nicht gut. Aber sie liebte die Klamotten. Nur weil sie so angezogen war, hieß das doch noch lange nicht, dass sie auch dachte wie ein Prä-Teen oder dass sie sich benehmen würde wie eins. Leute wie Wei trugen ultraschicke Sachen, und sie war weiter davon entfernt, ein Snob zu sein, als jeder, den ich sonst noch kannte. So satt ich auch war, fühlte mein Magen sich mit einem Mal ganz leer an. Allein vom Äußeren lässt sich nicht auf die Persönlichkeit eines Menschen schließen. Es spielte keine Rolle, dass die Regierung oder die Medien oder selbst die eigenen Freunde das Gegenteil behaupteten. Man kann erst sagen, was für ein Mensch jemand ist, wenn man ihn oder sie genauer kennengelernt hat. *Das* war die Wahrheit.

Wei riss mich aus meinen philosophischen Überlegungen. »Du könntest deiner Großmutter ein bisschen was von dem Essen mitbringen, wenn du möchtest. Bitte!« Sie beugte sich verschwörerisch zu mir. »Sonst essen wir bis Neujahr an den Resten!«

XXVII

Nach dem Essen boten Angie und Leo an, Miss Maldovar auf dem Weg zu Leos Eltern zu Hause abzusetzen. Wei schickte mich und Dee mit Tüten voller Essensresten nach unten.

Dee und ich sahen also bei meiner Großmutter vorbei und brachten ihr etwas von dem Essen mit. Sie war guter Laune und freute sich schon auf die Verlegung ins Rehacenter. Wir blieben nicht lange, da Maddies Mom sie am Nachmittag noch vorbeibringen würde, sie und ihre Geschenkeausbeute.

Als Maddie eingetroffen war, füllte ich zwei Tüten mit dem Rest des Essens, das Wei mich gezwungen hatte, mitzunehmen. Ich hatte vor, die Sachen Joan und den obdachlosen Frauen zu bringen. Chris kam herein, als ich gerade gehen wollte. »Willst du, dass ich dich fahre, egal wohin?«, fragte er. »Das ist ganz schön viel Zeug, um damit den Transit zu nehmen.«

»Nein, danke.«

»Bist du sicher? Mir macht das nichts aus.«

»Ich bin mir sicher.«

»Nun, dann viel Spaß.« Er hielt mir die Tür auf.

Ich wollte das unbedingt alleine durchziehen, weil ich mich einfach von Chris' funkelnden Augen und seinem ultra Lächeln fernhalten musste. Wann immer ich mit ihm zusammen war, fühlte ich mich irgendwie frei, ich hätte es nicht genau erklären können. Er versuchte nicht zwanghaft, es mir recht zu machen oder Dinge für mich zu tun; stattdessen behandelte er mich einfach, als könne ich die Aufgaben, die vor mir lagen, auch gut alleine bewältigen. Das gab mir ein Gefühl der Stärke. Es war schön, zu wissen, dass da jemand war, der darauf vertraute, dass ich mich um mich selbst kümmern konnte.

Die Taschen voller Essen schlugen gegen die Stufen des Transits, als ich vor unserem früheren Wohnhaus ausstieg. Ich schleppte die Sachen runter zum Fluss und am Ufer entlang. Da war kein Mensch weit und breit, abgesehen von mir. Wolken zogen über den trostlos grauen Winterhimmel, und ein eisiger Wind fegte über das kalte Wasser. Meine Arme taten mir weh. Ich hielt an der Grünfläche mit der toten Zone an und zog meine Jacke enger. »Vielleicht sollte ich mir von diesen Kreditpunkten für das Mars 9 einen neuen Schal kaufen.« Ich hatte mir einen von Ginnie aus der Kiste mit ihren Sachen geholt, doch der war zu dünn, um allzu viel Schutz vor den Chicagoer Winden zu bieten. Ich hoffte, dass Joan es wenigstens warm hatte mit meinem alten Schal.

Kaum hatte ich das gedacht, bemerkte ich eine Bewegung zwischen zwei Gebäuden. Ich schnappte mir die Tüten und eilte über die Straße. Dort huschte ich zusammen mit den obdachlosen Frauen in den Schatten. »Joan?«

Sie sonderte sich von der Gruppe ab und kam näher. Ein Windstoß fegte ihr schwarzes Haar zurück, sodass mir sofort auffiel, dass ihr Hals nackt war. »Wo ist denn der Schal, den ich dir geschenkt habe?«

Sie klappte den Kragen ihres abgerissenen Mantels hoch und schüttelte den Kopf. »Warum bist du hier?«

»Heute ist der Große Feiertag.«

Die anderen Frauen bildeten nun einen Kreis um uns. Ich spürte eher, als dass ich es sah, wie sie mich von oben bis unten musterten. »Sie ist diejenige, die immer wieder vorbeikommt«, sagte die Frau, die ich schon mal mit Joan zusammen gesehen hatte. »Die bringt uns noch Ärger, so viel ist sicher.«

Ich warf Joan einen fragenden Blick zu, doch die senkte ihre Augen und stocherte mit ihren abgetragenen Schuhen im Schnee herum.

»Ich habe Essen mitgebracht.« Mit diesen Worten hielt ich Joan eine der Tüten hin.

Sie griff danach, steckte die Hand rein und zog einen Behälter mit übrig gebliebenem Braten und Kartoffelbrei heraus. Die Frau, die hier das Sagen zu haben schien, riss ihn ihr aus der Hand.

»Willst du uns vergiften?« Sie wedelte mit dem Behälter vor meinem Gesicht herum.

Ich machte den Mund auf. »Warum sollte ich das tun? Ich bin eine Freundin von Joan.«

»Obdachlose haben keine Freunde. Das Reinigungskomitee hat dich geschickt, nicht wahr? Die versuchen schon seit Monaten, uns loszuwerden. Denen gefällt es nicht, wenn wir ihnen ihre geliebten Grünflächen am Wasser verunreinigen.« Sie wedelte mit dem Arm in Richtung Fluss. Erst da bemerkte ich meinen Schal um ihren Hals.

»Was tun Sie denn mit …«

Joan berührte mich am Arm. »Ich hab ihn Svette geschenkt«, flüsterte sie.

»Sieh mal.« Ich holte eine Gabel aus der Tasche, nahm den Deckel von dem Behälter und steckte mir eine Gabel voll Kartoffelbrei in den Mund. »Siehst du? Nicht vergiftet.«

Das reichte, um den Bann zu brechen. Mit einem Mal stürzten die Frauen sich auf das Essen. Ohne sich lang mit Besteck aufzuhalten, schlangen sie es schweigend hinunter.

»Ich bringe bald mehr vorbei«, erklärte ich.

»Die werden dich kriegen«, meinte Joan. »Wenn die Polizei dich dabei erwischt, werden sie dich festnehmen.«

»Die kümmert das doch nicht«, meinte ich und klang dabei viel zuversichtlicher, als ich mich fühlte. Konnte man mich wirklich verhaften, wenn ich Obdachlosen zu essen gab? Ich nahm an, dass die Möglichkeit durchaus bestand.

Die Frauen verzogen sich wieder in den Schatten, und ich sammelte die leeren Tüten und Behälter auf.

»Sie da«, rief da eine Stimme, sodass ich innehielt.

Ich drehte mich um und fand mich einer Polizistin gegenüber.

»Ja, Officer?« Ich bemühte mich um eine möglichst feste Stimme. Nach dem, was Joan gesagt hatte, fühlte ich jetzt Angst in mir aufsteigen.

»Personalien.« Ihre Stimme klang scharf und schneidend wie die Kälte, die mich durchdrang.

Sie fuhr mit dem Scanner über meine ausgestreckte Hand.

»Die Adresse in Ihren Daten stimmt nicht. Dort wohnen Sie nicht mehr.« Sie riss den Daumen hoch und deutete auf unser altes Wohnhaus. »Sie wurden zwangsgeräumt.«

»Ja, Ma'am.« Wenigstens zitterte meine Stimme nicht so, wie ich das innerlich tat. Hatte sie mich beobachtet? Wusste sie von dem Essen? Würde sie mich jetzt festnehmen?

»Was ist in den Tüten?«

»Leere Essensbehälter«, erklärte ich.

Sie warf einen flüchtigen Blick in die Taschen, ehe sie sich der direkten Umgebung widmete. »Vorhin gab es einen Überfall. Das menschenleere Flussufer ist nicht der beste Platz, um alleine rumzuhängen. Ich schlage vor, Sie gehen besser nach Hause. Und sehen Sie zu, dass Sie das mit der Adresse korrigieren lassen. Wenn heut nicht Feiertag wäre, würde ich einen Eintrag machen.«

Was für ein Glück ich hatte.

Nachdem Maddie gegangen war, verbrachten Dee und ich den Rest des Abends damit, verschiedene Outfits aus den Klamotten und Accessoires, die Miss Maldovar Dee geschenkt hatte, zusammenzustellen. Bis wir fertig waren, war es längst nach der üblichen Bettgehzeit von Dee, und auch ich war ziemlich erledigt.

Ich schlief schon fast, als Sal anrief. »Ich wünschte, ich könnte jetzt bei dir sein.«

Allein der Klang seiner Stimme sandte mir einen Schauer über den Körper. »Gibt es denn keine Möglichkeit, dass ich mal mitkomme, wenn du tust, was auch immer du mit John tust?«, fragte ich.

»Absolut nicht. Was wir tun ist, na ja … gefährlich.«

»Ist nicht alles gefährlich, was mit dem Widerstand zu tun hat?« Das warme Gefühl, das ich verspürt hatte, schwand dahin. »Nur weil ich ein Mädchen bin, heißt das doch noch lange nicht, dass ich total hilflos bin.«

»Ich weiß das ja. Aber, na ja, in gewisser Hinsicht bist du das eben doch. Ich meine, die ganze Sache mit Ed …« Er verstummte.

Wieder hatte ich dieses warme Gefühl – um nicht zu sagen, mir war heiß –, aber vor Zorn. »Ich hatte doch keine Wahl. Wei brauchte Hilfe. Da war sonst niemand, den ich hätte anrufen können.«

»Das weiß ich doch. Außerdem, wie hättest du denn seinen Leichnam bewegen sollen, na? Ein Toter hat ganz schön Gewicht. Es waren zwei stämmige Typen nötig, um ihn …«

»Na und? Vielleicht wären drei oder vier Mädchen nötig gewesen, um dasselbe zu tun, aber wir hätten es schon geschafft. Mädchen sind genauso fähig … Meine Mom zum Beispiel – sie war ein NonKon. Und sie hat es geschafft, all diese Informationen über WeLS zu sammeln und …«

»Und sieh dir an, was mit ihr geschehen ist.«

Ich holte tief Luft. »Wie kannst du es wagen.« Und ehe er noch ein Wort sagen konnte, legte ich auf. Wenn Dee nicht nebenan geschlafen hätte und die Jenkins über mir, dann hätte ich jetzt geschrien. Warum konnte Sal nicht verstehen, dass ich genauso fähig war, für Gerechtigkeit zu kämpfen, wie er? Die Aufopferung meiner Mutter für die Sache war doch wohl nicht weniger wert oder weniger wichtig als der Beitrag jedes Kerls. Männer wurden bestimmt genauso leicht getötet wie Frauen. Mord beschränkte sich nicht auf ein bestimmtes Geschlecht.

Ich befreite mich aus dem Gewühl an Decken, stolperte aus dem Bett und ging rüber ans Fenster. Der Mond warf die Schatten der Bäume auf den schneebedeckten Boden, und ich starrte so lange hinaus, bis meine Füße zu Eiszapfen gefroren waren. Dann kroch ich zurück ins Bett, konnte aber die Gedanken nicht abstellen.

Mein Dad war derjenige gewesen, der im Untergrund verschwunden war, er hatte meine Mutter und mich aus dem Grund zurückgelassen, damit wir vermeintlich in Sicherheit waren. Während er relativ geschützt in irgendwelchen geheimen Verstecken kämpfte – wie beispielsweise bei Tante Rita –, hatte Ginnie sich jede Minute ihres Lebens der Gefahr ausgesetzt. Und das nicht nur, um das Geheimnis meines Vaters zu hüten, sondern auch, um die Wahrheit über WeLS aufzudecken. Da Ed ihre einzige Verbindung zu dieser Wahrheit gewesen war, hatte sie seine Prügeleien und die Gewalt über sich ergehen lassen, wann immer ihm danach gewesen war. Sie war für diese Sache um Ränge abgestiegen – denn früher hatte sie Rang fünf angehört, war aber als Angehörige von Rang zwei gestorben.

Meine Wut auf Sal breitete sich aus wie einer von den neusten Werbespots und richtete sich gegen jeden Mann, den ich kannte, meinen lange verschollenen Vater eingeschlossen. Schließlich aber schlief ich ein.

XXVIII

Es gab nichts Besseres als eine Sondermeldung zum Frühstück. Monatelang waren wir ohne eine einzige ausgekommen, und jetzt waren wir schon bei der dritten innerhalb von weniger als einer Woche. Die Neuigkeiten über WeLS waren groß. Da Dee die Meldung über Ed bereits gesehen hatte, ließ ich sie teilhaben. Wir saßen in der Küche und hörten Kasimir Lessig zu, der an die Wand projiziert war.

»Die Ermittler sind der mysteriösen Frau auf der Spur, die man für Edward Chamus' Komplizin hält. Wenn ihre Identität auch immer noch ungeklärt ist, so konnte die Ehefrau des vermissten Mannes von jedem Verdacht befreit werden.«

Lessig drehte sich um und sah nun direkt in die Kamera.

»Außerdem wird berichtet, dass sich einige Mädchen, die in der falschen WeLS-Trainingsstation missbraucht wurden, bei den Behörden gemeldet haben.«

Bilder von Mädchen tauchten nun an der Wand auf – in ihren leeren, ausdruckslosen Gesichtern stand zugleich derselbe Schrecken, den ich in Joans Augen gesehen hatte.

»Diese bedauernswerten jungen Frauen werden derzeit in eine sichere Einrichtung auf der Dunklen Seite verbracht, wo man sie untersuchen und die Traumata behandeln wird, die sie erlitten haben. Nach einiger Zeit werden sie hoffentlich bereit sein, wieder in die Gesellschaft zurückzukehren.« Eine Zahl wurde unterhalb von Lessigs Gesicht eingeblendet. »Einige dieser Mädchen haben derartigen Schaden genommen, dass sie vor Furcht geflohen sind, als die Behörden sich ihnen näherten. Um den Mädchen besser helfen zu können, bietet der Regierungsrat erstmalig fünfzigtausend Kreditpunkte für Informationen, die dazu führen, dass die Mädchen ausfindig gemacht werden können, die dem illegalen Training ausgesetzt waren und denen es gelungen ist, den Fängen des mutmaßlichen Täters, Edward Chamus, zu entfliehen.«

Als er die Nummer und die Anweisungen noch einmal wiederholte, sprang Dee auf. »Fünfzigtausend? Du kennst nicht zufällig ein solches Mädchen, oder? Das ist ja eine Megatonne an Kreditpunkten. Überleg doch mal, man könnte einem armen Mädchen helfen, und wir würden ein paar Ränge aufsteigen.«

»Dee, hast du nicht gehört, was Lessig gesagt hat?« Ich stellte die Projektion ab.

»Klar.« Dee legte den Kopf schief. »Er hat gesagt, man würde jedem Mädchen helfen, das in dieser falschen WeLS-Trainingsstation war.«

»Nein, sie bringen diese Mädchen an einen geheimen Ort auf der Dunklen Seite. Wenn sie zurückkommen, wird man sie einer Reassimilierung unterzogen haben. Es wird keiner mehr übrig sein, der die Wahrheit darüber kennt, wer an dem Training beteiligt war oder an wen diese Mädchen hinterher vermittelt wurden. Man muss sie sich nur ansehen, um zu wissen, dass man sie bereits unter Drogen gesetzt hat.«

»Im Ernst? Du denkst nicht, dass der Regierungsrat wissen will, wer da alles beteiligt war?«

»Ganz genau.« Ich presste die Lippen aufeinander. Es war allmählich an der Zeit, dass ich Dee vom Widerstand erzählte. »Ich würde fast wetten, dass einige der ranghöchsten Mitglieder des Regierungsrats bei der Sache ihre Finger im Spiel haben.«

»Und was ist mit dieser Frau, von der sie geredet haben?« Dee kräuselte die Stirn. »Ich verstehe nicht, wie eine Frau zulassen kann, dass Männer ... dass sie ... Mädchen so etwas antun, die doch eigentlich Jungfrauen sein sollten. Wer hätte gedacht, dass sie ...« Blankes Entsetzen zeichnete sich auf ihrem Gesicht ab. »Ich muss mich für WeLS bewerben, sobald ich fünfzehn bin. Was, wenn das alles dann immer noch so läuft wie jetzt?«

»Deedee, ich habe einen Job. Ich werde haufenweise Kreditpunkte bis dahin haben, um dich aus deinem Vertrag rauszukaufen. Mach dir keine Sorgen. In vier Jahren gibt es das WeLS-Programm vielleicht nicht mal mehr. Wobei mir einfällt, was wünschst du dir eigentlich zum Geburtstag? Der ist ja schon bald.«

Sie rang sich ein Lächeln ab. »Ich will gar nichts. Außer

vielleicht, dass Grandma und Grandpa wieder nach Hause kommen. Ich vermisse sie.«

»Ich auch.«

Später an diesem Morgen sah Dee Grandmas Kochcenter-Karten durch, während ich in meinem Zimmer war und zeichnete. Ich arbeitete gerade an einer Reihe von Bildern von Obdachlosen, denen ich im Laufe der Jahre begegnet war.

Eins der Bilder zeigte einen Mann, der erfroren auf der Straße lag. Ein Bild, das ich wohl nie wieder vergessen würde. Ich war gerade mal acht gewesen und mit meiner Mutter, Ed und Dee in die Stadt gefahren. Mom und Dee waren einkaufen gewesen, und Ed hatte mich mitgenommen, um ein paar Videos zu besorgen. Der obdachlose Typ hatte einfach so in einer Gasse gelegen. Ed hatte mich zu ihm gezerrt, um ihn mir zu zeigen. »So etwas passiert, wenn man sich nicht an die Regeln hält«, hatte er geknurrt.

Der Kopf des Mannes war in einer Pfütze am Boden festgefroren. Seine blicklosen Augen starrten nach oben in den Schnee, der auf ihn niederfiel. Er war tot. Ich hatte Ed auf die Schuhe gekotzt, was ihn richtig sauer machte. An diesem Abend schickte er mich mit Dee zusammen zu Sandy. Und am nächsten Tag hatte Mom ein blaues Auge gehabt.

Ich betrachtete die Zeichnungen von Leuten jeden Alters, dann griff ich nach meinem PAV.

»Hey, Dorrie, ich bin's, Nina. Können wir uns über den Piratensender und Videounterbrechungen unterhalten?«

Dorrie lebte mit ihrem Dad zusammen in einer Wohnung. Ihre Mutter war nach New York abgehauen mit einem Mechaniker. Dorrie hatte nie wieder von ihr gehört. Ich schätze, das war vermutlich das Beste. Sie und ihr Dad machten jedenfalls den Eindruck, als kämen sie ganz gut alleine klar. Sie gehörten Rang drei an; er war Ertragsbauer im Botanischen Garten von Chicago, und ihre Wohnung war voller Pflanzen. Außerdem war er ein NonKon.

»Also« – ich reichte ihr eine Rolle mit meinen Zeichnungen – »hier sind sie. Denkst du, du kannst was mit ihnen anfangen?«

Sie breitete die Bilder aus und betrachtete sie, wobei sie den Mund zu einer Schnute verzog und den Kopf schief legte, abwechselnd auf die eine Seite und dann wieder auf die andere. »Warte mal kurz. Lass mich meinen Rekorder holen.«

Eine halbe Stunde später hatte sie sämtliche Zeichnungen abgespeichert und war bereits dabei, die Musik auszuwählen, die die Sendung ihrer Meinung nach untermalen sollte.

»Das wird einfach genial, Nina. Ich darf eh viel zu selten Videounterbrechungen machen. Am besten strahle ich das während der Sendung *Die besten Urlaubsziele für die Ultrareichen* aus. Was denkst du?«

»Perfekt.«

Auf dem Weg nach Hause heckte ich einen weiteren Plan aus und rief Wei an. »Kannst du mich in fünfzehn Minuten unten treffen?«

Als ich in die Wohnung kam, hatte Wei Dee auf dem Boden in den Schwitzkasten genommen.

»Was treibt ihr denn da?«

»Ich wollte Dee ein paar Cliste-Galad-Griffe beibringen. Sie hat mich gebeten …«

»Ich werde es lernen.« Dee stand auf. »Ich muss zurück in die Küche. Heut Abend gibt es Chili.«

»Dee ist echt so was von cool«, meinte Wei. »Nicht mehr lange, dann musst du ihr vom Widerstand erzählen. Sie wird von selbst draufkommen, wenn du sie nicht einweihst. Oder sie plaudert aus Versehen irgendwas aus.«

»Ich weiß«, erwiderte ich. »Aber ich bin mir nicht ganz sicher, wie ich es ihr beibringen soll. Ich krieg das schon hin. Hör zu, komm mit in mein Zimmer.«

Dort breitete ich die Zeichnungen auf dem Bett aus. »Wie findest du die?«

»Wie ich schon sagte, deine Zeichnungen sind so beeindruckend wie die Reden deines Dads.«

»Nun, wie fändest du es dann, wenn wir, wie Grandpa das immer so schön sagt, ›die Stadt unsicher machen‹ würden?«

»Wovon redest du?«

Ich erzählte ihr davon, dass Dorrie eine Videounterbrechung vorbereitet hatte. »Die wird sie während dieser Sendung über ultrareiche Urlauber ausstrahlen. Ich dachte mir, vielleicht könnten wir meine Zeichnungen überall in der Stadt aufhängen? Das müssten wir allerdings nach Einbruch der Dunkelheit tun.«

»Und wir bräuchten ein Flucht-Trannie. Ich wünschte, ich könnte fahren.« Sie fuhr sich mit den Fingern über das

Kinn. »Ich würde sagen, Sal oder Chris könnten das übernehmen, aber ich möchte eigentlich nicht, dass sie da mitmachen. Das ist eine Sache der Schwesternschaft.«

»Genau«, pflichtete ich ihr bei. Ich musste wieder daran, denken, wie das Gespräch mit Sal gestern Nacht geendet hatte. Er hatte seitdem nicht versucht, mich zu erreichen, und ich hatte auch keine Nachrichten auf meinem PAV.

»Was ist mit Paulette? Fändest du es schlimm, wenn sie mitmacht?«

Ja. Aber das sagte ich nicht. »Nicht, wenn du mir versprichst, dass wir *nicht* über Sal reden. Oder die Party.«

»Ich verspreche es.« Wei hielt die Hand hoch. »Also, was ist los mit dir und Sal? Du bist sauer auf ihn, wie?«

Ich lieferte ihr die Kurzversion des Gesprächs mit Sal von gestern Nacht.

»Jungs können so dämlich sein, wenn es darum geht, zu verstehen, dass Mädchen genauso viel draufhaben wie sie. Und dass Frauen genauso gute Kämpfer sind wie Männer. Die Fems hatten immerhin fast ganze fünfzig Jahre die Kontrolle über dieses Land.«

»Ja, ich weiß.« Ich erwähnte nicht, dass die Regierung der Fems ohne auch nur den geringsten Kampf komplett vom Regierungsrat geschluckt worden war.

Mom hatte mir erklärt, dass der Einfluss der Medien den Erfolg der Fems geschwächt hatte, indem angedeutet wurde, sie würden Männer hassen. Da war es unwichtig, dass die meisten von den Anführerinnen der Fems Ehefrauen und Mütter waren. Die Medien fingen irgendwann an, versteckte antifeministische Botschaften zu verbreiten, kombiniert mit einem Beschuss aus Werbespots, die die Sexualisierung von Frauen und Teenie-Mädchen verherrlichten und andeuteten, dass die einzige Macht, die Frauen hatten, in ihrer Sexualität zu suchen war. Schließlich wendete sich das Blatt, und der Regierungsrat übernahm das Ruder und verbündete sich mit den Medien. Frauen und Mädchen waren fortan nichts weiter als Sexobjekte.

»Nina, mit Sal kann man doch vernünftig reden«, meinte Wei. »Ich bin mir sicher, es liegt nur daran, dass er so verrückt nach dir ist und dass er Angst hat, dir könne was zustoßen. Das ist zumindest die Entschuldigung, die mein Dad immer hat.«

»Was ist mit deiner Mom? Macht er sich um sie keine Sorgen?«

»Denkst du, meine Mutter würde sich von irgendjemandem verbieten lassen, das zu tun, wonach ihr der Sinn steht?«

Da ich Mrs Jenkins inzwischen recht gut kannte, musste ich kichern. »Nö.«

»Und das ist Dad auch längst klar.« Sie drehte sich zu mir und sah mir ins Gesicht. »Also, hast du versucht, Sal zu erreichen?«

»Nein, und ich werde es auch nicht tun. Ich wüsste nicht, was ich zu ihm sagen sollte. Ich finde es schlimm, dass er ständig da draußen unterwegs ist, irgendwelche NonKon-Aktionen durchzieht und riskiert, erwischt zu werden. Und das, wo wir uns gestritten haben.«

»Also ruf ihn an. Jetzt.«

Ich dachte darüber nach. Es war ganz egal, wie sauer ich war, ich liebte Sal. Ich wollte nicht, dass es zu Ende war. Ich wollte einfach nur, dass er verstand, wie ich mich fühlte. Deshalb griff ich jetzt nach meinem PAV, legte ihn aber schnell wieder weg.

Schließlich nahm ich ihn erneut zur Hand und schickte Sal eine Nachricht: »Tut mir leid, dass ich wütend war. Ich liebe dich.«

Dann wandte ich mich Wei zu. »Willst du jetzt Paulette anrufen?«

Nach einem kurzen Gespräch auf dem PAV meinte Wei: »Um acht heute Abend. Ich geh besser nach oben und übe ein bisschen Klavier. Bis später. Zieh was Schwarzes an.«

XXIX

»Ich geh ein bisschen raus mit ein paar Freunden«, erzählte ich Dee.

»Kein Problem«, erwiderte sie. »Miss Maldovar hat mir eine Nachricht geschickt, ich solle sie anrufen, wenn ich kann. Sie möchte gern über die erste Woche in der Schule nach den Ferien reden.«

Was war es nur, das mich an dieser Frau störte? Ich ging raus in die Eingangshalle und wartete auf Wei, währenddessen rief ich bei Dorrie an. »Kannst du eigentlich was über Leute rausfinden, über den familiären Hintergrund und solche Sachen?«

»Klar«, meinte Dorrie. »Kann zwar ein Weilchen dauern, aber möglich ist es. Um wen geht es denn?«

»Adana Maldovar«, erklärte ich. »Sie ist die Lehrerin meiner Schwester Dee.«

»Ich seh mal, was ich rausfinde. Übrigens, ich hab Brie gezeigt, woran wir gearbeitet haben. Sie ist total beeindruckt.«

Ich war froh, dass sie nicht gefragt hatte, warum ich diese Informationen wollte, weil ich nämlich keine überzeugende Antwort gehabt hätte. Aber dass da etwas faul war, davon war ich überzeugt.

Zum Glück kreuzte Paulette nicht mit dem Stretch-Trannie ihres Vaters auf. Ich war überrascht, wie unscheinbar ihr Trannie war.

»Was genau tun wir eigentlich?«, erkundigte sich Paulette. »Du hast nur gesagt, wir hätten eine Mission.«

»Können wir uns hier drinnen unterhalten?«, fragte Wei.

»Klar. Sal hat sich um den Wagen gekümmert. Wir benutzen ihn recht oft.«

Ich biss mir auf die Zunge. Sal hatte mir erklärt, er sei nicht an ihr interessiert – das sollte mir eigentlich genügen. Klar, beharrte die leise Stimme in meinem Kopf, das war aber, bevor du ihn zur Schnecke gemacht und einfach aufgelegt hast. Ich hatte jetzt bloß keine Zeit, mich darum zu kümmern – was wir hier vorhatten, war viel wichtiger.

»Wir bereiten eine kleine Kunstausstellung vor.« Wei zeigte ihr die Kopien von meinen Zeichnungen, die sie angefertigt hatte. »Du fährst, ich bin der Aufpasser, und Nina hängt die Poster auf.«

»Das wird bestimmt ein Spaß.« Paulette legte den Gang ein. »Wo fahren wir als Erstes hin?«

»Auf die State Street«, meinte Wei. »Mag hat mir sieben Plätze genannt, von denen sie weiß, dass da keine Überwachungskameras sind.«

Unser erster Halt war also die State Street, ganz in der Nähe des Chicago Omniplex. Paulette bog in eine Seitengasse ein, und Wei und ich sprangen raus. Ich befestigte zwei Plakate, eines guckte in Richtung Norden, eins in Richtung Süden. Wei achtete währenddessen auf mögliche Passanten. Das war einfach gewesen.

Auf der Oak Street wurden wir fast erwischt, als ein Pförtner Paulette mitteilte, sie könne hier nicht parken. Ich muss aber zugeben, dass sie mehr als cool reagierte. Sie hat ihn nicht nur überredet, sie da stehen bleiben zu lassen, er hat ihr am Schluss sogar erklärt, wenn sie mal einen kostenlosen Parkplatz bräuchte in der Innenstadt und er Dienst hatte, dann würde er ihr einen freien Platz auf dem Hotelparkplatz organisieren. Ich war mir sicher, dass ich sogar sah, wie sie ihm eine Trinkgeldkarte reichte.

Die folgenden fünf Locations schafften wir schnell und ohne Probleme. Nach dem letzten Stopp fuhren wir dorthin zurück, wo wir angefangen hatten, um nachzusehen, ob die Plakate immer noch da waren. Das waren sie. Und sie hatten bereits eine kleine Menschenansammlung verursacht. Wir wagten es nicht, noch mal an der Oak Street vorbeizuschauen, weil wir Angst hatten, der Pförtner könne Paulettes Trannie wiedererkennen. Beim dritten Halt stand schon ein Medien-Van – genau gegenüber vom Justizgebäude. Das Team schoss gerade ein paar Bilder.

»Ich würde sagen, du hast mächtig Eindruck hinterlassen«, meinte Wei.

»Sieht auch ganz so aus, als würde sie es in die Nachrichten um elf schaffen«, sagte Paulette.

»Nur dass niemand wissen wird, dass ich das war«, erklärte ich. »Und das ist auch besser so.«

»Tja, also«, erwiderte Paulette. »Es ist schon spät. Ich muss nach Hause. Die letzten Partyvorbereitungen warten.«

Wei warf einen Blick zu mir nach hinten. Ich schüttelte den Kopf. Paulette musste nicht wissen, dass ich eingeladen war. Und Wei musste nicht wissen, dass ich nicht die Absicht hatte, hinzugehen.

Am nächsten Morgen bestand Dee darauf, dass ich ins Mars 9 ging. »Die haben haufenweise Zeug im Angebot, Nina. Ich bin mir sicher, dass du da irgendwas Ultraschickes findest.«

»Willst du mitkommen?« Vielleicht würde ihre Begeisterung ja auf mich abfärben.

»Nein. Ich hab Miss Maldovar versprochen, dass ich ein paar Recherchen zum Wissenschafts- und Industriemuseum anstelle. Wir machen im Februar einen Klassenausflug dorthin.« Sie griff nach ihrer Tasse Kakao und marschierte damit zurück in ihr Zimmer. »Kauf dir was Schönes!«, rief sie, ehe sie die Tür hinter sich zuschlug.

»Toll.« Ich schleppte mich ebenfalls in mein Zimmer und holte den Geschenkgutschein heraus. »Ich geh nicht auf diese bescheuerte Party«, murmelte ich. »Ich kauf mir einen neuen Schal.«

Genau in dem Moment piepte mein PAV.

»Nina, ich bin's, Martin. Percy lässt mir keine Ruhe, bis ich ihm versichert habe, dass du mit zu der Party kommst, weißt du? Er ist absolut begeistert von dir. Ich sollte eigentlich eifersüchtig sein auf dich. Aber ich find dich ja auch hinreißend. Kommst du jetzt mit?«

»Martin, ich ... ich denke nicht, dass das so eine gute Idee ist. Ich glaub nicht, dass das das Richtige für mich ist. Ich bin doch bloß aus Rang ...«

»Unsinn, Nina. Du bist eine *Kreative*. Und du bist meine Assistentin. Und als solche musst du lernen, dich mit diesen Leuten abzugeben, ob du es willst oder nicht. Aber hör zu, wenn du nichts anzuziehen hast, dann würde ich mich liebend gern darum kümmern. Wir könnten doch shoppen gehen im ...«

»Nein, bitte. Ich hab einen Geschenkgutschein für das Mars 9. Ich wollte gerade da hin und was kaufen. Ich bin mir sicher, dass ich was Passendes finde.« Martin hatte recht, wenn ich es in der Welt der Kunst zu etwas bringen wollte, dann musste ich wohl oder übel all diese Dinge mitmachen. Ich würde also zu Paulettes Party gehen, ob ich wollte oder nicht. Und ich tendierte eindeutig eher dazu, *nicht* zu wollen.

»Fabelhaft! Ich leg dann mal auf und erzähl das Percy. Wir sehen uns morgen bei der Arbeit. Ich umarme und küsse dich.«

Während ich meine Jacke anzog, dachte ich über meinen Schal nach, und der brachte mich wiederum auf Joan und dann auf das Essen. Es war eine Sache, den Obdachlosen zum Feiertag etwas zu geben, aber die Menschen mussten jeden Tag was essen. Ich machte einen kleinen Abstecher in die Küche und schmierte schnell ein Dutzend Nussbuttersandwiches. Es war nicht viel, aber es war auch nicht unbedingt vergammelter Abfall.

Ich stieg bei meiner alten Haltestelle aus dem Transit und hielt ausgiebig Ausschau nach dieser Polizistin, ehe ich hinter die Häuser huschte. Ich war bereits die gesamte Gasse abgelaufen und wollte schon aufgeben, als ich um die Ecke ein paar weibliche Stimmen hörte.

»Ich hab es selbst gehört. Sie bieten fünfzigtausend für jede, die aus dem WeLS-Programm entkommen ist. Wir könnten in einer von diesen Wohltätigkeitsschlafstätten unterkommen, du und ich«, ereiferte sich eine Stimme.

»Wir werden niemanden verraten. Punkt. Verstanden?«

»Okay. Ich wollte doch nur helfen.«

»Es ist keine Hilfe, wenn du deine eigenen Leute verrätst!«

Ich konnte das Murmeln, das als Antwort kam, leider nicht mehr verstehen. Ihre Fußtritte knirschten über den Schnee, sie kamen näher. Ich schoss um die Ecke, wieder raus auf die Straße. Sobald sie zwischen den Häusern auftauchten, entdeckten sie mich. Eine von ihnen war Svette. Sie bedeutete mir, zu ihr zu kommen.

»Ich hab euch wieder Essen mitgebracht«, erklärte ich. »Sind zwar bloß Reste, aber …«

»Besser als nichts.« Die zweite Frau riss mir die Tüte aus der Hand.

Ich konnte unmöglich sagen, welche von den beiden vorgeschlagen hatte, Joan zu verraten.

Svette blinzelte mich aus einem Auge an. »Bist du wegen Joan so nett zu uns? Warum? Was willst du von uns?«

»Joan ist eine Freundin von mir. Und Freunden helfe ich, wenn ich es kann.« Ich wich zurück. »Richtet ihr aus, dass ich sie bald wieder besuche.« Und damit eilte ich davon. Ich war mir sicher, dass der eisige Schauer, der mir über den Rücken rieselte, nichts mit der Kälte zu tun hatte. Angesichts der »Belohnung« für entkommene WeLS-Opfer war Joan in ernsthafter Gefahr. Die Schwesternschaft musste etwas unternehmen. Und zwar bald.

Im Schaufenster von Mars 9 war immer noch die Feiertagsdeko zu sehen. Mädchen-Modelbots bewegten sich in hautengen Lederhosen und Kunstfelljacken über knappen Tops, die nichts der Fantasie überließen. Ich konnte fast schon Grandmas warnende Worte hören, wie sie den Mädchen empfahl, sich was überzuziehen, bevor sie sich noch den Tod holten und erfroren … oder Schlimmeres.

Mein Herz setzte kurz aus, als ein echter, lebendiger Mensch mir die Tür aufmachte und mich aufforderte, einzutreten. Ich zögerte fast ein bisschen zu lange. Selbst mit dem Geschenkgutschein in meiner Tasche fühlte ich mich wie eine Betrügerin. Zwei Mädchen von hohem Rang tauchten hinter mir auf.

»Gehst du jetzt rein oder willst du nur blöd glotzen, Abschaum?« Sie drängelten sich an mir vorbei.

Der Mann, der die Tür aufhielt, warf mir ein entschuldigendes Lächeln zu. »Kommen Sie nun rein? Wir haben im

Moment sehr viele Angebote. Die beste Zeit, um genau das zu finden, was man zum Feiertag nicht bekommen hat.«

Ich murmelte ein Dankeschön und huschte an ihm vorbei, wobei ich mir nichts ansah, ehe ich ganz tief im Laden drin war. Schuhe. Ich war umgeben von allen Arten von ultraschicken Schuhen, die ein Mädchen sich nur vorstellen konnte. Zu meiner Rechten waren Pullover. Als ich den entdeckte, den Miss Maldovar mir geschenkt hatte, konnte ich nicht widerstehen. Ich überprüfte den Preis. Verdammt! Wie konnte eine Lehrerin sich auch nur ein einziges Geschenk aus dem Laden hier leisten, geschweige denn einen immensen Haufen Klamotten wie den, den sie für Dee gekauft hatte? Sie musste noch etwas anderes tun außer unterrichten, dachte ich. Vielleicht handelte sie ja mit Fleischwaren. Bei der Vorstellung, wie Miss Maldovar Pakete von Fleisch aus ihrem Kühler bei ihr zu Hause verteilte, drehte sich mir der Magen um.

»Kann ich Ihnen behilflich sein?« Eine Verkäuferin trat auf mich zu, die so modisch gekleidet war, wie ich es mir nur erträumen konnte. »Unsere Angebote befinden sich im Untergeschoss. Da lang.« Sie verzog die Nase, während sie mit einem kometenroten Fingernagel in die entsprechende Richtung wies. Selbst die Leute, die den hochrangigen Leuten Sachen verkauften, fühlten sich jedem überlegen, der unter ihrer üblichen Kundschaft stand.

»Ich suche nach einem Partykleid.« Ich wünschte, ich hätte meinen neuen Pullover getragen. Auch wenn ich nicht die nötigen Kreditpunkte hatte, um mir irgendwas zum normalen Preis anzusehen, würde ich nicht zulassen, dass ich mich wegen dieser bescheuerten Verkäuferin fühlte wie das, als was diese anderen beiden Mädchen mich bezeichnet hatten – Abschaum.

Sie zog eine Braue hoch. »Abendkleider befinden sich im Obergeschoss. Der Liftport ist dort, die Lifttreppe da drüben.« Sie schenkte mir noch einen letzten abschätzigen Blick, ehe sie davonstolzierte, um sich auf einen würdigeren Kunden zu stürzen.

Überzeugt, dass sie mich immer noch beobachtete, nahm ich die Lifttreppe nach oben, und dann, ohne auch nur einen Blick auf die Kleider zu werfen, die ich mir eh nie würde leisten können, fuhr ich sofort mit dem Liftport ins Untergeschoss. Ein Haufen Highschool-Mädchen prügelte sich um die paar übrigen Klamotten, sie rissen sie von den Ständern und machten sich entweder über die Qualität lustig oder darüber, wie lächerlich veraltet sie doch waren. Als ich einen flüchtigen Blick auf das Preisschild an einem Kleid warf, das mir nicht allzu altmodisch erschien, fiel ich fast in Ohnmacht.

Ich gab mich geschlagen und schlich mich raus aus dem Laden.

XXX

»Das kannst du nicht anziehen, Nina.« Dee ließ sich auf mein Bett plumpsen. »Hast du nichts, was ein bisschen schicker ist als Moms alte Klamotten?«

Ich machte die Schranktür zu. »Das Einzige, was auch nur annähernd schick ist, ist definitiv älter als ich – zu alt, um ultra zu sein, und zu neu, um als Vintage-Look durchzugehen. Ich geh nicht hin.«

»Du musst aber zu dieser Party. Du hast mir erzählt, dass du es deinem Boss versprochen hast.« Als ich vom Shoppen nach Hause gekommen war, hatte ich Dee von meinen Silvesterplänen erzählt.

»Das hab ich. Aber ich werd ihm sagen müssen, dass ich nichts zum Anziehen habe. Und … ich nehm garantiert keine Kreditpunkte von ihm an, um mir was zu kaufen. Das wäre nicht richtig.«

»Was wäre nicht richtig?« Wei kam ins Zimmer marschiert.

Ich erzählte ihr, dass ich im Mars 9 kein Kleid gefunden hatte, das ich mir hätte leisten können. »Also geh ich einfach nicht hin.« Ich zuckte mit den Schultern. Mir machte es gar nicht wirklich was aus, wenn ich die Party versäumte. Aber ich fühlte mich echt mies dabei, Martin und Percy enttäuschen zu müssen.

»Oh doch, das wirst du. Komm mit.« Sie umklammerte meinen Arm. »Du auch.« Sie zerrte Dee vom Bett hoch und schleifte uns beide hoch in ihr Zimmer.

Dort saß ich nun auf Weis Bett und sagte: »Ich pass doch nicht in deine Klamotten. Wir haben nicht die gleiche Statur.«

Sie verzog den Mund zu einer Seite und betrachtete mich. »Warte kurz.«

Ein paar Minuten später kehrte sie zurück, den Arm voller Kleider.

Dee klappte die Kinnlade runter. »Die sind ja wunderschön!«

»Sie gehören Mom.« Wei legte die Kleider aufs Bett. »Du kannst dir ausleihen, was du willst, wenn es passt. Und hör dir das an … Mom hat angeboten, dir die Haare zu machen. Ich sag dir eins, du kriegst die ultracoole Jenkins-Behandlung. Sie ist ein galaktisches Genie, wenn es ums Styling geht. Du wirst um Lichtjahre besser aussehen als die ultraschickste Frau.«

»Wie Aschenputtel in dem Märchen«, sagte ich.

Nachdem ich jedes einzelne Kleid anprobiert hatte, entschied ich mich für ein asiatisch angehauchtes rotes Seidenkleid, das mit einem Kranich und einigen Lotusblüten verziert war.

»Das ist Mandarin-Stil«, erklärte Wei. »Sehr traditionell.

Steht dir perfekt, und es passt wunderbar zu deinem Tattoo.«

Während ich mein Handgelenk vor dem Körper hin und her drehte, betrachtete ich mein Spiegelbild. »Fast, als wäre es für mich gemacht.«

»Warte nur, bis Mom erst mit der Frisur und dem Make-up fertig ist. Du wirst noch schicker sein als Paulette. Und das ist gar nicht so leicht.«

Es klopfte an der Tür, und Mrs Jenkins streckte den Kopf zur Tür herein. »Darf ich reinkommen?«

»Sehen Sie sich Nina an«, sagte Dee. »Sie sieht wunderschön aus!«

»Ja, das tut sie.« Mrs Jenkins fuhr mir mit den Fingern durchs Haar. »Ich denke, mit ein paar Handgriffen, so und so …« Geschickt wickelte sie eine Haarsträhne hoch auf meinen Kopf.

»Hier.« Wei reichte ihrer Mom ein paar Lackstäbchen.

Mrs Jenkins befestigte die Haare mit einem dieser Stäbchen. Dann zog sie ein paar Strähnen rechts und links von meinem Gesicht heraus und frisierte meinen Pony. »So, das wär's.« Sie trat einen Schritt zur Seite, damit ich mich im Spiegel betrachten konnte. »Wie findest du es?«

»Ich find's klasse!« Ich drehte meinen Kopf hin und her. »Aber das sieht nicht nach mir aus.«

»Doch, das tut es. Das bist du in diesem Kleid und mit dieser Frisur. Man kann unterschiedlich aussehen und sich auch verschieden verhalten. Die eigentliche Nina aber ist immer noch da drinnen. Nur wenn wir zulassen, dass das

Äußere unser Inneres bestimmt, verlieren wir den Bezug zu uns selbst.«

»Nichts aus dem Mars 9 könnte so toll aussehen«, meinte Dee. »Du bist ein Original.«

Ich betrachtete mich selbst im Spiegel. Ein Original. Ein Lächeln umspielte meine Mundwinkel.

»Ich geh jetzt hoch in mein Gewächshaus und gieße und stutze die Kräuter«, meinte Mrs Jenkins. »Würdest du mir vielleicht gern helfen, Dee?«

Als die Tür sich hinter ihnen schloss, sagte Wei: »Deine Schwester ist so toll. Wenn sie so weitermacht mit ihren Kochstunden bei Chris und der Pflanzenkunde bei Mom, dann fürchte ich, wird sie bald all die Dinge beherrschen, wegen denen meine Mom immer so enttäuscht ist, weil ich sie nicht lernen will.«

»Dee macht gern Dinge mit ihren Händen«, erklärte ich. »Ich muss mir etwas überlegen, was sie tun könnte, damit sie ihre Zulassung als Kreative bekommt. Sie zeichnet leider nicht gern.«

»Kochen«, meinte Wei. »Sie ist eine begabte Köchin, ein Naturtalent. Und mit Chris' Unterstützung würde sie mit Bravour bestehen!«

»Du bist ein Genie. Und jetzt hilf mir aus diesem Kleid heraus. Ich muss dir noch erzählen, was ich heute herausgefunden habe. Schnell.«

Wei entfernte die Stäbchen aus meinem Haar, während ich mich aus dem Kleid schälte und wieder in meine normalen Klamotten schlüpfte.

»Joan ist in Gefahr. Du hast ja diese Sondermeldung mitbekommen, dass der Regierungsrat nach Mädchen sucht, die aus dem falschen WeLS-Training entkommen sind? Nun, ich hab zufällig zwei von den obdachlosen Frauen belauscht, mit denen Joan rumhängt. Eine von ihnen wollte Joan verraten, um die Belohnung zu kassieren.«

»Verdammt!« Wei schob den Haufen Kleider aus dem Weg, und wir setzten uns aufs Bett. »Ich schätze, ich frage besser nicht nach, was du dort zu suchen hattest, dass du die beiden belauschen konntest.«

»Ich hab ihnen Essen gebracht. Joan friert und muss die ganze Zeit hungern. Svette, die so eine Art Anführerin ist, hat ihr den Schal weggenommen, den ich ihr geschenkt habe. Ich mag Svette nicht.«

Wei kaute auf ihrer Lippe herum. »Okay, wir rufen die anderen an. Wir müssen das alles selbst in die Hand nehmen.«

Binnen weniger Minuten waren die Mädchen alle an die Wand von Weis Zimmer projiziert. Ich informierte sie darüber, was ich in Erfahrung gebracht hatte.

»Als Erstes sollten wir Joan von diesen Frauen wegholen«, meinte Brie. »Haben wir irgendwelche sicheren Häuser in der Stadt, wo sie für eine oder zwei Nächte hinkann? Mein Onkel könnte normalerweise schon helfen, aber wenn wir ihn da mit reinziehen, dann übernehmen die Jungs die ganze Aktion.«

»Das wird eh nicht funktionieren«, entgegnete ich. »Sie hat fürchterliche Angst vor Männern. Sie lässt ja kaum zu, dass andere Frauen ihr helfen. Der einzige Mann, den sie meines Wissens in ihrer Nähe akzeptiert, ist der Arzt, der ihr hilft. Wenn jetzt ein fremder Kerl auf sie zukäme, würde sie vermutlich ausrasten. Sie hat zu viel erlebt, als dass wir das zulassen könnten.«

»Ich hab zufällig mitgehört, wie mein Dad sich nach dieser Sondermeldung mit einem seiner Freunde unterhalten hat«, erklärte Dorrie. »Er meinte, es wäre vermutlich das Beste für die meisten von ihnen, wenn sie in Behandlung gingen. Wenigstens erinnern sie sich dann nicht länger an die Grausamkeiten, die man ihnen angetan hat.«

»Das stimmt doch nicht«, wandte ich ein. »Joan hat sich von diesem Arzt helfen lassen – er gibt ihr heimlich Medikamente und kümmert sich um sie. Ihr geht es schon so viel besser als beim ersten Mal, als ich sie gesehen habe. Es ist nicht richtig, die Vergangenheit einer Person vollständig auszulöschen, selbst wenn Teile davon noch so schlimm sind. Der Regierungsrat tut das doch nur, damit kein WeLS-Mädchen dazu fähig ist, die Peiniger zu identifizieren.«

»Ich hab keine Angst, zu kämpfen.« Brie rieb sich das Kinn. »Es ist nur so, na ja, wir haben so etwas noch nie zuvor getan.«

»Ich bin der Überzeugung, dass uns was einfällt«, meinte Paulette. »Wir schaffen das.«

Paulette war auf meiner Seite? Ich gab mir alle Mühe, mir nichts anmerken zu lassen und mein Erstaunen zu verbergen.

»Wir wären ja eine tolle Schwesternschaft, wenn wir

nicht zusammenhalten würden.« Mag nickte. »Ich bin dabei.«

»Okay«, meinte Brie. »Es wird ungefähr einen Tag dauern, bis wir was gefunden haben, wo wir sie unterbringen, bis wir wissen, wie wir sie aus der Stadt rausschaffen können.«

»Warum soll sie raus aus der Stadt?«, fragte ich.

»Weil sie hier nicht in Sicherheit ist«, erklärte Wei. »Erstens, weil diese Gruppe obdachloser Frauen von ihr weiß, und zweitens, weil hier so viele Agenten des B.O.S.S. rumlaufen. Wenn wir sie außer Landes schaffen könnten, wäre das natürlich das Allerbeste. Ich frage mich ... Ich könnte meine Mutter wegen ihrer Verwandten in Japan ansprechen.«

»Sie wird es deinem Vater erzählen. Die werden uns aufhalten«, erklärte ich.

»Vertrau mir. Sie wird es Dad nicht erzählen.«

»Und wie sollen wir sie jemals nach Japan schaffen?«, erkundigte sich Mag.

»Jemand wird sie begleiten müssen«, wandte ich ein. »Sie ist nicht fähig, das allein zu schaffen. Auch wenn es ihr dank der Zuwendung dieses Arztes schon viel besser geht, ist sie trotzdem immer noch schwach.«

Alle sahen Wei an. »Schätze, das werde dann wohl ich übernehmen müssen«, meinte sie. »Ja, klar, ich hab diese Verwandten das letzte Mal gesehen ... das war, okay, noch nie. Ich bin mir sicher, denen macht es nichts aus, wenn ich ihnen einen Überraschungsbesuch abstatte.« Sie schürzte die Lippen. »Wisst ihr, das wird eine tolle Untersuchung zum Thema Soziologie. Ich tu einfach so, als wäre es ein Schulprojekt. Dagegen kann Dad ja nichts einzuwenden haben.«

»Ich glaube, ich weiß, wie wir es noch hinkriegen könnten«, meinte Brie. »Onkel Alfonse besitzt einen Velojet, an dem er schon seit Jahren herummurkst. Er ist robotergesteuert, und wenn Mag einen Flugplan ausarbeitet, dann könnte Dorrie die Steuerung programmieren. Richtig?«

»Mhm«, bestätigte Dorrie. »Sofern ich die Koordinaten weiß.«

Ich malte mir bereits aus, wie Joan auf dem Weg in die Freiheit war. »Kann dein Onkel sie da hinfliegen?«

»Er ist den ganzen nächsten Monat auf der Dunklen Seite«, meinte Brie.

»Einen Monat! So lange können wir nicht warten. Es könnte schon zu spät sein.«

»Außerdem passen in den Velojet eh nur zwei Leute rein«, meinte sie.

»Das Ding braucht keinen Piloten«, erklärte Dorrie. »Das übernehmen der Robopilot und die vorprogrammierten Koordinaten. Wir müssten Joan nur dorthin bringen, oder wir bringen das Ding zu Joan. Schätze mal, es wird leichter sein, sie zum Hangar zu bringen. Der befindet sich bei Sals Tante Rita draußen.«

»Ich wusste, wir würden einen Weg finden.« Ich war richtig stolz.

»Das funktioniert nicht.« Wei schüttelte den Kopf. »Die

überwachen doch alles ganz genau. Sobald wir den Fuß auf Ritas Grundstück setzen, werden die uns kriegen.«

»Na dann …«, meinte Dorrie. »Dann müssen wir den Velojet eben zu ihr bringen.«

»Klar.« Mag sah Dorrie herausfordernd an. »Und wo willst du in Chicago einen Velojet landen, ohne dass die Behörden in Lichtgeschwindigkeit darauf aufmerksam werden?«

»So gern ich die Antwort darauf auch wissen würde«, meinte Paulette, »ruft mich bitte an, wenn ihr da eine Lösung gefunden habt. Ich muss meiner Mutter bei den Vorbereitungen für die Party helfen.« Damit legte sie auf.

»Ich muss auch los«, erklärte Brie. »Mach dir keine Sorgen, Nina. Wir finden schon einen Weg. Deine Freundin verdient es, in Sicherheit gebracht zu werden.« Auch sie klinkte sich aus.

»Tut mir leid, Nina. Aber ich weiß, dass uns was einfallen wird.« Mags Projektion verschwand.

Dorrie meinte nur: »Tschau.«

Wei und ich starrten einige Sekunden an die leere Wand. Dann meinte sie: »Ich werde mit Mom über Japan sprechen. Und keine Sorge. Sie wird Dad nichts verraten. Sie teilt mitnichten seine Ansicht, Mädchen sollten sich aus allem, was gefährlich ist, raushalten. Deine Mutter und meine Mutter haben es schon mit der Regierung aufgenommen, da haben sie sich in der Schule noch Zettelchen zugesteckt, die mit unsichtbarer Tinte beschrieben waren. Sie versteht das.«

Eine halbe Stunde später schickte Mag eine Nachricht an uns andere: »Brie, Dorrie und ich haben uns noch mal unterhalten. Wir haben eine Idee.«

XXXI

Ich war gerade damit beschäftigt, eine Ladung Performance-Kunst-Chips aus dem frühen zweiundzwanzigsten Jahrhundert zu katalogisieren, als Martin sich zu mir gesellte. »Und, bist du bereit für die Silvesterparty? Hast du ein Kleid gefunden? Percy geht mir gnadenlos auf die Nerven, weißt du? Er freut sich so, dass du mitkommst.«

»Mhm.« Ich wollte ihm nicht sagen, wie unwohl ich mich damit fühlte, den Abend im selben Raum mit Paulette zu verbringen. Und außerdem wollte ich Percy und ihn nicht enttäuschen. Noch dazu würde Mrs Jenkins sich so viel Mühe machen, um mich präsentabel aussehen zu lassen.

»Ich weiß, das kann ganz schön aufregend sein, das erste Event unter hochrangigen Leuten, aber da du hier im Institut arbeitest, wird es nicht deine letzte Einladung gewesen sein, das garantiere ich dir.«

Ich lächelte mit viel mehr Begeisterung, als ich tatsächlich verspürte.

»Arbeite nicht zu lange. Morgen schläfst du am besten aus und hältst am Nachmittag ein kleines Nickerchen. Das beste Make-up ist es, gut ausgeruht zu sein. Ach, übrigens, wir schicken dir ein Stretch-Trannie. Ich hab Mrs Gold versprochen, dass wir früh da sind, um ihre Dekoration abzusegnen. Und« – er beugte sich verschwörerisch zu mir – »um sie zur Not noch ein wenig abzuändern. Sie stammt immerhin aus New York, und dort unterliegen die Leute immer noch der Illusion, dass sie im Zentrum der Welt alles Modischen leben.« Er verdrehte die Augen und schnaubte verächtlich, ehe er sich wieder aufrichtete. »Ich kling ja wie ein richtiger Snob. Das bin ich aber in Wirklichkeit gar nicht. Und ich mag Mrs Gold, sie ist ...« In dem Moment wurde er von einem aufdringlichen Piepen seiner Chronos unterbrochen. »Ach herrje. Wenn ich mich nicht beeile, komme ich zu spät. Und nicht vergessen, früh ins Bett, viel Schlaf.« Er tätschelte meine Wange. »Ich bin mir sicher, du wirst die Schönste sein auf dem Ball.«

Sobald er verschwunden war, holte ich meinen Empfänger aus der Tasche und lud eine Nachricht von Dorrie hoch. Ich übertrug den Digi auf ein Blatt Papier, und vor mir hatte ich eine Karte von sämtlichen Geheimgängen im Kunstinstitut. Ich stellte den GPS-Rekorder an meinem PAV an, trat durch eine der Türen und ging hinaus auf den Gang hinter den Ausstellungshallen.

Da ich keinen Schimmer hatte, wer außer Martin und mir die Gänge noch benutzte, ließ ich meine LED ausgeschaltet und ließ mich von den schwachen Wandleuchten neben den Türen zu jedem einzelnen Ausstellungsraum leiten. Dazwischen war ich auf mich allein gestellt.

Ich zeichnete die Route auf, schaffte es in Bestzeit, als

plötzlich eine der Türen vor mir aufschwang. Ich presste mich gegen die Wand, hielt die Luft an und ging in meinem Kopf die unterschiedlichsten möglichen Entschuldigungen für meine Anwesenheit hier durch.

»Können Sie nicht lesen?«, fragte eine männliche Stimme. »Nur für Angestellte.«

»Tut mir leid, ich war auf der Suche nach der Herrentoilette«, erwiderte eine zweite Stimme.

»Ich muss Sie erst mit dem Scanner überprüfen. So lauten nun mal die Sicherheitsbestimmungen, wenn jemand sich unerlaubt Zutritt verschafft. Wenn Sie sich bitte hierhin stellen …« Etwas schlug gegen die Wand, und dann hörte ich einen Schrei. »Haltet diesen Mann auf!«

Das war das Letzte, was ich hörte, bevor die Tür wieder zugeschlagen wurde. Mein Herz raste und meine Knie zitterten, doch ich riss mich schließlich zusammen und ging weiter. Ohne weitere Störungen gelangte ich binnen weiterer zwei Minuten auf das Dach. Ich kannte den Türcode von der Liste, die Martin mir ausgehändigt hatte. Die ganzen Codes musste man auswendig lernen, für den Fall, dass ein Feuer ausbrach oder es eine andere Katastrophe gab. Als ich den Code eintippte, hielt ich die Luft an. Geschafft. Ich trat hinaus aufs Dach. Ein Stück vor mir lag der Helikopterlandeplatz, und der war mehr als groß genug, dass auch ein kleiner Velojet darauf landen konnte.

Als ich wieder drinnen war, sperrte ich die Tür ab und verfolgte meine Schritte mithilfe der aufgezeichneten Route zurück. Ich brauchte drei Minuten und fünfzehn Sekunden, um vom Dach wieder in den Lagerraum zu gelangen. Ich betrat das Foyer und schickte die Routeninformationen rasch an Dorrie, ehe ich sie wieder von meinem Empfänger löschte. Das Letzte, was ich jetzt gebrauchen konnte, war, dass man mich auf dem Weg nach draußen aufhielt und meinen PAV überprüfte. Die Sicherheitskräfte führten gelegentlich auch stichprobenartige Kontrollen bei Angestellten durch, und nach diesem Vorfall mit dem Kerl vorhin würde ich garantiert kein Risiko eingehen.

Als ich nach Hause kam, roch das Haus nach Keksen. Ich folgte dem Duft in die Küche, wo Dee und Chris gerade dabei waren, irgendwas unglaublich Köstliches aus dem Hut zu zaubern.

»Makronen«, meinte Dee. »Möchtest du eine?«

»Klar!« Ich griff nach dem Backblech.

»Sei vorsichtig«, warnte Dee mich. »Die hab ich gerade erst aus dem Kochcenter geholt.«

»Die hinteren sind schon ein bisschen abgekühlt«, meinte Chris.

Ich wählte ein Exemplar aus, das gerade die richtige Temperatur hatte. »Lecker!«

»Chris weiß wirklich alles übers Kochen.« Dee sah verträumt zu ihm auf.

»Na ja, es reicht schon.« Er zerzauste ihr das Haar. »Du bist eine gute Schülerin. Hört zu, ich geh besser nach oben. Ich hab Mom versprochen, dass ich heute das Abendessen koche.« An der Tür drehte er sich noch einmal um und meinte: »Vergiss nicht, Dee. Wir haben morgen Abend ein Date. Abendessen und Videos – du darfst dir aussuchen, was wir schauen. Bis dann.«

»Ein Date? Ich dachte, du wolltest zu Maddie?« Ich stibitzte mir noch eine weitere Makrone.

»Das wollte ich, aber sie ist krank. Ihre Mom dachte, es sei besser, wenn ich nicht komme. Sonst fang ich mir vielleicht noch ein, was sie hat. Aber egal, Chris bleibt auch zu Hause und hat mich gefragt, ob ich mir mit ihm zusammen Filme ansehe. Ist doch okay, oder?«

»Natürlich.« Wenn ich bei Dee zu Hause bleiben könnte, wäre das die perfekte Entschuldigung, warum ich nicht zu der Party gehen kann. Ach. Ich dachte echt immer noch darüber nach, wie ich einen Rückzieher machen konnte. Ich musste endlich damit aufhören. Jetzt war bereits alles organisiert, da konnte ich nicht einfach so abspringen.

Morgen Abend. Ich schlang mir die Arme um den Körper. Das Einzige, was mich davon abhielt, etwas echt Schlimmes zu tun, war die Tatsache, dass Mrs Jenkins dafür sorgen würde, dass ich gut aussah. Ein schwacher Trost. Ich trottete den Flur runter in mein Zimmer, wo ich meine Kunstsachen hervorholte, um die folgende Stunde damit zu verbringen, die ersten Entwürfe anzufertigen für das, was ich für die nächste Videounterbrechung geplant hatte.

XXXII

Wenn es nach Wei, ihre Mutter und Dee ging, hatte ich nicht viel mitzureden, was meine Planung für den Silvestertag betraf. Ihre Aufregung wirkte ansteckend, und ich musste noch nicht mal ein Lächeln vortäuschen, als Wei ein paar Digis von mir machte.

»Ultrahübsch«, rief Dee. »Du siehst aus wie ein Filmstar. Könnte ich ein Autogramm von Ihnen bekommen, Miss Oberon?« Sie hielt mir einen imaginären Rapido und Papier hin.

Ich hatte Angst, ich könne mich selbst an den Kanzashi-Stäbchen in meinem Haar aufspießen oder ich würde in den Absätzen, die ich trug, stolpern. Ich musste aber zugeben, dass ich, als ich mir jetzt so das Endergebnis von Mrs Jenkins' Bemühungen ansah, ziemlich heiß aussah. Nicht wie ich selbst, aber ultrascharf. Vielleicht war das aber auch ein Teil von mir, den ich bislang nicht gewagt hatte, zu erkunden. Ein Teil, der attraktiv und sexy sein wollte. Doch ich hatte keine Zeit, länger solchen Gedanken nachzuhängen, denn soeben traf der Stretch-Trannie ein.

»Viel Spaß!« Dee umarmte mich ganz vorsichtig.

»Und frohes neues Jahr!« Wei küsste mich auf beide Wangen.

»Pass auf dich auf«, ermahnte mich Mrs Jenkins.

Selbst hinter den abgedunkelten Fenstern des Trannies fühlte ich mich irgendwie schutzlos. Und das würde ich ganz entschieden sein, sobald ich Paulettes Haus betrat. Das Kleid, die Frisur, die Schuhe – all das half nichts, wenn mein Gehirn mich doch eine Betrügerin schimpfte.

»Sind Sie bereit, Miss?«, erkundigte sich der Fahrer.

Ich löste meinen Blick von dem ungebrochenen Strom hochrangiger Leute, die das Gebäude betraten. »Äh … ich, ähm … geben Sie mir noch eine Nanosekunde. Bitte?« Wirkte ich wie ein Snob, wenn ich ihn darum bat, sich zu gedulden? Ich öffnete meine geborgte Clutch und holte einen Spiegel heraus, um so zu tun, als müsse ich mein Haar ein letztes Mal überprüfen – dabei wagte ich gar nicht, es zu berühren, vor lauter Angst, ich könnte die Frisur ruinieren.

Da piepte mein PAV. »Bist du da, Nina? Percy renkt sich schon den Hals aus, weil er die ganze Zeit nach dir Ausschau hält.«

»Ich bin unten, Martin. Bin gleich bei Ihnen.« Wenigstens wusste ich, dass Percy und er sich auf mich freuten. Wie Paulette reagieren würde, da ließen sich nur Vermutungen anstellen. »Ich bin so weit«, erklärte ich dem Fahrer schließlich.

In Windeseile hatte er die Tür für mich aufgerissen, und

hielt mir die Hand hin, um mir rauszuhelfen. »Ich wünsche Ihnen einen wundervollen Abend, Miss.«

»Vielen Dank.« Ich fragte mich, ob ich ihm wohl ein Trinkgeld geben sollte, doch er war schon wieder in dem Stretch-Trannie verschwunden und losgefahren, ehe ich den Gedanken überhaupt zu Ende hatte führen können. Mir blieb also nichts anderes übrig, als nach drinnen zu gehen. Der Mann an der Tür nahm mich genau ins Visier. Offensichtlich aber erfüllte ich seine Erwartungen. »Ihr Name, bitte?«

»Nina Oberon.«

»Der erste Liftport links, hoch in die Penthouse-Suite.«

»Danke.« Wenigstens klang meine Stimme zuversichtlich, auch wenn ich mich nicht so fühlte.

Als ich in der Ecke des Liftports stand, schloss ich meine Augen und wünschte mir, die Nacht wäre bereits vorbei.

Doch nichts hätte mich auf das Spektakel auf der anderen Seite der Liftporttüren vorbereiten können. Klar, Wei gehörte einem der höchsten Ränge an, doch ihr Haus war gemütlich, bodenständig, ein Ort, an dem ich mich wohlfühlte. Natürlich war Paulettes Penthouse speziell für die Silvesterparty hergerichtet worden, doch selbst ohne die Dekoration hätte ich mich gefühlt, als wäre ich mitten in einem Video gelandet. Alles war glatt und glänzte und wirkte ultraschick – genau wie Paulette selbst.

Wie ein paar Schnäppchenjäger im Mega World drängten sich die Leute aus dem Liftport an mir vorbei, um sich unters Partyvolk zu mischen. Ehe die Türen sich wieder schlossen, trat ich hinaus in die Menge. Während ich mich durch die Leute kämpfte auf der Suche nach Martin und Percy, sagte plötzlich eine vertraute Stimme: »Du bist die Letzte, die ich heute Abend hier erwartet hätte.«

»Paulette.« Ich war mir nicht sicher, was jetzt kommen würde. Die letzten paar Male, als wir uns begegnet waren, war sie fast schon nett zu mir gewesen. Heute Abend allerdings war sie alles andere als freundlich. Ihr eisiger Blick, mit dem sie mich musterte, gab mir das Gefühl, als wäre ich ein Einzeller unter dem Mikroskop.

»Was willst du denn hier?«, fragte sie.

Die ganzen Gedanken, die ich mir gemacht hatte, ob ich wirklich kommen sollte, und all meine Ängste, was denn der Haufen hochrangiger Leute hier von mir denken würde, waren angesichts ihrer Überheblichkeit mit einem Mal nebensächlich. »Ich bin mit Martin Long und Percy Bunton hier. Und wenn es dich nicht stört, würde ich jetzt gerne nach ihnen suchen.« Ich versuchte, mich an ihr vorbeizudrängen, doch sie packte mich am Arm.

»Ich hab auf der Gästeliste schon gesehen, dass sie dich mitbringen, aber ich hätte nicht gedacht, dass du wirklich hier aufkreuzt. Nina, du hättest mir sagen müssen, dass du kommst«, meinte sie. »Sei vorsichtig. Das hier ist alles ein bisschen zu hoch für dich.«

Ich wand mich aus ihrem Griff. »Das denkst du.« Ich stapfte davon und war mir sicher, dass mein Gesicht so rot war wie der Schmuck, den Mrs Jenkins mir ins Haar geflochten hatte.

Ich hatte bereits mehrere Drinks und ein Tablett voller Häppchen abgelehnt, ehe ich endlich eine erfreute Stimme vernahm.

»Nina, hier drüben.« Ich entdeckte Percy, der mir aufgeregt zuwinkte.

Irgendwie schaffte ich es, mich durchs Gewühl der anderen Gäste zu schlängeln. »Ich dachte nicht, dass ich Sie je finden würde. Ich bin so erleichtert, endlich ein freundliches Gesicht zu sehen. Wo steckt Martin?«

»Marty ist da drüben – irgendwo.« Er ließ den Arm über die Menschenmenge schweifen. »Ach, siehst du?« Er deutete mit seinem Drink in eine Richtung. »Das da sind die Golds. Wie ein Adonis sieht er aus, nicht wahr?«

Ich zog eine Braue hoch.

»Ach so, ja, sie sieht auch gut aus. Und guck dir meinen Marty an, wie er sie ihren Kreditpunkten entsprechend umgarnt. Alles nur fürs Institut. Immer auf der Pirsch nach neuen Zuschüssen.« Er sah seinen Partner bewundernd an, ehe er seinen Cocktail abstellte und mir die Hände auf die Schultern legte. »Dann wollen wir doch mal einen Blick auf dich werfen.« Er drehte mich herum und nickte anerkennend. »Sehr retro-ultra-asiatisch. Jade hat dir die Haare gemacht, nicht wahr?« Er klatschte sich die Hand vor die Brust und blickte in Richtung Himmel. »Sie ist echt eine *Göttin,* wenn es um Haare geht. Und du, meine Liebe, du bist einfach nur *die* Göttin.«

Meine Wangen fingen an zu glühen. »Könnten wir jetzt bitte nicht mehr über mich sprechen?«

»Oh, meine süße kleine Nina. Es reden doch sowieso schon alle über dich.« Er beugte sich zu mir. »Sieh nur, wie sie dir über ihre Drinks hinweg verstohlene Blicke zuwerfen oder über die Schultern ihrer Begleitung. Du stellst diese ultraschicken Snobs allesamt in den Schatten.« Mit einer Geste bedeutete er dem Kellner, zu uns zu kommen. »Du hast doch sicher noch nichts gegessen, nicht wahr?«

»Ich hab keinen Hunger.« Und die Vorstellung, ich wäre das Gesprächsthema Nummer eins unter den Leuten, gefiel mir ganz und gar nicht. Percy hatte recht: Die anderen Gäste sahen mich an, und sie redeten – echt gruselig. »Vielleicht sollten wir uns zu Martin gesellen?«

»Erst möchte ich dir jemanden vorstellen, der es gar nicht mehr erwarten kann, dich kennenzulernen.« Percy nahm mich am Ellbogen und führte mich durchs Gedränge.

Ich sah, wie Paulette uns beobachtete. Sie dachte vermutlich, ich würde ihr die Party versauen. Percy bahnte uns einen Weg durch die Menge, bis wir vor einem riesigen offenen Kamin aus Kristall standen, vor dem überraschenderweise noch sehr viel Platz war und lediglich zwei in ein Gespräch vertiefte Männer standen. Einen von ihnen erkannte ich sofort: Es war Kasimir Lessig.

Percy räusperte sich. »Kasimir? Darf ich dir Miss Nina Oberon vorstellen?«

»Miss Oberon.« Lessig griff nach meiner Hand. Die seine war warm und sein Verhalten so charmant, dass es mich total überraschte. Ich hatte dieselbe gekünstelte Person erwartet, die er in den Medienübertragungen und den Sondersendungen darstellte. Er deutete auf den Mann, mit dem er sich unterhalten hatte. »Das ist mein Assistent, Angelo Fassbinder.«

»Ah. Die Tochter des verstorbenen Alan Oberon. Was für eine Freude, Ihre Bekanntschaft zu machen.« Fassbinder nahm meine Hand, und am liebsten hätte ich sie sofort wieder zurückgerissen.

Percy drückte aufmunternd meinen Arm. »Als Mr Lessig erfuhr, dass du kommen würdest, hat er mich ausdrücklich gebeten, dich ihm vorzustellen.«

»Im Ernst?«

»Ja, meine Liebe. Ihr Vater und ich, wir kannten uns«, erklärte Lessig. »Er war ein so talentierter und guter Redner. Aber ich bin überzeugt, das wissen Sie längst.«

»Ich habe nie eine von seinen Reden gehört«, schwindelte ich zur Sicherheit. »Die sind verboten.« Ganz sicher würde ich dem Medienboss, möglicherweise sogar dem mächtigsten Mann im ganzen Land, nicht auf die Nase binden, dass ich mir illegale Reden anhörte.

»Oh ja. Das ist richtig.« Er schüttelte den Kopf. »Der Regierungsrat macht sich echt über die lächerlichsten Dinge Gedanken. Mir oder den Medien ist das einerlei. Ich werde arrangieren, dass Sie sich seine berühmteste Rede anhören können. Angelo?« Er flüsterte etwas in Fassbinders Ohr.

»Selbstverständlich, Sir. Miss Oberon.« Fassbinder notierte sich, was auch immer Lessig ihm aufgetragen hatte, dann wandte er sich zum Gehen. Ich hätte nicht behaupten können, dass mir das leidtat. Irgendwas an ihm sorgte dafür, dass sich bei mir die Nackenhaare aufstellten.

»Mein Assistent wird sich mit Ihnen baldmöglichst in Verbindung setzen, meine Liebe«, erklärte Lessig. Sein Blick wurde weich. »Es tat mir sehr leid, vom Tod Ihrer Mutter zu hören. Ich hatte nur einmal das Vergnügen, ihre Bekanntschaft zu machen. Das war bei ihrer Hochzeit.«

»Sie waren auf der Hochzeit meiner Eltern?« Die aalglatte Art, wie er sprach, bereitete mir ein unbehagliches Gefühl – es kam mir fast so vor, als fände ich mich einer Schlange gegenüber, die mich anlächelte, obwohl sie voller Gefahr und falschem Charme war. Ich hätte nie gedacht, dass meine Eltern ihn gekannt hatten. Ginnie konnte es nicht ertragen, ihm auf dem PAV zuzuhören, aber sie hatte nie auch nur angedeutet, dass sie ihn kannte.

»Oh ja. Ihr Vater und ich, wir waren schon in der Schule Freunde. Nun ...« Er schüttelte den Kopf und lächelte. »Um ehrlich zu sein, wir waren Rivalen. So gut ich in meinen Vorträgen auch war, ich konnte Alan Oberon nicht das Wasser reichen. Ich schätze, wenn er nicht gestorben wäre, dann hätte er jetzt meinen Job, und ich wäre ein kleiner Lokalreporter irgendwo in der Pampa. Er war mit Abstand der bessere Redner.«

Ich konnte nichts weiter tun, als erstaunt zu nicken. Seine Worte klangen so freundlich, ob ich mich in ihm wohl getäuscht hatte? Nein, Ginnie und die Jenkins vertrauten ihm nicht. Mir war klar, dass ich das besser auch nicht tat.

»Ich muss sagen, Nina ... Darf ich Sie Nina nennen?«

Lessig fuhr fort, da er davon ausging, dass er mein Einverständnis hatte, und … na ja, warum sollte ich es ihm auch verbieten? »Sie sind umwerfend. Gar nicht so wie die meisten Sechzehnjährigen, denen ich so begegnet bin, mit ihrem ultraschicken Äußeren. Und, oh … ein neues Tattoo?« Er berührte mein Handgelenk.

»Ja.« Mir gefiel es nicht, seine Hand auf meinem Tattoo zu spüren – kein Wunder, da es doch die Wahrheit propagierte.

»Ich dürfte ja eigentlich nicht überrascht sein, bei der Begabung, die Ihr Vater hatte, klar hat er das auch auf sein einziges Kind vererbt.« Er drehte meine Hand um und betrachtete sowohl die Vorder- als auch die Rückseite des Tattoos. »Die Betonung liegt auf der Wahrheit, ich verstehe.« Er beschrieb einen Kreis um die drei Worte, die die XVI umgaben. »Wie Pilatus sagte: ›Was ist Wahrheit?‹.«

»Wer ist denn Pilatus?«

»Pilatus war ein Mann, der getan hat, was nötig war, während er sich gleichzeitig aus allem rausgehalten hat.« Er begegnete meinem Blick, dann betrachtete er wieder mein Handgelenk, ehe er losließ. »Haben Sie das selbst entworfen?«

»Ja. Mein Großvater sagt, man solle immer nach der Wahrheit suchen und dass sie nie verborgen bleiben kann.«

»Wie interessant.« Er warf mir ein Lächeln zu, das man als väterlich-freundlich hätte bezeichnen können. »Ihr Großvater ist ein weiser Mann. Leben Sie jetzt bei Ihren Großeltern?«

»Nicht ganz.« Ich wusste nicht, wie viel ich ihm erzählen sollte. Doch dann wurde mir klar, dass er sowieso alles herausfinden konnte, wenn er wollte. »Ich bin bei Freunden untergebracht. Meine Großmutter liegt im Krankenhaus.«

Sein Assistent, der ein wenig abseits stand, versuchte nun Mr Lessig auf sich aufmerksam zu machen.

»Entschuldigen Sie mich einen Moment, Nina.« Nach einem kurzen geflüsterten Gespräch kehrte er wieder zurück. »Angelo hat mich informiert, dass Ihr Großvater erst kürzlich verhaftet wurde. Wie schrecklich. Ist er immer noch in Gewahrsam?«

»Ja, ist er.« Ich senkte den Blick.

»Ach herrje, meine Liebe. Das ist doch nicht Ihre Schuld. Begeben wir uns an einen ruhigeren Ort, wo Sie und ich über die Details der Inhaftierung Ihres Großvaters sprechen können. Ich habe einen gewissen Einfluss auf die Herrschenden. Vielleicht kann ich ja von Nutzen sein, um seine Freilassung voranzutreiben.« Mein Herz setzte einen Moment aus – konnte er Grandpa tatsächlich helfen? Oder war das irgendeine Art von Trick? Er sah sich im Raum um. Als er eine Kellnerin auf sich aufmerksam gemacht hatte, bat er sie rüber zu uns. »Gibt es einen Ort, an dem Miss Oberon und ich uns ungestört unterhalten können?«

»Hier entlang, bitte.«

Ich war mir nicht sicher, ob es so eine gute Idee war, mit ihm irgendwo allein hinzugehen. Aber wenn er Grandpa helfen konnte … Als ich mich umdrehte und einen Schritt vorwärts machte, erhaschte ich aus dem Augenwinkel einen kurzen Blick auf Paulette. Doch es war zu spät. Sie stolperte direkt vor mir. Ich versuchte sie aufzufangen, doch sie taumelte vorwärts, wobei sie ihren Drink über Mr Lessig kippte.

Seine Bodyguards, die ich bis zu diesem Moment überhaupt nicht bemerkt hatte, waren binnen einer Nanosekunde bei uns. Lessig aber winkte sie fort. »Ein Unfall. Nur ein kleines Missgeschick.«

»Es tut mir ja so leid.« Paulette betupfte den sich rasch ausbreitenden Fleck mit einer Serviette. »Cory! Hierher. Schnell!«

Die Bedienung von vorhin eilte mit weiteren Servietten herbei und übernahm das Säubern.

»Du tollpatschige Kuh«, zischte Paulette mir leise zu.

Es war nicht meine Schuld gewesen; Paulette hatte sich vor mich gedrängt. Aber was brachte es schon, ihr das vorzuwerfen? Würde mir ja eh keiner glauben. Daher schwieg ich.

»Cory, bringen Sie Mr Lessig in Daddys Zimmer.«

»Gewiss, Miss.«

»Der Diener meines Vaters wird sich um Ihre Kleidung kümmern«, sagte Paulette nun zu Lessig, der den Eindruck erweckte, als wäre er viel lieber hier geblieben. Doch Paulette, die voller Anteilnahme war und ihn wie ein Kind behandelte, ließ es sich nicht nehmen, seinen Anzug und seine Würde zu retten.

Als Lessig mit der Kellnerin verschwunden war, wirbelte ich zu Paulette herum. »Was sollte das? Er wollte Grandpa helfen! Du bist in mich reingerannt. Ich hab nichts …«

Sie fiel mir einfach ins Wort. »Raus hier, bevor sie zurückkommen.« Paulette winkte einen Kellner herbei. »Gene, bringen Sie Miss Oberon nach unten. Lassen Sie sie von Reggie nach Hause fahren. Sofort.«

»Entschuldigung. Aber ich geh nirgendwo hin. Ich bin mit meinem Boss und seinem Lebensgefährten hier. Ich muss die beiden finden …«

Paulette packte mich unsanft am Arm. »Du musst gehen, sonst nichts. Auf der Stelle.« Ihr Gesichtsausdruck wirkte entschlossen, und ihre Augen funkelten.

»Du kommandierst mich nicht herum, Paulette! Nur zu deiner Information, Mr Lessig und ich haben gerade über meinen Großvater gesprochen. Er hat mir angeboten, mir zu helfen, ihn aus dem Gefängnis zu holen.«

Sie riss die Arme hoch. »Nina, bist du wirklich so naiv? Geh jetzt. Sofort. Bevor ich die Sicherheitskräfte rufen muss, damit die dich hier rausbringen.«

Ich protestierte nicht länger. Stattdessen drehte ich mich einfach um und ging freiwillig. Ich würde Martin und Percy später eine Nachricht schicken und mich entschuldigen. Als ich mich auf den Rücksitz des Trannies gekauert hatte, tröstete ich mich, so gut es ging. Das war's dann also mit den Partys. Das war's dann also damit, dass ich versucht hatte, jemand zu sein, der ich nicht war.

XXXIII

Als ich zu Hause ankam, war es fünfzehn Minuten vor Mitternacht. Reggie ließ mich ohne auch nur einen Neujahrswunsch aussteigen. Kaum war ich zur Haustür rein, streifte ich die hohen Schuhe ab. »Aaaah.« Wenigstens fühlte sich ein Teil von mir jetzt wieder besser.

Ich tappte in die Wohnung, von der ich eigentlich erwartet hätte, dass ich sie leer vorfände. Doch da auf dem Boden saß Chris gegen das Sofa gelehnt, auf dem Dee tief und fest schlief. Er sprang auf und legte einen Finger an die Lippen. Ich folgte ihm in die Küche.

»Sie ist schon vor einer halben Stunde weggepennt. Weißt du, ich hab mir nicht mehr Arianna Lightfoot angesehen, seit Wei in Dees Alter war. Es war irgendwie ... Moment mal.« Er überprüfte den Timer am Kochcenter. »Warum bist du denn schon so früh zu Hause? Es ist ja noch nicht mal Mitternacht. War die Party so schlimm?«

Ohne Vorwarnung brach ich in Tränen aus. Chris kam auf mich zu, um mich zu trösten, doch ich hielt abwehrend die Hand hoch. Sobald ich wieder die Kontrolle über meine Gefühle hatte, erzählte ich ihm von dem Abend, und ich schloss mit: »Kasimir Lessig hatte vor, Grandpa zu helfen, aber Paulette hat ihn mit ihrem Wein überschüttet. Sie hat behauptet, das wäre meine Schuld gewesen, und hat mich rausgeworfen.« Ich klang wie ein schmollendes Prä-Teen. Daher sah ich weg und wartete, bis ich wieder zu Atem gekommen war. »Ich hätte da erst gar nicht hingehen sollen. Ich passe nicht zu solchen Leuten. Sie haben nicht aufgehört, mich anzuglotzen. Es war fürchterlich.«

»Wow.« Er fuhr sich mit der Hand durchs Haar. »Klingt ja echt schlimm. Möchtest du, dass ich dir einen Tee mache oder so?«

»Tee wäre prima.« Ich setzte mich an den Tisch, während er in der Küche herumhantierte. Nach zehn Minuten stand die dampfende Flüssigkeit vor mir und sorgte dafür, dass meine Schande sich allmählich zu verflüchtigen begann.

»Weißt du, ich wette, die Leute haben dich angestarrt, weil du so wunderschön aussiehst.«

Ich rang mir ein schiefes Lächeln ab. »An derlei Aufmerksamkeit bin ich nicht gewöhnt.«

»Nun, dann gewöhnst du dich besser daran.« Er streckte die Hand aus und schob eine Strähne aus meiner Stirn. »Du bist ein sehr hübsches Mädchen.«

»In den Kleidern von jemand anderem«, entgegnete ich, während ich den Tee in der Tasse herumwirbeln ließ. »Das ist fast so, als würde man Verkleiden spielen.«

»Das hat doch alles nichts mit den Klamotten zu tun oder dem Haar oder dem Make-up oder irgendetwas Äußerlichem. Weißt du, man kann einen Film nicht nach dem Trailer beurteilen.«

Die Mahnungen meiner Mom, auf ein Kompliment mit einem schlichten Dankeschön zu reagieren, kamen mir wieder in den Sinn, und schon waren die Worte aus meinem Mund. »Danke. Aber was ist mit der Tatsache, dass Mr Lessig mir in Grandpas Fall helfen wollte? Paulette hat alles ruiniert. Es kommt mir fast so vor, als hätte sie das absichtlich getan, weil er sich mit mir unterhalten hat und nicht mit ihr.«

Chris kratzte sich am Kopf. »Das ergibt aber keinen Sinn, warum sie so etwas tun sollte. Außerdem, Nina, solltest du nicht allzu viel darauf geben, was Lessig sagt. Erinnerst du dich an die Sondermeldungen? Der verdreht doch ständig die Wahrheit.«

»Aber selbst wenn nur die minimale Chance besteht, dass er Grandpa helfen kann, muss ich sie nutzen. Ich weiß doch nicht, was die sonst mit ihm machen?«

»Nun, du hast doch gesagt, Lessig meinte, sein Assistent würde sich mit dir in Verbindung setzen.«

»Er weiß doch gar nicht, wo ich wohne.«

»Denk doch mal nach, Nina. Wenn das irgendjemand rausfinden kann, dann Lessig.«

»Stimmt auch wieder.«

»Sieh mal.« Er deutete auf die Uhr. »Es ist Mitternacht.«

Wir stießen mit den Teetassen an.

»Frohes neues Jahr.« Er beugte sich über den Tisch zu mir und küsste mich.

Ohne darüber nachzudenken, erwiderte ich den Kuss.

Schockiert über das, was ich getan hatte, murmelte ich »Frohes neues Jahr« in meine Teetasse, wobei der Dampf meine glühenden Wangen befeuchtete.

Doch als ich noch mal darüber nachdachte, kam ich zu dem Schluss, dass das ja nur ein harmloser Neujahrskuss gewesen war. Es musste so gewesen sein. Chris' warmherziges Lächeln war echt süß, und man konnte so gut mit ihm reden, aber ich liebte nun mal Sal. Verdammt. Der Abend lief ganz und gar nicht so, wie ich mir mein Silvester vorgestellt hatte.

Am liebsten wäre ich bei Sal gewesen oder hätte wenigstens gern mit ihm geredet. Doch ich würde ihm garantiert nicht noch eine Nachricht schicken. Er hatte sich immer noch nicht gemeldet oder auf meine Nachricht geantwortet. Und die hatte ich ihm schon vor drei Tagen geschickt. Vielleicht hatte ich es für immer ruiniert. Vielleicht würde ich nie wieder was von ihm hören. Ich musste diese Gedanken endlich abstellen.

Chris' Stimme holte mich zurück in die Wirklichkeit. »Schmiedest du gerade Neujahrsvorsätze?«

»Nee. Bin nur müde.«

»Ich sollte wohl besser gehen. Willst du, dass ich Dee in ihr Zimmer trage?«

»Nein. Lass sie schlafen. Ich hol ihr eine Decke. Und danke, dass du den Abend mit ihr verbracht hast.«

»Willst du mich verarschen? Sie hat doch verhindert, dass ich im Selbstmitleid versinke. Kein Date am Silvesterabend. Was bin ich bloß für ein Loser.«

Ich lächelte. »Du magst ja vieles sein, aber ein Loser bist du ganz bestimmt nicht.«

»Du auch nicht.« Er legte den Arm um mich und küsste mich auf die Wange. »Frohes neues Jahr, Nina. Du verdienst es.«

Ein kurzer Blick in den Spiegel brachte mir sämtliche Ereignisse des Abends wieder in Erinnerung. Vorsichtig entfernte ich die Kanzashi-Stäbchen aus meinem Haar und schüttelte es. So. Das war schon eher ich. Ich streifte mit den Fingerspitzen über den aufgestickten Kranich, ehe ich aus dem Kleid schlüpfte. Es war wirklich wunderschön. Und ich hatte mich schön gefühlt darin – wenn auch nur für ein paar wenige Stunden. Ich wünschte, Sal hätte mich so sehen können. Und völlig unvermittelt musste ich wieder an Chris' Kompliment denken, und ich erinnerte mich an seine Lippen auf meinen. Wieder fingen meine Wangen an zu glühen. Verrückt.

Ich brauchte dringend Schlaf.

Das war doch das beste Heilmittel für alle Verrücktheiten.

XXXIV

Doch der Schlaf stellte sich als alles andere als heilsam heraus. Meine Schande angesichts der Tatsache, dass Paulette mich rausgeworfen hatte, und meine Verwirrung, die Chris' Kuss in mir ausgelöst hatte, waren so lebendig wie am Abend zuvor.

Während ich auf Dee wartete, die sich für unseren Besuch bei Grandma anzog, rief ich bei Sal an. Meine Hände zitterten. Einmal Klingeln … zwei … drei … Mailbox. Ich musste wirklich, wirklich dringend mit ihm reden, seine Stimme hören, um endlich Klarheit zu haben, dass wir eine Lösung finden würden. Warum nur hatte ich zugelassen, dass ich so wütend auf ihn wurde?

Weil er dir nichts zutraut und dich zu nichts fähig hält, erwiderte eine Stimme in meinem Kopf.

Ich spielte das Gespräch mit Sal noch einmal durch in meiner Erinnerung. Doch wieder war das Ergebnis Ärger und Enttäuschung. Ich seufzte. Die Schwesternschaft würde es ihm zeigen müssen, ihm und den ganzen NonKons, dass Mädchen sich ganz gut behaupten und ihren Beitrag zum Widerstand leisten konnten, und zwar über ein schlichtes Sammeln von Informationen und die Bereitstellung von technischem Know-how hinaus.

»Dr. Silverman meint, am ersten Februar wäre es so weit.« Grandma schnaubte. »Ich hab ihm erklärt, dass es mir gut geht, doch er war unerbittlich. Er meint, er braucht noch Zeit, um meine Genesung besser beurteilen zu können. ›Was denn beurteilen‹, hab ich ihn gefragt. Ich bin eine alte Frau. Ich atme noch. Und ich fühl mich besser als mit siebzig. Er will ja nur mehr Zeit haben, um mit seiner Arbeit anzugeben. Ständig kommt er mit Kollegen vorbei, praktisch am laufenden Band, seit ich hier bin. Ich fühl mich ja schon wie eine Jahrmarktsattraktion in der Freakshow. Ach ja …« Sie seufzte. »Gibt es Neuigkeiten zu eurem Großvater? Sie wollen mir hier nichts erzählen. Um die Patientin nicht aufzuregen, ihr wisst schon.«

Ich erzählte ihr von meiner Begegnung mit Kasimir Lessig auf Paulettes Party. Ich war mir nicht sicher, ob ich erwähnen sollte, dass er mir seine Hilfe angeboten hatte. Denn wenn sich herausstellte, dass das reiner Schwindel war, dann wollte ich Grandma nicht unnötig diesem Stress aussetzen. Doch ich sah den verzweifelten Ausdruck in ihren Augen, sodass ich es mir anders überlegte.

»Lessig kann uns vielleicht helfen, Grandpa da rauszuholen. Er meinte, er würde sich deswegen mit mir in Verbindung setzen.«

»Gütiger Himmel!« Grandma wurde ganz blass und hielt sich die Brust.

»Grandma!« Verdammt! Hatte ich soeben einen weiteren Herzanfall bei ihr ausgelöst? »Dee, ruf die Krankenschwester. Sofort!«

»Nein, nein.« Grandma hielt sie zurück. »Mir geht's gut. Nur … der Schock … Lessig. Ach herrje.«

»Er hat gesagt, er habe meinen Vater gekannt. Ich war überrascht, wie freundlich er zu mir war.« In Wahrheit war ich mehr als überrascht gewesen. Nach allem, was ich bislang über ihn gehört hatte, war ich mir nicht sicher, ob ich ihm vertrauen sollte oder nicht. Aber wir brauchten doch wenigstens ein bisschen Hoffnung, oder?

»Ja, und ob sie sich kannten, aber sie konnten sich nicht ausstehen. Alan hat ihm nie über den Weg getraut. Dieser Kerl hat ständig die Wahrheit verdreht und konnte einen glauben machen, dass oben unten war und Osten Westen. Nina, wenn Lessig dich kontaktiert, sei auf der Hut.«

»Aber«, mischte Dee sich jetzt ein, »wenn er uns dabei helfen kann, dass Grandpa wieder nach Hause kommt, wäre das denn nicht gut?«

»Klar, meine Süße.« Grandma tätschelte Dees Hand. »Natürlich wäre das gut.« Doch ihr Blick verriet mir, dass sie Angst hatte, auch wenn sie das nicht zugeben wollte. Und ich teilte diese Angst.

Wieder draußen warteten Dee und ich auf den Transit. »Warum hast du mir nicht erzählt, dass du Kasimir Lessig getroffen hast?« Dee sah mich anklagend an. »Das ist doch echt riesig.«

»Ich hab dir das erzählt, du Dummchen. Im selben Moment, wo ich es Grandma erzählt habe.«

»Du weißt genau, was ich meine.«

Dee und ich stiegen in den Transit mit der Nummer fünfundfünfzig.

»Ich wollte nicht, dass du dir unnötig Hoffnungen machst«, erklärte ich. »Und ich bin mir auch nicht sicher, ob es gut war, Grandma davon zu erzählen. Vielleicht meldet er sich überhaupt nicht bei mir. Nicht nach der Sache mit dem Drink.«

»Was für ein Drink?«

Nachdem ich ihr von dem Vorfall erzählt hatte, meinte sie: »Das war nicht deine Schuld. Ich mag Paulette Gold nicht.«

»Du kennst sie doch gar nicht.«

»Na, magst du sie etwa?«

»Weiß nicht.« In letzter Zeit hatte sie sich so widersprüchlich verhalten. Sie hatte den Fluchtwagen gefahren, war dafür gewesen, Joan zu helfen – und dann behandelte sie mich, als wäre ich noch weniger wert als jemand aus Rang eins. Ich wusste *echt* nicht, was ich von Paulette halten sollte.

Dee wollte heute bei Maddie übernachten, und während ich auf Wei wartete, lief ich fast ein Loch in den Teppich. Wir wollten ins Soma, um Derek spielen zu sehen.

Als sie kam, sagte ich: »Wie wäre es, wenn wir erst noch bei unserer alten Wohnung vorbeifahren? Wenn du Joan nach Japan bringst, dann sollte sie dich vorher kennenlernen. Sie hat nicht sonderlich viel Vertrauen in Menschen, deshalb fühlt sie sich vielleicht ein bisschen wohler, wenn sie dich schon mal getroffen hat. Ich will nicht, dass sie ausrastet.«

»Da ist was dran. Lass uns gehen.«

Ich reichte Wei eine der beiden Tüten, die auf dem Boden standen. »Essen. Eine Art Friedensangebot.« Wir eilten los, um den Transit zu erwischen.

Als wir wieder ausstiegen, war es schon dunkel.

»Denkst du, sie sind hier?«, erkundigte sich Wei.

»Am besten gehen wir zum Fluss runter, normalerweise kommen sie irgendwann immer aus der Gasse zwischen den Häusern da.«

»Wo schlafen sie eigentlich?«, fragte Wei. »Mich wundert es ja, dass sie bei dieser Kälte überleben. Echt schrecklich.«

»Ich hab keinen Schimmer.« Einen Moment lang dachte ich darüber nach. »Sie müssen irgendwie damit klarkommen. Vor allem, weil es keine Notunterkünfte für sie gibt.«

»Früher gab es welche«, meinte Wei. »Dads Großvater hat noch eine betrieben. Die war für alle da, die einen Unterschlupf benötigten. Doch dann übernahm der Regierungsrat sämtliche Notunterkünfte und stellte Regeln auf, was die Leute alles tun mussten, um dort bleiben zu dürfen. Ein ganzer Haufen Obdachloser hat sich geweigert.«

»Was waren das für Regeln?«

»Sie mussten jeden Job übernehmen, den man ihnen anbot. Keine Drogen. Kein Alkohol. Kein Tabak.«

»Das klingt mir aber nicht so schlimm. Eigentlich genau das, woran sich auch die Fürsorgler heutzutage halten müssen. Wie Mikes Dad, der die ganzen Medikamententests mitmacht.«

»Klar, auf den ersten Blick klingt das ganz gut. Ich meine, wir alle müssen arbeiten, um uns ein paar Kreditpunkte zu verdienen, von denen wir leben können. Aber ich glaube, das Problem waren die Jobs an sich.«

»Was waren das denn für welche?«

»Reihenweise medizinische Experimente. Nicht nur von der Art, wie Mr Trueblood sie mitmacht, sondern man musste sich irgendwelche Sachen implantieren lassen, nur um zu sehen, was passieren würde. Sie haben den Leuten zwar ein Zuhause geboten, doch der Preis dafür konnte eine Amputation sein, sodass man Therapien testen konnte, damit Glieder wieder nachwachsen. Dad meinte, das mit den Amputationen sei nicht immer auf ganz freiwilliger Basis geschehen. Man hat den Leuten Krankheitserreger injiziert, und dann hat man den einen Medikamente gegeben und den anderen nur Placebos. Und irgendwann fingen sie auch noch mit Genmanipulation an.«

»Verdammt! Das wurde ja schon vor einem Jahrhundert verboten!«

»Genau. Die meisten Obdachlosen wehrten sich und weigerten sich fortan, in die Notunterkünfte zu gehen. Dad meinte, im Gegenzug habe der Regierungsrat sie dann alle geschlossen. Dann fingen die Medien an, Meldungen zu streuen, von wegen, die Obdachlosen verbreiteten Seuchen und wären Untermenschen, da sie in Gassen hausten und umherwuselten wie die Ratten. Ich schätze, irgendwann wurde sogar akzeptiert, dass man sie missbrauchte oder gar tötete, ohne dass man dafür Ärger bekam.«

»Das ist ja ekelerregend.« Ich umklammerte den Tragegriff der Tüte, die Wangen glutrot, während ich mir eingestehen musste, dass ich selbst mal die ganzen Lügen der Medien geglaubt hatte.

Wir gingen runter zu einer der Grünflächen am Fluss, dann marschierten wir zurück zur Straße, in der Hoffnung, wir würden nicht selbst aussehen wie Obdachlose. Wir durften es nicht riskieren, von der Polizei erwischt zu werden. Ich hatte schon fast aufgegeben, als ich aus dem Augenwinkel eine Bewegung zwischen zwei Häusern wahrnahm. Es waren Joan und Svette.

Svette funkelte mich finster an, aber sie zögerte keine Sekunde, mir die Tüte mit dem Essen aus der Hand zu reißen, die ich ihnen hinhielt. Sie reichte sie an Joan weiter. »Bring das hier zu den anderen.«

»Nein«, protestierte ich. »Ich muss mit Joan reden.«

»Was willst du von ihr?«

Die Augen der Frau verengten sich zu schmalen Schlitzen, sodass sie mich an die Schlangen im Reptilienhaus des Zoos erinnerte.

Ich richtete mich zu voller Größe auf. »Ich habe Neuigkeiten über ihre Familie. Es ist privat.«

»Hier gibt es nichts Privates.« Sie baute sich fest vor mir auf.

Joan, die geschwiegen hatte, meinte nun: »Ich bring die Sachen gleich rüber.« Sie senkte den Blick und zuckte, als würde sie erwarten, geschlagen zu werden.

»Du wirst …«

»Du wirst Hilfe brauchen.« Wei hielt auch ihre Tüte hoch. »Sie macht mir nicht den Eindruck, als könne sie beide Taschen tragen.«

Ich hörte, wie jemand im Schatten scharf einatmete und gespannt rief: »Zwei Tüten?«

»Also gut.« Die Anführerin drehte sich um und machte ein Zeichen, woraufhin ein Mädchen auftauchte, nicht viel älter als Joan. »Nimm das. Trag deinen Teil bei.«

Folgsam griff das Mädchen nach der Tüte, und sie und Svette verschwanden im Dunkeln.

»Was ist mit meiner Familie? Ist mit Mom alles okay? Mike? Yelena?« Sie umklammerte meinen Arm.

»Ihnen geht es gut. Ich hab das nur gesagt, um Svette loszuwerden.« Ich berührte ihre eisige Hand. »Die hier brauchst du eher als ich.« Ich zog meine Handschuhe aus. »Lass sie dir nicht wieder von Svette wegnehmen.«

»Das wird sie nicht. Sie hat schon welche.« Joan steckte ihre Finger in die Handschuhe. »Oh. Sind die warm. Danke dir.«

»Das ist meine Freundin Wei. Ich wollte, dass ihr zwei euch kennenlernt. Wei kannst du vertrauen – und wenn es um dein Leben geht. Komm mal kurz mit uns.« Ich führte sie über die Straße in die tote Zone bei der Oase. »Hör zu, wir holen dich hier raus.«

Joan wich zurück. »Ich … ich kann hier nicht weg. Ich gehöre … hierher.« Sie deutete in Richtung der Gasse.

»Nein, das tust du nicht. Du gehörst da hin, wo keiner dir wehtut.«

»Aber wie? Ich habe keine Kreditpunkte. Was werde ich dafür tun müssen?« Ihr Blick wirkte verängstigt, als würde ich gleich von ihr verlangen, irgendwelche schrecklichen Dinge zu tun.

»Nichts. Du gehst mit Wei nach Japan. Sie hat dort Verwandte. Da bist du in Sicherheit, und man wird sich um dich kümmern. Aber du darfst niemandem etwas davon verraten«, erklärte ich. »Schon gar nicht Svette. Ich bin mir nämlich nicht sicher, ob du ihr oder irgendeiner von denen trauen kannst.«

»Aber sie haben für mich gesorgt. Svette ist gut … na ja« – sie blickte sich um, ehe sie weitersprach – »normalerweise ist sie gut zu mir. Sie muss bei Kräften bleiben. Du weißt schon, deswegen der Schal für die Wärme, die Extraration Essen, solche Dinge eben. Wenn ihr etwas zustößt, werden wir alle erwischt werden.«

Mir kochte das Blut in den Adern – Svette hatte Joans Schal gestohlen, und die verteidigte sie auch noch. Aber jetzt war nicht der richtige Augenblick, dass ich aus der Haut fuhr. »Versprich mir, dass du zu niemandem ein Sterbenswörtchen sagst. Bitte.«

»Ich verspreche es.« Sie warf einen Blick über die Straße. »Ich muss jetzt los. Sofort.«

»Ich komme bald wieder«, versprach ich ihr. »Vielleicht

sogar schon morgen. Pass auf dich auf, und sieh zu, dass dir warm ist.«

Dann verschmolz Joan mit der Dunkelheit.

Während wir im Transit saßen, gab es wieder eine Sondermeldung.

Sie kam von Lessig. Es ging um WeLS. Und um Ed.

All das überraschte mich kein bisschen. Doch worauf ich nicht vorbereitet gewesen war, war das Bild meiner Mutter, das plötzlich neben Lessig auftauchte, während er verkündete: »Diese Frau, Virginia Dale Oberon, wurde im vergangenen Oktober in Cementville ermordet. Sie war die vermeintliche Geliebte von Chamus, mit dem sie ein gemeinsames Kind hatte. Oberon war die Witwe des verstorbenen Alan Oberon, Kopf der terroristischen Non-Kon-Bewegung. Agenten des B.O.S.S. gehen derzeit einem anonymen Hinweis nach, der Oberon mit dem Skandal um die falsche WeLS-Trainingsstation in Verbindung bringt. Interessant ist in diesem Zusammenhang auch, dass der Vater von Alan Oberon, Herbert Oberon, derzeit vom Büro wegen Verrats, dem Besitz von verbotenen Substanzen und des Widerstands gegen seine Festnahme festgehalten wird. Virginia Oberon hatte darüber hinaus eine Tochter mit Alan Oberon.« Ein Bild von mir, von Paulettes Party, tauchte nun auf dem Bildschirm auf. Ich saß da und starrte auf meinen PAV, sprachlos, wie Lessig weiter auf meine Familie losging. »Man kann sich kaum vorstellen, wie sehr diese Kinder, beides Mädchen« – nun tauchte auch noch

Dees Schulfoto neben meinem auf – »unter Chamus gelitten haben müssen und …«

Ich sah fassungslos auf die Projektion, ohne auch nur im Geringsten mitzubekommen, was um mich herum vorging. Ich wusste, was als Nächstes kommen würde, aber ich war absolut wehrlos und konnte es nicht verhindern, es war wie ein Express, der auf mich zuraste.

»… unter ihrer eigenen Mutter.« Er hielt einen Chip in die Kamera. »Agenten des B.O.S.S. haben unter Eid gestanden, sie hätten in der Nacht, als Oberon starb, bei der Durchsuchung ihrer Wohnung pornografisches Videomaterial in einer verschlossenen Kiste gefunden. Da dieses keinerlei Bedeutung für die Untersuchung von Oberons Tod hatte, wurde es nicht konfisziert.« Seine Stimme war nun voller Mitleid. »Oh, wenn man es nur getan hätte. Dann hätte man wenigstens einen Hinweis darauf, *was* diese Mädchen alles über sich ergehen lassen mussten.«

Heiße Tränen drohten mir aus den Augen zu quellen, doch ich drängte sie blinzelnd zurück.

»Alles in Ordnung mit dir?«, erkundigte sich Wei, ihre Hand auf meinem Arm. »Nina, ich weiß, dass nichts von all dem wahr ist. Und du weißt das auch«, meinte sie.

»Aber zum Teil schon.« Ich starrte stur geradeaus. »Das waren Eds Videos, die man gefunden hat. Ich hab mal zufällig die AV-Anlage angestellt, als er aus Versehen einen von seinen Pornochips dringelassen hatte.« Selbst nach all der Zeit, die inzwischen vergangen war, fühlte ich, wie ich immer noch rot wurde bei dieser Erinnerung. »Es war grauenvoll. So voller Gewalt ... es war ... ich hab Ginnie nie davon erzählt. Ich hatte Angst davor, ihr zu erzählen, dass ich das gesehen hatte.«

Wei schlang die Arme um mich. »Das ist doch nicht deine Schuld, dass er solch ein Widerling war.«

»Aber ...« Ich stieß mich von ihr zurück. »Ich glaube, sie haben sie sich zusammen angesehen. Ich glaube, er hat sie dazu gezwungen, sie sich mit ihm anzusehen.« Eine Träne kullerte mir über die Wange. »Was, wenn sie ...«

»Nina, nicht! Sieh dir doch mal an, was deine Mutter alles getan hat, um Informationen zu sammeln, um den üblen Dingen innerhalb des WeLS-Programms ein Ende zu setzen. Wenn sie sich dieses Zeug angesehen hat, dann nur, weil Ed sie dazu zwang. Nicht weil sie es wollte. Sie hat alles getan, um zu verhindern, dass weiterhin Mädchen missbraucht wurden. Sie hat alles geopfert, um diese Informationen von ihm zu bekommen.« Wei packte mich an den Schultern und drehte mich zu sich herum, damit ich ihr ins Gesicht sah. »Denk bloß nie wieder so etwas!«

Mir krampfte sich das Herz zusammen. Wei hatte recht – ich konnte nicht zulassen, dass diese Lügen etwas daran änderten, wie ich über meine Mutter dachte. Wie gern ich sie doch noch einmal gesehen hätte, nur für eine Minute. Dreißig Sekunden. Lange genug, um ihr zu sagen, dass es mir leidtat, dass ich diese Dinge jemals gedacht hatte.

»Wei, was erzähle ich denn Dee? Am Montag fängt die Schule wieder an. Auch wenn Kinder die Sondermeldungen eigentlich nicht sehen dürften, wissen wir doch, dass sich das rumspricht und ihre Klassenkameraden davon wissen werden. Ich kann doch nicht verraten, nicht einmal Dee gegenüber, was Ginnie in Wirklichkeit getan hat. Und ich kann auch nicht mit ihr zur Schule gehen, um sie zu beschützen.«

»Wir denken uns was aus«, versicherte mir Wei.

Der Transit kam an unserer Haltestelle zum Stehen, und wir sprangen raus. Als wir beim Soma waren, sagte ich: »Geh schon mal rein, ich bin in einer Nanosekunde da.« Als sie gegangen war, versuchte ich es auf Sals PAV. Klar antwortete er nicht. Ich überlegte mir, ob ich eine Nachricht hinterlassen sollte, doch was hätte ich wohl sagen können? Daher legte ich wieder auf und wollte gerade nach drinnen gehen, als etwas mich zögern ließ. Sie hatten ein Bild von mir in der Sondermeldung gezeigt. Das Letzte, was ich jetzt wollte, war ins Soma zu gehen und erkannt zu werden.

Eine Hand berührte mich an der Schulter. »Alles okay?«

»Chris.« Ich zupfte unnötigerweise an meiner Jacke herum. »Mir geht's gut. Was tust du denn hier?«

»Ich habe die Sondermeldung gehört. Da dachte ich, du willst jetzt vielleicht nicht unbedingt mit Wei und den anderen hier rumhängen.«

»Weißt du, ich glaube wirklich, ich würde lieber von hier verschwinden. Mir ist heute Abend echt nicht nach Spaß.« Ich schickte Wei eine Nachricht und informierte sie, dass ich mit Chris woandershin fahren würde.

XXXV

»Wie wäre es mit einer Tasse Kaffee?« Chris startete seinen Trannie und fuhr los.

»Vielleicht.«

»Entspann dich«, meinte er. »Wir fahren zu einem kleinen Laden in Evanston, in den ich gerne gehe. Da ist garantiert keiner, der dich kennt.«

Ich lehnte mich im Sitz zurück. Die Umgebung rauschte an uns vorbei, während wir auf dem Lake Shore Drive in Richtung Norden fuhren, vorbei am Rehacenter auf der Sheridan, in das Grandma verlegt werden würde. Schließlich hielt Chris vor einem Café mit antiquierter Neonreklame, die blinkend darauf hinwies, dass es sich hier um das JAZZ AND JAVA handelte.

Der Duft von frisch gerösteten Kaffeebohnen fühlte sich wie ein freundliches Tätscheln auf der Wange an, als wir uns vom Halbdunkel drinnen einhüllen ließen. Leise Jazzmusik sickerte aus den Wänden. Chris führte uns an einen Tisch in der Ecke. Sekunden später tauchte auch schon die Bedienung auf.

»Ich nehm eine Tasse Kaffee. Schwarz.«

»Und du?«

»Ich hätte gern nur ein Wasser.«

»Magst du keinen Kaffee? Wir haben auch eine Auswahl an Tees, und unser Kakao ist einfach phänomenal. Den kann ich dir wärmstens empfehlen.«

»Okay, dann nehm ich den.« Ich sah mich um. Poster von Musikern mit diversen neueren und älteren Instrumenten zierten die Wände. »Du magst Jazz, oder?«

»Ich bekenne mich schuldig.« Chris streckte sich auf der Sitzbank. »Die Musik ist komplex. Jeder Song ist so was wie ein Puzzle, das allmählich zusammengesetzt wird. Ein Geheimnis, das sich nach und nach offenbart.«

»Ich hab noch nie Jazz gehört«, gab ich zu.

»Nun, dann sind wir ja am richtigen Ort für dein erstes Mal.«

Die Kellnerin tauchte mit unseren Getränken auf.

Chris hob seine Tasse hoch. »Auf eine bessere Zukunft.« Wir stießen an, genau wie an Silvester. Zum Glück sah man in dem dämmrigen Licht nicht, dass ich rot wurde.

Als ich mich zurücklehnte, erfüllte der Duft des Kakaos meine Nase. Ich schloss die Augen und ließ zu, dass die Musik in meine Gehirnwindungen vordrang, dann die Wirbelsäule hinunter und in meinen Bauch. Ich konnte nicht genau in Worte fassen, wie ich mich fühlte – irgendwas zwischen geborgen in liebevollen Armen und getrieben, die Flügel auszubreiten und mich hoch in die Luft zu schwingen. Als der Song zu Ende war, schlug ich die Augen auf.

Chris, der seine Tasse immer noch in der Hand hielt, hatte ein nachdenkliches Lächeln im Gesicht. »Schön, nicht wahr?«, sagte er.

»Wie kann es bloß sein, dass ich so etwas nie zuvor gehört habe?«

»Die Musik steht auf der Beobachtungsliste. Den Medien gefällt ihr improvisatorischer Charakter nicht, daher wird sie nicht oft gespielt. Fühlst du dich jetzt besser?«

»Ein bisschen.«

»Also, willst du reden? Ich bin ein guter Zuhörer. Und du weißt, dass deine Geheimnisse bei mir sicher sind.«

Sein Gesichtsausdruck wirkte so offen, so aufrichtig. Am liebsten hätte ich ihm alles erzählt.

»Nicht hier.«

»Dann lass uns eine Spritztour machen«, schlug er vor.

Ich war wirklich froh, dass sein Trannie eine Überwachungsabwehr installiert hatte.

Während wir in Richtung Norden fuhren, durch Gegenden von Chicago, in denen ich noch nie gewesen war, drängten plötzlich sämtliche Gefühle, die ich während all der Monate seit Moms Tod in mich hineingefressen hatte, nach draußen. Meine Schuldgefühle. Die Beschämung. Meine Wut. Meine Ängste. Alles. Nun, alles, bis auf die Pläne der Schwesternschaft zur Rettung Joans. Das war nicht mein persönliches Geheimnis, daher durfte ich es nicht verraten. Obwohl ich durchaus auf das Thema zu sprechen kam, dass Sal dachte, ich (oder jedes andere Mädchen) sei nicht für NonKon-Arbeit geschaffen. »Vermutlich denkst du genauso.«

Chris streckte die Hand aus und legte sie auf meine. »Nina, ich habe nicht den geringsten Zweifel, dass du tun kannst und auch tun wirst, was immer du zu tun hast. Nach allem, was ich so gehört habe, bist du deiner Mutter sehr ähnlich. Und darauf kannst du echt megastolz sein.«

Bei diesem Kompliment hüpfte mein Herz vor Freude.

»Und du hast dieses Leuchten in den Augen, genau wie dein Dad. Er würde vor nichts haltmachen, um die Welt ein bisschen besser zu machen. Ich sehe genau, dass das auch in dir steckt.«

»Weißt du, sie haben beide alles geopfert. Ein normales Leben ... ihre Liebe zueinander ... ich weiß nicht, ob ich das könnte.« Rasch wandte ich das Gesicht ab und zwang das ungebetene Bild von Sal, aus meinen Gedanken zu verschwinden.

»Ehe der Regierungsrat sich nicht ändert oder abgesetzt wird, und die Medien weiterhin für seine Zwecke eingespannt bleiben, so lange wird keiner ein anständiges, normales Leben führen können. Das Beste, was wir uns von diesem Kampf erhoffen können, ist Freundschaft, die Hingabe an die Wahrheit, die Bereitschaft, etwas zu verändern, und die Liebe, wo auch immer wir sie finden. Du kannst alles schaffen, wonach dir der Sinn steht, Nina. Dessen bin ich mir sicher.«

Fast hätte ich ihm geglaubt.

»Überleg doch mal, wie du Wei das Leben gerettet hast«, fuhr er fort. »Ohne irgendeine spezielle Ausbildung und angesichts einer Gefahr, die ich mir selbst nicht einmal vorstellen kann. Und Ed hat ja nicht *nur* gedroht, dich umzubringen – auch wenn ich eine Mutter habe und Schwestern, werde ich nie ermessen können, was die Bedrohung einer Vergewaltigung für eine Frau bedeutet. Doch jeder, der etwas Derartiges überleben kann, hat eine Stärke, die man nicht unterschätzen sollte. Derjenige hat große Power.«

Und mit einem Mal überkam mich die Erkenntnis. Einige Männer waren dazu fähig, Frauen Dinge anzutun, die sie zu einer leeren Hülle machten. Ich musste an Joan denken. Diejenigen Männer hingegen, die auch nie im Traum daran denken würden, Frauen solch schreckliche Dinge anzutun, würden alles tun, um Frauen diese Gräuel zu ersparen. NonKons wollten nicht, dass ihre Schwestern, Ehefrauen und Töchter dieser Art von Gefahr allzu nahe kamen. Und dennoch hatten sie keine Vorstellung davon, wozu Frauen fähig waren, dieser Gefahr zum Trotz.

Jetzt verstand ich zwar ansatzweise, warum Sal und Mr Jenkins so strikt dagegen waren, dass die Schwesternschaft sich in irgendetwas einmischte, wodurch die Mädchen sich dieser sexuellen Bedrohung aussetzten. Doch nur, weil sie sich so hilflos fühlten, derartige grausame Übergriffe auf Frauen zu verhindern, war ich doch weiterhin davon überzeugt, dass Mädchen zu sehr vielem fähig waren.

Chris fuhr eine Straße entlang, die erst am Seeufer endete. Das Licht des Vollmondes schimmerte auf dem Wasser und die Spiegelung erhellte von dort aus den Wagen. Chris schob meinen Pony zur Seite. »Ich würde einen ganzen Haufen Kreditpunkte für deine Gedanken geben.«

Unsere Blicke begegneten sich, und das, was ich in seinen Augen sah, war nicht das, was ich erwartet hatte. Ich verspürte den unwiderstehlichen Drang, ihn zu küssen. Er legte seinen Arm auf die Rückenlehne meines Sitzes und beugte sich zu mir. Meinen Instinkten folgend legte ich den Kopf leicht in den Nacken – oder folgte ich meinem Herzen? Fast berührten seine Lippen schon die meinen, als er sich plötzlich zurückzog.

»Verdammt, das ist Wei.« Er hielt seinen Empfänger ans Ohr und hörte zu. Dann sagte er: »Ja, sie ist immer noch bei mir. Wir sind ein bisschen rumgefahren.« Er schüttelte den Kopf. »Mach dir keine Sorgen. Wir sehen uns gleich.« Nachdem er aufgelegt hatte, meinte er: »Wir sollten wohl besser zurückfahren.«

Diese Unterbrechung hatte mich wieder wach gerüttelt. Chris war der Bruder meiner besten Freundin, der Freund meines Freundes und der Schwarm meiner kleinen Schwester. Was tat ich hier bloß? Ich war mit Sal zusammen – und den liebte ich doch. Oder nicht? Ich starrte Chris an, der auf dem besten Weg war, mein Herz zu stehlen. »Das, was da eben fast passiert wäre … es ist nicht richtig«, sagte ich.

Er ließ den Finger über das Mondlicht auf meiner Wange gleiten. »Nina. Da wäre ich mir nicht so sicher«, erwiderte er.

»Nein, Chris. Ich kann das nicht. Ich kann es …« Ich verstummte. Ich kann es Sal nicht antun, das hatte ich sagen wollen, doch ich brachte es nicht über mich, seinen Namen auszusprechen.

»Schon gut, ich verstehe. Tut mir leid, Nina. Ich dachte – ich dachte, du würdest dasselbe fühlen.« Chris startete den Motor des Trannies, und wir fuhren zurück. Ich ließ mich gegen die Lehne sinken und starrte durch das Fenster auf den Mond. Dabei versuchte ich herauszufinden, was ich denn nun wirklich empfand.

XXXVI

»Nina, wach auf.« Dee stand neben meinem Bett und rüttelte mich. »Miss Maldovar hat angerufen.«

»Häh? Wie spät ist es denn? Seit wann bist du zu Hause?« Benommen richtete ich mich auf. Mein Gehirn schlief immer noch halb.

»Es ist neun Uhr dreißig, Maddies Mom hat mich vor einer halben Stunde heimgebracht. Ich wollte dich nicht wecken, aber dann hat Miss Maldovar angerufen. Sie hat mir von der Sondermeldung erzählt.«

»Warum ...« Miss Maldovar war wirklich die letzte Person, von der ich erwartet hätte, dass sie Dee von dieser Sache erzählen würde. Ich setzte mich gerade hin und rieb mir den Schlaf aus den Augen, um etwas Zeit zu gewinnen. Dann holte ich tief Luft und kam zu dem Schluss, dass Grandpa recht hatte: Die Wahrheit ließ sich nicht für immer verschweigen.

»Miss Maldovar hat mir erzählt, dass die in der Meldung behauptet haben, Ginnie sei Eds Gehilfin gewesen in der Sache mit der gefälschten WeLS-Station, aber das war sie nicht!«

»Nein, Dee, da hast du recht. Das behauptet nur Kasimir Lessig.«

»Miss Maldovar war auch der Ansicht, dass Mom nie so etwas getan hätte. Eine Nanosekunde dachte ich schon, sie will mich nicht mehr als ihre Assistentin haben, aber sie meinte, ihr mache das nichts aus.«

»Dee, hör zu. Ginnie hatte rein gar nichts mit Eds widerlichen Machenschaften zu tun. Dennoch behaupten die Medien, dass es so war. Es ist überall in den Nachrichten. Ich glaube, der Regierungsrat will Ginnie in Misskredit bringen, wegen ihrer Verbindung zu meinem Vater – der Regierungsrat würde alles tun, um seinen Ruf unter den Leuten, die dem Widerstand angehören, zu ruinieren.«

»Kann Mr Jenkins das denn nicht richtigstellen? Er ist doch ein wichtiger Medientyp, nicht wahr? Ich werde ihn gleich fragen …«

»Bleib da. Du kannst ihn nicht einfach mit so etwas belästigen. Er arbeitet außerdem bereits daran.«

»Hast du es ihm erzählt?« Dee kam zurück und setzte sich auf den Rand des Bettes.

»Das musste ich gar nicht erst. Er weiß, dass Mom nicht mit Ed unter einer Decke steckte, abgesehen von, na ja … du weißt schon.«

»Ich finde es schrecklich, dass er mein Vater ist.« Sie fummelte an den Nähten meiner Decke herum.

Es war wirklich schwer, ihr die Wahrheit verschweigen zu müssen. Doch es war nur zu ihrer eigenen Sicherheit.

Ich hob die Decke hoch und forderte sie auf, sich zu mir zu kuscheln. »Alles wird wieder gut. Du wirst schon sehen.«

»In der Schule werden wohl alle Bescheid wissen, wie?«

»Vermutlich.« Ich umarmte sie.

Sie entwand sich mir. »Miss Maldovar meinte, sie würde ihnen einbläuen, nicht alles zu glauben, was sie hörten, und ich solle es ihr sagen, wenn jemand mich deswegen hänselt. Aber ich kann mich schon selbst verteidigen. Ich werde ihnen einfach die Wahrheit sagen, dass Mom nie so etwas Widerliches getan hat.« Feuer flammte auf in ihrem Blick. »Und wenn sie mir nicht glauben wollen, dann …«

»Deedee. Keine Prügeleien.«

Sie presste die Zähne aufeinander.

»Ich mein das ernst.«

»Ach so … ja gut.« Sie schnaubte. »Aber ich werde es trotzdem tun wollen.«

»Ich weiß. Aber es gibt Dinge, die sind es wert, dass man für sie kämpft, und es gibt solche, die sind es nicht wert. In diesem Fall lohnt es sich eben nicht.«

»Aber sie ist unsere Mom.«

»Und sie würde nicht wollen, dass du dich auf dem Schulhof balgst wie ein kleines Hündchen. Du kennst die Wahrheit, das sollte genügen. Und die Wahrheit wird ans Licht kommen. Das verspreche ich dir.«

Später machte Dee es sich gemütlich, um sich ein paar Videos anzusehen. Ich hoffte nur, die würden sie wenigstens ein bisschen von der ganzen Sache mit der Sondermeldung ablenken. Ich stellte mich derweil vors Kochcenter und bereitete wieder mal Essen für die Obdachlosen zu.

Am liebsten hätte ich den Frauen Suppe gebracht, aber die ließ sich schlecht verpacken. Also würden sie sich mit Nussbuttersandwiches mit Marmelade zufriedengeben müssen. Das war besser als nichts.

»Was tust du da?« Dee sah von dem Video auf, das sie sich gerade anschaute.

»Ach, nichts«, entgegnete ich. »Die bringe ich ein paar Freunden vorbei.«

Zum Glück war sie viel zu vertieft in den Film, um noch weitere Fragen zu stellen. »Was guckst du dir an?«, erkundigte ich mich.

»Eine Geschichtsdoku über das Vereinigte Große Inselreich. Klingt echt, als wäre es ziemlich cool da. Da wohnt kaum mehr jemand. Außer in London und Edinburgh. Wäre es nicht komisch, irgendwo zu leben, wo sonst keine Menschen sind? Keine Werbespots. Kein Garnichts.«

»Klingt himmlisch«, erwiderte ich. Ich konnte mir nicht vorstellen, wie das wohl wäre.

Mein PAV piepte – es war Brie.

»Alles in Ordnung bei dir? Ich wollte dir nur sagen, dass keiner diese dämliche Meldung über deine Mutter glaubt«, meinte sie.

»Danke. Mir geht's ganz gut.« Ich wollte nicht, dass jemand merkte, dass ich mir tatsächlich Gedanken gemacht hatte, was die Schwesternschaft wohl von der Sache halten würde.

»Cool. Ich hab eh gute Neuigkeiten. Die Sache läuft am Dienstag. Mein Onkel hat mich gebeten, eine Lieferung für ihn zu übernehmen. Dorrie wird bis dahin alles programmieren. Wei muss die genaue Zeit festlegen, wann wir die Fracht übernehmen können.«

»Du klingst ja wie Notishca Lamb.« Ich kicherte, erstaunt, dass ich trotz allem noch lachen konnte.

»Oh, ich liebe, liebe *Der Spion von der Dunklen Seite*«, meinte sie. »Ich wünschte, ich hätte zur damaligen Zeit gelebt.«

»Ich schätze, das heißt also, dass du den Velojet bekommst und dass alles andere auch läuft?«

»Jep. Alles ist bereit! Wir unterhalten uns später.«

Ganz egal, was am Montag in der Schule passieren würde, wenigstens hatte ich ein paar Freunde, die sich um mich sorgten und die die Wahrheit kannten. Und die bereit waren, mir zu helfen.

Auf dem Weg zum Fluss dachte ich über das Vereinigte Große Inselreich nach. Keine Werbespots. Kein Regierungsrat. Und viel mehr wusste ich auch schon nicht darüber, abgesehen davon, dass in Schottland das Cliste Galad erfunden worden war.

In der Schule hielt man sich nicht lange damit auf, uns etwas über dieses Land beizubringen, vermutlich weil der Regierungsrat nicht wollte, dass wir sahen, wie anders man auch leben konnte. Aber ich hatte vieles von Wei und Sal erfahren.

Sal. Ich hatte immer noch keine Nachricht von ihm bekommen. Keinen Anruf. Und jetzt fühlte ich mich schuldig, weil ich ihn fast mit Chris betrogen hätte. Es war schon komisch, dass wir uns darüber gestritten hatten, ob Mädchen nun fähig waren, für sich selbst zu kämpfen. Erst recht, wenn man bedachte, dass der Vertrag zum Ende aller Kriege ohne die Fems nie zustande gekommen wäre. Sie hatten damals in Amerika die Macht von der Unternehmensregierung übernommen.

Doch darüber erzählte man uns nie etwas im Geschichtsunterricht, und auch wenn das Ganze nicht völlig unblutig abgelaufen war, waren die Fems doch sehr fair mit den Besiegten umgegangen. Sie hatten niemanden auf eine Gefängnisweltraumstation verfrachtet oder sie auf den Mars und zu einer Infektion verdammt. Sie enthoben die Unternehmensmogule ihrer Macht, ließen sie aber ansonsten in Frieden. Und das war der größte Fehler, da die Anführer sich zusammenrauften und die Medien wieder stark machten.

Jeder wusste, dass die Medien nichts Neues waren. Ich meine, Werbespots gibt es schon seit einer Ewigkeit, in der einen oder anderen Form. Man hat uns sogar beigebracht, wie die meisten Unternehmen es schafften, durch die Medien ihre eigene Version der Wahrheit zu verbreiten – ich schätze, man ging davon aus, dass wir nie den Zusammenhang zum Regierungsrat herstellen würden und wie der die Medien für sich nutzte.

Aber nein, der Regierungsrat war ja viel fortschrittlicher

als das. Ha, klar, logo. Ich warf einen Blick aus dem Fenster des Transit – fast war ich da. Was gut war, wenn man bedachte, wie sich meine Wut von Sekunde zu Sekunde steigerte, je mehr ich darüber nachdachte, dass man uns beigebracht hatte, dass die gedruckten Werbeanzeigen und die Fernsehspots des zwanzigsten Jahrhunderts im einundzwanzigsten Jahrhundert von den Werbespots in der jetzigen Form abgelöst worden waren, doch niemand hatte je infrage gestellt, dass die Werbespots jetzt besser waren.

Und als dann die Unternehmensbosse begannen, mithilfe der Medien Frauen in ein schlechtes Licht zu rücken, damit so ein Sturz der Fems in die Wege geleitet werden konnte, ging das auch tatsächlich gut. Es funktionierte sogar so gut, dass die Frauen alles verloren, wofür sie all die Jahrhunderte gekämpft hatten.

Und hier bin ich. Ein Sex-Teen, vollkommen machtlos, das am Fluss steht, in der Hoffnung, etwas zu verändern. Aber nein. Ich war nicht machtlos. Was hatte ich denn Sal die ganze Zeit klarzumachen versucht? Dass Mädchen genauso stark waren wie jeder andere auch.

Ich war mir ziemlich sicher, dass es da draußen immer noch echte Fems gab. Und die wollte ich unbedingt finden.

Ich eilte rüber zu den Gebäuden, wo ich die Gruppe obdachloser Frauen normalerweise traf. Sie hatten sich in eine Gasse verkrochen, um sich vor dem eiskalten Wind zu schützen.

Ich konnte es kaum glauben, aber ein paar von den Frauen beschwerten sich doch tatsächlich, dass ich wieder nur

Sandwiches mitgebracht hatte. Ich zog Joan zur Seite und informierte sie in vorsichtigen Worten, sie solle sich für Dienstag bereithalten. Ich spürte ihre Angst und versuchte sie zu trösten, indem ich ihr versicherte, dass man ihr helfen würde, wieder ein normales Leben zu führen, sobald sie bei Weis Verwandten in Japan war.

»Ich bring in ein paar Tagen wieder Essen vorbei«, erklärte ich Joan. »Halt durch.«

Sie und der Rest der obdachlosen Frauen verschwanden und ließen nur ein paar leere Tüten zurück. Ich stopfte sie in einen Mülleimer und verließ die Gasse. In dem Moment kamen zwei Typen – ich schätzte sie auf etwa zwanzig – von einer der Oasen am Fluss her angeschlendert. Als sie an mir vorbeigingen, schlug mir eine Alkoholwolke entgegen. Das erinnerte mich an Ed, und das wiederum reichte aus, dass ich die Beine in die Hand nahm.

»Hey, du. Mädchen.«

Ich legte einen Zahn zu. Ihre Schritte kamen näher, wurden lauter. Sie folgten mir.

»Was hast du es denn so eilig, Babe?« Die Stimme war direkt hinter mir.

Einer von den beiden riss mich herum und kugelte mir dabei fast den Arm aus. »Ich sagte … was hast du es so eilig?«, lallte er. Er schob mir den Ärmel hoch und legte das XVI-Tattoo frei. »Hey, sie ist legal, Punch. Eins zu null für das Heimteam.« Ein Grinsen machte sich in seinem Gesicht breit.

Sein Kumpel drängte sich jetzt an mich ran. Der Gestank nach Alkohol war so überwältigend, dass ich fast gekotzt hätte.

»Lass los.« Ich wollte ihm meinen Arm entwinden, doch er machte keine Anstalten, seinen Griff zu lockern.

»Was hast du gesagt, lass uns loslegen? Da bin ich ganz deiner Meinung, Babe.« Damit drängte er mich in Richtung einer Einfahrt zwischen zwei Häusern. »Ein kleines Techtelmechtel mit einem Flittchen von der Straße, einem echten Sex-Teen, dagegen haben wir nichts einzuwenden.«

Er presste seinen Mund auf meinen und rammte seine Zunge zwischen meine Lippen, sodass sein nach Alkohol stinkender Sabber über mein Kinn lief. Sobald er sich von mir löste, um Luft zu holen, riss sein Freund Punch meinen Kopf herum und versuchte es ihm gleichzutun. Allerdings war er so besoffen, dass er meinen Mund komplett verfehlte, sodass mir gerade genug Zeit blieb, um laut zu schreien.

»Na, na, Babe.« Der erste Typ klatschte mir die Hand vor den Mund. »Wir wollen doch hier keinen Menschenauflauf. Punch und ich reichen dir wohl nicht.«

Ich versuchte ihn zu beißen, doch sein Griff war zu fest. Aus dem Augenwinkel sah ich einen Miet-Trannie. Ich wehrte mich und wollte mich von ihm losreißen, während ich Punch einen Tritt gegen das Schienbein versetzte.

»Autsch!« Er hatte einen überraschten Ausdruck im Gesicht. »Warum hast du das getan? Wir geben dir schon noch, was du willst. Stimmt doch, Gordo, oder?«

»Klar, Idiot. Gehen wir nach da hinten, bevor noch jemand vorbeikommt.«

Die beiden hoben mich praktisch vom Boden hoch und verschwanden tiefer zwischen den Häusern. Ich strampelte und schlug wild um mich, doch ich traf leider keinen von ihnen.

»Hier drüben.« Gordo, der seine Hand immer noch fest auf meinen Mund gepresst hatte, zerrte mich in eine etwas entlegenere Ecke, die von der Straße aus nicht einsehbar war. Er nahm die Hand weg, gerade so lange, bis er mir seinen Handschuh in den Mund gestopft hatte. Dann hielt er meine Arme hinter meinem Rücken fest und sagte: »Zieh ihr die Hosen aus.«

Ich trat in Richtung von Punchs Schritt, verfehlte ihn aber. Das konnte alles nicht wahr sein. Ich musste weg hier.

»Sie ist echt wild.« Punch wich zurück und schüttelte den Kopf.

»Muss man denn alles alleine machen?« Gordo schubste mich zu Boden. »Halt du ihre Arme fest.«

Punch beäugte mich ängstlich, tat aber, wie ihm geheißen.

Ich versuchte, den Wollknäuel in meinem Mund auszuspucken, doch der Handschuh steckte viel zu tief drinnen. Ich durfte mich jetzt auf keinen Fall übergeben. An dem eigenen Erbrochenen zu ersticken war nicht unbedingt meine favorisierte Art, zu sterben.

Gordo setzte sich rittlings auf mich und hantierte an den Knöpfen meiner Jeans herum. »Beruhige dich, Babe. Wir sind doch nette Kerle. Das wird bestimmt ein Spaß. Das ist es doch, was ihr Mädchen wollt.« Es gelang ihm jedoch nicht, meine Allwetterjeans zu öffnen. »Verdammt!« Da zog er ein Klappmesser aus der Tasche.

Mir blieb fast das Herz stehen. Meine Augen weiteten sich vor Schreck.

»Was? Ist es wegen dem?« Gordo klappte das Messer auf und sah es liebevoll an. »Leichterer Zugang, Süße. Leichterer Zugang.« Er schnitt den Bund meiner Hose durch. Die Klinge kratzte meine Haut auf, sodass mir warmes Blut über den Bauch lief. »Ups.« Er schnappte sich eine Handvoll Schnee und verrieb ihn auf der Wunde. »Tut mir leid.«

»Verdammt! Du hast sie verletzt!« Punch lockerte den Griff um meine Arme. »Wir kriegen Ärger, ganz sicher.« Endlich schaffte ich es, ihm meinen Arm zu entwinden, und riss mir schnell den Handschuh aus dem Mund und schrie. Rasch schlug Punch mir beide Hände vor den Mund. Ich biss zu. Ganz fest.

Das, was als Nächstes geschah, ging so schnell, dass ich gar nicht wusste, woher es kam.

Hinter Gordo ertönte ein Kampfschrei, und zwei Frauen stürzten auf ihn los. Ich erkannte Joan, die über mich hinwegsprang und Punch rammte.

Sie knallte seinen Kopf wieder und wieder gegen die Wand, wobei sie brüllte: »Aufhören! Aufhören! Aufhören!«

Irgendwie gelang es Punch, sie abzuschütteln. Er kämpfte sich auf die Füße, schoss die Gasse entlang und ließ seinen Freund allein zurück. Gordo schlug, eingekeilt unter Svette und einer weiteren Frau, wild um sich. Ich rutschte im Schnee rückwärts weg von ihnen. In dem Moment, als er mit seiner Klinge in der Luft herumzufuchteln begann, brüllte ich: »Er hat ein Messer!«

Svette brach seinen Arm über ihr Knie gelegt, sodass das Messer über den Schnee davonschlitterte. Sie zerrte ihn auf die Beine, verpasste ihm einen Tritt zwischen die Beine, wirbelte ihn herum und gab ihm zum Abschluss einen Stiefeltritt in den Hintern.

Er stolperte in Richtung Straße und stützte sich am Gebäude ab. »Punch! Punch! Warte auf mich! Die Schlampe hat mir den Arm gebrochen.«

»Alles okay?« Svette zog mich hoch und untersuchte den blutenden Schnitt auf meinem Bauch.

»Mir geht's ... gut.« Ich bekam kaum Luft. »Sie ... dieses ...« Ich hielt ihnen mein Handgelenk hin. »Ich konnte nicht entkommen.« Ich ließ mich gegen die Wand sinken. In dem Moment bemerkte ich Joan, die auf dem Boden saß, die Fäuste geballt. Ich ging neben ihr in die Knie. »Danke.«

Sie riss ihren Kopf herum. Ihre Augen sprühten vor Zorn. »Ich wollte ihn töten. Ihn töten.«

Ich wusste genau, wie sie sich fühlte.

»Du kannst nicht hierbleiben«, meinte Svette. »Die Cops. Die kommen sicher bald. Kannst du laufen?«

Obwohl meine Knie total weich waren und ich den überwältigenden Drang verspürte, mich zu übergeben, schaffte ich es, mich wieder an der Wand hochzustemmen. »Ja, ich kann laufen.«

Svette und die anderen verschwanden hinter dem Gebäude. Ich stolperte hinaus auf den Gehsteig und sah mich um, um sicherzugehen, dass Gordo und Punch auch wirklich weg waren. Meine Allwetterjeans rutschte dauernd runter. Mit zitternden Händen fädelte ich meinen Schal durch die Gürtelschlaufen und band ihn an der Hüfte zu einem dicken Knoten zusammen. Dann lief ich los in Richtung Transithaltestelle. Ich glaube, ich wäre sogar den ganzen Weg nach Hause gelaufen, wenn es hätte sein müssen.

XXXVII

Zum Glück war Dee in der Küche, als ich heimkam, sodass sie es nicht mitkriegte. Die Schnittwunde an meinem Bauch hatte inzwischen aufgehört zu bluten. Ich verteilte Gelbwurzelsalbe darauf. Die Verletzung war nicht so tief, dass ich hätte genäht werden müssen, doch ich ging davon aus, dass eine Narbe bleiben würde. So oder so würde ich die Sache nie vergessen.

Als ich aufgeräumt und mich umgezogen hatte, saß Dee im Wohnzimmer und sah sich eine Sendung an.

Ich setzte mich neben sie.

»Was ist das?«, fragte ich und gab mir alle Mühe, möglichst unbeschwert zu klingen.

»Wieder was über das Inselreich.« Sie warf einen Blick rüber zu mir. »Hast du Hunger?«

Ich schüttelte den Kopf. »Nicht wirklich.« Mir war immer noch übel.

»Ist was passiert?« Dee zog ein Bein unter ihren Körper und drehte sich zu mir. »Du siehst … keine Ahnung, irgendwie anders aus.«

»Wie kommst du drauf, dass was passiert sein könnte?« Ich warf ihr einen raschen Seitenblick zu und widmete mich dann der AV-Anlage, die sie jedoch sofort abstellte.

»Nina, ich werde in einer Woche zwölf. Präs sind auch schon fast richtige Teens. Du kannst mir alles sagen.«

Es waren nur noch vier Jahre, bis auch Dee rein theoretisch erleben könnte, was ich heute erlebt hatte. Doch ich wollte ihr nichts davon erzählen. Wie könnte ich sie je beschützen? Ich dachte zurück an das, was meine Mutter mir stets eingeschärft hatte: Sicher ist man dann, wenn man weiß, womit man es zu tun hat. Indem man vorbereitet ist.

»Komm schon«, drängte sie mich. »Irgendetwas hast du doch. Das weiß ich.«

»Zwei Typen, tja … die kamen auf mich zu. Sie dachten, ich wäre … du weißt schon … ein Sex-Teen. Ich … ich konnte fliehen, aber nur knapp.«

»Nein! Geht es dir gut? Hast du die Cops gerufen?« Sie warf die Fernbedienung zur Seite und rückte näher an mich ran. »Was kann ich tun?«

»Nein, ich hab die Cops nicht gerufen«, meinte ich. Wenn ich es getan hätte, hätten die eh nicht groß was unternommen. »Und mir geht's gut.«

»Gut? Wie kannst du das sagen?«

»Mir geht es gut, weil sie mich nicht vergewaltigt haben. Ein paar Leute haben sie gesehen und mir geholfen. Ich bin entkommen.« Ich würde ihr bestimmt nicht die Schnittwunde von dem Klappmesser zeigen oder ihr weitere Details erzählen.

»Die Polizei …«

»Die würden rein gar nichts tun«, erklärte ich. »Sie würden nur einen Blick auf mein Tattoo werfen und dann behaupten, ich hätte es doch wohl so gewollt.«

»Aber du ziehst dich nicht an wie ein Sex-Teen. Du benimmst dich nicht so. Du bist nicht wie … wie Sandy.« Sie griff nach meiner Hand. »Tut mir leid. Ich will damit nicht sagen, dass Sandy schlecht war, aber …«

»Ich weiß.« Ich wischte ihr das Haar aus der Stirn. »Die Medien wollen den Mädchen immer erzählen, wie sie auszusehen und sich zu benehmen haben, damit die Jungs auf sie aufmerksam werden. Die Werbespots verbreiten diese Botschaften, und die Leute glauben dann, dass es genau das ist, was Mädchen wollen. Und wenn Mädchen sich so anziehen und benehmen, wie sollte jemand auf die Idee kommen, sie würden das nicht tun, um Jungs anzumachen und Sex zu haben? So funktioniert das ja angeblich alles. Und manche Typen – Vergewaltiger – nutzen das zu ihrem Vorteil und tun das, worauf sie Lust haben, mit wem sie Lust haben. Klar gibt es auch Mädchen, genau wie Jungs, die wissen, dass das nicht richtig ist. Sex sollte auf gegenseitigem Einverständnis basieren und niemandem aufgezwungen werden. Mom wusste das. Deshalb wollte sie auch nicht, dass wir uns so anziehen und uns benehmen wie alle anderen.«

»Diese Klamotten, die Miss Maldovar mir geschenkt hat …« Dee glättete ihr Top, das ihr meiner Ansicht nach ein wenig zu eng war. »Sind die okay? Mach ich darin den Eindruck, als würde ich sexy aussehen wollen? Weil das will ich nämlich nicht. Ich will nicht sexy aussehen. Ehrlich. Ich will nur hübsch aussehen, dazugehören. Wenn Maddie und ich uns *XVI Ways*-Videos ansehen, dann nur zum Spaß, damit wir uns erwachsen fühlen können. Daran ist doch nichts Falsches, oder?«

»Nein. Natürlich nicht.« Dee erwartete scheinbar, dass ich auf alles eine Antwort hatte. Ich aber konnte mich glücklich schätzen, wenn ich ihre Fragen halbwegs beantworten konnte. »Aber, Dee, du kannst nicht erwarten, dass du dich anziehen kannst wie ein Sex-Teen, ohne dass manche Kerle denken, dass du genau das bist, wovon die Medien immer reden. Das Ding ist, es ist im Grunde nichts falsch daran, sexy zu sein oder am Sex überhaupt ... aber ...« Oh Mann. Jetzt hatte ich mich aber ganz schön tief reingeritten. Ich versuchte mir ja schließlich selbst noch, über all diese Dinge klar zu werden, und jetzt sollte ich Dee das erklären.

»Aber *was?* Hattest du schon Sex? Habt du und Sal es getan?« Sie sah mich abwartend an.

Ich und Sal, bei ihm zu Hause. Es war mir definitiv durch den Kopf gegangen. »Ich bin immer noch Jungfrau.«

»Diese Typen dachten also, du würdest Sex mit ihnen haben wollen.« Sie schlang ihre Arme ganz fest um ihren eigenen Körper. »Was, wenn keiner gekommen wäre, um dir zu helfen?«

»Nein, ich glaube nicht, dass sie dachten, dass ich es will, ganz gleich, was sie auch gesagt haben. Ich glaube, sie waren Vergewaltiger. Aber, Dee, nicht alle Jungs sind wie diese beiden Kerle. Die meisten wollen nur Sex mit Mädchen, die auch wirklich Sex mit ihnen haben wollen.« Zumindest waren die Jungs, die ich kannte, so. Derek, Mike, Chris, Sal ... sie würden ein Mädchen niemals zwingen. Niemals.

»Aber ich versteh das nicht. Warum nimmt die Polizei solche Typen nicht fest, die sich Mädchen aufzwingen?«

»Darauf, Deedee, habe ich leider auch keine Antwort.« Die hatte ich wirklich nicht. Ich dachte, das ginge vielleicht zurück auf die Zeiten, als die Fems regierten, dass es hier im Grunde um Macht ging und nicht um Sex. Aber ich wusste mir das ja selbst nicht zu erklären, wie sollte ich es also Dee verständlich machen?

Wir wurden durch ein Klopfen an der Tür unterbrochen. Wei streckte den Kopf zur Tür herein. »Was treibt ihr denn so? Mom fände es schön, wenn ihr zum Essen hochkommt, wenn ... Was ist denn los? Komme ich ungelegen?«

»Zwei Typen haben versucht, Nina zum Sex zu zwingen«, erklärte Dee.

»Warte, wie bitte?«, hakte Wei nach.

»Dee, warum gehst du nicht schon mal vor und richtest Mrs Jenkins aus, dass wir gern zum Essen hochkommen. Ich erzähl Wei alles.«

»Nein, ich sollte bei dir bleiben«, beharrte Dee.

»Nein, musst du nicht.« Ich verschränkte die Arme vor der Brust. »Sie haben mir nichts getan. Mir geht's gut.« Ich sah sie fest an. »Geh jetzt.«

Sobald sich die Tür hinter Dee geschlossen hatte, meinte Wei: »Geht es dir wirklich gut?«

»Ach, Wei, ich dachte, die würden mich umbringen. Einer von den Typen hatte ein Klappmesser.« Schnell erzählte ich ihr die ganze Geschichte. Wie Gordo mich geküsst und mir die Hand unter den Pullover geschoben hatte. Wie widerlich das gewesen war. Und wie viel Angst ich gehabt hatte. Als ich die Einzelheiten jetzt wiedergab, fing ich an zu zittern.

Sie schlang ihre Arme um mich und hielt mich ganz fest. So saßen wir einige Minuten lang da, bis ich aufgehört hatte zu zittern.

»Ich darf nicht zulassen, dass Dee mitkriegt, wie sehr mich die Sache mitgenommen hat«, sagte ich. »Ich muss stark sein.«

»Lass uns nach oben gehen«, schlug Wei vor. »Vielleicht hilft es, wenn du eine Weile ein bisschen abgelenkt bist. Ich bin ja so froh, dass sie dich nicht verletzt haben. Na ja, nichts Schlimmeres als dieser Schnitt und ein paar blaue Flecken.«

Wir waren schon halb die Treppe hoch, als es an der Tür klopfte. Wir waren beide ziemlich verblüfft: Die Jenkins bekamen eher selten unerwarteten Besuch. Wei warf mir einen Blick zu und ging runter, um die Tür zu öffnen.

»Kann ich Ihnen behilflich sein?«

»Ja. Mein Name ist Angelo Fassbinder. Ich bin auf der Suche nach Nina Oberon.«

Verdammt! Der Assistent von Mr Lessig. »Ich bin hier.« Langsam ging ich die Treppe hinunter. Obwohl Lessig so freundlich auf Paulettes Party gewesen war, war mir klar, dass ich ihm nicht vertrauen durfte, nicht nachdem er Ginnie mit dem WeLS-Skandal in Verbindung gebracht hatte. Ich warf Wei einen kurzen Blick zu. »Sagst du bitte Dee, dass ich sofort oben bin?«

Wei machte keinen allzu glücklichen Eindruck, dass sie mich mit Angelo allein lassen sollte, aber was konnte er mir hier im Haus der Jenkins schon tun? Ich führte ihn in unsere Wohnung.

Er betrachtete die Einrichtung. »Hübsch.« Seine Oberlippe kräuselte sich. »Die Gelder für Rentner und Waisen können ja gar nicht so schlecht sein, wenn man das hier so sieht.«

»Die Sachen gehören den Jenkins.« Ich schluckte meine Verärgerung hinunter und wartete ab, dass er mir sagte, was er hier wollte. Wenigstens musste ich nicht an diese zwei Widerlinge denken, solange ich mich auf das hier konzentrierte.

»Ach so. Jonathan Jenkins verdient natürlich sehr gut als leitender Medienkorrespondent. Wie glücklich Sie sich schätzen können, dass seine Familie sich Ihrer erbarmt hat.«

Aufgrund von Grandmas warnenden Worten sagte ich jetzt nicht das Erste, was mir in den Sinn kam – dass die Jenkins nämlich schon lange Freunde meiner Familie waren und dass Freunde so etwas nun mal tun. Außerdem wusste Fassbinder vermutlich eh schon alles über mich. Es war ja nicht so, als könnte Lessig nicht alles rausfinden, was er wissen wollte. »Würden Sie sich gerne setzen?«

»Nein. Machen wir es kurz.« Er zog etwas aus der Tasche, das aussah wie eine winzige LED-Lampe, und ging damit durch den Raum. »Interessant.« Er ließ das Ding wieder verschwinden. »Nun, Mr Lessig hat Ihnen einen Vorschlag zu unterbreiten bezüglich Ihres Großvaters.«

Ich trat einen Schritt auf ihn zu. Vielleicht, nur vielleicht würde Lessig mir immer noch helfen. Vielleicht hatte Grandma sich doch getäuscht. Vielleicht hatte mich mein sonderbares Gefühl, was ihn betraf, getrogen …

Fassbinder krümmte seine Finger und polierte die Nägel mit seinem Daumen. Dann streckte er sie wieder aus und bewunderte das Ergebnis seiner Maniküre oder was auch immer das gewesen sein sollte.

Ich verlor allmählich die Geduld. »Ja?«, sagte ich herausfordernd.

»Mr Lessig ist ein sehr mächtiger Mann.« Er fuhr fort mit seiner Körperpflege. »Er kann Leute fördern oder sie zu Fall bringen, je nachdem, wie er über eine Story berichtet. Sehen Sie sich nur die traurige Wahrheit an, die er über Ihre Mutter erzählt hat.«

»Das war gelogen«, protestierte ich. »Meine Mutter hatte nichts mit diesem WeLS-Programm zu tun.«

»Ach, wirklich? Da behaupten die Agenten des B.O.S.S. aber etwas anderes. Sind Sie sich sicher, dass man bei Ihnen keine Pornovideos gefunden hat nach dem Tod Ihrer Mutter?«

Ich funkelte ihn finster an. Er wusste, dass man welche gefunden hatte, er wusste aber auch, dass sie nicht Ginnie gehört hatten.

»Sehen Sie? Die Wahrheit kommt immer ans Licht. Und zwar so, wie Mr Lessig sie erzählt.« Langsam breitete sich ein fieses Lächeln über sein Gesicht aus. Er genoss das so richtig. »Also, Miss Oberon. Hätten Sie gerne, dass Ihr Großvater freikommt?«

»Natürlich«, erwiderte ich.

»Nun, Mr Lessig würde ihn Ihnen nur zu gerne zurückbringen – aber das kostet.«

»Wie viel?« Mein Herzschlag beschleunigte sich. »Ich habe nicht viele Kreditpunkte, aber ich habe einen Job.«

Er schnaubte verächtlich. »Kreditpunkte? Als hätte Mr Lessig noch mehr Kreditpunkte nötig. Er ist einer der reichsten Männer der Erde.«

»Was will er denn dann?« Ich hatte langsam die Nase voll von diesen Spielchen.

»Informationen, Miss Oberon. Mit Informationen bekommt man alles.«

»Was für Informationen könnte ich denn wohl haben, die Mr Lessig interessieren könnten? Ich bin sechzehn und gehe noch zur Schule. Außerdem arbeite ich nebenbei als Rang-zwei-Angestellte.«

»Oh, Sie unterschätzen sich selbst maßlos. Sie sind die Tochter des Begründers des Widerstands; Sie leben im Haus eines sehr wohlhabenden Medienangestellten. Und Ihre Mutter war eine NonKon.«

Ich hielt die Luft an. Ein Prickeln wanderte über meinen Rücken. Vorsicht, dachte ich. »Ich weiß nicht, wovon Sie sprechen.« Ganz gleich, was er auch wusste, ich durfte nicht zugeben, dass ich irgendeine Ahnung hatte. »Mein Vater ist an dem Tag gestorben, an dem ich geboren wurde. Sicher sind Sie darüber im Bilde. Und meine Mutter war Kassiererin von Rang zwei in einer Cafeteria. Sie war garantiert keine NonKon. Das Einzige, womit sie richtig liegen, ist, dass ich bei den Jenkins wohne und dass Mr Jenkins für die Medien arbeitet.«

Fassbinder seufzte. »Ich habe Kasimir schon gesagt, dass das schwierig werden würde mit Ihnen.« Er kam auf mich zu. »Sie wollen Ihren Großvater zurück. Mr Lessig will Informationen über Jonathan Jenkins. Es gab Gerüchte, Mr Jenkins wäre ein Sympathisant des Widerstands. Verstärkt, nachdem er die Tochter seines Begründers bei sich aufgenommen hatte.« Er musterte mich von oben bis unten. »Wenn Lessig diese Informationen bekommt, wird Ihr Großvater leben. Wenn Sie sich weigern, stirbt er. Das dürfte sogar ein niedrigrangiges Sex-Teen wie Sie verstehen, nicht wahr?«

Ich rammte meine geballten Fäuste in die Hosentaschen, um sie Angelo Fassbinder nicht ins Gesicht zu pflanzen.

»Ich spioniere garantiert nicht meinen Freunden hinterher«, sagte ich.

»Ach, wirklich?« Er holte seinen PAV heraus, gab ein paar Ziffern ein und warf eine Projektion an die Wand. »Bringen Sie ihn raus«, sagte er in Richtung der Projektion.

Ich starrte an die Wand. Zunächst war da nur ein leeres Zimmer zu sehen. Ein Mann kam herein und schob einen älteren Herrn in einem Transstuhl vor sich her. Da waren viele Schläuche, die in seinem Arm verschwanden; sein Kopf hing nach vorne.

»Zeigen Sie mir sein Gesicht«, sagte Fassbinder.

Der Mann, der den Stuhl schob, packte den älteren Mann am Haar und zog den Kopf hoch, sodass ich das Gesicht sehen konnte.

»Grandpa! Nein!« Ich schlug mir die Hand vor den Mund, um einen Schrei zu unterdrücken.

»Bitte« – Fassbinder rieb sich das Ohr – »er kann Sie sowieso nicht hören.« Dann stellte er die Projektion ab. »Ihr Großvater befindet sich im Reassimilierungsstadium eins-null-eins. Mr Lessig kann dem jederzeit ein Ende setzen. Doch Ihnen scheint der Preis ein wenig zu hoch zu sein. Zu schade auch für Ihren Grandpa.«

»Das habe ich nicht gesagt«, erklärte ich. Tränen wallten in mir auf. Diese Entscheidung konnte ich jetzt nicht treffen. »Ich brauche Zeit zum Nachdenken.«

»Sie sollten lernen, schnell zu reagieren. Aber wie ich Kasimir fairerweise schon riet – und dafür können Sie mir gerne später danken –, gewähren wir Ihnen vierundzwanzig Stunden, um uns Ihre Entscheidung mitzuteilen. Wie im klassischen Film noir, nicht wahr? Man sollte den armen Trotteln immer Zeit geben, noch ein wenig zu zappeln.« Er steckte seinen PAV zurück in die Tasche. »Ich werde mich wieder melden. Vierundzwanzig Stunden. Sechs Uhr morgen Abend.« Er zog sein Jackett gerade und meinte noch: »Oh, fast hätte ich's vergessen. Sollte irgendetwas Außerordentliches vorfallen – beispielsweise, dass die Jenkins ganz plötzlich verschwinden oder etwas ähnlich Verdächtiges –, dann ist Ihr Großvater ein toter Mann. Ich finde selbst raus.«

Ich ließ mich auf den Boden sinken. Was sollte ich tun? Die Jenkins hatten Dee und mich ohne zu zögern bei sich aufgenommen. Sie hatten uns behandelt, als gehörten wir zur Familie – und sie waren auch praktisch die einzige Familie, die wir derzeit hatten. Ich vergrub mein Gesicht in den Händen und sah Grandpas zusammengesunkene Gestalt vor mir.

Ich konnte diese Menschen doch nicht verraten – oder?

Ich weiß nicht, wie lange ich da so auf dem Boden kauerte und den Teppich anstarrte. Ein Klopfen an der Tür beförderte mich zurück in die Realität.

Chris spähte zur Tür rein. »Ist dein Besuch weg?«

Ehe ich ein Wort herausbrachte, rann mir auch schon eine Träne über die Wange. Und dann noch eine.

Chris kam herein und setzte sich neben mich auf den Boden. »Das sieht aber gar nicht gut aus. Willst du, dass ich Wei oder Mom hole?«

Ich schüttelte den Kopf.

»Wer war dieser Typ?«

»Kasimir Lessigs Assistent.« Ich brachte die Worte kaum über die Lippen.

»Wegen deines Großvaters?«

Und das war's dann. Ich brach in Tränen aus. Chris nahm mich in die Arme und wiegte mich hin und her, bis ich die letzte Träne vergossen hatte. Ich blieb in dieser Position, den Kopf an seine Brust gelegt, und lauschte dem Heben und Senken seiner Atemzüge, dem Schlagen seines Herzens.

»Wie kann ich dir helfen?«, fragte er ganz sanft, während er mich weiter festhielt.

Ich wandte ihm mein Gesicht zu, und ehe ich wusste, was geschah, hatte ich ihm auch schon die Arme um den Nacken geschlungen und küsste ihn. Und er küsste mich. Wärme durchflutete mich, und ich hatte das Gefühl, irgendwo außerhalb meines Kopfes zu schweben, im Äther, der uns beide umgab und der mich mit einem Gefühl der Unendlichkeit und der Ehrfurcht erfüllte. Während ich jegliches Gespür dafür verlor, wo ich mich befand, pulsierte dieses Unbekannte mit reiner Positivität und Wahrheit. Ich wollte für immer bleiben, wo auch immer ich gerade war. Doch dann drängte die Realität erneut in mein Bewusstsein.

»Hey! Seid ihr da unten?«, rief Wei.

»Ja.« Chris stand auf und half mir hoch. »Wir sind gleich da.«

Bei der Tür beugte er sich zu mir herunter und flüsterte: »Ich werde alles tun, um dir zu helfen, Nina. Alles. Sieh mal, ich weiß, dass du und Sal ... Verdammt, Nina. Habe ich eine Chance bei dir?« Ich wollte etwas erwidern, doch er legte mir den Finger auf die Lippen. »Antworte jetzt nicht. Lass mich wenigstens noch ein bisschen in dem Glauben, dass es so ist.«

Nach dem Abendessen erwischte ich Wei allein in ihrem Zimmer. Da ich der Ansicht war, dass eine Sache auf Leben und Tod wichtiger war als die Liebe, achtete ich nicht auf das schlechte Gewissen, das ich hatte, weil ich ihren Bruder geküsst hatte, wo ich doch angeblich in einen ihrer besten Freunde verliebt war – der sich im Übrigen seit Tagen nicht gemeldet hatte. Wenn ich es mir recht überlegte, war das in meiner Familie immer so gewesen.

Ich holte tief Luft und betete, dass ich mit dem folgenden Geständnis nicht Grandpas Todesurteil unterzeichnete. Nach einigen Minuten schloss ich mit den Worten: »Das war's. Auf gar keinen Fall werde ich dich und deine Familie verraten.«

»Verdammt.« Wei sah mich gut eine Minute lang an, ehe sie sagte: »Hast du es Chris erzählt?«

»Nein, ich wollte es erst dir erzählen. Ach ja, Wei, Brie hat vorhin auch angerufen. Sie, Dorrie und Mag haben die Rettungsaktion für Joan komplett durchgeplant. Die Sache läuft am Dienstag. Aber was sollen wir jetzt tun?« Es war schon schwer genug, den Jenkins nichts von der Rettung zu erzählen, und jetzt machte dieser sogenannte »Vorschlag« von Lessig alles nur noch schlimmer. »Grandpa – ich kann ihn nicht sterben lassen. Aber genauso wenig kann ich Lessig Informationen über deinen Dad geben. Was soll ich nur tun?«

»Kleine Korrektur. Was sollen *wir* tun? Zeit für ein Meeting, würde ich sagen. Ein Familienmeeting.«

»Was ist mit Dee? Ich darf sie nicht in Gefahr bringen.«

»Okay.« Wei dachte einen Moment darüber nach. »Dann also ohne Dee. Lass mich Mom holen. Wir müssen ihr alles sagen – selbst das mit Joan. Dad wird dann mit allem einverstanden sein, was auch immer sie sagt.«

»Und Chris?« Ich war sowieso derart aufgeregt, dass mein leichtes Erröten nicht weiter auffiel.

»Er wird seine eigene Entscheidung treffen. Ich geh und hole Mom.«

Ich hoffte nur, sie hatte recht. Ich hatte schon so viele Mitglieder meiner Familie verloren. Da konnte ich es nicht zulassen, dass ich jetzt auch noch den Rest verlor.

»Nina, ich respektiere deine Entscheidung«, meinte Mrs Jenkins. »Sie ist echt schwer zu treffen, doch ich bin der Ansicht, du tust das Richtige.«

»Danke.«

»Ich setze mich mit der Schwesternschaft in Verbindung wegen der kleinen Programmänderung für morgen«, erklärte Wei. »Mach dir keine Sorgen, das geht schon gut.«

Ich fand Dee in der Küche, wie sie Chris gerade beim Saubermachen half. Kurz warf ich einen Blick auf die Uhr des Kochcenters. Es war neun. Irgendwas war doch am Sonntag um neun. Verdammt! Die Unterbrechung mit meinen Zeichnungen! Bei allem, was so passiert war, hatte ich das fast schon vergessen.

»Guckst du dir manchmal *Die besten Urlaubsziele für die Ultrareichen* an?«, fragte ich.

»Manchmal schon.« Chris grinste. »Wieso, hast du vor, ultrareich zu werden? Du hattest nämlich gerade erst Ferien.«

»Darf ich das einschalten?«, erkundigte ich mich.

»Klar. Ist irgendwas Besonderes?«

»Genau genommen schon.«

Wei kam nach unten. »Mom führt gerade dieses Gespräch«, sagte sie, als alle ihre Aufmerksamkeit auf die AV-Anlage gerichtet hatten.

Die Räder hatten sich also in Bewegung gesetzt, jetzt stand es nicht mehr in meiner Macht, das alles aufzuhalten. Da konnte ich doch genauso gut auch meinen künstlerischen Triumphzug genießen. Vielleicht war es der einzige Triumph, den ich jemals erleben würde.

»Seht euch das mit mir an«, sagte ich.

Dee, Chris, Wei und ich saßen um den Küchentisch versammelt und sahen zu, wie Familien aus den höchsten Rängen in die Resorts der Woche reisten. Dieses Mal waren tropische Trauminseln das Thema. Während eines traditionellen hawaiianischen Luaus aus der Mitte des zwanzigsten Jahrhunderts fing das Bild plötzlich an zu flackern. Als Nächstes war auch schon das erste meiner Bilder aus der Reihe der Obdachlosen zu sehen. Im Hintergrund lief Musik, die ich noch nie gehört hatte.

»Nina!« Dee packte mich am Arm. »Das sind deine Bilder!«

»Ich weiß.«

Chris beugte sich zu mir und flüsterte in mein Ohr: »Du überraschst mich immer wieder«, sagte er. »Wie keine andere.«

Während wir uns meine Bilder auf der AV-Anlage ansahen, die unheimliche Musik, die Dorrie ausgesucht hatte, stets im Hintergrund, fragte ich mich, wie überrascht er wohl wäre, wenn er erst einmal erfuhr, was ich noch vorhatte.

XXXVIII

Der erste Schultag nach den Ferien, und schon ließ Mr Haldewick uns einen unangekündigten Test schreiben. Ich warf einen flüchtigen Blick rüber zu Wei, die mit ihrem Rapido herumkritzelte, da sie bereits mit den Aufgaben fertig war. Mr H. stand am Ende des Mittelgangs und beobachtete die Klasse. Die meisten von den Schülern waren noch über ihre Tische gebeugt und schrieben wild drauflos. Ich war wie Wei längst fertig, und … auch mein Leben, so wie ich es bisher kannte, würde wohl ebenfalls bald zu einem Ende kommen. Das Meeting am Abend zuvor war nicht ganz so verlaufen, wie ich mir das vorgestellt hatte. Es gab Dinge, die ich würde tun müssen, von denen war ich mir nicht sicher, ob ich sie packte. Doch Lessig hatte mir keine Wahl gelassen. Hier standen Menschenleben auf dem Spiel.

Außerdem war da noch die Sache mit Chris. Wie hatte ich ihn nur einfach so küssen können? Ich hatte mich so in diesem Kuss verloren, dass ich gar nicht mehr hatte aufhören wollen. Die Erinnerung an seine Lippen, die auf meine gepresst waren, schickte mir die Röte ins Gesicht, und meine Eingeweide fingen an zu flattern.

Sal war heute nicht in der Schule gewesen. Und ich hatte seit Tagen nichts von ihm gehört. Ich griff nach dem halben Herz, das an dem Kettchen um meinen Hals hing. Wir liebten uns. Oder etwa nicht? Ich meine, ich liebte ihn. Stimmte doch, nicht wahr? Ob er mich ebenfalls liebte, dessen war ich mir inzwischen nicht mehr so sicher. Mir gefiel es nicht, dass er glaubte, ich müsse beschützt werden. Mir gefiel, wie es sich anfühlte, wenn er mich umarmte. Mir gefiel nicht, dass er die ganze Zeit unterwegs war. Ich hatte echt keinen Schimmer mehr, wie wir eigentlich zueinander standen.

Ich fragte mich, ob es das war, was Ginnie empfunden hatte, als mein Dad »untertauchte«. Sie musste jahrelang damit leben, dass alle Welt dachte, er sei tot. Sie hatte ihn nur zu gelegentlichen heimlichen Treffen im Park gesehen, wann immer er wegkonnte von seiner Arbeit für den Widerstand, wie auch immer die ausgesehen haben mochte. Und als sie dann mit Dee schwanger war, da musste sie … igitt. Ed. Das war der Anfang ihrer Beziehung mit Ed gewesen. Und dann war mein Dad für immer aus ihrem Leben verschwunden.

War es das, was ich wollte? Einen Freund, der kam und ging wie ein Gespenst – jemand, der nie da war, wenn man ihn brauchte, der mir aber das Gefühl gab, er war alles für mich, wann immer wir zusammen waren?

Ich erinnerte mich daran, wie ich einmal, als ich noch klein war, zu meiner Mom wegen eines schlimmen Traumes ins Bett gekrochen war. Als ich gerade wieder am Einschlafen war, hatte ich mitbekommen, wie sie geweint hatte.

»Mommy, was ist los?«

»Nichts, meine Süße.« Sie hatte mein Haar gestreichelt. *»Schlaf wieder. Ich bin ja hier. Alles ist gut.«*

Nur dass gar nichts gut gewesen war. Mein Dad hätte für sie da sein sollen. Um sie zu trösten. Um ihr zu helfen. Hätte er es tun können? Hätte er es tun *müssen?* Die Antwort darauf würde ich nie erfahren. Vielleicht konnte ich ihn irgendwann mal fragen, doch selbst er würde nicht sagen können, was damals in Moms Kopf und, viel wichtiger noch, in ihrem Herzen vorgegangen war.

Die Angelegenheiten des Herzens waren noch weit schwieriger zu beurteilen als alles andere.

Ein beharrliches Klopfen störte meine Konzentration. Ich ließ den Blick nach links unten gleiten und sah, wie Mr Haldewick mit seinem Zeigestab neben mir auf den Boden tippte. Als ich dem Stab nach oben folgte, starrte ich in ein Gesicht mit einem kapitalen Stirnrunzeln.

»Wollen Sie Ihren Test jetzt abgeben, oder wollen Sie bis zum Ende der Stunde dasitzen und vor sich hin träumen, Miss Oberon?«

»Ich gebe lieber ab.« Damit drückte ich auf den holografischen Sendeknopf, der sich in der rechten Ecke meines Tisches befand.

»Danke.« Er schürzte die Lippen und ging weiter zu seinem nächsten Opfer.

»Alles okay, Nina?« Mike schaufelte sich eine Ladung Fritten in den Mund. »Du wirkst irgendwie abwesend.«

»Ja, ist wahrscheinlich so.« Auch wenn Mike einer meiner besten Freunde war, konnte ich ihm nicht erzählen, was mir tatsächlich auf der Seele brannte. »Es ist nur, weißt du, alle gehen mir aus dem Weg oder starren mich an. Vermutlich glauben sie das, was in der Sendung gesagt wurde.« Endlose Melancholie hing über mir, wie eine von diesen Regenwolken in Comics.

»Nun, wir glauben es nicht«, erklärte er. »Und wir sind doch wohl die Einzigen, die zählen, oder?«

»Jep«, bestätigte Derek. »Ich glaube, du solltest mal wieder ein wenig Spaß haben. Riley und ich spielen am Samstag. Wei kommt auch.« Er warf einen Blick zu ihr hinüber. »Stimmt doch?«

Sie lächelte ihn an, mit ihrem berühmten warmherzigen Lächeln. »Ich werde es garantiert nicht verpassen.«

Doch ich machte mir Sorgen, dass sie es vielleicht doch verpassen würde.

»Hey«, meinte Derek. »Habt ihr diese krasse Videounterbrechung gesehen? Ich hätte sie fast verpasst, aber Riley rief mich an und meinte, diese ultracoolen Zeichnungen würden von irgendwelchen unglaublichen uralten Spirituals begleitet. Das war echt überultra! Ich hab noch nie etwas Vergleichbares gesehen.«

Ich schnappte mir eine Fritte und ließ einen Moment lang zu, dass ich stolz war. Das würde eh bald schon wieder Vergangenheit sein.

Nach der Schule machte ich mich direkt auf den Weg ins Institut. Obwohl ich genau wusste, dass er später noch eine Veranstaltung hatte, drückte ich mir selbst die Daumen, dass Martin noch in seinem Büro war. Und das war er, zum Glück.

Nach unserem Gespräch fragte ich: »Werde ich irgendetwas Besonderes benötigen, um meine Freundin hier reinzuschleusen?«

Martin reichte mir eine Karte. »Gib das dem Wachmann. Es ist ein Gebäudepass, dafür bekommt sie einen Besucherausweis. So hast du keine Probleme, sie reinzubringen. Was alles Weitere betrifft, darum habe ich mich gekümmert, alles klar?« Er ließ seine Hand kurz auf meiner liegen. »Nina, bist du dir sicher, dass du das Richtige tust?«

»Es ist die einzige Lösung«, erklärte ich. »Ich bin mir sicher.«

»Ich finde es schlimm, dass ich dich jetzt allein lassen muss«, meinte er. »Aber ich muss mich um den Erwerb einer Sammlung kümmern.«

»Ich verstehe.« Ich stellte mich auf die Zehenspitzen und küsste ihn auf die Wange. »Ich werde Sie vermissen.«

Er verzog seine Lippen zu einem angestrengten Lächeln. Sein Blick wurde glasig. »War mir ein Vergnügen, meine Liebe. Kein Zweifel.«

Ich verbrachte noch eine halbe Stunde damit, die Leihgabe einiger Gemälde von Hieronymus Bosch aus dem späten fünfzehnten und frühen sechzehnten Jahrhundert zu katalogisieren. Sein Triptychon *Der Garten der Lüste* – die

Seite, die die Hölle zeigte – schien zu meiner Situation überraschend gut zu passen. Denn wie diese armen, gequälten Seelen sah ich im Moment keinen Ausweg.

Ich verließ die Arbeit um vier Uhr dreißig. Die Fahrt mit dem Transit schien ewig zu dauern, und ich hatte schon Angst, ich würde heimkommen und Fassbinder wäre bereits da gewesen und schon wieder gegangen, und jetzt würden sie Grandpa töten. Doch ich stieg aus dem Transit mit gut einer Stunde Vorsprung.

Chris arbeitete noch, Mr Jenkins ebenfalls. Mrs Jenkins, Wei und Dee hatten mir eine Nachricht hinterlassen, dass sie Grandma besuchen gegangen seien. Was würde sie von mir denken? Ich würde es vielleicht nie erfahren.

Ich kniete mich aufs Sofa, sah aus dem Fenster und wartete darauf, dass Angelo Fassbinder endlich vorfuhr. Er kam pünktlich. Drei Minuten vor sechs. Gerade ausreichend Zeit, um sich noch einmal die Hände zu reiben, ehe ich ihm meine Antwort gab.

Ich war schon an der Tür, ehe er anklopfen konnte. »Kommen Sie rein«, sagte ich.

»Ganz allein, wie?« Er nickte die Treppe hoch.

»Ja.«

»Gut. Kein Grund, sich unwohl zu fühlen, Miss Oberon. Ein einfaches Ja oder Nein wird genügen.« Er hielt seine Hand hoch und sah auf seine Chronos. »Mr Lessig erwartet meinen Anruf. Und, wie lautet Ihre Antwort?«

Ich holte tief Luft. Das Gespräch mit Mrs Jenkins ging mir durch den Kopf. »Ja«, sagte ich. »Ich tue es.«

»Hmmm.« Er musterte mich abschätzig. »Mr Lessig verlangt einen Beweis Ihrer Loyalität. Morgen Nachmittag. Belege für Mr Jenkins' Reise in die Südlichen Protektorate sollten nicht allzu schwer zu finden sein. Ich habe gehört, er bewahrt alles sehr penibel auf. Oh, und Mr Lessig wird wollen, dass Sie darlegen, was Sie über die Störgeräte hier in diesem Haus wissen. Ein simpler Schaltplan genügt. Nach der Schule. Ich werde Sie erwarten.«

Sobald er zur Tür raus war, schlich ich mich in Mr Jenkins' Büro. Die Belege waren tatsächlich kinderleicht zu finden. Der Schaltplan für das Haus? Keine Chance.

Ich rief Dorrie an. »Kannst du mir bis drei was besorgen?«

»Ich schick's dir auf deinen PAV.«

Noch einmal vierundzwanzig Stunden.

XXXIX

»Was tust du da?«

Ich hob den Kopf und sah Dee in der Tür stehen.

»Ich suche nach Kleidung, die ich einer Freundin geben könnte. Sie, äh ...« Ich konnte Dee nicht die Wahrheit sagen. Nicht jetzt. Sie durfte nicht von Joan erfahren, nichts wissen von meinen Plänen. »Es gab ein Feuer. Sie hat nichts mehr. Sie hat in etwa Ginnies Größe.«

»Ach, das ist aber nett von dir. Triffst du sie heute Abend?«

»Nein.« Ich wählte ein Paar von Ginnies Jeans aus und einen Pullover, der noch nicht allzu sehr aus der Mode war. Dee und ich hatten uns bereits genommen, was uns wichtig war. Ich hatte ein schlechtes Gewissen, dass ich Dee wegen der Sache mit Joan anlog. Aber noch schlimmer fand ich, so vom Duft meiner Mom umfangen zu sein. Und zu wissen, dass ich diesen Duft nach heute Abend nie wieder riechen würde. Nie wieder. Ich benutzte zwar einen ihrer Schals, doch der roch inzwischen viel eher nach mir. Denk jetzt nicht darüber nach, sondern konzentrier dich auf die vor dir liegende Aufgabe, sagte ich mir. »Wie geht's Grandma?« Auch so ein Nie Wieder. »Hast du ihr gesagt, dass ich sie lieb habe?«

»Klar. Sie fand's schade, dass du nicht dabei warst. Es geht ihr echt richtig gut. Dr. Silverman war da, der meinte, sie könne spätestens zum ersten Februar raus.« Dee runzelte die Stirn. »Sie hat nach Grandpa gefragt, aber ich wusste nicht, was ich ihr erzählen soll. Denkst du, Grandpa könnte bis dahin auch wieder draußen sein?«

Grandpa. Das alles nahm ich für ihn auf mich. »Ich hoffe es, Dee. Ich hoffe es wirklich.«

Sie suchte eins von Ginnies Kleidern heraus, ein recht schickes, das sie selbst kaum getragen hatte, mit dem Dee aber immer Verkleiden spielen durfte. »Weißt du noch, wie ich darin immer durchs Zimmer getanzt bin, als wäre ich auf einem Ball?« Sie hielt es sich vor den Körper und betrachtete sich im Spiegel. »Ich wette, Mom sah wunderschön aus darin.«

In diesem Moment sah Dee Ginnie ziemlich ähnlich. Ich konnte es nicht verhindern, dass mir die Tränen kamen.

»Was denn?« Dee ließ das Kleid aufs Bett fallen. »Hab ich was Falsches gesagt?«

»Nein. Ich hab nur was im Auge.« Schnell ließ ich den Kopf hängen, damit sie mein Gesicht nicht sehen konnte.

Da klingelte mein PAV – Wei. »Kannst du hochkommen? Wir müssten kurz etwas besprechen.«

»Bin gleich da.« Ich legte auf. »Ich geh kurz nach oben.« Und damit ließ ich Dee mit der Kiste voller Erinnerungen zurück.

Oben in Weis Zimmer war die Schwesternschaft über PAV-Projektion zugeschaltet.

»Paulette, du und Mag sorgt für Ablenkung in der Haupthalle, wenn nötig«, meinte Wei.

Sie beide nickten.

»Brie und ich landen um drei Minuten vor vier. So haben Nina und Joan ausreichend Zeit, um zum Helikopterlandeplatz zu kommen. Nina, vergiss nicht, die Tür aufzusperren, damit wir rein und irgendwie anders abhauen können, falls etwas schiefläuft. Der Velojet lässt sich nicht aufspüren. Das Ding ist teuer, aber es ist immer noch besser, dass sie den beschlagnahmen, als dass sie uns erwischen.«

»Alles wird nach Plan laufen«, meinte ich. »Und du und Joan fliegt nach Japan. Und Brie verlässt das Institut mit mir als meine Begleiterin.«

»Das ist der Plan.« Sie lächelte mich an. »Wir sehen uns dann morgen.«

»Du hast ihnen nicht erzählt, was wirklich läuft?«, fragte ich, nachdem sie die Projektion beendet hatte.

»Dorrie ist die Einzige außer dir, die davon weiß. Sie wird Brie einweihen, ehe sie zum Institut aufbrechen.«

»Das wird doch klappen, oder?« Ich gab mir Mühe, nicht zu zittrig zu klingen, doch das gelang mir nicht so ganz.

»Mom meint, Dad habe seine Leute beim B.O.S.S. in Stellung, damit dein Großvater rauskommt. Wir werden alle zusammen zusehen, wie die Sonne aufgeht an der Mündung des Hoke no Domon auf Hokkaido. Mom meint,

Tante Hiroko wird auch deinem Grandpa und Joan helfen können. Sie ist eine Heilerin.«

»Ich kann echt nicht glauben, dass deine Familie das alles für mich tun will.«

»Du bist doch auch ein Teil unserer Familie.« Sie legte mir den Arm um die Schulter. »Ich wünschte, wir könnten auch Dee und eure Grandma mitnehmen. Doch Mom sagt, sie sind hier in Sicherheit, wir werden sie dann irgendwann nachholen.«

Ich versuchte, nicht daran zu denken, dass ich Dee hier würde zurücklassen müssen – selbst wenn es nur für einige Zeit war. Wie würde sie ohne mich zurechtkommen? Ich dachte wieder daran, wie Dee mit Ginnies Kleid herumgewirbelt war. Wie stark sie doch wirkte – mit ihren elf Jahren war sie tapferer, als ich mich je gefühlt hatte. Vielleicht sollte ich also besser sagen, wie würde ich wohl ohne sie auskommen?

»Vielleicht wird der Regierungsrat ja gestürzt«, sagte ich, wobei mir in dem Moment, da ich die Worte ausgesprochen hatte, klar war, dass es sich hierbei lediglich um Wunschdenken handelte. »Die Wahrheit über WeLS und die Lügen, die Lessig verbreitet, müssen irgendwann ans Tageslicht kommen.«

»Ich will es hoffen.« Wei fuhr mit der Hand über ihre Bettdecke. »Dann könnten wir alle wieder nach Hause kommen. Weißt du, das hier ist das einzige Zuhause, das ich je hatte.«

Ich konnte mich nicht gegen den plötzlichen Anflug von

Eifersucht wehren. Ich hatte in sechzehn Jahren in vier verschiedenen Wohnungen gelebt. Und keine von denen war mehr ein Zuhause für mich. Selbst die Leute, die sie zu einem Zuhause gemacht hatten, gab es nicht mehr.

»Hast du was von Sal gehört?«, erkundigte sie sich. »Ich weiß, du darfst ihm nicht erzählen, was gerade abgeht, aber ich hatte schon gehofft, er würde dich anrufen.«

»Nö. Nichts.« Ich zuckte mit den Schultern. Sal. Das war das Schlimmste an allem. Ich hatte seit Tagen nichts von ihm gehört. Und wie ich unser letztes Gespräch beendet hatte … »Vielleicht haben wir uns ja bloß beide etwas vorgemacht, was unsere Gefühle betrifft.«

»Nicht Sal«, sagte sie. »Er mag zwar sauer auf dich sein, aber er würde niemals aufhören, dich zu lieben.«

Aber was war mit mir?, dachte ich. Würde ich aufhören, ihn zu lieben? Hatte ich es bereits getan? Sal bedeutete mir immer noch so unheimlich viel. Aber ich könnte mich doch Chris nicht so verbunden fühlen, wenn ich Sal immer noch liebte? Und wie hatte ich es zulassen können, dass zwischen mir und Chris was passierte, wenn ich Sal so liebte, wie ich geglaubt hatte? Vielleicht war Sal ja nur zufällig der erste Junge gewesen, der solche Gefühle in mir ausgelöst hatte – der Erste, durch den mir klar geworden war, dass ich mich verlieben konnte. »Was ist mit Chris?«, fragte ich. »Hat er schon eine Entscheidung getroffen, was er tun will?«

»Er hat es Mom noch nicht gesagt«, meinte Wei. »Und mit mir hat er überhaupt nicht gesprochen. Wir werden vermutlich erst erfahren, wofür er sich entschieden hat, wenn alles über die Bühne ist.«

Mit einem Mal traf mich die Erkenntnis, wie einschneidend die Opfer waren, die die Jenkins brachten, nur um mich zu retten. Klar, Mrs Jenkins hatte mich darauf hingewiesen, dass, wenn Lessig an Mr Jenkins' Loyalität den Medien gegenüber zweifelte, es nur eine Frage der Zeit wäre, bevor sie verschwinden müssten. Doch zu sehen, wie sie alle Zelte abbrachen, ihr ultratolles Zuhause und alles, was sie besaßen, aufgaben, alles, wofür sie hart gearbeitet hatten. Möglicherweise würden sie ihre andere Tochter, Angie, nie wiedersehen. Und vielleicht nicht mal Chris.

Chris. Mir blieb die Luft weg. Ich wusste, es bestand durchaus auch die Möglichkeit, dass ich Sal nie wiedersah. Aber das mit Chris war mir nicht klar gewesen. Wie würde *ich* mit der Möglichkeit klarkommen, dass ich beide nie wiedersehen würde?

Während des Abendessens musste Dee mir mindestens zweimal versichern, dass sie heute in der Schule niemand gehänselt hatte wegen der Meldung über Ginnie. »Keiner unter sechzehn denkt auch nur annähernd über solche Sondermeldungen nach«, meinte sie. »Wie steht es mit dir?«

»Ein paar Leute haben mich ein bisschen komisch angesehen«, meinte ich. »Aber den meisten ist es offensichtlich scheißegal. Ich bin ja doch nur ein Niemand aus Rang zwei.«

»Du bist kein Niemand.« Dee zog eine Schnute. »Miss

Maldovar meint, wir sollen unser Selbstwertgefühl pflegen.«

»Das werde ich mir merken.«

»Du weißt, was ich meine«, sagte Dee. »Übrigens, Chris holt mich nach der Schule ab. Wir fahren zu einem Laden, der allerlei kulinarische Spezialitäten verkauft.«

»Kulinarisch? Du meinst es ernst, wie?« Ich war so stolz auf sie.

»Ja, tu ich. Chris und ich haben uns unterhalten, ich werde meine Zulassung als Kreative im Fachbereich für Kochkunst erwerben.«

»Ich bin mir sicher, dass du das schaffst.« Ich lächelte, um den Anflug von Traurigkeit zu überspielen, der mich überkam, weil ich vermutlich nicht hier sein würde, um das mitzuerleben. »Und wahrscheinlich bist du irgendwann Köchin in einem Toprang-Restaurant und verdienst einen Haufen Kreditpunkte. Wirst du dich dann um mich kümmern?«

»Klar, du Dummchen. Wir sind eine Familie.«

Als ich das hörte, brach es mir fast das Herz, und ich musste mich entschuldigen und aufstehen, ehe ich noch vor ihren Augen in Tränen ausbrach.

Später an diesem Abend fing ich an, die Sachen vorzubereiten, die ich brauchen würde. Ich hatte bereits entschieden, was ich alles mitnehmen wollte. Das animierte Digi, das Dee mir zum Feiertag geschenkt hatte; Grandpas Ingwerdose; und ein Digi von Ginnie, Dee und mir. Ich legte die Sachen in meine Tasche, zusammen mit meinen Rapidos, meinem Zeichenblock, dem Original meines WeLS-Vertrages und den Dokumenten, dass ich freigekauft war, meiner Zulassung als Kreative und einer Kopie des Gerichtsbeschlusses zu der Sache mit Dee. Ich legte mir die Klamotten für den nächsten Morgen raus. Die Sachen, die Miss Maldovar mir geschenkt hatte, waren von weit besserer Qualität als alles andere, was ich besaß, daher hatte ich sie gewählt. Ich schloss die Augen und hielt mir den ultraweichen Pullover an die Wange. Vielleicht würde ich eines Tages noch mehr schöne Dinge besitzen. Doch vorerst mussten die Sachen genügen.

Ich ging in die Küche, um mir heimlich ein paar Energieriegel und Nahrungspillen zu stibitzen – nur für den Fall. Ich schaute kurz bei Dee rein, um ihr eine gute Nacht zu wünschen. Sie lag bereits im Bett und las in einem richtigen Buch.

»Was hast du da?«

Sie reichte es mir. *Keena, die erste Fem.*

»Eine Geschichte der Gründerin der Fems? Seit wann interessierst du dich eigentlich so für Geschichte? Erst das Vereinigte Große Inselreich auf der AV-Anlage, und jetzt auch noch das?«

»Als ich klein war, hat Mom mir immer Geschichten über Keena erzählt. Nach dieser Sendung wollte ich mehr wissen über die Fems. Und als ich Mrs Jenkins fragte, meinte sie, ich solle das hier lesen.«

»Ich kann mich nicht erinnern, dass Mom je von den Fems gesprochen hätte.«

»Wenn du in der Schule warst, haben Mom und ich immer ›was wäre wenn‹ gespielt. Zum Beispiel, was wäre, wenn Keena noch am Leben wäre? Wäre es nicht toll, so stark und mächtig zu sein? Keena war diejenige, die die Cliste-Galad-Kampfkunst wiederbelebt hat. Wei macht das doch, oder?«

»Ja.« Ich blätterte durch das Buch, bis ich das Kapitel gefunden hatte, von dem Dee sprach, und las laut vor: »Keena führte das Cliste Galad ein – eine Kombination aus schottischen Kriegstraditionen und uraltem fernöstlichem Mystizismus und Kampfkunsttechniken –, zur Verteidigung gegen die oppositionelle Macht im Ölkrieg.«

»Es hat funktioniert«, meinte Dee. »Die Fems konnten genügend von ihren Gegnern schlagen, um den Vertrag zum Ende aller Kriege herbeizuführen und selbst die Macht zu übernehmen.« Sie warf sich zurück auf ihr Kissen. »Dann verloren sie sie wieder. Und das nur wegen diesen bescheuerten Kerlen.«

»Nicht alle Männer sind bescheuert.« Ich dachte an Sal und Chris und sämtliche männliche Freunde und Verwandte der Mitglieder der Schwesternschaft, die dachten, man müsse uns beschützen. Das war dumm. Falsche Besorgnis – ja. Aber es war keineswegs dumm, sich um Menschen zu sorgen, die man liebte.

»Da könntest du recht haben«, meinte Dee. »Vielleicht sind es die Frauen, die dumm sind. Wir haben es den Medien ja auch abgenommen, als die uns einreden wollten, dass es das Wichtigste sei, einen Mann zu haben, damit man in Sicherheit ist.«

»Auch Frauen sind nicht doof. Vielleicht sind sich die Menschen einfach nicht so sicher, was richtig und was falsch ist. Obwohl, das, was im Moment abläuft, ist definitiv falsch.« Ich steckte die Decke um ihre Schultern fest. »Doch das werden wir heute Abend nicht mehr rausfinden. Und jetzt Licht aus.«

Ich ging wieder in die Küche und dachte darüber nach, dass ich Dee vermutlich nie dabei würde helfen können, die Fragen des Lebens zu beantworten. Sie würde das alles lernen müssen wie ich – auf die harte Tour. Das gefiel mir nicht. Überhaupt nicht. Aber vielleicht, nur vielleicht, würde sie eines Tages eine Köchin von hohem Rang werden und ein leichteres Leben haben. Ich musste dem Ganzen einfach etwas Positives abgewinnen, sonst wäre ich für immer im Dunkeln verloren.

XL

Derek, Mike und ich saßen an unserem üblichen Tisch im Mickeys und aßen zu Mittag. Wie an jedem normalen Tag. Normal. Diesen Eindruck sollte es machen. Alles absolut normal.

»Also, Nina, kommst du jetzt am Wochenende mit Wei ins Soma?«, erkundigte sich Derek.

»Klar, das wird ein Spaß. Kommst du auch, Mike?«

Er nickte, den Mund voller Fritten.

»Hey, hast du was von Sal gehört? Unsere Klassenlehrerin meinte, sie glaube, er habe die Schule gewechselt. Weißt du irgendwas darüber?«

Ich hätte mich fast an meiner Limonade verschluckt. »Davon hab ich nichts mitgekriegt. Ich dachte, er wäre nur, na ja ... vorübergehend weg.«

»Ja, ich auch. Aber sie meinte, Mrs Marchant habe ihr gesagt, er würde nicht mehr wiederkommen. Hast du ...«

Ich wusste, dass er mich fragen wollte, ob ich das gewusst hätte. Hatte ich natürlich nicht. Er war also weg. Das Letzte, was ich wollte, war, Derek und Mike einfach so sitzen zu lassen, doch ich konnte nicht weiter tatenlos dahocken, ohne zu wissen, was mit Sal war. Also schlang ich schnell die Reste meines Mittagessens hinunter. »Ich muss noch was erledigen«, meinte ich. Und damit eilte ich zur Schule zurück und machte mich auf die Suche nach Mrs Marchant.

Ich hatte Mrs Marchant seit der Anhörung nicht mehr gesehen. Als ihre Sekretärin mich in ihr Büro führte, blickte sie auf. »Miss Oberon. Was verschafft mir das Vergnügen? Die meisten Schüler kommen erst zu mir, wenn sie etwas verbrochen haben.«

»Mrs Marchant, es geht um Sal Davis«, sagte ich. »Stimmt es, dass er die Schule gewechselt hat?«

Sie sah mich eindringlich an, ehe sie sprach: »Er ist Ihr Freund, nicht wahr?«

»Ja, Ma'am.«

»Und er hat Ihnen nichts erzählt?«

»Nein, Ma'am.«

»Es tut es mir leid, aber dann kann ich es auch nicht tun. Mal abgesehen von der Schulpolitik, Miss Oberon, bin ich mir sicher, dass Sal es Ihnen erzählt hätte, wenn er gewollt hätte, dass Sie wissen, was er vorhat.«

Das war nicht die Antwort, die ich mir erhofft hatte, nicht von Mrs Marchant. »Ich schätze … ich meine, ich weiß ja, dass Sie recht haben. Tut mir leid. Ich hätte Sie nicht belästigen sollen.«

»Kein Problem. Ich bin immer froh, wenn Schüler zu mir kommen.«

»Danke.«

Ich hatte schon den Türgriff in der Hand und kämpfte gegen die aufwallenden Tränen an, als sie noch sagte: »Leute teilen ihre Pläne oftmals nicht mit anderen, um sie nicht in Gefahr zu bringen. Denken Sie nicht?«

Mein Herz tat einen Sprung. »Ja, Ma'am.«

»Kopf hoch, Miss Oberon.«

Ich zog die Tür hinter mir zu und stieß einen Seufzer der Erleichterung aus. Wenigstens war er noch am Leben. Mir war bislang gar nicht klar gewesen, wie besorgt ich um ihn war. Ich hatte es mir nie eingestehen wollen, dass immer die Gefahr bestand, dass er bei einem seiner Einsätze verletzt oder getötet wurde.

Je näher die letzte Stunde rückte, desto mehr Gedanken machte ich mir wegen Fassbinder. Er hatte gesagt, er würde mich nach der Schule treffen. Bedeutete das, dass er draußen auf mich warten würde? Würde er mich anrufen? Würde er bei uns zu Hause aufkreuzen? Ich machte mir die ganzen fünfzig Minuten, die der Unterricht in Sprache & Literatur dauerte, unzählige Gedanken.

Als es endlich klingelte, bedeutete Miss Gray mir, zu ihr zu kommen. Ich war hin und her gerissen, ob ich jetzt eine artige Schülerin sein oder einfach abhauen sollte. Und auf einmal sprang ich auf, rannte davon und ließ sie einfach so stehen, schockiert über mein eigenes Verhalten. Wenigstens würde ich morgen keine Erklärungen mehr abgeben müssen.

Als ich draußen war, wartete Wei bereits auf mich. Genau wie Fassbinder.

Wei hielt den Daumen hoch und verschwand hinter dem Gebäude, um mit ihrem Teil des Plans zu beginnen. Ich holte tief Luft, dann ging ich die Treppe hinunter auf Fassbinder und seinen wartenden Trannie zu.

Der Fahrer öffnete mir die Tür, und ich ließ mich auf die Rückbank gleiten. Fassbinder nahm neben mir Platz, verborgen in den Schatten.

»Nun?«, meinte er.

»Ich hab alles hier.« Damit hielt ich ihm den Umschlag hin. »Was ist mit meinem Großvater?«

Er öffnete den Umschlag und überprüfte den Inhalt. »Wenn das hier das ist, was Mr Lessig sich erhofft, dann hören Sie von uns«, sagte er. »Sie gehen jetzt zur Arbeit ins Kunstinstitut?«

»Ja, wenn ich mich nicht beeile, komme ich noch zu spät. Darf ich gehen?«

»Mr Lessig besteht darauf, dass ich nett zu Ihnen bin. Worüber ich nicht gerade glücklich bin. Doch da ich Mr Lessig gleich im Palmer treffe, fahre ich sowieso in Ihre Richtung. Darf ich Sie also dorthin bringen?«

»Nein.«

Damit stieg ich aus dem Trannie und machte mich auf zur nächsten Transit-Haltestelle. Ich durfte Joan nicht zu spät abholen.

Zwei Haltestellen später stand ich vor unserem alten Wohnblock. Ich lief zum Fluss runter, wo Joan bereits allein auf mich wartete. Wir verzogen uns in eine Seitenstraße, wo sie in Ginnies Klamotten wechselte. »Wie bist du deine Freundinnen losgeworden?«

»Ich hab ihnen gesagt, dass ich mich stellen will. Svette wollte mich persönlich hinbringen, um das Geld einzusacken. Aber eine der anderen hat sie k.o. geschlagen und mir gesagt, ich solle weglaufen. Sie meinte, sie wolle nicht zusehen, wie jemand Geld für mein Leben annimmt.« Sie richtete ihren traurigen Blick auf mich. »Sag, dass alles gutgehen wird, Nina. Ich hab solche Angst.«

Ich drückte ihre Hand ganz fest. »Alles wird gut. Keiner wird dir je wieder wehtun. Nun« – ich half ihr auf die Beine – »dann wollen wir das mal durchziehen.«

Als wir beim Institut ankamen, verschaffte ich mir Zutritt durch den Angestellteneingang, während Joan einen Besucherausweis erhielt. Als wir diese Hürde geschafft hatten, begaben wir uns zu den Liftports. Dienstags war der Eintritt kostenlos, daher war die Eingangshalle voller Menschen. Ich hoffte nur, das würde sich als günstig für uns erweisen. Ich entdeckte Paulette und Mag und nickte ihnen unauffällig zu. Mag zwinkerte kurz, dann zog sie Paulette in die Menschenmenge.

Joan und ich stiegen in den Liftport und fuhren hoch in das Stockwerk, in dem Martin und ich arbeiteten. Es war zwanzig vor vier.

Dann führte ich Joan weiter in den Lagerraum. »Bleib du hier. Ich bin in sechs Minuten zurück.«

Schon eilte ich durch die Gänge zum Dach. Drei Minuten hin. Tür aufsperren. Drei Minuten zurück.

Als ich zurück in den Lagerraum kam, wurde mir klar, dass es keine gute Idee gewesen war, Joan allein in einem abgeschlossenen Raum zu lassen. Sie lief auf und ab und rieb sich mit den Händen die ganze Zeit über den Nacken.

»Sie werden mir wehtun.« Ihr Blick irrte wild durch den Raum. »Sie kommen wieder, um mich zu holen, nicht wahr? Warum tust du nichts?«

»Joan, alles ist gut«, sagte ich. »Hier ist niemand außer dir und mir. Niemand wird dir je wieder wehtun.« Ich redete weiter beruhigend auf sie ein und versuchte, ihr zu erklären, dass das, was wir vorhatten, gutgehen würde. Es dauerte viel zu lange, bis ich sie wieder zurück in die Realität geholt hatte.

Schließlich öffnete ich die Tür zu den Gängen, woraufhin Brie und Dorrie hereinkamen.

»Was ist los?« Brie klang absolut geschäftsmäßig. Sie erfasste die Situation sofort. »Joan?«

Joan ließ den Kopf hängen. »Tut mir leid. Tut mir leid.«

»Joan, schon gut. Alles in Ordnung.« Wieder versuchte ich, sie zu trösten.

»Ich weiß. Ich weiß.« Sie wandte sich an Brie. »Ich bin durchgedreht.« Sie sah zu uns auf. »Das tut mir wirklich leid.«

»Ist schon gut. Wir haben reichlich Zeit, wenn wir jetzt aufbrechen.«

»Nina …« Der Ton in Dorries Stimme jagte mir Angst ein. »Es gibt eine kleine Planänderung. Japan ist nicht …«

Ein Klopfen an der Tür zum Lagerraum ließ uns innehalten.

»Geht. Ich kümmere mich darum, wer auch immer das ist«, flüsterte ich und bedeutete Brie und Dorrie, sich hinter einem Stapel Packkisten zu verstecken. Joan war ja offiziell als Besucherin angemeldet, also wäre es sonderbar, wenn sie auf einmal verschwunden wäre, doch ich konnte auch nicht riskieren, dass jemand sie entdeckte. Ich gab ihr daher einen kleinen Schubs, damit sie Brie und Dorrie hinter die Kisten folgte. Ich trat an die Tür und sah auf den Monitor. Es war einer von den Sicherheitsleuten. Ich öffnete die Tür einen Spalt. »Tut mir leid, Martin ist heute nicht hier, kann ich …«

»Sie haben einen Besucher.« Damit trat der Wachmann zur Seite, und ich sah Kasimir Lessig hinter ihm stehen.

»Miss Oberon«, sagte er. »Sie sehen bei Weitem nicht so bezaubernd aus wie neulich, als wir uns begegnet sind. Sorgen machen alt und verursachen Fältchen, wissen Sie.« Er tätschelte meine Wange und marschierte an mir vorbei in den Raum.

»Gab es ein Problem mit den Informationen, die ich Ihnen habe zukommen lassen?« Ich funkelte Lessig an.

»Benehmen Sie sich, Miss Oberon. Benehmen Sie sich.«

»Die Informationen«, sagte ich zu Lessig. »Waren sie nicht das, was Sie erwartet hatten?«

»Oh, ich habe sie noch gar nicht in Augenschein genommen. Angelo, der himmlische Assistent, der er ist, hat Ihnen angeboten, Sie zur Arbeit zu bringen, damit Sie nicht zu spät kommen. Sie haben sein Angebot abgelehnt. Das kam ihm sonderbar vor. Und mir auch. Da ich sowieso gerade in der Nähe war, dachte ich mir, ich sehe besser nach, ob alles in Ordnung ist. Stimmt denn etwas nicht?«

»Nein. Ich wäre nur lieber zu spät gekommen, als dass ich mich von Mr Fassbinder fahren lasse. Ich mag ihn nicht.« Genauso wenig wie Sie, fügte ich in Gedanken hinzu.

»Ach, wie erfrischend, diese Ehrlichkeit. Er macht sich auch nichts aus Ihnen. Oh, aber ich schätze, ich sollte vorsichtig sein mit dem, was ich sage – ausgerechnet ich! Ich will doch nicht, dass man davon in den Nachrichten erfährt.« Er lachte und deutete mit einer Geste durch den Raum in Anspielung auf die Überwachungsanlagen. »Zum Glück bin ich es, der die Nachrichten kontrolliert.«

Mir dämmerte, dass Lessig ja nicht wissen konnte, dass in diesem Raum eine Überwachungsabwehr installiert war. Eine, die ich im Übrigen kontrollieren konnte. Wenn ich Lessig dazu brachte, seine Lügen und seine Erpressungsversuche zu gestehen … konnte Dorrie das dann aufzeichnen und womöglich über den Piratensender ausstrahlen? Vielleicht war es ja schon zu spät, aber möglicherweise würde sie die Aufzeichnung den NonKons aushändigen können, nachdem ich weg war. Aber wie konnte ich sie jetzt darauf aufmerksam machen?

»Es gibt kein Problem«, entgegnete ich, wobei ich mir alle Mühe gab, locker und entspannt zu klingen. »In diesem Raum gibt es keine Überwachung, wegen der Kunstwerke. Sie können reden, was Sie wollen. Keiner zeichnet unser Gespräch hier auf.« Ich hoffte, das würde als Hinweis genügen.

»Oh, dummes kleines Mädchen, kein Ort ist frei von Überwachung, mit Ausnahme von meinem Penthouse vielleicht und dem Haus, in dem Sie gegenwärtig wohnen.« Er hob die Augenbrauen. »Außerdem, denken Sie denn, Sie könnten mich hereinlegen?« Lessig schnaubte verächtlich.

»Gut, wenn Sie mir nicht glauben, dann versuchen Sie doch mal Angelo auf Ihrem PAV zu erreichen«, erklärte ich. »Das wird nicht funktionieren.«

Er holte seinen Empfänger raus, runzelte die Stirn, dann steckte er ihn wieder weg. »Nun denn. Sollen wir dann ganz offen reden?«

»Warum nicht?« Dorries PAV würde genauso wenig funktionieren, solange die Abwehrschilde aktiv waren. Ich würde sie ausschalten müssen. Ganz unauffällig setzte ich mich auf eine Ecke des Schreibtischs, um den Hebel vor Lessigs Blick zu verbergen. Ich lehnte mich auf einem Arm zurück und drückte den Hebel mit dem anderen nach unten. Was ich nicht vorhergesehen hatte, war das kurze Piepen, das erklang.

Lessig riss den Kopf herum. »Was war das?«

»Was meinen Sie?« Ich zuckte mit der Schulter.

»Dieses elektronische Piepen.« Er kniff die Augen zusammen. »Nina, Nina. Versuchen Sie mich etwa, übers Ohr zu hauen?«

»Sie meinen den Temperaturregler? Das Thermostat funktioniert automatisch – ein Piepton ist zu hören, wenn die Temperatur sich verändert. Wissen Sie, um die Kunstwerke zu schützen. Ich höre das schon gar nicht mehr.« Ich sprang vom Schreibtisch runter und ging auf ihn zu. »Jetzt zu unserem Deal«, sagte ich. »Ich habe meinen Teil der Abmachung erfüllt. Ich habe Jonathan Jenkins ausspioniert …«

»Ich muss erst mal sehen, ob diese Informationen überhaupt von Wert sind. Ich versuche schon seit Jahren, Jenkins auf die Schliche zu kommen. Mochte ihn nie besonders. Ich mochte keinen, der mit Ihrem Vater befreundet war.«

»Sie meinten, Sie würden meinen Großvater aus der Untersuchungshaft rausholen, wenn ich tue, was Sie verlangen. Ich habe meine Schuldigkeit getan. Jetzt will ich meinen Großvater zurück.« Meine Stimme klang wie Stahl, doch innerlich zitterte ich.

»Ihr Großvater.« Lessig befeuchtete seine Lippen. »Der Vater von Alan Oberon.« Er legte den Kopf schief. »Ich schätze, Sie haben mich wohl missverstanden. Ich kann mir nicht vorstellen, irgendjemandem zu helfen, der mit Alan Oberon verwandt ist. Niemals.«

Sein bohrender Blick machte mich wütend. »Sie haben es versprochen – Sie haben gesagt, wenn ich die Jenkins ausspioniere, dann würden Sie meinen Großvater retten!« Mir hämmerte das Herz in der Brust, und Zorn durchflutete mich. Ich hatte ja geahnt, dass so etwas passieren würde, aber mir war nicht klar gewesen, was für eine Wut ich verspüren würde, wenn er es laut aussprach. »Ich hätte wissen sollen, dass ich Ihnen nicht trauen kann, nicht, nachdem

Sie diese ganzen Lügen über meine Mutter und die falsche WeLS-Station verbreitet haben.«

»Lügen?« Sein Blick fräste sich in mich. »Was wollen Sie denn über WeLS wissen, was ich nicht weiß?« Er packte mich am Arm.

Ich riss mich von ihm los. »Da wir nun schon mal ehrlich sind, *Mister Lessig«* – und diese Worte spie ich praktisch aus – »ich weiß alles über WeLS. Meine Mom ist diejenige, die die Wahrheit herausfand über das Liaison-Programm der Regierung – dass da organisierte Sexsklaverei dahintersteckt. Und ich weiß, dass Sie gelogen haben, was ihre angebliche Beteiligung betrifft.«

»Ach so, ja. Das sind nun mal die Vorteile, die man als vertrauenswürdigster Nachrichtenmann des Landes genießt. Das Gesicht der Medien. Ich kann den Leuten zeigen, was ich will, ihnen erzählen, was ich will, sie glauben mir. Die falsche Weltraumstation ...« – er schnippte mit den Fingern – »kein Problem. Sexsklavenring? Schieben wir den Skandal doch einfach auf Ed Chamus und Ihre Mutter. Alles. Ein. Kinderspiel. Die grundlegenden Details zu WeLS waren ja wahr – nett von Jenkins, mir diese Informationen auszuhändigen –, doch ich konnte nicht zulassen, dass die Welt erfuhr, dass wir unter dem Deckmantel des WeLS-Programms Mädchenhandel betrieben, geschweige denn, an wen diese Mädchen gingen. Können Sie sich vorstellen, was passiert wäre, wenn ich den Idioten in unserer Gesellschaft mitgeteilt hätte, dass die ehrenwerten Anführer in diesem Land eine Vorliebe für jungfräuliche Sex-Teens haben? Daher ließ ich mir den Rest der Geschichte einfallen – das mit der falschen Weltraumstation, dass Chamus der Anführer ist. All das.«

»Sie haben also all diese Sondermeldungen erfunden? Sie sind doch krank.«

»Krank? Kleines Mädchen. Ich bin der mächtigste Mann der Welt. Ich kann jeden zu Fall bringen, wenn ich will.« Ein Grinsen kroch über sein Gesicht. »Ich könnte sogar den Präsident des Regierungsrats stürzen, wenn ich wollte. Dieser alte Perversling steht besonders auf die WeLS-Mädchen. Was er nicht weiß, ist, dass ich Videomaterial besitze, das dies beweist.«

Plötzlich war ein heftiges Hämmern gegen die Tür zu vernehmen. Fassbinders Stimme war zu hören, er schrie: »Kasimir! Aufhören! Seien Sie still!«

Lessig wirbelte herum, und ich rannte zur Wand. Er riss die Tür auf, und Fassbinder kam in den Raum gestolpert, wobei er wild mit den Armen ruderte, um sich zu fangen.

»Kasimir – sie hat alles übertragen. Es ist auf sämtlichen Frequenzen. Überall! AV-Anlagen. PAVs. Alles ist gestört!«

»Wie bitte? Es gibt keinen Empfang in …« Da traf ihn die Erkenntnis. Ich sah mich nach einem Fluchtweg um, doch er war zu schnell. Mit mörderischem Blick riss er mich an sich. Ein stechender Schmerz fuhr in meine Schulter, doch ich unterdrückte den Schrei. »Stellen Sie das ab!«, brüllte er. »Sofort!«

»Ich zeichne ja gar nichts auf! Sehen Sie, ich tu doch gar

nichts!« Ich hielt ihm meinen PAV hin, doch er schleuderte ihn davon.

»Verlogene Schlampe! Es gibt kein Problem, wie, Miss Oberon? Nun, das werden wir ja noch sehen. Angelo, zeigen Sie uns den alten Mann.« Er zerrte mich näher und verdrehte mir wieder die Schulter. »Sehen Sie das?«

Ich sah auf den Bildschirm seines PAV. Da saß Grandpa in einem Transstuhl, immer noch hatte er Schläuche im Arm, die irgendwelche Flüssigkeiten in ihn hineinpumpten.

»Nein.« Meine Stimme war zittrig. Ich konnte den Blick nicht von ihm abwenden. Er sah so schwach aus, so krank.

Lessig sprach in das Gerät. »Charlie. Tun Sie es.«

Derselbe grobschlächtige Typ, der Grandpa kürzlich am Haar gezerrt hatte, zog jetzt die Schläuche heraus. Grandpa fing heftig an zu zittern. Er rutschte aus seinem Stuhl und wand sich auf dem Boden. Krämpfe schüttelten seinen Körper, und auch wenn ich es nicht hören konnte, wusste ich doch, dass er vor Schmerzen schrie.

»Hören Sie auf damit!« Ich boxte Lessig mit der freien Faust in die Magengrube. »Grandpa! Nein!«

Fassbinder sprang herbei, um meinen anderen Arm zu ergreifen, als plötzlich Brie und Joan hinter den Kisten hervorgeschossen kamen, ein Durcheinander aus Armen und Beinen. Joan klammerte sich an Lessig, und ich konnte mich seinem Griff entziehen. Brie war schnell und effizient in ihrem Angriff – binnen Sekunden lag Angelo bewusstlos auf dem Boden und Lessig geschlagen auf ihm.

Ich stürzte mich auf den PAV. »Grandpa! Grandpa!« Er

lag reglos auf dem Boden. Der Typ, der ihn umgebracht hatte, stieß ihn mit dem Fuß an, dann ging er davon. »Grandpa.« Ich konnte den Blick nicht von seinem leblosen Körper abwenden.

»Nina. Nina.« Brie half mir auf die Beine. »Nina, es tut mir leid, aber wir müssen los. Wir dürfen keine Zeit verlieren. Du und Joan, ihr müsst hier raus. Schließ die Tür ab und stell die Abwehrschilde wieder an.«

Ich legte den Hebel um, und sofort wurde der Bildschirm auf dem PAV schwarz. Ich schleuderte das Ding quer durch den Raum. »Die Tür schließt automatisch«, erklärte ich und fasste vorsichtig an meine Schulter. »Ich glaube, er hat mir den Arm gebrochen.«

Brie ließ ihre Hand rasch über meine Schulter gleiten. »Nein, die ist nur ausgerenkt. Leg dich hin. Joan, Dorrie, haltet sie fest, ich ziehe.« Joan wirkte benommen, doch sie tat, wie ihr geheißen. Ein paar Sekunden hielt der schneidende Schmerz an, dann hatte Brie meinen Arm wieder in die richtige Position gebracht. Wenigstens konnte ich ihn jetzt wieder bewegen, wenn auch nur ganz behutsam. Brie nahm Ginnies Schal und machte eine behelfsmäßige Schlinge daraus. »Los, komm«, meinte sie. »Wir müssen los.«

»Was ist mit ihnen?«, fragte ich. Fassbinder und Lessig waren immer noch ohne Bewusstsein.

»Ich schätze, wir haben genügend Schaden angerichtet. Die vom B.O.S.S. werden sich um die Sauerei schon kümmern. Dorrie, gehen wir – uns bleibt nicht viel Zeit. Joan? Alles in Ordnung mit dir?«

Joan war weiß wie ein Laken. Sie stand auf. »Ist gleich vorbei. Ich will einfach nur raus hier.«

»Dann lasst uns gehen.«

Wir rannten, so schnell wir konnten, durch die Gänge. Ich versuchte, die Erinnerung an Grandpas reglosen Körper zu verdrängen, und konzentrierte mich stattdessen darauf, einen Fuß vor den anderen zu setzen. Endlich kamen wir zum Velojet, und Brie trieb uns an, einzusteigen.

»Das Erste-Hilfe-Set und ein paar Energieriegel findet ihr über euch.« Brie deutete auf zwei Schiebetüren über unseren Köpfen. »Wenn ihr mal müsst, entsperrt den Sitz, so.« Sie drückte auf einen Knopf. »Dann schwenkt er sich nach hinten. Ihr werdet euch aus euren Allwetterjeans schälen müssen und hier draufsetzen.« Sie zeigte auf die Toilette. »Spülen könnt ihr so.« Wieder ein Knopf, wieder ein Problem weniger. »Wenn ihr Durst habt, der Wasserbehälter ist voll. Strohhalme findet ihr an euren Sitzen auf der Türseite.« Ich nickte, immer noch unfähig, einen Ton von mir zu geben.

»Und Nina, du bist echt ultra. Das war ja so cool, was du da drinnen getan hast.« Sie sah zu mir. »Joan, halt dich an dieses Mädchen. Sie passt bestimmt gut auf dich auf.«

Dorrie streckte die Hand aus und steckte einen Chip irgendwo am Armaturenbrett rein. »Dieser Chip zerstört sich selbst. Er ist darauf programmiert, euch nach Castle Combe im Vereinigten Großen Inselreich zu bringen. Dort ist dein Dad. Er erwartet dich bereits.«

»Mein Dad? Warum fliegen wir nicht nach Japan? Was ist mit den Jenkins?«

»Wir wollten es dir vorhin sagen, aber wir wurden … unterbrochen. Mrs Jenkins' Verwandte wurden vom japanischen Rat verhaftet, weil sie Subversive bei sich untergebracht hatten. Wei und ihre Familie müssen verschwinden – Mrs Jenkins ist bereits weg. Ich weiß nicht, wo Wei und der Rest hingehen.«

Eine Welle der Panik schwappte über mich hinweg. Dee. »Chris sollte Dee eigentlich zu Martin bringen. Hat er das getan?«

»Ich weiß es nicht. Wir werden sie finden – wir passen schon auf, dass ihr nichts passiert. Brie und ich oder irgendjemand anderer wird dich darüber in Kenntnis setzen. Nina, du *musst* jetzt los, *sofort*. Wir müssen nach unten und raus aus dem Gebäude, ehe man uns entdeckt. Mach dir keine Gedanken über das Lenken des Flugzeugs oder die Landung. Der Jet macht das alles von ganz allein. Sobald ich weit genug weg bin, drück auf den grünen Knopf. Und, ach ja … ich dachte, das würdest du vielleicht wissen wollen – ich hab herausgefunden, wer Miss Maldovar ist. Adana Maldovar ist die Zwillingsschwester von Ed Chamus. Nina, tut mir leid, uns läuft die Zeit davon!« Und damit schlug sie die Tür zu und rannte rüber zu Brie, die bereits draußen wartete. Wie benommen warf ich ihnen einen letzten Blick durch das Fenster zu. Miss Maldovar war Eds Schwester. Die Jenkins waren auf der Flucht. Dee war … ich wusste nicht, wo Dee steckte.

»Nina?« Joan berührte mich am Arm. »Wir müssen los.«

Ich sah nach unten und drückte auf den grünen Knopf. Sofort erwachte der Velojet zum Leben und schraubte sich schräg nach oben. Binnen Sekunden ging er wieder in die Gerade und schoss vorwärts. Wir waren auf dem Weg.

XLI

Als mein Adrenalinspiegel sich endlich wieder etwas gesenkt hatte und der Velojet schon weit von Chicago entfernt war, fing meine Schulter an zu pulsieren, und meine Augenlider wurden schwer. Schon bald hatte das Dröhnen der Motoren mich und Joan in den Schlaf geschickt. Bis das hartnäckige Piepen meines PAVs mich weckte. Es war Chris.

»Chris – zum Glück! Was ist los?«, fragte ich. »Wo steckst du? Ist mit Dee alles in Ordnung? Mit deiner Familie? Sag schon.«

»Nina, alles ist gut, aber ich muss mich beeilen. Vorerst sind alle in Sicherheit – auch Dee. Das B.O.S.S. wird versuchen, dich zu finden. Nimm deinen Empfänger und spül ihn durch die Toilette aus dem Flugzeug raus. Und Nina … ich liebe dich.« Damit legte er auf.

Wie betäubt betrachtete ich den PAV. Als ich mich dann umdrehte, spürte ich verstärkt den Schmerz in meiner Schulter, doch ich schaffte es schließlich doch, meine einzige Verbindung zu den Menschen, die ich liebte, in den Abgrund zu verfrachten.

Wenigstens war Dee in Sicherheit. Wenigstens das.

Und Chris, er liebte mich – ich wusste gar nicht, wie ich meine Gedanken sortieren sollte, um darüber nachdenken zu können.

Joan schlief immer noch neben mir. Ich starrte eine gefühlte Ewigkeit aus dem Fenster. Miss Maldovar war also Eds Schwester. Vermutlich hatte sie sich so um Dee gekümmert, weil sie dachte, Dee wäre ihre Nichte. Was wohl geschehen würde, wenn sie die Wahrheit herausfände?

Und Grandma ... Jetzt, da die Jenkins nicht mehr da waren, wo sollte Grandma bloß hin, sobald sie aus der Reha-Einrichtung entlassen wurde? Grandpa. Ach, Grandpa. Tränen rannen mir über das Gesicht. Ich spürte, wie Joans Finger sich um meine schlossen.

»Es tut mir leid, Nina. So leid.«

Schweigend saßen wir da und starrten in die dunkle Nacht hinaus, während wir mit rasender Geschwindigkeit auf ein Ziel zuschossen, das sich keine von uns beiden ausgesucht hatte.

Eine mechanische Stimme riss mich aus dem Schlaf. »Die Vorbereitungen auf den Landevorgang haben begonnen. Bitte legen Sie die Sicherheitsgurte an.« Diese Anweisung wurde zweimal wiederholt, dann wurde die Schubumkehr aktiviert und das Fahrgestell ausgefahren. Die Scheinwerfer des Velojets erhellten den Boden unter uns. Das Flugzeug beschrieb eine scharfe Kurve. Wenn wir nicht angeschnallt gewesen wären, hätte ich jetzt vermutlich bei Joan auf dem Schoß gesessen. Das Ding steuerte mal nach links und mal nach rechts, als würde es nach einer passenden Fläche für die Landung suchen. Dann sank es völlig unvermittelt in Richtung Boden ab. Eine perfekte Landung. Der Navigationschip sprang aus dem Armaturenbrett, wobei eine kleine Rauchwolke davon zeugte, dass sich das Ding tatsächlich selbst zerstört hatte.

»Ich schätze mal, wir sind da«, sagte ich.

Ehe wir unsere Sicherheitsgurte gelöst hatten, entdeckte ich eine Gruppe von Frauen mit Taschenlampen, die zwischen den Bäumen hervorkamen. Zwei von ihnen trugen eine Trage. Sie öffneten die Tür zum Velojet und halfen uns raus.

»Hier, zieht die hier an, es ist kalt.« Eine Frau hielt uns Mäntel hin. Als sie sah, dass mein Arm in der behelfsmäßigen Schlinge steckte, meinte sie: »Du musst Nina sein. Ich bin Layla. Wir haben schon gehört, dass du verletzt bist.« Sachte legte sie mir den Mantel um die Schultern. Dorrie und Brie mussten sie informiert haben. »Wir wussten allerdings nicht, wie schlimm es ist. Braucht ihr eine Trage?«

»Gehen ist kein Problem.« Ich warf einen Blick zu Joan. Sie schüttelte den Kopf. »Uns geht es beiden gut.«

»Dann machen wir uns gleich auf den Weg in die Stadt. Ihr müsst müde sein und hungrig«, sagte Layla. »Und die Ärztin sollte sich deine Schulter ansehen. Dein Vater war im Norden des Landes. Er wäre gerne zu deiner Begrüßung da gewesen, aber wir haben erst vor ein paar Stunden erfahren, dass du auf dem Weg hierher bist. Er kommt aber heute noch zurück.«

Kurz nachdem wir ins Dunkel zwischen den Bäumen abgetaucht waren, fiel mir meine Tasche wieder ein. »Ich hab was im Velojet vergessen. Ich muss zurück.«

»Betts bringt alles mit«, meinte Layla. »Mach dir keine Gedanken. Du bist in Sicherheit. Hier gibt es nichts und niemanden, der dir schaden könnte.«

Dann verließen wir den Wald am Rande eines der schönsten Orte, die ich je gesehen hatte. Während wir eine steinerne Brücke überquerten, fiel der Schnee sanft auf uns herab. Uralte Häuser säumten die Straßen; bei einigen stieg Rauch vom Kamin hoch. Manche Dinge erkannte ich von den Bildern, die ich im Kunstinstitut gesehen hatte. Doch schon war die Schönheit des Augenblicks verflogen, als ich wieder an meine Familie und meine Freunde denken musste. Was würde aus ihnen werden?

»Wir machen erst Halt bei der Ärztin«, meinte Layla. »Dann bringe ich euch zum Haus deines Vaters.«

»Kann ich hier frei reden?«, fragte ich. »Es gibt keine Überwachung?«

»Du kannst sagen, was immer du möchtest, wann immer du möchtest«, erwiderte sie.

»Aber ich verstehe nicht. Gibt es hier keinen Rat?«

»Es gibt einen VGI-Rat mit Sitz in London, aber der regiert nur dem Namen nach. Das Vereinigte Große Inselreich hat den anderen Räten auf dieser Erde nichts von Wert zu bieten. Nachdem eine Epidemie des Pfeifferschen

Drüsenfiebers im Jahr 2035 fast die Hälfte der Bevölkerung des Vereinten Königreichs dahingerafft hatte und sämtliche Überlebende infolgedessen unfruchtbar wurden, zog der Großteil der Bürger auf das europäische Festland. Trotz der Aufräumarbeiten wurden die meisten Gegenden des VGI nie wieder besiedelt.«

»Die Medien haben nie etwas darüber berichtet.«

»Natürlich nicht, sie sind ja auch die Medien«, meinte Layla. »Es kam dem Rat doch sehr zupass, dass die Inseln unbewohnt blieben. Umso weniger Leute musste man überwachen, und man brauchte keine Abhöranlagen zu installieren und benötigte auch kein Personal hier. Immer wieder mal lassen sie die Geschichte aufleben und berichten über angebliche Neuigkeiten von sterilen Männern und Frauen und von verseuchten Landstrichen. Niemand will da ein Risiko eingehen, daher bleiben die Leute den Inseln fern. Was uns nur recht ist. Wir haben zwanzig Kinder bei uns an der Schule; sie alle wurden gezeugt und zur Welt gebracht von Leuten, die schon seit Jahren hier leben. Und wir sind alle kerngesund. So viel zu der Wahrheit, die die Medien verbreiten.« Vor einem ordentlichen zweistöckigen Häuschen blieb sie stehen. »Das ist das Haus von Dr. Churchill. Sie erwartet uns bereits.«

Dr. Mauri Churchill hatte stahlgraue Augen und ein warmherziges Lächeln. Nachdem sie mich untersucht hatte, meinte sie: »Die Schlinge musst du leider mindestens drei Wochen lang tragen. Zum Glück bist du ja Rechtshänderin.« Sie gab mir ein Mittel gegen die Schmerzen.

»Davon legst du dir alle acht Stunden eins unter die Zunge. Aber sei vorsichtig, die machen dich vielleicht ein wenig müde. – Und nun zu dir, Joan. Ich will, dass du morgen wieder zu mir kommst. Ich denke, eine kleine Nährstofftherapie kann bei dir nicht schaden.«

Dass mich das Mittel müde machen würde, war noch untertrieben gewesen. Ich bekam kaum mit, wie das Haus meines Vaters aussah. Und kaum hatte mein Kopf das Kissen berührt, schlief ich auch schon ein.

Voller Panik wachte ich auf und hatte keinen Schimmer, wo ich mich befand. Ich wälzte mich auf die Seite und schrie auf, als der Schmerz durch meine Schulter zuckte. Sekunden später war ein Klopfen an der Tür zu hören, und eine männliche Stimme meinte: »Alles in Ordnung mit dir? Darf ich reinkommen?«

»Klar.« Ich schaffte es, mich mit meinem heilen Arm aufzurichten. Während ich die Schlinge zurechtrückte, gingen mir Erinnerungen an das Geschehene durch den Kopf. Als der Mann eintrat, blickte ich auf.

»Nina.« Er eilte auf das Bett zu, hielt aber inne, als unsere Blicke sich trafen.

»Dad?« Das hier war gar nicht so, wie ich es erwartet hatte. Wir sollten doch aufeinander zulaufen und uns in die Arme schließen und dabei lachen und weinen und uns sofort lieb haben. Aber in diesem Augenblick war ich mir gar nicht so sicher, was ich fühlte.

Er trat einen weiteren Schritt auf mich zu, als wäre ich ein wildes Tier, und er hätte Angst, mich zu verschrecken.

Schließlich nahm er auf einem Stuhl in der Nähe Platz. »Layla hat mir erzählt, dass du verletzt bist. Was hat Dr. Churchill gesagt?«

»Dass ich in ein paar Wochen wieder ganz in Ordnung bin.« Ich beobachtete, wie er mich ansah. Ob er wohl Züge von Ginnie in meinem Gesicht erkannte? Ich fragte mich, ob er überhaupt noch an sie dachte. Vielleicht war Layla jetzt seine Freundin oder seine Frau. Ich hatte keinen Schimmer, wie sein Leben aussah. »Wo ist Joan?«

»Das Mädchen, mit dem du gekommen bist? Sie ist nebenan und schläft, glaube ich.«

»Ich sollte bei ihr sein. Sie könnte ausrasten, sobald sie aufwacht.«

»Betts ist bei ihr. Sie war Krankenschwester, ehe sie sich dem Widerstand anschloss. Sie hatte schon mit ehemaligen WeLS-Mädchen zu tun. Deine Freundin ist bei ihr in guten Händen.«

Wo wir schon von Händen sprachen, sah ich hinab auf meine; ohne aufzublicken, sagte ich: »Grandpa ist tot. Kasimir Lessig hat ihn getötet.«

Mein Vater sprach kein Wort. Schließlich sah ich zu ihm auf. Dad starrte zum Fenster hinaus, seine Augen wirkten glasig – in diesem Moment überkam mich das Bedürfnis, ihn zu trösten.

»Er war so stolz auf dich«, sagte ich ganz leise. Als ich meine Tasche in der Ecke des Zimmers stehen sah, stemmte ich mich aus dem Bett. Die Tasche ließ sich mit einer Hand nicht ganz so leicht öffnen, doch ich schaffte es.

»Das hat ihm gehört.« Ich hielt ihm Grandpas Ingwerdose hin.

Mein Vater nahm sie entgegen. Sanft strich er mit den Fingern über den eingedellten Deckel. »Sie haben unseren Kontaktmann enttarnt.« Seine Schultern fingen an zu beben. »Ich konnte nichts mehr tun.«

Und dann schlang ich meinem Dad den gesunden Arm um den Nacken, und wir weinten gemeinsam.

Epilog

Ich bin nun schon fast einen Monat im VGI.

Joan geht es von Tag zu Tag besser. Betts ist total geduldig mit ihr, und Dr. Churchill hat für sie einen speziellen Ernährungsplan aufgestellt. Sie sieht immer mehr nach der alten Joan aus und klingt auch wieder so. Mike und seine Mom wären so glücklich, sie so zu sehen.

Am Tag, nachdem die Schwesternschaft Lessig bloßgestellt hatte, hörten wir von den erheblichen Umbrüchen, die dies ausgelöst hatte. Kasimir Lessig und Angelo Fassbinder genießen nun die Gastfreundschaft des B.O.S.S. in einer speziellen Einrichtung in New York. Ich gehe davon aus, dass die vom B.O.S.S. zunächst sämtliche Informationen aus den beiden herausholen wollen, ehe sie einer Reassimilierung unterzogen werden. Ich hoffe wirklich, dass Lessig ausgiebig leiden muss. Ach ja, und der Regierungsrat hat Xander Critchfield seiner Präsidentenpflichten enthoben. Offensichtlich haben sie das WeLS-Programm noch nicht beendet. Sein Schicksal und das der betroffenen Mädchen sind immer noch ungeklärt.

Ich habe eine Nachricht von Wei erhalten. Ihre Mom

konnte außer Landes fliehen, in erster Linie tat sie das wegen der Inhaftierung ihrer Verwandten in Japan. Doch Mr Jenkins hat alles riskiert und ist geblieben – er ist weiterhin Angestellter der Medien. Nachdem Dorrie Lessigs Geständnis übertragen und jeder mitbekommen hatte, dass er Mr Jenkins hereingelegt hatte, boten die Medien ihm Lessigs Job an, um das Gesicht zu wahren. Obwohl er noch nicht endgültig zugesagt hat, ist Wei doch der Ansicht, dass er es tun wird. Das kann nur Gutes bedeuten für den Widerstand.

Wei ist immer noch bei ihrem Vater in ihrem alten Zuhause. Grandma wird bei ihnen einziehen, sobald sie aus der Reha entlassen wird, und dann zieht auch Dee wieder zu ihnen. Obwohl Wei meint, dass Dee sehr gerne bei Martin und Percy ist. Sie hat mir erzählt, dass die beiden eine riesige Geburtstagsparty für Dee in einem der Räume des Kunstinstituts veranstaltet haben. Wei hat mir auch ein Digi geschickt. Dee strahlt darauf übers ganze Gesicht. Ich muss weinen, jedes Mal, wenn ich mir das Bild ansehe. Nicht nur, weil ich ihren Ehrentag verpasst habe, sondern weil sie denkt, ich wäre tot.

Ich verstehe ja, warum sie ihr das erzählen mussten. Rein von der Vernunft her ergab das Sinn. Miss Maldovar ist Eds Schwester, und sie wird sich zweifelsohne auch weiterhin in Dees Leben einmischen. Das Risiko, dass Dee Miss Maldovar gegenüber erwähnt, dass ich am Leben bin, ist einfach zu groß. Sie vertraut dieser Frau zu sehr. Wei meint, Dee kommt ganz gut damit zurecht – zumindest so gut, wie man es in so einem Fall erwarten kann.

Dee und Grandma wissen beide von Grandpas Tod. Doch keine von ihnen weiß, wie es genau geschehen ist. Zum Glück hatte Dorrie die Übertragung unterbrochen, ehe auch das in die ganze Welt ausgestrahlt wurde. Es ist besser so, denke ich. Sie vermissen ihn auch so schon genug; da müssen sie nicht auch noch bis ins letzte Detail erfahren, wie sehr er leiden musste.

Dad und ich haben einen Grabstein auf dem Friedhof hinter der Kirche aufgestellt. Ich gehe fast jeden Tag da hin, um mit Grandpa zu reden. Manchmal ist auch mein Dad dort.

Ich hatte recht. Layla ist seine Freundin, seine Frau, was auch immer. Ich würde sie Ginnie zuliebe gerne hassen. Aber es geht nicht. Sie ist nett. Sie liebt meinen Vater. Und er scheint sie ebenfalls zu lieben. Obwohl ich eines Tages, als er sich gerade mit Grandpa unterhielt, mitbekam, wie er sich laut fragte, ob er wohl vor all diesen Jahren die richtige Entscheidung getroffen habe. Dass Ginnie eigentlich seine einzige große Liebe gewesen sei. Ich konnte mich nicht dagegen wehren, dass mich das traurig machte – um ihrer beider willen. Doch die Vergangenheit lässt sich nun mal nicht ändern. Uns bleibt nur die Gegenwart, und wir werden für eine bessere Zukunft kämpfen.

Wei meinte, Paulette habe ihr erzählt, sie habe Sal gesehen. Er ist im Westen, auf Erkundungstour für die Non-Kons. Sie wusste nicht, wie lange er wegbleiben würde. Sobald er zurückkommt, wollte sie ihm sagen, wo ich bin. Vorausgesetzt, er will das überhaupt wissen, dachte ich.

Und Chris. Sie meinte, Chris sei abgehauen, kurz nachdem er Dee bei Martin abgeliefert hatte. Er hat Wei erklärt, es gäbe da etwas, über das er nachdenken müsste, und er würde wiederkommen, sobald er eine Lösung gefunden hätte. Sie weiß nicht, dass er damit die Sache mit mir meint.

Sal oder Chris. Das ist keine Entscheidung, für die ich schon bereit bin.

Wieder einmal stand ich auf dem Friedhof.

»Grandpa, ich bin's, deine Kleine.« Tränen brannten mir in den Augen. »Du hast mir immer erzählt, ich solle stets nach der Wahrheit suchen. Die ist viel leichter zu finden, wenn es um die Rechte der Menschen geht und darum, wie man sie behandeln sollte. Doch wenn es um die Wahrheit des eigenen Herzens geht …« Ich schlang die Arme um den kalten Stein und wünschte, es wäre mein Großvater. »Grandpa, diese Wahrheit ist echt schwer zu finden.«

Ich weiß nicht, wie lange ich da so lag, doch ein zunehmendes Gefühl der Wärme in meinem Rücken brachte mich dazu, mich umzudrehen und aufzusehen. Die Sonne schickte ihre Strahlen durch eine Lücke in den Wolken. Ich stellte mir vor, wie Grandpa sagte: »Die Wahrheit bleibt nie für immer verborgen, meine Kleine. Manchmal muss man nur ein bisschen genauer hinsehen.«

Und zum ersten Mal, seit ich hier in Castle Combe war, fühlte ich mich stark und voller Hoffnung. Wenigstens sagte Grandpa immer die Wahrheit.

Danksagung

An der Verwirklichung dieses Buches waren viele Leute beteiligt, aber zwei verdienen ganz besonders eine namentliche Erwähnung. Da wäre zum einen meine wunderbare Verlegerin Jen Bonnell, die dafür gesorgt hat, dass ich keinen Durchhänger bekam. Und Justin Vollmar, ohne den ich garantiert verhungert wäre. Danke euch beiden!